Nora Noé
Mitten in Mannheim

Wellhöfer Verlag
Ulrich Wellhöfer
Weinbergstraße 26
68259 Mannheim
Tel. 0621/7188167

info@wellhoefer-verlag.de
www.wellhoefer-verlag.de

Titelgestaltung: Uwe Schnieders, Fa. Pixelhall, Malsch
Satz: Wellhöfer Verlag, Mannheim

Das Titelfoto zeigt die Eltern von Nora Noé: Helena Legrand und Siegfried Kühn.

Das vorliegende Buch einschließlich aller seiner Teile ist urheberrechtlich geschützt. Jede Verwertung ist ohne schriftliche Zustimmung des Verlages unzulässig.

© 2019 Wellhöfer Verlag, Mannheim

ISBN 978-3-95428-256-2

Nora Noé
Mitten in Mannheim

Inhalt

St. Hedwig-Klinik (1952)	9
Nottaufe (1952)	20
Charlotte (2014)	30
Erinnerungen (1952)	34
Mannheimer Mess (1947)	57
Helena und Siegfried (1947)	73
Siegfrieds Mutter (1947)	84
Siegfrieds Freunde (1946)	98
Annerose und Hans (1946/47)	106
Edgars Trauung (1946)	115
Schneiderei Kühn (1947)	123
Juden (1948)	138
Betty und Kurt (1948)	148
Gästeliste (1948)	167
Verlobungsfeier (1948)	179
Währungsreform (1948)	200
Fußball (1948)	208
Erbschaft (1948)	217
Luise Legrand (1949)	227
Fastnacht (1949)	234
Die Nachbarin (1949)	245
Deutscher Meister (1949)	257
Charlotte (2014)	265
Alster-Lichtspiele (1949)	270

Grundgesetz (1949) 280
Marktplatz (1950) 285
Silvester (1952/53) 296
Charlotte (2014) 310

*Für meine Mutter,
ohne deren liebevolle und verlässliche Unterstützung
mein Lebensweg ein völlig anderer geworden wäre.*

*Für meinen Vater,
der mir mit seiner Herzenswärme, Aufgeschlossenheit
und seinem Humor stets ein Vorbild war.*

St. Hedwig-Klinik (1952)

Ihre Fingernägel gruben sich in das weiße Laken, so als wollte sie es durchbohren. Ihr Körper bäumte sich auf. Sie hechelte und wollte vor Schmerzen schreien, aber sie wusste, sie durfte es nicht. Sie musste sich beherrschen. Stattdessen griff sie nach einem Zipfel des ausgebleichten Bettbezugs und stopfte ihn in ihren Mund. Mit aller Kraft biss sie darauf. Was waren das nur für höllische Schmerzen! Helena hatte zwar von den vagen Andeutungen ihrer Mutter und ihrer Tanten gewusst, dass es sehr wehtun würde, aber so schrecklich hatte sie es sich nicht vorgestellt. Sie hatte das Gefühl, tausend Teufel würden in ihrem Leib toben und sie von innen auffressen.

Als ihre Eltern sie eine Stunde zuvor in die St. Hedwig-Klinik gebracht hatten, waren sie gleich an der hohen Flügeltür von einer stämmigen Ordensschwester mittleren Alters in Empfang genommen worden. Anstatt sich gleich um sie zu kümmern, hatte sie die drei erst einmal gemaßregelt: »Imma mit de Ruh! Vor allem, macht ämol net so en Uffstand!« Sie hatte sich ihnen in den Weg gestellt und sich vor ihnen aufgebaut. Dann hatte sie ihren spitzen Zeigefinger auf Helena gerichtet und hinzugefügt: »Un damit du es glei ämol weeschd, Mädsche, hia werd net gschriee! Hoschd misch verstanne? Net dass du ma am End noch die ganz Schstazion do verrickd machschd. Des kennd isch heid Nacht grad noch gebrauche!« Danach hatte sie sich wieder Amelie und Carlo zugewandt und auf eine Zimmertür gedeutet. »Do bringe Se Ihr Dochda jetzd noi un legese se ufs Bedd. Un dann machese, dass se heemkumme!«

»Aber wir können doch unsere Tochter nicht einfach so ganz mutterseelenallein in diesem Zimmer zurücklassen. Sie sehen doch, dass ihr die Fruchtblase geplatzt ist«, entgegnete Amelie mit Nachdruck. Sie wollte weitersprechen, die Schwester fiel ihr jedoch ins Wort.

»Un ob ich des seh, de ganze Boode ist verdrobbseld. Hättese do net ä bissel bessa uffbasse kenne?!«

»Hören Sie doch, meiner Tochter ist die Fruchtblase geplatzt, und zwar sechs Wochen zu früh!« Amelie war zutiefst beunruhigt. »Ist denn hier nirgends ein Arzt?!« Die Ordensschwester hatte ihr nicht geantwortet. Die konnte anscheinend nichts aus der Ruhe bringen. »Jetzt machese net so ä Theada! Des bassierd efders. Mir gugge schun nach ere. Sie schdere bloß! Ihr Dochda is Erschdgebernde, des kann ewisch dauere, bis des Kleene uf die Welt kummd.«
»Reicht es denn nicht, wenn mein Mann geht? Lassen Sie mich doch wenigstens hier bleiben?« Amelie wollte sich nicht einfach so hinauskomplimentieren lassen. Sie war in großer Sorge um Helena.
»Nix do! Ma fiehre hia ke neie Mode oi.« Die Schwester ließ sich nicht erweichen. »Sie schdehe mer bloß im Weg rum. Lossese Ia Telefonnumma hia, mia melde uns bei Ihne, wenn des Kleene do is. Un jetzt lossese misch endlisch moi Arbeid mache.«
Während Carlo seine Tochter stützte und sie in das zugewiesene Zimmer begleitete, kramte Amelie in ihrer kleinen schwarzen Handtasche. Schließlich zog sie einen Zettel heraus und reichte ihn der Schwester. »Wir haben selber kein Telefon. Aber der Metzger Haberkorn in der Beilstraße, der hat eins, da können Sie anrufen. Das ist gerade schräg gegenüber von uns. Der gibt uns dann Bescheid.«
»Wo is en die Beilstrooß eigendlisch?«, fragte die Ordensschwester nach, während sie den Zettel betrachtete.
Amelie zögerte ein wenig. »Im Jungbusch«, sagte sie fast etwas verschämt und hoffte, dass die Ordensschwester nichts von dem schlechten Ruf des Hafenviertels wusste.
Doch der schien ihr sehr wohl bekannt zu sein, denn sogleich blickte sie skeptisch über ihre dicken Brillengläser hinweg zu Amelie und begann sie von oben bis unten zu mustern. Ihr Gesichtsausdruck schrieb Bände, aber Gott sei Dank schwieg sie und ersparte ihnen jeden weiteren Kommentar.
Obwohl Amelie das barsche Auftreten der Ordensschwester äußerst missfiel, versuchte sie doch, einigermaßen freundlich zu

bleiben. »Dürfte ich dann wenigstens noch mal kurz zu meiner Tochter gehen?«, fragte sie vorsichtig.

»Na ja, dann gehese halt schun, awer bloß ganz korz!« Die schnodderige Art, wie sie sprach, war verräterisch. Für sie war die Situation schnöder Alltag und Kinderkriegen gehörte zum Tagesgeschäft. In das Gefühlsleben einer Erstgebärenden, die gar nicht so recht wusste, was mit ihr passierte und sich schrecklich vor der Geburt fürchtete, konnte sie sich augenscheinlich nicht einfühlen und schien es auch gar nicht zu wollen.

»Hoffentlich sind hier nicht alle Schwestern so schroff«, dachte Amelie, während sie hallenden Schrittes den kahlen, kalten Krankenhausflur entlangging.

Helena stöhnte. »Mama, tut das weh!« Sie krümmte sich vor Schmerzen.

»Ich weiß, mein Liebes, aber du musst immer daran denken, dass du in ein paar Stunden dein Kind in den Armen halten wirst. Das wird dir Kraft geben.«

Amelie strich ihr liebevoll übers Haar.

»Bleibst du bei mir?« Helena griff nach Amelies Hand und schaute ihre Mutter erwartungsvoll an.

Amelie schüttelte traurig den Kopf. »Es tut mir so leid, Helena, aber wir dürfen nicht hierbleiben. Die Schwester hat uns gesagt, wir müssen zu Hause warten.«

»Das ist doch wieder typisch für diese Haubenlerchen.« Carlos Abneigung gegenüber der Kirche zeigte sich in diesem Augenblick wieder einmal deutlich. »Die nennen sich *Schwestern vom Göttlichen Erlöser*, tun furchtbar fromm und dabei sind sie so kalt wie eine Hundeschnauze!«

»Du solltest nicht alle über einen Kamm scheren!«, versuchte Amelie ihren Mann zu beschwichtigen. »Ich gebe ja zu, dass diese Schwester nicht besonders freundlich war. Aber sicher sind sie nicht alle so.«

Doch Carlo wollte sich nicht beruhigen. »Ich habe von Anfang an gesagt, dass es besser wäre, Helena zu der Maria Reichenbacher nach J7, 27 zu bringen. Die ist eine erfahrene Hebamme, so lange wie die das schon macht. Das wäre näher gewesen und da hätten sich normale Frauen um sie gekümmert und nicht diese frommen Tanten.« Für Carlo war alles, was auch nur im Entferntesten nach katholischer Kirche roch, ein rotes Tuch. Die schaurigen Erfahrungen mit der Scheinheiligkeit seiner frömmelnden Mutter Luise hatten lebenslange Spuren bei ihm hinterlassen.

»Carlo, das war ein Notfall! Mit einer vorzeitig geplatzten Fruchtblase ist nicht zu spaßen. Du weißt anscheinend gar nicht, was das bedeutet! Das Kind kommt nicht nur viel zu früh auf die Welt, sondern es ist auch noch eine Trockengeburt. Wenn irgendwelche Probleme auftreten, haben die hier in der Klinik doch ganz andere Möglichkeiten als die Reichenbacherin drüben in der Filsbach«, erklärte ihm Amelie, und zu Helena gewandt fügte sie hinzu: »Mach dir keine Sorgen, mein Kind, du bist hier in den besten Händen. Die Ärzte der St. Hedwig-Klinik haben einen guten Ruf.«

»Aber ...« Carlo kam nicht weiter, denn dieses Mal fiel ihm Helena ins Wort.

»Bitte, Papa, jetzt nicht streiten!« Die einzelnen Wörter kamen ihr nur schwer über die Lippen, denn es kündigte sich bereits die nächste Wehe an.

Helena beugte sich vor, krallte sich am Arm ihrer Mutter fest und hielt die Luft an. In diesem Augenblick kam die Ordensschwester herein. Sie schob Amelie unsanft zur Seite, drückte Helena zurück in die Kissen und herrschte sie an: »Atmen! Alla hopp! Oi-aus-oi-aus ...! Stell dich net so on!« Dann wandte sie sich um zu Amelie und Carlo. »Und jetzt naus mid eisch! Sunschd kennd ihr eia Dochder glei widder mit heem nemme!«

Die Schwester sah nicht aus, als würde sie scherzen. Und so blieb Amelie und Carlo nichts anderes übrig, als zu gehen. Trotzdem konnte sich Carlo beim Verlassen der Klinik nicht verkneifen, Amelie zuzuflüstern: »Diese alte Schreckschraube, der könnt ich den Hals umdrehen!«

Helena war allein im Zimmer zurückgeblieben. Auch wenn die Schwester grob gewesen war, so hatte ihr das gleichförmige tiefe Ein- und Ausatmen doch geholfen. Langsam erholte sie sich von der letzten Wehe. Sie musste versuchen, ruhiger zu werden und Kräfte zu sammeln, denn die nächsten Stunden würden ihr alles abverlangen. Sie war jetzt ganz auf sich allein gestellt. Helena blickte hinauf zu der großen Uhr, die über der Tür hing. Es war jetzt kurz vor zwölf. Heute würde ihr Kind nicht mehr zur Welt kommen. Sein Geburtstag würde der 19. Dezember sein. Am Freitag, den 19. Dezember 1952 würde es das Licht der Welt erblicken. Ein zartes Lächeln legte sich um ihre Lippen.

Eigentlich hatte Helena schon gar nicht mehr zu hoffen gewagt, noch ein Kind zu bekommen, denn beinahe alle ihre Freundinnen waren bereits Mutter geworden. Und nicht nur die. Auch ihre Cousine Betty hatte bereits zwei Söhne geboren und sogar ihr jüngerer Cousin Adolf war schon Vater einer kleinen Tochter. Mit ihren fast 29 Jahren zählte sie zweifellos zu den Spätgebärenden.

Helena wurde aus ihren Gedanken gerissen, denn die nächste Wehe kündigte sich mit voller Wucht an. Dieser Schmerz war so unbeschreiblich, nie zuvor hatte sie Derartiges erleiden müssen. Nicht einmal die schrecklichen Gallenkoliken, die sie immer wieder während des Krieges heimgesucht hatten, waren so schlimm gewesen. Sie atmete tief ein und aus, so wie es ihr die Schwester gezeigt hatte. Langsam entspannte sich ihre Muskulatur wieder ein wenig. Sie schaute erneut hinauf zur Uhr. Die Abstände zwischen den Wehen schienen kürzer zu werden. Ob das normal war?

Für einen Moment kehrten ihre Ängste zurück und sie fühlte sich schrecklich allein und verlassen in diesem großen, weiß getünchten Raum mit den hohen Decken. Bis auf den braunen abgewetzten Parkettboden und das schlichte dunkle Holzkreuz an der Wand über ihr sah man nur weiß, egal wo man hinschaute: weiß, weiß, weiß, angefangen von dem Eisenbett bis hin zu den Vorhängen. Die kalte Atmosphäre des Raumes wurde durch das gleißende Licht der Neonröhren verstärkt, die sie unbarmherzig anstrahlten. Sie kam sich so ausgeliefert vor. Es gab hier niemanden, der ihr beistehen würde. Wie beruhigend wäre es in dieser Situation gewesen, wenigstens in ein vertrautes Gesicht blicken zu können.

Sie versuchte, sich abzulenken, dachte an ihren Mann Siegfried und für einen winzigen Augenblick legte sich erneut ein feines Lächeln auf ihre Lippen.

*

Als er am Abend wegen der schlechten Wetterverhältnisse früher als sonst in Richtung Hafen aufgebrochen war, hatte er sich wie immer mit einem Kuss von ihr verabschiedet, während er ihr mit seiner Hand sanft über den Bauch gestrichen hatte. »Pass gut auf dich und unseren kleinen Fußballer auf! Schlaf schön, mein Schatz, bis morgen früh!«

»Und du, mein Junge, fahr vorsichtig! Auf der Teufelsbrücke ist es bestimmt glatt«, hatte ihn Amelie gemahnt.

»Keine Sorge, Schwiegermutter!«, hatte er sie beruhigt und ihr ebenfalls einen Kuss auf die Wange gegeben. Dann war er hinunter in den Hof gegangen, hatte seine braune *Kreidler* aus dem Schuppen geschoben und war losgefahren. Siegfried war stolz auf sein Motorfahrrad, hatte er es sich doch im wahrsten Sinne des Wortes vom Munde abgespart. Aber es war die Anstrengung wert gewesen, denn es erleichterte ihm ungemein seinen Weg zur Arbeit, insbesondere wenn er so wie heute Nachtschicht hatte.

Die Arbeit in dem Lagerhaus, die er ein halbes Jahr zuvor angenommen hatte, war sicher nicht seine Traumstelle. Aber er konnte nicht wählerisch sein, bald würde er eine Familie zu ernähren haben. Und die Situation auf dem Arbeitsmarkt war schwierig. Er war von Anfang an nicht glücklich darüber gewesen, dass er alle drei Wochen Nachtschicht schieben müsste, aber die Nachtzulage war natürlich auch nicht zu verachten. Trotzdem konnte er sich etwas Schöneres vorstellen, als zur Arbeit aufbrechen zu müssen, wenn die anderen daheim gemütlich beisammensaßen, Mensch-ärger-dich-nicht spielten oder Radio hörten.

An diesem Abend hatte es ihn besonders geärgert, dass er in die Nachtschicht musste, denn vom Hessischen Rundfunk würde eine neue Folge der Familie Hesselbach ausgestrahlt werden. Er hatte sehr bedauert, dass er sie nicht hören konnte.

»Carlo, schalte schnell das Radio ein! Gleich fangen die *Hesselbachs* an!«, hatte Amelie, kurz nachdem Siegfried gegangen war, ihren Mann gedrängt.

»Weißt du eigentlich, warum die heute kommen, normalerweise werden die doch immer sonntags gesendet?«, hatte Carlo gefragt.

»Nein! Keine Ahnung, warum die Folge vom Sonntag auf heute verschoben wurde. Aber jetzt frag nicht so viel, schalte lieber das Radio ein!«

»Jetzt trivilier doch nicht so!« Carlo hatte seinen Stuhl vor das Schränkchen gerückt, auf dem das Grundig-Radio thronte. Was für Siegfried seine *Kreidler* war, war für Carlo sein Röhrenradio. Das Gerät war sein ganzer Stolz. Er drückte die weiße UKW-Taste. Die Lampe hinter der Senderskala war angegangen und hatte die acht schrägen Balken mit jeweils acht Städtenamen von Monte Carlo über Hilversum bis Beromünster erleuchtet. In der vorletzten Reihe ganz unten war schließlich Frankfurt. Carlo hatte den roten Zeiger dorthin bewegt und gleichzeitig auf das grüne magische Auge geschaut, das ihm dabei half, den Empfang zu optimieren. Schon kurz darauf war Josef Rixners *Feierabendpolka* erklungen, die Erkennungsmelodie des Hörspiels, über die auch sogleich die Stimme eines Radiosprechers gelegt wurde.

»Familie Hesselbach – eine hessische Alltagschronik von und mit Wolf Schmidt. Sie hören heute: Das Dreckrändchen.«

Helena und Amelie hatten sich währenddessen an den Küchentisch gesetzt und lauschten gespannt den launigen Dialogen. Wenn Lia Wöhr mit ihrer mitunter etwas schrillen Stimme und der ihr eigenen vorwurfsvollen Art als Mama Hesselbach ihr Anliegen vorbrachte und dann von Wolf Schmidt als Babba

Hesselbach mit seinem unverwechselbaren, trockenen Humor meist eine wenig charmante Antwort erhielt, dann blieb in den deutschen Wohnstuben kein Auge trocken. Und so waren auch Amelie, Carlo und Helena an nicht wenigen Stellen in schallendes Gelächter ausgebrochen.

»Ei, Babba, wo sinn dann mei Drobbe?«, hatte Anneliese gerade ihren Karl gefragt.

»Jetzt macht die wieder so, als hätte sie es am Herz, dabei fehlt ihr doch überhaupt nichts!«, hatte Carlo genervt festgestellt.

»Ja, die Mama Hesselbach greift eben tief in die weibliche Trickkiste«, hatte Amelie amüsiert mit einem leicht spöttischen Unterton gemeint.

»Na, du musst es ja wissen.« Carlo hatte seine Frau verschmitzt angelächelt.

»Als ob ich …« Weiter war Amelie nicht gekommen, denn ihr Gespräch war in diesem Augenblick jäh unterbrochen worden.

»Mama, sieh mal, mein Stuhl wird ganz feucht. Was ist das bloß?« Helena hatte ihre Mutter erschrocken angesehen, während sie ihren Bauch umfasst und sich so schnell sie konnte in Richtung Toilette bewegt hatte. Dabei hinterließ sie eine nasse Spur auf dem Stragula. Amelie war aufgesprungen und ihrer Tochter gefolgt, die weinend auf der Toilettenbrille gesessen war und ihre Mutter verzweifelt angeblickt hatte. »Mama, Mama, was passiert mit mir? Hilf mir, bitte, bitte, hilf mir, ich verliere mein Kind!« Helena war voller Angst gewesen, gleichzeitig hatten sie Schamgefühle geplagt. Sie war sich wie ein kleines Mädchen vorgekommen, das in die Hosen gemacht hatte. Aber das war kein Urin, das fühlte sich ganz anders an. Bevor ihr das immer feuchter werdende Stuhlkissen aufgefallen war, hatte sie ein Ziehen in ihrem Bauch gespürt und plötzlich das Gefühl gehabt, als wäre etwas gerissen.

»Ganz ruhig, Helena, mach dir keine Sorgen! Dir ist allem Anschein nach die Fruchtblase geplatzt. Das ist aber nicht so schlimm. Das kann passieren. Reg dich nicht auf! Wir müssen nur sofort ins Krankenhaus.« Amelie hatte sie vorsichtig zum

Sofa geführt, schnell mehrere Camelia-Damenbinden herausgekramt und ihr gesagt, sie solle jetzt ruhig liegenbleiben. Währenddessen war Carlo hinüber zum Metzger Haberkorn geeilt und hatte ihn gebeten, für sie ein Taxi zu rufen.

Dann war alles ziemlich schnell gegangen. Helena hatte das alles gar nicht richtig erfassen können, weil bereits beim Einsteigen in das Auto die erste Wehe losgegangen war. »Mama, kann es sein, dass mein Kind jetzt schon auf die Welt kommt?« Helenas Stimme hatte angsterfüllt geklungen.

Amelie hatte genickt und Helena hatte ihre Mutter entsetzt angeblickt. »Wird es denn dann überhaupt leben können, wenn es so viele Wochen zu früh kommt?«

»Aber natürlich wird es leben. Du bist in der 34. Woche. Dein Kind ist mit allem Notwendigen ausgestattet. Sieh es einfach so, das Kleine will Weihnachten unterm Christbaum und nicht in deinem Bauch feiern.« Amelie hatte versucht, alle Befürchtungen und Zweifel von ihrer Tochter zu nehmen, obwohl sie sich natürlich Sorgen um sie und ihr ungeborenes Enkelkind machte. Aber Helena sollte ihr das nicht anmerken.

Amelie musste sehr überzeugend geklungen haben, denn Helena hatte sich etwas beruhigt in den Sitz zurückgelehnt und die Augen geschlossen. Alles war wie in einem Film an ihr vorbeigerauscht. Ihr war lediglich aufgefallen, dass das Taxi ein paarmal leicht ins Schlingern geraten war. Aber das war kein Wunder, denn es war nun mal tiefster Winter.

*

»Heute Abend werden wir Eltern sein.« Der Gedanke daran löste zum ersten Mal ein kleines Glücksgefühl in ihr aus. Es währte jedoch nicht lange. Denn schon kam die nächste Wehe. Sie umklammerte die weiße Eisenstange am Kopfteil ihres Bettes und schickte ein Stoßgebet zum Himmel, dass es doch bitte bald wieder vorbei sein möge. Langsam lockerten sich ihre Hände. Sie atmete schwer. Siegfried fuhr jetzt Kisten und Kasten mit seinem

Gabelstapler durch das Lagerhaus und ahnte nicht, dass er morgen seinen Sohn in den Armen halten würde.

Erneut stiegen Angstgefühle in ihr hoch. Hoffentlich würde der Kleine gesund sein, immerhin kam er sechs Wochen zu früh auf die Welt. Und wenn sie ehrlich war, musste sie sich eingestehen, dass sie daran nicht unschuldig war. Welcher Teufel hatte sie nur geritten, am Morgen die Fenster zu putzen? Die Streckbewegungen waren sicher der Auslöser gewesen. Aber sie hatte sich nun mal in den Kopf gesetzt, dass die letzte Weihnacht, die sie allein verbrachten, noch einmal eine ganz besondere sein sollte. Alles würde ganz schön sein und dazu gehörten eben auch blitzblank geputzte Fenster. Doch nun war alles ganz anders gekommen. Sie würden Weihnachten bereits als frischgebackene Eltern feiern, sofern sie und das Kind bis dahin überhaupt aus dem Krankenhaus entlassen waren. Wie hatte Mama so schön gesagt? »Der Kleine wollte Weihnachten unter dem Christbaum feiern.« Ihr Weihnachtsgeschenk für Siegfried würde der kleine Fußballer sein, den sie heute Nacht gebären würde. Henry würden sie den Jungen nennen. Sie hatten lange nach einem passenden Namen gesucht, der beiden gefiel. Wenn der Kleine doch nur schon da wäre!

Helena legte ihre Hände auf den Bauch. »Entschuldige, dass ich so unvorsichtig war, ich werde es wiedergutmachen, wenn du auf der Welt bist.«

Aber Henry schien sauer zu sein, denn schon kam die nächste starke Wehe. Obwohl sie nur eine Minute dauerte, kam es ihr vor wie eine Ewigkeit.

Erschöpft sank sie zurück in die Kissen und schloss die Augen. Wie lange das wohl noch so gehen würde?

Sie musste für einen Augenblick weggetreten sein, denn als sie die Augen öffnete, stand plötzlich ein großer stattlicher Mann vor ihr. Er beugte sich über sie und reichte ihr die Hand. »Ich bin Dr. Kirchesch. Ich werde Ihnen helfen, Ihr Kind zur Welt zu bringen. Welcher Geburtstermin war denn ursprünglich vorgesehen?«

Helena berichtete ihm nun, dass man als Geburtstermin Ende Januar errechnet hatte.

»Na, da hat es das kleine Mädchen oder der kleine Junge wohl doch ganz schön eilig, auf die Erde zu kommen. Lassen Sie mich mal sehen, wie weit wir schon sind.« Nun folgte eine kurze, aber gründliche Untersuchung, die jedoch von erneuten Wehen unterbrochen wurde. »Der Muttermund ist erst um wenige Zentimeter geöffnet und die Abstände zwischen den Wehen sind doch noch ziemlich lang. Die Geburt wird sich vermutlich noch etwas hinziehen. Ich komme später wieder, aber keine Sorge, Schwester Ruth wird nach Ihnen schauen und mir rechtzeitig Bescheid geben, wenn es losgeht.« Bevor er hinausging, legte er sanft seine Hand auf Helenas Arm. »Versuchen Sie sich noch ein wenig auszuruhen und Kräfte zu sammeln, die werden Sie nämlich noch brauchen. Am besten, Sie denken an etwas Schönes.«

Als der Arzt gegangen war, trat die zierliche Schwester Ruth an ihr Bett und reichte Helena ein Glas Wasser. »Machen Sie sich nicht so viele Gedanken!« Die Schwester strich ihr liebevoll durchs Haar. »Vom Anbeginn der Menschheit wurden viele Milliarden Kinder auf unserer Erde geboren. Auch wenn das für Sie persönlich heute ein ganz besonderes Ereignis ist, so ist eine Geburt dennoch das Natürlichste der Welt. Ich habe unzähligen Kindern auf ihrem Weg in diese Welt geholfen.« Sie lächelte. »Irgendwann habe ich aufgehört zu zählen, weil es so unendlich viele waren. Denken Sie immer daran, dass Sie nicht allein sind. Unser Herrgott und die Jungfrau Maria werden sie beschützen. Das dürfen Sie nie vergessen. Es wird Ihnen Kraft geben.«

Auch wenn Helena aufgrund ihrer Familiengeschichte eher ein zwiespältiges Verhältnis zur Jungfrau Maria hatte, so faltete sie, nachdem die Schwester gegangen war, doch ihre Hände und bat Maria und Gott darum, ihr in den nächsten Stunden beizustehen.

Der nette Arzt und Schwester Ruth, die viel freundlicher und einfühlsamer war als die andere Ordensschwester, hatten ihr einen großen Teil ihrer Ängste genommen. Alles würde gut werden.

Nottaufe (1952)

Siegfried ging den Krankenhausflur nervös auf und ab. Er schaute hoch zur Uhr, deren Sekundenzeiger langsam aber stetig von einer schwarzen Linie zur anderen hüpfte. Gleich würde der Minutenzeiger auf die Zehn springen. Seit fast eineinhalb Stunden stand er nun schon in diesem Gang herum und wartete darauf, dass man ihn endlich zu seiner Frau und seinem Sohn lassen würde.

Als er am Morgen von der Nachtschicht nach Hause gekommen war, hatte ihn Amelie schon im Treppenhaus der Werftstraße 11 in Empfang genommen. »Herzlichen Glückwunsch, Siegfried, du bist Vater!« Seine Schwiegermutter hatte ihn umarmt und ihn fest gedrückt.

»Ich bin ... was?« Er hatte sich aus Amelies Umarmung gelöst und sie ungläubig angeschaut. »Was redest du denn da? Das Kind soll doch erst Ende Januar kommen! Wo ist Helena? Was ist mit ihr?«

Die Angst in seinen Augen war nicht zu übersehen gewesen. Amelie hatte ihn in die Wohnung gezogen, die Abschlusstüre hinter sich ins Schloss fallen lassen und Siegfried in die Wohnküche geschoben.

»Beruhige dich, mein Junge, und setz dich erst mal hin!« Amelie hatte ihren verdutzten Schwiegersohn zur Chaiselongue geführt und ihn sanft auf das Polster gedrückt. »Alles ist gut. Helena ist in der St. Hedwig-Klinik. Und jetzt glaub es mir endlich! Du bist Vater, Siegfried! – Kurz nachdem du gestern Abend zur Arbeit gefahren bist, gingen die Wehen los. Helenas Fruchtblase ist geplatzt und wir mussten sie schnell in die St. Hedwig-Klinik bringen. Das war ganz schön aufregend, kann ich dir sagen.«

»Und woher weißt du, dass das Kind da ist?« Siegfried hatte seine Schwiegermutter noch immer ungläubig angeschaut. Er konnte nicht wirklich begreifen, was er da hörte.

»Frau Haberkorn war gerade vor fünf Minuten hier und hat uns gesagt, dass das Kleine um sieben Uhr vierundzwanzig das Licht der Welt erblickt hat. Am besten fährst du gleich in die Klinik. Ich komme dann mit der Straßenbahn nach.«

»Ich bin Vater!« Langsam begriff er, was seine Schwiegermutter ihm schon die ganze Zeit zu erklären versucht hatte. Plötzlich sprang er auf. »Ich bin Vater! Ich bin Vater!« Siegfried strahlte über das ganze Gesicht, gab Amelie einen Kuss und ehe sie sich versah, hatte er sie hochgehoben und drehte sich mit ihr, als wären sie beide ein Kreisel.

»Lass mich runter!«, rief Amelie lachend. »Du vergisst ganz, dass ich nicht mehr die Jüngste bin. Für solche sportlichen Einlagen bin ich eindeutig zu alt.«

Siegfried stellte die kleine Amelie auf den Fußschemel, der an der Wand stand, sodass sie sich auf gleicher Höhe in die Augen sehen konnten. »Und was hat Frau Haberkorn noch gesagt? Geht es den beiden gut?«

»Leider hat sie nicht mehr gewusst. Sie sagte mir, dass die Telefonverbindung unterbrochen worden sei. Anscheinend mal wieder ein kurzer Stromausfall, du weißt ja, dass das ständig passiert. Aber mach dir keine Sorgen! Bestimmt ist alles in Ordnung. Und jetzt fahr am besten los! – Ich weiß, du bist sicher hundsmüde, du armer Kerl!« Amelie schaute ihn mitleidig an.

»Ich und müde?! Ich bin hellwach!« Siegfried riss seine Augen weit auf und lachte Amelie an, um gleich wieder in einen Freudentaumel zu verfallen. Er seufzte glücklich. »Ich bin Vater!«

»Komm mal wieder runter, Junge!« Amelie amüsierte sich über die Euphorie ihres Schwiegersohnes. »Wir sehen uns dann später in der Klinik! Ich muss Carlo erst noch sein Essenskännchen für die Arbeit richten. Sowie er sich zum Friedhof aufgemacht hat, komme ich mit der Straßenbahn nach.«

Der frischgebackene Vater war die Treppe hinuntergestürmt, hatte die letzten vier Stufen mit einem Satz genommen und sich kurz darauf auf sein Motorfahrrad geschwungen. Dann war er losgebraust.

Doch leider war er in der St. Hedwig-Klinik ziemlich schnell ausgebremst worden, denn dort hatte man ihn erst einmal vertröstet. »Setzen Sie sich bitte hier auf die Bank. Wir geben Ihnen Bescheid, wenn Sie zu Ihrer Frau können«, hatte man ihm nüchtern erklärt. »Außerdem will Dr. Kirchesch noch vorher mit Ihnen reden.«

Und nun saß und stand er abwechselnd schon eine gefühlte Ewigkeit in dem kalten Flur, durchgefroren, hungrig und durstig. Eigentlich hätte er todmüde sein müssen, aber das Gegenteil war der Fall. Zum Schläfrigwerden war er viel zu aufgeregt.

Plötzlich klopfte ihm jemand von hinten auf die Schulter. Er wandte sich erwartungsvoll um. Aber es war nur Amelie, die ihm, wie versprochen, hinterhergefahren war. »Und, hast du schon mit Helena gesprochen und dein Kind gesehen?« Amelie lächelte ihn voller Erwartung an.

»Schön wär's! Bis jetzt ist nur eine einzige Schwester aufgetaucht und die sagte mir lediglich, ich solle mich hierher setzen und warten, bis der Arzt komme«, berichtete ihr Siegfried enttäuscht, und besorgt fügte er hinzu: »Hoffentlich ist mit Helena und dem Kleinen alles in Ordnung.«

»Hat die Schwester denn gesagt, worüber der Arzt mit dir reden will?«, fragte Amelie ihn nachdenklich, um jedoch ohne auf eine Reaktion ihres Schwiegersohnes zu warten, sich die Antwort gleich selbst zu geben: »Ach, wahrscheinlich ist das mittlerweile so üblich, dass der Arzt sich der Familie vorstellt. Ist doch eigentlich eine schöne Geste! Früher gab es das nicht. Als ich in den 30er-Jahren das letzte Mal auf einer Geburtsstation lag, ging alles viel unpersönlicher zu. In den letzten zwanzig Jahren hat sich da viel verändert. Unter Hitler war sowieso alles anders!«

Für einen Augenblick wanderten Amelies Gedanken zurück in die Vergangenheit, in das Jahr 1933. Ihr Herz zog sich zusammen, als sie an die schreckliche Nacht vom 5. auf den 6. März dachte. Sie war damals im siebten Monat schwanger gewesen und hatte um ihr Leben und das ihres ungeborenen Kindes gekämpft. Irgendwann hatte festgestanden, dass nur einer von beiden überleben würde.»Die Mutter oder das Kind?«, hatten die Ärzte Carlo gefragt. Und der hatte sich für seine Frau entschieden, wohl wissend, dass dies alles andere als im Sinne der neuen Regierung war, die aus Nationalsozialisten und konservativen Deutschnationalen bestand. Die hatten alle eher dazu geneigt, in solchen Fällen dem Leben des Kindes den Vorrang zu geben. Schließlich würden sie Kanonenfutter brauchen, Soldaten für Volk und Vaterland. So dankbar Amelie ihrem Mann einerseits dafür gewesen war, dass er sie hatte weiterleben lassen, so wehmütig hatte sie andererseits der Gedanke gemacht, dass ihr kleiner Junge wegen ihr nicht hatte leben dürfen. In einem kleinen Zipfel ihres Herzens hatte sie sich das nie verziehen.

Doch sie wollte diesen trüben Gedanken jetzt nicht länger nachhängen. Das hier war eine ganz andere Situation. Helena hatte nicht wie sie damals eine lebensgefährliche Eiweißvergiftung, sondern ihr Kind war lediglich ein bisschen zu früh zur Welt gekommen. Das konnte man überhaupt nicht vergleichen.

»Das kann unter Umständen noch ewig dauern, bis der Arzt Zeit für uns hat. Da muss nur eine andere Geburt dazwischen gekommen sein«, versuchte Amelie ihren Schwiegersohn zu beruhigen.

»Aber die könnten uns doch trotzdem schon mal zu Helena lassen. Findest du nicht?«, wandte Siegfried ein.

»Du hast vollkommen recht! Dann reden wir eben anschließend mit dem Arzt.« Amelie hatte auch keine Lust, noch länger in dem kalten zugigen Flur herumzustehen. Hier konnte man sich den Tod holen.»Ich klopfe jetzt einfach nacheinander an die Türen da drüben. Irgendjemand wird mir schon aufmachen.« Und schon setzte sie das Gesagte in die Tat um. Ihr vierter Versuch war schließlich erfolgreich.»Entschuldigen Sie bitte, aber wir warten hier schon über zwei Stunden. Mein Mann und ich haben gestern Abend meine Tochter, sie heißt Helena Kühn, geborene Legrand, hier eingeliefert und sie hat heute Morgen um sieben Uhr vierundzwanzig ihr Kind zur Welt gebracht. Mein Schwiegersohn und ich würden sie gerne besuchen und wir würden natürlich auch gerne unser Enkelkind sehen. Könnten Sie uns nicht sagen, in welchem Zimmer sie liegt? Wir würden so gerne schon mal zu ihr gehen.«

»Ich war heute Nacht nicht im Haus, aber warten Sie, ich schaue mal in unserem Geburtenbuch nach. Setzen Sie sich derweil bitte noch mal hin. Ich gebe Ihnen dann Bescheid.« Die kleine, schon etwas ältere Schwester lächelte Amelie freundlich an und schloss wieder die Tür. Wenigstens war diese Schwester liebenswürdig und nicht so ein Drachen wie die vom Vorabend.

»Diese Warterei zehrt ganz schön an meinen Nerven.« Siegfried, der sonst eher gelassen war, wollte sich nicht hinsetzen, sondern lief weiter auf und ab.

Nach zehn Minuten kam die Ordensschwester schließlich aus dem Zimmer. Sie reichte Siegfried und Amelie die Hand und gratulierte ihnen zu dem neuen Erdenbürger.

»Ja, wo liegt denn jetzt meine Frau. Ich möchte zu ihr«, drängte Siegfried die Schwester.

»Es tut mir leid, aber da werden Sie sich noch ein wenig gedulden müssen. Es war wohl eine schwere Geburt und Sie können jetzt noch nicht zu Ihrer Frau. Vielleicht wäre es am besten, Sie würden erst einmal nach Hause gehen und heute Nachmittag wiederkommen.« Die Schwester versuchte, den beiden die für sie nicht sehr erfreuliche Nachricht so schonend wie möglich beizubringen.

»Wir gehen auf gar keinen Fall nach Hause. Wir wollen mit einem Arzt sprechen und dann will ich meine Tochter und mein Enkelkind sehen.« Amelies Ton machte deutlich, dass sie sich nicht wieder wegschicken lassen würde.

»Regen Sie sich bitte nicht auf. Ich darf dem Arzt leider nicht vorgreifen, aber ich werde nach ihm suchen. Nehmen Sie bitte noch einmal Platz. Ich verspreche Ihnen, ich werde mich um Ihr Anliegen kümmern«, besänftigte die Schwester.

Siegfried hatte sich nun doch hingesetzt. Er war in sich zusammengesunken und hatte sein Gesicht in die Hände gestützt.

»Meinst du, bei der Geburt ist etwas schiefgegangen?«, fragte er plötzlich, während er zu Amelie hochblickte.

»Nein, so dramatisch wird es schon nicht sein. Bei einer Trockengeburt, die dazu noch mehrere Wochen früher als geplant eintritt, kann es immer zu kleineren Komplikationen kommen. Aber die Ärzte hier sind auf so etwas vorbereitet und wissen, wie sie damit umzugehen haben«, versuchte Amelie ihren Schwiegersohn erneut zu beruhigen, obwohl sie selbst höchst besorgt war. Aber das musste Siegfried nicht unbedingt mitkriegen.

»Meinst du wirklich?« Er schaute sie hoffnungsvoll an. Amelie umarmte ihn. »Das meine ich wirklich, mein Junge. Mach dir nicht so viele Gedanken.« Sie strich ihm sanft über die Wange. Für Amelie war Siegfried wie ein eigener Sohn. Sie hatte ihn vom ersten Augenblick, als Helena ihn ihr damals vorgestellt hatte, gern gehabt und der junge Mann hatte die gleichen Gefühle für sie gehegt. Mit Amelie hatte ihm das Schicksal seine geliebte Mutter zurückgegeben, die er auf so tragische Weise schon früh verloren hatte.

Der große stattliche Mann im weißen Arztkittel, der plötzlich vor Amelie und Siegfried stand, reichte beiden die Hand. »Ich bin Dr. Kirchesch, der diensthabende Frauenarzt, der Ihre Tochter entbunden hat.« Er reichte Amelie die Hand und während er sich Siegfried zuwandte, meinte er: »Ich darf Sie herzlich zu ihrer kleinen Tochter beglückwünschen.«

»Tochter …?!« Siegfried schaute den Arzt entgeistert an.

»Ja, Sie sind Vater eines kleinen Mädchens geworden«, bestätigte ihm der Arzt noch einmal.

»Ich bin Vater einer Tochter!« Langsam betonte er jedes einzelne Wort, als müsse er den Inhalt dieses Satzes erst einmal richtig begreifen. Für einen Augenblick hielt er inne. Dann plötzlich veränderte sich sein Gesichtsausdruck und sein Erstaunen verwandelte sich in ein strahlendes Lächeln. »Ich bin Vater einer Tochter und du, Amelie, hast eine kleine Enkeltochter!« Er konnte es noch immer nicht wirklich fassen.

Amelie wandte sich nun an den Arzt, der über das Verhalten des jungen Vaters verwundert zu sein schien und meinte: »Ich glaube, ich muss Ihnen das Benehmen meines Schwiegersohnes erklären. Wissen Sie, er ist ein leidenschaftlicher Fußballspieler und meine Tochter sagte immer, dass es ein Junge würde. Sie fühle das. Sie meinte während der gesamten Schwangerschaft, dass sie sich da ganz sicher sei. Und so haben die beiden sich in die Idee verrannt, dass sie einen kleinen Fußballer bekommen würden. Sie haben sogar nur einen Jungennamen festgelegt. Es sollte ein kleiner Henry werden. Weder ich noch mein Mann konnten die beiden von dieser wahnwitzigen Idee abbringen.«

Dr. Kirchesch lächelte. »Ja, da hat ihnen die junge Dame wohl einen Strich durch die Rechnung gemacht.« Und zu Siegfried gewandt fügte er hinzu: »Sind Sie denn jetzt sehr enttäuscht?«

»Nein, überhaupt nicht! Das ist eigentlich noch viel besser. Ich war schon lange nicht mehr so glücklich.« Als er dies sagte, füllten sich seine Augen mit Tränen. Es waren Tränen der Freude.

»Ich muss Ihre Freude leider ein wenig trüben«, meinte nun Dr. Kirchesch, dessen Miene ernster geworden war. »Ich habe Ihnen zuerst die gute Nachricht überbracht, aber Sie wissen ja, wo Licht ist, gibt es auch oft Schatten. Leider war die Entbindung nicht unproblematisch, weder für die Mutter noch für das Kind. Ihre Tochter hatte nämlich nach der Geburt eine sogenannte Uterus-Atonie.« Er blickte nun zu Amelie. »Wissen Sie, was das ist?«

Amelie, die sich mittlerweile neben ihren Schwiegersohn auf die Bank gesetzt hatte, schüttelte den Kopf und auch Siegfried konnte mit dem Begriff nichts anfangen. Beide schauten den Arzt schweigend an, sie waren sichtlich verstört. Dr. Kirchesch erklärte ihnen nun, dass es sich dabei um eine Kontraktionsstörung der Gebärmutter handele, die mit einem ziemlichen Blutverlust einhergehe.

»Ja, und wie geht es meiner Tochter jetzt?« Amelie hatte als Erste ihre Fassung zurückgewonnen.

»Den Umständen entsprechend gut«, lächelte er sie zuversichtlich an. »Die Gebärmutter hat sich mittlerweile zusammengezogen, die Blutung ist gestoppt, aber ihre Tochter ist natürlich noch sehr schwach. Darum haben wir ihr etwas zum Schlafen

gegeben. Sie braucht jetzt viel Ruhe. Es wäre deshalb auch am besten, wenn Sie sie erst morgen besuchen würden.«
»Und meine Frau ist wirklich über dem Berg?«, fragte Siegfried nochmals nach.
Der Arzt klopfte ihm sanft auf die Schulter. »Ihre Frau ist zwar zart, aber sie ist auch zäh. Sie werden noch viele Kinder mit ihr haben. Vielleicht ist das nächste ja dann ein Fußballer!«
»Dürfen wir dann wenigstens die Kleine sehen?« Amelie war so neugierig auf ihre Enkelin.
Dr. Kirchesch wurde erneut ernst: »Das ist leider im Augenblick auch nicht möglich.« Er stockte einen Augenblick. »Das, was ich Ihnen jetzt sage, fällt mir sehr schwer. Ihre kleine Enkelin macht mir im Moment noch große Sorgen. Ich muss Ihnen leider mitteilen, dass die Kleine noch nicht über dem Berg ist. Sie ist mit ihren drei Kilogramm zwar durchaus lebensfähig, aber sie ist sehr, sehr schwach. Wir mussten sie in den Brutkasten legen und hoffen, dass sie es schafft. Die nächsten drei Tage werden es zeigen.«

Bei den Worten des Arztes schlug Amelie voller Entsetzen ihre Hände vor den Mund. Siegfried konnte gar nichts mehr sagen, für ihn brach in diesem Augenblick eine Welt zusammen. Er war wie gelähmt.

»Herr Doktor, hat mein Enkelkind denn eine Chance?« Amelie blickte ihn flehentlich an.

»Ich hoffe es, aber ich weiß es nicht. Das liegt jetzt in Gottes Hand. Und nun muss ich mich verabschieden. Auch ich habe eine anstrengende Nacht hinter mir. Ich wünsche Ihnen alles Gute.«

Als der Arzt gegangen war, brach Amelie in Tränen aus. So froh sie darüber war, dass es Helena besser ging, so unendlich traurig machte sie der Gedanke, dass ihre kleine Enkelin in diesem Moment um ihr Leben kämpfte. Unweigerlich musste sie wieder an ihre eigene Fehlgeburt denken. Sie schluchzte laut auf. Siegfried nahm sie in den Arm und auch er konnte seine Tränen nicht zurückhalten.

Die beiden saßen nebeneinander auf der Bank wie zwei Häufchen Elend, unfähig zu entscheiden, was sie jetzt tun sollten.

Innerhalb von zehn Minuten waren sie von den glücklichsten Menschen der Welt zu den traurigsten geworden.
»Sie dürfen die Hoffnung nicht aufgeben.« Die kleine Ordensschwester setzte sich zu ihnen. »Vertrauen Sie auf Gott, er wird Ihnen und Ihrem Mädchen helfen.« Ihre Stimme war sanft und sie sprach die Worte sehr behutsam aus. »Ich möchte Ihnen etwas vorschlagen. Wenn Sie wollen, können wir die Kleine jetzt und hier nottaufen. Ich darf das machen, und wir brauchen auch nur ein wenig Wasser. In einer solchen Situation ist das erlaubt. Das Wissen, dass Ihr Kind zu Gott gehört und in ihm geborgen ist, wird auch Ihnen helfen.«

Amelie und Siegfried blickten sich an. »Was meinst du?«, fragte Siegfried seine Schwiegermutter. Amelie nickte ihm mit verweinten Augen zu. »Ich denke, wir sollten das Angebot der Schwester annehmen.«

»Wenn du das meinst, dann sollten wir das tun.« Siegfried vertraute Amelie. Wenn sie das für richtig hielt, dann war es richtig.

»Dann kommen Sie jetzt bitte mit mir!« Die Ordensschwester erhob sich und ging mit den beiden den langen, kalten Flur entlang.

»Möchten Sie nicht nur die Großmutter, sondern auch die Patin ihrer Enkelin sein?« Die Schwester lächelte Amelie ermutigend an.

Diese nickte, während sie sich die letzten Tränen aus den Augenwinkeln wischte. »Sehr gerne.«

»So, dann werde ich Ihnen die Kleine jetzt kurz geben.« Die Schwester öffnete den Brutkasten und beugte sich hinab zu dem Säugling. Dann legte sie ihn Amelie in die Arme. »Wie friedlich sie schläft, schau mal, Siegfried!«

»Wie schön sie ist und was für lange schwarze Haare sie hat! Sie wird sicher mal so hübsch wie Helena!« Der frisch gebackene Vater war von seiner kleinen Tochter entzückt.

»Aber sie hat gar keine Finger- und keine Fußnägel!«, stellte Amelie erschrocken fest.

»Keine Sorge, das ist das kleinste Problem, die wachsen noch nach«, beruhigte sie die Schwester. Zu Siegfried gewandt meinte sie: »Jetzt müssen Sie mir nur noch verraten, wie Ihre Tochter heißen soll.«

Auf diese Frage war Siegfried nicht gefasst gewesen. Nun rächte es sich, dass er und Helena sich so auf einen Jungen versteift hatten. Sie hatten nie über Mädchennamen nachgedacht.

»Welchen Namen soll das Mädchen bekommen?«, fragte ihn die Schwester erneut.

»Äh, hm ...«, ratterte es in seinem Gehirn. Er hatte keine Ahnung, welcher Mädchenname Helena gefallen würde. Aber er musste sich entscheiden. In diesem Moment erinnerte er sich an seine nette Cousine, mit der er als Kind immer gespielt und mit der er sich so gut verstanden hatte. »Charlotte, Charlotte Kühn!«, antwortete er voller Überzeugung.

Und während Amelie ihre Enkelin in ihren Armen hielt, beträufelte die Ordensschwester das Gesicht des Säuglings dreimal mit Wasser, während sie die Tauformel sprach: »Ich taufe dich im Namen des Vaters, des Sohnes und des Heiligen Geistes auf den Namen Charlotte. Amen.« Dann legte sie den Säugling wieder zurück in den Brutkasten.

Auch wenn sich an den tatsächlichen schwierigen Umständen nichts geändert hatte, so hatte die Taufe doch etwas Tröstliches gehabt. Sie waren der Schwester unendlich dankbar, dass sie ihnen diese ermöglicht hatte. Aber für Amelie hatte die Taufe noch eine weitere Erkenntnis gebracht, die sie Siegfried auch beim Verlassen des Krankenhauses sogleich mitteilte: »Ich bin mir sicher, unser Charlottchen wird leben. Und weißt du, wieso ich das weiß?« Sie lächelte Siegfried an, der sie fragend anblickte. »Während die Schwester die Tauformel sprach, hat deine Tochter zweimal gepupst. Ich denke, das war ein gutes Zeichen.«

Charlotte (2014)

„Das war ja ein heftiger Start ins Leben.« Robert lächelte Charlotte an, während die beiden gemeinsam die verlängerte Jungbuschstraße hinunterschlenderten.
»Das kann man wohl sagen. Aber ich wollte anscheinend nicht mehr warten und unbedingt Weihnachten erleben.« Charlotte schaute ihn verschmitzt an. »Wahrscheinlich war ich damals schon auf die Welt gespannt. Die Neugierde auf das Leben hat mich stets angetrieben. Geduld war, ehrlich gesagt, nie meine Stärke. Das ist bis heute so.«
»Ja, das glaube ich dir sofort. So schätze ich dich auch ein.« Charlotte fand es schon erstaunlich, dass Robert sie nach relativ kurzer Zeit so gut kannte. »Manchmal ist es gar nicht so verkehrt, ungeduldig zu sein«, erklärte sie ihm augenzwinkernd. »Ich habe von dieser Haltung schon oft in meinem Leben profitiert.«
»Wie hat Gorbatschow einmal so schön gesagt: ‚Wer zu spät kommt, den bestraft das Leben.' Ich finde, da ist schon was dran.« Robert sah das wohl ganz ähnlich.
»Schau mal.« Charlotte deutete auf die andere Straßenseite »Da drüben war in meiner Kindheit *Der letzte Heller*. In dieser Wirtschaft haben meine Eltern viele Jahre lang Fastnacht gefeiert und nächtelang geschwoft. Da gab es Kappenabende und besonders am Fastnachtssamstag und beim Kehraus am Fastnachtsdienstag war da der Bär los. Meine Eltern haben Fastnacht geliebt und für uns alle Fastnachtskostüme genäht. Meine Mutter ging meistens als Zigeunerin. Kein Wunder, sie war so eine rassige Frau mit ihren schwarzen Haaren und dunklen Augen. Und mein Papa ging meistens als Kapitän mit aufgemaltem Schnauzbart.«
»Na ja, für deine Eltern als gelernte Schneider war das wohl schon fast eine Frage der Ehre, dass sie ihre Maskerade selbst nähten«, warf Robert ein.

Charlotte nickte. »Aber sie waren auch beide vorbelastet. Meine Mutter durch meinen Opa Carlo, der sich schon in den 20er-Jahren das, was er an Fastnacht tragen wollte, selbst entwarf und auch schneiderte. Dabei muss man bedenken, dass er einen ganz anderen Beruf hatte. Ja, und mein Vater hatte wohl die Gene seiner lebenslustigen Mutter.« In Charlotte stieg für einen Augenblick Schwermut hoch. Dieses Gefühl überkam sie immer, wenn sie über das harte Schicksal ihrer Großmutter Maria nachdachte und darüber, wie sehr ihr Vater sein ganzes Leben lang unter den traumatischen Ereignissen gelitten hatte.

Robert bemerkte Charlottes Traurigkeit und versuchte, sie abzulenken: »Du sahst bestimmt süß aus als kleine Prinzessin im Spitzenkleidchen.«

»Ich und Prinzessin!« Robert hatte einen Volltreffer gelandet, denn Charlottes Niedergeschlagenheit wechselte von einem Moment zum anderen in ausgelassene Heiterkeit, als sie belustigt meinte: »Du kennst mich anscheinend doch nicht so gut, wie ich dachte. Mit der Monarchie stehe ich bis heute auf Kriegsfuß. Das ist überhaupt nicht meine Welt. Ich wäre nie auf die Idee gekommen, mich als Prinzessin verkleiden zu lassen. Never ever! – Nein, Prinzessin war ich nie. Als ich ganz klein war, haben sie mich als Gärtnerin maskiert. Und später hat mir meine Mutter dann ein Torero-Kostüm genäht. Davon habe ich sogar noch Fotos. Dann war ich mal Cowgirl mit einem Schießeisen und mit zwölf wollte ich unbedingt Nscho-tschi sein, Winnetous Schwester. Mein Gott, war ich damals in Lex Barker verknallt ...« Charlotte geriet ins Schwärmen.

»Respekt! Da hat sich also damals schon die Kämpferin in dir gezeigt.«

»Ja, das kann schon sein. Ich wollte nie so ein langweiliges Prinzesschen sein. Übrigens, im *Letzten Heller* haben wir auch meinen Onkel Heinz kennengelernt, der ja eigentlich gar nicht mein Onkel war.« Charlotte schwelgte in Erinnerungen, als sie an dem Quadrat H7 vorbeigingen. »Meine Tante Inge ist dort auch immer verkehrt. Von der muss ich dir bei Gelegenheit auch noch erzählen.«

»Was meinst du, wenn du sagst dein Onkel, der eigentlich gar nicht dein Onkel war? War er nun dein Onkel oder war er es nicht?« Robert war irritiert.

»Ich weiß, das klingt kompliziert.« Charlotte machte eine Pause und überlegte, wie sie es ihm am besten erklären sollte. »Also, Onkel Heinz war der Bruder der Besitzerin der Wirtschaft und meine Eltern lernten ihn 1957 dort an Fastnacht beim Kappenabend kennen. Daraus entstand nach und nach eine enge lebenslange Freundschaft. Stell dir vor, Onkel Heinz ist ab diesem Zeitpunkt bis zum Tod meiner Mutter 2013 jeden Tag zu uns nach Hause gekommen.«

»56 Jahre war er immer bei euch? Hatte er denn keine eigene Familie?« Robert konnte das nicht wirklich nachvollziehen.

»Nein, er war geschieden. Er hatte im Krieg in Norwegen mit einer Krankenschwester ein Kind gezeugt und sie nach der Geburt der gemeinsamen Tochter geheiratet. Aber nach dem Krieg, als beide wieder in Deutschland waren, merkten sie bald, dass sie nicht zusammenleben konnten. Nach der Scheidung ging die Mutter dann mit ihrer Tochter zurück nach Stuttgart und er blieb in Ludwigshafen. In den ersten Jahren hat Onkel Heinz seine Tochter sogar ein paarmal zu sich eingeladen. Aber dann klappte das, aus welchen Gründen auch immer, wohl irgendwann nicht mehr und so hat er seine Tochter über mehrere Jahrzehnte nicht gesehen. Eigentlich ist das keine schöne Geschichte.« Charlotte war davon überzeugt, dass alle Beteiligten unter dieser Situation gelitten hatten.

»Dann wart ihr also seine Ersatzfamilie und du auch sicher so eine Art Ersatzkind für ihn, oder?«, hakte Robert nach.

»Das kann man wohl sagen! Für mich war das nicht immer schön. Besonders als ich älter wurde, hatte ich keine Lust, dass es neben meinen Eltern noch einen *Plastikonkel* gab, der meinte, er müsse mich auch erziehen.« Charlotte zog eine genervte Grimasse.

»Klar, wer mag das schon?! – Aber sag mal, warum nennst du ihn *Plastikonkel*?« Robert konnte mit dem Begriff nichts anfangen.

»Na ja, weil Plastik ein Kunststoff ist und er ein künstlicher Onkel war«, erklärte Charlotte ein wenig amüsiert.

»Aha! Klingt logisch, wenn auch sehr speziell!«, warf Robert ein. »Übrigens finde ich, dass dein Vater einen schönen Namen für dich ausgewählt hat. Am einfachsten wäre ja gewesen, er hätte aus Henry eine Henriette gemacht.« Robert blieb stehen und blickte sie an. »Ich finde der Name Charlotte passt gut zu dir.«

»Mittlerweile gefällt mir mein Name auch. Allerdings war meine Mutter da ganz anderer Meinung.« Charlotte musste lachen. »Obwohl ich sagen muss, dass ich ihre Namensvorstellungen immer viel schlimmer fand.«

»Na ja, ein Name ist doch eigentlich letztendlich Schall und Rauch. Wichtig ist nur, dass du das alles trotz der schwierigen Umstände überlebt hast und dann ein gesundes Baby warst.«

»Da muss ich dich enttäuschen, so einfach war das leider nicht. Meine Oma Amelie war da wohl zu vorschnell mit ihrer Prognose. Ich kam nämlich nicht nur ohne Finger- und Fußnägel zur Welt, sondern erkrankte auch noch am Magenpförtnerkrampf. Meine Familie bangte ein ganzes Jahr um mein Leben. Wenn meine Großmutter und meine Mutter sich nicht Tag und Nacht um mich gekümmert hätten, wäre ich wohl kaum am Leben geblieben«, bemerkte Charlotte nachdenklich.

»Das wäre aber schade gewesen!« Robert nahm Charlottes Hand. »Komm, lass uns rüber ins *Riz* gehen. Die machen wunderbare Cocktails. Da können wir auf dich anstoßen und du kannst mir die Geschichte weitererzählen. Ich bin schon ganz gespannt.«

Erinnerungen (1952)

Als Dr. Kirchesch am nächsten Morgen das Zimmer betrat, in dem Helena und drei andere Wöchnerinnen lagen, war diese völlig aufgelöst. Sie hatte ihr Gesicht im Kopfkissen vergraben und weinte leise. Darum widmete er ihr zunächst seine Aufmerksamkeit. »Haben Sie denn noch immer so große Schmerzen?«, fragte er sie und fuhr sogleich fort: »Wenn Sie möchten, können wir Ihnen ein stärkeres Mittel verabreichen, Frau Kühn.«
Helena wischte ihre Tränen weg und während sie sich ihm zuwandte, schüttelte sie zaghaft den Kopf. »Die Schmerzen sind erträglich«, erwiderte sie leise.
»Und warum sind Sie dann so verzweifelt?«
Helena schwieg, schluchzte jedoch noch immer.
»Wollen Sie es mir nicht verraten?« Dr. Kirchesch setzte sich auf ihre Bettkante.
Zögerlich begann sie zu sprechen: »Weil ...«, wieder erstickten die aufsteigenden Tränen ihre Stimme, »weil allen Frauen hier im Zimmer ihre Kinder schon gebracht wurden, nur ich darf meines nicht sehen. Ich weiß gar nicht, wie es ausschaut. Geht es ihm denn so schlecht? Wird es sterben?«
Der Arzt streichelte sachte über Helenas Arm. »Ich komme gerade von der Kleinen. Sie ist wesentlich stabiler als gestern. Ich bin zuversichtlich, Frau Kühn, dass sie es schaffen wird. Wenn sich bis morgen ihr Zustand nicht verschlechtert, und davon gehe ich aus, dann werde ich sie Ihnen morgen bringen lassen.«
Helena blickte ihn unsicher an. »Und Sie sagen das nicht nur, um mich zu beruhigen?«
»Nein, ganz bestimmt nicht. Ihre Tochter ist eine kleine Kämpferin. Sie will leben.«
Bei dem Wort Tochter stiegen erneut Tränen in Helenas Augen und so fragte Dr. Kirchesch, dem das natürlich nicht verborgen blieb, noch einmal nach: »Frau Kühn, was ist los? Ist alles in Ordnung mit Ihnen?«

Helena zögerte und schaute starr auf ihre weiße Bettdecke. »Wie soll ich Ihr Schweigen deuten?« Dem Arzt war Helenas schlechte seelische Verfassung nicht entgangen, darum wollte er sie nicht einfach so sich selbst überlassen. »Sie können sich mir gerne anvertrauen! Was grämt Sie denn so sehr?«
»Mein Mann wird unendlich enttäuscht sein, wenn er nachher kommt. Er hat sich doch einen Jungen gewünscht, einen, der später mal mit ihm zum Fußball gehen kann. Ich selbst war auch felsenfest davon überzeugt, dass wir unser Wunschkind, unseren Henry, bekommen würden.«
»Da verraten Sie mir nichts Neues, Frau Kühn. Ich weiß das schon alles, denn ich habe Ihren Mann gestern kennengelernt. Übrigens ein netter, anständiger Kerl, den Sie da geheiratet haben. Das mit dem Fußballer, das hat er mir bereits erzählt.« Der Arzt lachte. »Aber wissen Sie, Frau Kühn, ich hatte den Eindruck, dass er sich über seine kleine Tochter mindestens genauso gefreut hat«, erklärte nun Dr. Kirchesch Helena. »Doch das soll er ihnen mal schön selbst erzählen, wenn er später kommt.« Der Arzt betrachtete seine Patientin nachdenklich. »Aber sagen Sie mir, wie ist das denn mit Ihnen? Freuen Sie sich eigentlich über das kleine Mädchen?«
»Natürlich!« Helenas Antwort kam wie aus der Pistole geschossen. »Ich sehne mich so sehr danach, es endlich in meinen Armen halten zu können, und ich wünsche mir nichts mehr, als dass es ganz schnell zu Kräften kommt.«
»Dann kann doch gar nichts mehr schiefgehen.« Dr. Kirchesch stand auf, wandte sich jedoch noch einmal zu ihr um. »Und ab jetzt wird nicht mehr geweint, verstanden!«
Helena nickte und schenkte ihm ein zaghaftes Lächeln.
Sie war unendlich dankbar dafür, an einen so fürsorglichen und fachkundigen Arzt geraten zu sein. Seine Worte hatten ihr gutgetan und sie ein wenig beruhigt.
Sie blickte zum Fenster hinaus, die Dächer des gegenüberliegenden Hauses waren weiß. Es hatte in der letzten Nacht anscheinend gewaltig geschneit. In knapp vier Tagen war Weihnachten. Vielleicht würde es dieses Jahr eine weiße Weihnacht

werden. Helena seufzte leise. Das Weihnachtsfest hatte sie sich eigentlich ganz anders vorgestellt. Es hätte ein ganz Besonderes werden sollen, denn es wäre schließlich das Letzte gewesen, das sie und Siegfried als Paar zusammen mit ihren Eltern gefeiert hätten.

Sie schloss die Augen und stellte sich den Weihnachtsabend vor. Sie sah alles bildlich vor sich. Sie saßen in der Wohnküche der Werftstraße 11 um den Tisch herum, Siegfried auf der Chaiselongue, ihre Mutter auf dem Hocker und ihr Vater auf dem Stuhl am Tischende. Am Heiligabend würde Carlo, so wie schon ein Jahr zuvor, eine zusätzliche Schippe Koks auf die Glut werfen und ein Brikett mehr als sonst auflegen. Die Stube sollte in der Heiligen Nacht mollig warm sein. Sie hatten in den Jahren zuvor so viele Einschränkungen hinnehmen müssen. Jetzt war Schluss damit! Es würde weiter aufwärts gehen. In Zukunft konnte alles nur noch besser werden. Die schlimmen Jahre waren glücklicherweise vorüber. Sie hatten trotzdem auch in der Vergangenheit immer Weihnachten gefeiert, wenn auch die Umstände teilweise recht schwierig gewesen waren. Helenas Gedanken gingen zurück in die Vergangenheit, zu den Weihnachtfesten des letzten Jahrzehnts.

*

1942 hatten die Legrands zum letzten Mal alle zusammen in der Wohnung der Großeltern in der Hafenstraße Weihnachten verbracht. Amelie und Helena waren damals überglücklich gewesen, dass Carlo Heimaturlaub bekommen hatte und mit ihnen zusammen sein konnte. Seinen beiden Brüdern war es leider nicht vergönnt gewesen, Weihnachten daheim zu verbringen. Erich war in Russland vermisst und auch Gustavs Schicksal war ungewiss.

Schon damals war alles sehr bescheiden gewesen. Das ganze Jahr über hatte es bereits Anzeichen für eine dramatische Wende im Krieg gegeben. So war im März als erste deutsche Stadt

Lübeck bombardiert und kurz darauf Rostock fast gänzlich zerstört worden. Als Oberbürgermeister Renninger den Mannheimern im Frühjahr mitteilen ließ, dass die Stadt mittlerweile über 25.000 Bunkerplätze verfüge, hatte das viele Bürger seltsam angemutet. Man würde sie bestimmt nicht bauen, wenn sie nicht auch bald gebraucht würden. Im Juni waren dann neben zahlreichen Glocken auch das Kaiser-Wilhelm-Denkmal im Schlosshof, das Moltke-Denkmal vor dem Zeughaus und das Kriegerdenkmal im Löwengärtchen am Luisenring der sogenannten Metallsammlung zum Opfer gefallen. Sie wurden zur Herstellung von Munition und Kriegsgerät eingeschmolzen. Amelies Freundin Katharina hatte, als sie davon erfuhr, die Hände über dem Kopf zusammengeschlagen und gemeint: »Hoffentlich kommen wir aus dem Schlamassel noch mal lebend raus!«

Alles war nach und nach schlechter geworden, für Deutschland, Mannheim und somit auch für die Legrands. Sie waren im Kleinen das Spiegelbild der politischen Verhältnisse des ganzen Landes.

Obwohl an diesem Weihnachtsfest bereits Schmalhans Küchenchef gewesen war, wie Onkel Valentin es mit seinem trockenen Humor treffend ausdrückte, als er auf den spärlich gedeckten Tisch blickte, war die Stimmung doch zunächst noch recht heiter gewesen. Überschattet worden war der Weihnachtsabend jedoch von Tante Marlenes Tod. Denn während sie alle unter dem Christbaum saßen und Weihnachtslieder sangen, hatte sie im danebenliegenden Zimmer ihr Leben ausgehaucht. Helena hatte sich zu Tante Marlene immer sehr hingezogen gefühlt und es ihr auch stets gezeigt. Vielleicht wollte sie ihre Tante ein wenig darüber hinwegtrösten, dass ihre beiden Kinder nichts von ihr wissen wollten. Annerose und Adolf hatten nie eine Beziehung zu ihrer Mutter aufbauen können, dafür hatte deren Mann Alfred hinlänglich gesorgt. Die Halbgeschwister empfanden nichts für ihre Mutter, nicht einmal, als sie todkrank war. Sie konnten ihr keine Liebe schenken, wollten es vielleicht auch gar nicht.

1943 war Weihnachten dann mehr als armselig gewesen. Mannheim war mittlerweile von den immer häufiger werdenden Bombenangriffen der Engländer und Amerikaner schwer gezeichnet gewesen und nicht nur die Stadt, sondern auch die Seelen der Menschen. Amelie und Helena waren mit Betty und Annerose sowie mit Tante Marie und Onkel Valentin an Heiligabend in deren verdunkelter Wohnung in der Beilstraße gesessen, so wie es die Verordnung der Regierung vorsah. Feiern hatte man das wirklich nicht nennen können. Ein Weihnachtsbaum war nirgends aufzutreiben gewesen und so hatte Marie ein paar Tannenzweige in eine Vase gestellt, an denen einige wenige, schon öfters benutzte Lametta-Fäden traurig herunterhingen. Daneben hatte sie einen alten, weißen Kuchenteller platziert, auf dem sie mehrere weiße Stearinkerzen mit geschmolzenem Wachs befestigt hatte.

Das Weihnachtsmahl, sofern man es überhaupt als solches bezeichnen mochte, war mehr als dürftig gewesen. Aber nicht nur das, sie hatten darüber hinaus an diesem Abend auch jämmerlich gefroren. Schon damals war alles rationiert gewesen und Kohlen hatte es nur auf Bezugsscheine gegeben. An dem Abend hatte zunächst keine rechte Freude aufkommen wollen. Besonders Amelie war überaus schweigsam gewesen. Carlos Brief, in dem er ihr eröffnet hatte, dass er in Wiener Neustadt eine Frau kennengelernt habe, die ihm sehr viel bedeute, und dass er nicht wisse, wie es weitergehen solle, hatte sie zutiefst getroffen. Sie hatte schreckliche Angst, ihn für immer zu verlieren. Ihrer Tochter hatte sie all das verschwiegen. Helena liebte ihren Vater; sie verehrte ihn. Amelie wollte die Beziehung der beiden keinesfalls mit ihren Eheproblemen belasten. Sie würde das mit sich selbst ausmachen und hatte darum versucht, sich nichts anmerken zu lassen, auch wenn es sie innerlich fast zerriss.

Auch für Helena war 1943 ein sehr aufreibendes Jahr voller Wechselbäder gewesen. Im Sommer war sie ihrer ersten Liebe, dem italienischen Widerstandskämpfer Gino begegnet, einem *Badoglio*, der zur Zwangsarbeit in Deutschland verurteilt worden war. Mit ihm hatte sie sogar durchbrennen wollen, sich insgeheim schon als die Frau eines neapolitanischen Weinbergbesitzers gesehen. Gino war zweifelsohne ihre erste große Liebe gewesen. Aber die schwerste Attacke von über 150 Bombenangriffen, die Mannheim in der Nacht vom 5. auf den 6. September erleiden musste, hatte all ihre Pläne zunichte gemacht. Helena war damals davon überzeugt gewesen, dass sie sich nie mehr verlieben könnte.

Doch da hatte sie sich geirrt, denn als an dem armseligen Weihnachtsabend 1943 der warmherzige, dazu noch gutaussehende Ewald vor ihr gestanden war, hatten ihre Gefühle sie eines Besseren belehrt. Der junge Soldat hatte nämlich ihr Herz im Sturm erobert. Was sie nicht mehr zu hoffen gewagt hatte, war passiert: Sie hatte sich tatsächlich wieder verliebt.

Wenn Helena heute an all das zurückdachte, so war sicherlich die letzte Kriegsweihnacht diejenige gewesen, die sich am eindringlichsten in ihr Gedächtnis eingebrannt hatte. Sie war 1944 zusammen mit ihrer Mutter und anderen Nachbarn der Beilstraße 22 bereits einen Tag vor Heiligabend in den Neckarvorlandbunker eingezogen, da es rund um die Uhr Bombenalarm gegeben hatte. Aber sie waren nicht nur in den Bunker gegangen, um sich zu schützen, sondern hatten vielmehr ganz gezielt geplant, dort allen Widrigkeiten zum Trotz gemeinsam Heiligabend zu feiern. Damals hatte jeder etwas zu dieser ungewöhnlichen Weihnachtsfeier beigesteuert. Zweifellos war der Plattenspieler von Lotte Jürgens das wichtigste Mitbringsel gewesen. »Stille Nacht, heilige Nacht« – sie hatten dieselbe Platte stets von Neuem aufgelegt und dazu inbrünstig gesungen. Den Lautstärkeregler hatten sie bis zum Anschlag aufgedreht, um das Rumpeln, Donnern und Krachen von draußen zu übertönen. Nach und nach waren immer mehr Menschen von der Musik angelockt worden. Menschen, die Schreckliches durchgemacht hatten, die ihre Liebsten, ihr Hab und Gut, ihren Lebensinhalt verloren hatten. So wie Amelie, die noch immer nicht wusste, ob sie Carlo je wiedersehen würde, oder Helena, die einen Monat zuvor ihren Brief, den sie Ewald an die Front geschickt hatte, mit dem Stempel *Gefallen für Deutschland* zurückbekommen hatte. Sie alle suchten einander in der Heiligen Nacht, um sich zu trösten und sich gegenseitig Halt zu geben. Nie in ihrem Leben hatte Helena ein so großes Zusammengehörigkeitsgefühl und so viel Frieden und Liebe unter Menschen erlebt wie bei dieser Bunkerweihnacht, während der gleichzeitig Bombenstürme über der Stadt tobten. Und dann war plötzlich Carlo vor ihnen gestanden, bleich, mit eingefallenen Wangen und reumütig. Sie hatten ihn einfach nur in ihre Arme geschlossen. Seine Rückkehr war für Amelie und Helena das schönste Weihnachtsgeschenk ihres Lebens gewesen.

Die ersten Weihnachtsfeste in den Jahren nach dem Kriegsende waren dann von bitterem Mangel und unendlichen Entbehrungen gekennzeichnet. Es hatte an allem gefehlt. Aber das Wichtigste war damals für sie gewesen, dass sie alle drei den Krieg überlebt hatten. Ihre Herzen waren erfüllt von Dankbarkeit, dass das Schicksal es so gnädig mit ihnen gemeint hatte.

*

Helena atmete tief durch. Zum Glück war das alles jetzt Geschichte. Seit dem Ende der 40er-Jahre hatte sich vieles verändert. Die Versorgungs- und Ernährungslage hatte sich Gott sei Dank etwas stabilisiert und niemand musste mehr schlimmen Hunger leiden. Es gab sogar schon wieder kleine Leckereien zu kaufen. Die Wohnungsnot war jedoch noch immer groß und viele Mannheimer lebten weiterhin in menschenunwürdigen Baracken, feuchten Kellerlöchern oder in einem der 52 Bunker. Die Amerikaner und Engländer hatten während des Krieges in den Quadraten ganze Arbeit geleistet und fast alles dem Erdboden gleich gemacht. Kaum ein Gebäude war noch bewohnbar. An allen Ecken und Enden der Stadt wurden Trümmergrundstücke geräumt, einsturzgefährdete Häuser abgerissen und gleich wieder neu aufgebaut. Trotzdem würde dieser Wohnraum auf Jahre hinaus nicht ausreichen, alle Ausgebombten unterzubringen.

Verschärft wurde die Situation durch den nicht enden wollenden Flüchtlingsstrom von Vertriebenen aus den Ostgebieten. Dadurch hatte sich die Bevölkerungszahl seit dem Kriegsende mehr als verdoppelt, von 106.000 auf knapp 246.000. Aber von Jahr zu Jahr würde es besser werden, da war sich Helena sicher. Endlich gab es Licht am Horizont. So hatte die Stadt ein paar Monate zuvor am Feudenheimer Aubuckel ein neues Wohngebiet erschlossen. 30.000 neue Wohnungen waren entstanden. Vielleicht sollten sie und Siegfried sich um eine bewerben! Jetzt, wo sie zu dritt waren, würde es mit ihren Eltern ziemlich eng in der Werftstraße werden. Aber die Erfolgschancen waren, wenn sie es realistisch betrachtete, sehr gering, denn es fehlten noch immer Wohnungen für rund 15.000 Familien.

Und wenn sie in ihr tiefstes Inneres blickte, musste sie sich darüber hinaus auch eingestehen, dass sie im Grunde gar nicht in einen Vorort ziehen wollte. Der Jungbusch war ihre Heimat, alles war ihr hier vertraut, jeder kannte jeden und man half sich gegenseitig, wo immer man konnte. Gerade in den ersten Jahren nach dem Krieg war es durchaus üblich gewesen, dass man einen Tisch vor das Haus stellte, der mit allen möglichen Dingen bestückt war, die man zum Verkauf beziehungsweise zum Tausch anbot. Manche Straßen waren auf diese Weise zu kleinen Krämermärkten geworden mit allem, was so ein Markt mit sich brachte. Man kam sich zunächst näher über das Kaufinteresse und dann fing man plötzlich an, miteinander über alles Mögliche zu plaudern, über Erfreuliches, aber auch über Trauriges. Man lachte und weinte miteinander und lernte den einen oder anderen Nachbarn plötzlich von einer ganz anderen Seite kennen. Im Grunde war der Jungbusch immer wie ein kleines, in sich geschlossenes Dorf gewesen. Obwohl mittlerweile fast niemand mehr einen Tisch vor die Haustür stellte, war die Verbundenheit zwischen den Menschen geblieben.

Helena erinnerte sich an die schlechte Stimmung, die Resignation und Niedergeschlagenheit, die sich in den ersten Nachkriegsjahren über Deutschland gelegt hatte, als alles verloren, zerschlagen und verwüstet war und es so aussah, als würde das Land nie mehr auf die Beine kommen. Nicht selten hatte man damals gehört: »Des bringd jo alles sowieso nix. Des kemma a glei bleiwe losse!« Aber es hatte auch Menschen gegeben, die in dieser Aussichtslosigkeit eine Herausforderung gesehen hatten und sich nicht mit der Situation abfinden wollten, so wie beispielsweise ihre Mutter und deren Freundin Katharina. Letztendlich war es genau solchen Menschen zu verdanken, dass es tatsächlich wieder bergauf ging.

Mittlerweile konnte man sich sogar wieder den einen oder anderen Wunsch erfüllen, auch wenn man dafür eine ganze Zeit lang eisern sparen musste. Natürlich gab es auch andere Möglichkeiten, wenn man sich etwas anschaffen wollte. So bot das Kaufhaus Vetter in N7 schon seit Jahren eine Ratenzahlung an, was auch von vielen Kunden wahrgenommen wurde. Aber mit so was durfte Helena ihren Eltern gar nicht kommen. Ratenzahlung war absolut verpönt. »Das kommt überhaupt nicht infrage«, hatte Carlo gemeint. »Bei uns wird nichts auf die Hack gekauft. Ein anständiger Mensch macht so etwas nicht. Erst spart ihr mal schön und wenn ihr das Geld zusammen habt, dann könnt ihr euch das kaufen, was ihr wollt, und nicht umgekehrt.« Helena lächelte bei dem Gedanken an ihren aufrechten und gradlinigen Vater.

In den letzten Minuten waren ihre Gedanken abgeschweift, weit weg in die Vergangenheit, dabei hatte sie sich doch eigentlich den Weihnachtsabend ausmalen wollen. Mit Sicherheit würde ihre Familie auch in diesem Jahr wieder einen kleinen Christbaum haben. Sie würden ihn aber nicht wie viele andere auf dem alten Messplatz in der Neckarstadt erstehen, wo diese in allen möglichen Größen und zu unterschiedlichen Preisen angeboten wurden, sondern wesentlich günstiger über die Kontakte ihres Vaters beziehen.

Carlo war schon seit dem Februar 1946 als Bestattungsordner auf dem Mannheimer Hauptfriedhof tätig. Die Verantwortlichen der Mannheimer Stadtverwaltung hatten zusammen mit der amerikanischen Militärverwaltung kurz nach Kriegsende Menschen wie Carlo wie die Stecknadel im Heuhaufen gesucht. Es gab nun mal kaum jemanden, der nicht in der Partei gewesen war und den Verführungen des NS-Systems hatte widerstehen können. Die Weigerung Carlos 1935, in die NSDAP einzutreten, hatte ihn damals die Verbeamtung gekostet. Aber nicht nur das. Die Konsequenz daraus war gewesen, dass er weitere zehn Jahre als Friedhofsarbeiter in Erdgruben gestanden hatte und Gräber ausheben musste. 1946 erkannte man dann rückwirkend seine Verbeamtung an und er bekam endlich die Position, die ihm schon zehn Jahre zuvor zugestanden hätte. Carlo war, wenn man einmal von der Meinung ein paar ewig Gestriger absah, ein angesehener Mann auf dem Mannheimer Hauptfriedhof. Alle schätzten ihn wegen seiner Integrität und Gradlinigkeit. Sein Vorgesetzter lobte stets seine Verlässlichkeit und seine Kollegen fühlten sich bei ihm wohl wegen seines Gemeinschaftssinns und seiner Hilfsbereitschaft. Die Pfarrer beider Konfessionen achteten ihn für sein angemessenes Auftreten bei den Bestattungen. Er verstand es, einen feierlichen, aber nicht pathetischen Rahmen zu schaffen, den Angehörigen mitfühlend Trost zu spenden und ihnen in der Stunde des Abschiednehmens zur Seite zu stehen, ohne aufdringlich zu erscheinen. Auch die Steinmetze und Gärtner mochten ihn. So war er mit dem Bildhauer Hermann Korwan und den Friedhofsgärtnern Werner Otto und Walter Matthias Kocher per Du. Letztere besorgten ihm auch immer zu Weihnachten ein Bäumchen und machten Carlo einen guten Preis, sozusagen als Dankeschön für die gute Zusammenarbeit.

Helena hatte sich schon als kleines Mädchen immer aufs Christkind gefreut, auch wenn ihre Geschenke meist sehr bescheiden ausgefallen waren. Sie liebte es, wenn es überall funkelte und glänzte, der Geruch der Weihnachtsbäckerei im Advent aus allen Wohnungen drang und sie und ihre Mutter, begleitet von ihrem Vater auf dem Schifferklavier, Weihnachtslieder sangen. So war es kein Wunder, dass sie sich riesig gefreut hatte, als 1948 der erste Weihnachtsmarkt nach dem Krieg im Rosengarten veranstaltet wurde. Da wollte sie unbedingt hingehen. Sie konnte gerade jetzt ein bisschen Zerstreuung gebrauchen, zumal es ihr schon seit Monaten nicht so gut ging.

Während sie mit ihrer Cousine Annerose und ihrer Freundin Norma aus der Beilstraße die Stände entlanggeschlendert war, hatten ihre Augen wie die eines Kindes geleuchtet. Endlich gab es wieder schöne bunte Weihnachtskugeln, silberne Christbaumspitzen in der Form von kleinen Vögelchen mit weißen fedrigen Schwänzchen und schwere gusseiserne schwarze oder grüne Baumständer, in die meist filigrane mit goldener Farbe angestrichene Sternchen und Glocken gestanzt waren. Neben pausbäckigen Engelchen, bunt bemalten Krippenfiguren aus Ton und hübschen roten und weißen Kerzen hatte Helena besonders die Musik gefallen, die aus allen Ecken an ihre Ohren drang. Zwischen die traditionellen Weisen hatten sich immer wieder Weihnachtslieder gemischt, die die Amerikaner aus ihrer Heimat mitgebracht hatten. Die meisten waren so ganz anders als die, welche man hier kannte. Sie waren so rhythmisch, so beschwingt. Richtig flott, nicht wie die deutschen Weihnachtslieder, die fast immer furchtbar fromm und zum Teil auch schwermütig daher kamen.

»Ich finde die auch toll«, hatte Norma damals gemeint und gekichert, »aber das darf ich meiner Mutter nicht sagen,»die mag diese ‚Negermusik' nicht besonders. Auch wenn sie sonst nichts gegen unsere Befreier hat.«

»Die Jäckels konnten diesen Singsang auch nie ausstehen«, hatte sich Annerose zu Wort gemeldet. »Hans' Vater hat immer gemeint, die Amis seien ein verkommenes Volk und hätten vor nichts Respekt, nicht einmal vor Weihnachten, dem Fest, an dem man gefälligst in sich zu gehen hätte.«

»Der alte Nazi hatte auch allen Grund, in sich zu gehen«, hatte Norma schlagfertig gekontert.

»Hoffen wir, dass Hans anders ist als seine Eltern und sie ihn nicht zu sehr beeinflusst haben. Ich bin wirklich froh, dass Mama und Papa keine Nazis waren.« Helena empfand es tatsächlich als Geschenk, dass ihre Eltern keine braune Vergangenheit hatten.

»Ja, man sucht sich eben seine Eltern nicht aus. Ich kann euch versichern, Hans ist ganz anders als seine Mutter und sein Vater. Wir hören im Radio oft AFN und tanzen dann Swing«, hatte Annerose ihren Hans verteidigt.

»Na ja, ich bin mir da nicht so sicher, dass Hans tatsächlich so ›ganz anders‹ als seine Eltern ist. Ich finde, dass man an seinen Äußerungen manchmal schon merkt, in welchem Elternhaus er groß geworden ist«, hatte Helenas Freundin erwidert.

Norma Hausmann war wie immer nicht auf den Mund gefallen. Sie war eine temperamentvolle, lebenslustige, junge Frau und trug nicht selten ihr Herz auf der Zunge. Darüber hinaus war Norma bildhübsch und beherrschte es hervorragend, ihre Reize gekonnt einzusetzen. Nicht nur, dass sie sich verführerisch schminkte und versuchte, so auszusehen wie die amerikanischen Filmschauspielerinnen, die man hin und wieder in der *Revue* oder auf den Filmplakaten sah, nein, sie war auch überaus kreativ. So malte sie sich, weil ihr das Geld für Nylons fehlte, einfach einen schwarzen Strich längs der Waden entlang, um so die neuen, gerade modernen Nahtstrümpfe vorzutäuschen.

All das machte sie zum Leidwesen ihrer Mutter, die davon weniger begeistert war. Norma war nämlich, nachdem sie ein Jahr nach Kriegsende ein Verhältnis mit einem wohlhabenden verheirateten Mann angefangen hatte, schwanger geworden. Leider hatte der jedoch überhaupt nicht daran gedacht, sich von seiner Frau scheiden zu lassen und sie zu heiraten. Nach der Geburt ihrer gemeinsamen Tochter im März 1947 hatte er seine Vaterschaft angezweifelt und ward fortan nicht mehr gesehen. Amelie war nie wirklich glücklich gewesen, dass Norma und Helena so eine enge Freundschaft verband. Die Legrands und die Hausmanns waren zwar schon seit ewigen Zeiten Nachbarn, man kannte sich, grüßte sich, aber mehr eben auch nicht. »Dass du mir bloß nicht mit einem Kind nach Hause kommst, Helena!« Amelie fürchtete, Normas Einfluss könnte abfärben. Vielleicht spiegelte sich darin aber auch nur ihre Angst, es könnte Helena

so wie ihr gehen, als sie von Carlo schwanger geworden war. Schließlich war sie damals auch ledig gewesen.
»Du kannst mir Hans nicht madig machen. Du nicht! Du bist doch bloß eifersüchtig, weil dein Freund dich mit dem Kind sitzengelassen hat.« Anneroses Ton war giftig. Sie ärgerte sich über Normas Kritik an ihrem Verlobten.
»Sind wir eigentlich auf dem Weihnachtsmarkt, um zu streiten oder um uns an all dem zu erfreuen?« Helena ging der Disput auf die Nerven. »Als ob es nichts Wichtigeres gibt, hört doch mal lieber ein bisschen zu. Ich finde, das ist so ein tolles Weihnachtslied, das gerade läuft. Man kann sich so richtig das Pferdchen vorstellen, wie es den Schlitten vom Christkind durch den verschneiten Winterwald zieht.« Helena hatte mitgesummt:

Dashing through the snow in a one-horse open sleigh,
Over the hills we go, laughing all the way.

Bells on bobtail ring, making spirits bright,
What fun it's to ride and sing a sleighing song tonight.
O, jingle bells, jingle bells, jingle all the way.
O, what fun it is to ride in a one-horse open sleigh.
Jingle bells, jingle bells, jingle all the way.
O, what fun it is to ride in a one-horse open sleigh ...

»Weißt du eigentlich, was die singen?«, hatte Annerose von Helena wissen wollen.
Die hatte den Kopf geschüttelt. »Ich kann doch auch kein Englisch, ich weiß nur das, was ich vorhin gesagt habe. Das hat mir mal einer der Schneider übersetzt, mit dem ich nach dem Krieg bei den Amis in der Lüttich-Kaserne in der Nähstube gearbeitet habe. Der war ein rechtes Sprachtalent und hat schon nach kurzer Zeit mit den amerikanischen Soldaten gekauderwelscht. Ich habe ihn immer bewundert. Es muss toll sein, andere Sprachen zu sprechen.«

»Wieso mir schwätze doch a zwee Sproche«, meinte Norma lachend in breitestem Mannheimerisch. »Deitsch un Monnemerisch.«
»Du bist vielleicht eine Marke!« Annerose hatte sie versöhnlich angesehen. »Ich habe das vorhin nicht so böse gemeint! Entschuldige!« Annerose hatte Norma die Hand entgegengestreckt und die hatte eingeschlagen.
»Ich war auch nicht nett zu dir. Friede?«
»Friede!« Annerose hatte Norma und Helena untergehakt und gut gelaunt waren die drei weitergeschlendert.
»Schaut mal da drüben, dort gibt es kleine Weihnachtsengelchen. Die sehen aus wie Babys. Sollen wir nicht der Betty so einen mitbringen? Sie bekommt doch jetzt bald ihr eigenes kleines Engelchen.« Helena schaute Annerose erwartungsvoll an, worauf diese zustimmend nickte.
»Wann ist es denn so weit, wann wird Betty denn ihr Kind zur Welt bringen?«, wollte Norma wissen.
»Die Geburt ist für Mitte Januar geplant, aber sie muss schon seit einigen Wochen liegen. Das ist eben nicht so einfach mit ihrer Rückgratverkrümmung«, erklärte ihr Helena. »Wir machen uns schon ein bisschen Sorgen um sie. Ich weiß gar nicht, wie das mit der Geburt funktionieren soll, wenn sie nicht auf dem Rücken liegen kann.«
»Vielleicht bekommt sie ja einen Kaiserschnitt.« Annerose war davon überzeugt, dass es keine leichte Geburt würde.
»Sagt mal, glaubt ihr, dass der Kurt sich auf das Kind freut? Ich habe den Verdacht, dass er ziemlich unter Druck gesetzt wurde.« Norma blickte die Cousinen skeptisch an.
»Ehrlich gesagt, ich weiß es nicht, und ich will es auch nicht wissen. Aber letztendlich ist das eine Sache zwischen Betty und Kurt, und ich wünsche ihnen alles Glück der Erde und vor allem, dass das Kind gesund auf die Welt kommt und Betty keinen Schaden nimmt.« Mit diesen Worten wandte sich Helena dem Stand mit den Engeln zu.
»Sie soll den schönsten von allen bekommen!« Annerose betrachtete die Figürchen und während sie auf eine davon deutete,

meinte sie: »Wenn wir zusammenlegen, könnten wir den kaufen.«
Norma kramte in ihrer Tasche. »Hier, ich lege auch fünfzig Pfennig drauf, und richtet der Betty bitte auch von mir ganz liebe Grüße aus!«

*

Helena wurde aus ihren Gedanken gerissen, als sich plötzlich die Tür zum Krankenzimmer öffnete. Aber es war nicht Siegfried, wie sie gehofft hatte, sondern die Familie der Frau, die im Bett neben ihr lag. Hoffentlich würde er bald kommen! Einerseits war sie noch immer etwas beunruhigt, weil sie sich nicht sicher war, wie er reagieren würde, andererseits hatte sie große Sehnsucht nach ihm.

Ihre Mutter würde den Christbaum bestimmt, so wie schon in den letzten Jahren, auf den weiß gestrichenen Eisschrank an der rechten Wand neben dem Fenster stellen. Er war in den Wintermonaten nämlich sowieso außer Betrieb, weil sie alle zu kühlenden Lebensmittel einfach auf das Sims vor dem Küchenfenster legten. Das war in zweierlei Hinsicht eine angenehme Begleiterscheinung der Wintermonate. Man sparte nämlich nicht nur das Geld für das Eis, sondern auch noch die elende Schlepperei. Denn obwohl der »Eis-Bender« an der Ecke Dalberg-/Neckarvorlandstraße fast vor ihrer Haustür lag, machte es besonders ihren Eltern mit zunehmendem Alter immer mehr zu schaffen, die großen, schweren Stangen für den Eisschrank mit dem Leiterwagen vom Kühlhaus herüber in die Werftstraße zu befördern. Der Eistransport fiel nun Gott sei Dank im Winter weg, dafür mussten sie jedoch in der kalten Jahreszeit täglich Kohlen, Koks und Briketts vom Keller hoch in die Wohnung schleppen. Aber wenigstens wurden die kostenlos vom Kohlenhändler ins Haus geliefert.

Den »Eis-Bender« hatte es schon gegeben, bevor die Legrands aus Neudenau in den Jungbusch gezogen waren. Die Gebrüder Bender waren zweifellos von Anfang an sehr geschäftstüchtig gewesen. Nicht nur, dass sie Ende des 19. Jahrhunderts die Zeichen der Zeit erkannt und die erste Mannheimer Eis-Fabrik im Jungbusch gegründet hatten, sie vereinten darüber hinaus auch gleich zwei Geschäftszweige miteinander und verkauften darum im Winter Kohlen, wohl wissend, dass der Eiskonsum zwischen Oktober und April massiv einbrach.

Obwohl an manchen Nachmittagen die winterliche Sonne herauskam, tat dies den Lebensmitteln vor dem Fenster keinen Abbruch. Die Wohnung von Amelie und Carlo befand sich, nach Mannheimer Zählweise, im zweiten Stock. So weit unten kam sowieso kaum ein Sonnenstrahl hin. Auch wenn viele der zum Teil schwer beschädigten Hinterhäuser aufgrund der schlechten Bausubstanz nach dem Krieg gar nicht mehr aufgebaut oder saniert worden waren, gab es hier und da doch noch immer Fragmente hässlicher Backsteinmauern. Leider ragte eine solche auf der rechten Seite des Hinterhofes in die Höhe. Sie verdeckte nicht nur den Blick auf die Küchenfenster der Beilstraße, sondern warf auch einen langen Schatten auf die hintere Fassade der Werftstraße 11. Helena bedauerte das sehr, denn ohne diese Sichtbehinderung hätte sie manchmal Betty in der Beilstraße 24 zuwinken können. Nur zur Dalbergstraße hin öffnete sich der Hinterhof ein wenig.

Als Helena Ende 1950 mit ihren Eltern in die Werftstraße 11 gezogen war, hatte das jedoch keine Rolle gespielt. Ihre Eltern und sie waren damals unendlich glücklich gewesen, dass der alte Herr Egner, dem nicht nur das Eckhaus, sondern auch der Milchladen gehörte, ihnen die Wohnung gegeben hatte. Sie kannten sich gut, hatten seit Jahrzehnten bei ihm eingekauft. Die Zustände in der Beilstraße waren nämlich zuletzt unerträglich gewesen. Helena hatte dort auf der engen Chaiselongue in der Küche schlafen müssen, weil ihr Vermieter in ihrem ehemaligen Wohnzimmer einige Zeit zuvor eine Untermieterin einquartiert hatte. Die Frau war ausgebombt worden und hatte alles verloren. Amelie und Carlo waren sich darum sicher, dass sich an ihrer Wohnsituation in den nächsten Jahren nichts ändern würde. Die Wohnungsnot war noch immer riesig und hatte dazu geführt, dass 40 Prozent der Mannheimer in Untermiete wohnten. In der Werftstraße hatte Helena dann endlich ihr eigenes Zimmer bekommen, in das nach ihrer Heirat im November 1951 Siegfried mit eingezogen war. Was für ein Luxus! Was Mama an Weihnachten wohl kochen würde? Meist richtete sie sich nach den Wünschen von Papa. Und der aß am liebsten Grießknödel mit eingemachtem Kalbfleisch, eben etwas Magenfreundliches. Wenn sie zu Hause gewesen wäre, hätte es wahrscheinlich noch zusätzlich Russische Eier gegeben. Die mochte Siegfried besonders gern. Die Zubereitung des Gerichts machte Helena viel Spaß, denn sie garnierte für ihr Leben gerne. Als gelernte Schneiderin liebte sie es nun mal zu gestalten. Beim Kochen konnte man seinem Einfallsreichtum genauso freien Lauf lassen wie beim Nähen. Meist schichtete sie zuerst den Kartoffelsalat wie einen kleinen Hügel auf einer großen runden Porzellanplatte an. Dann strich sie Fleischsalat darauf. Den besten gab es beim Metzger Hermann in der Böckstraße. Der bereitete ihn immer mit feiner hausgemachter Mayonnaise zu. Auf den Fleischsalat platzierte sie anschließend hart gekochte Eierhälften, die sie mit der weißen gewölbten Seite nach oben eng aneinandersetzte. Die Krönung und auch das Teuerste von allem war der knallrot gefärbte Lachsersatz aus der Dose. Sie schnitt die öligen Fischscheiben in lange Streifen und legte diese wie einen Rahmen um die einzelnen Eierhälften. Ihre Russischen Eier waren nicht nur ein Leckerbissen, sondern auch ein Augenschmaus.

Helena bekam richtig Hunger, als sie daran dachte. Schade, dass sie nicht mit Siegfried und ihren Eltern zu Haus feiern konnte! Aber an Weihnachten würde sie keinesfalls daheim sein. Sie musste hier mindestens zehn Tage bleiben, das war so üblich. Und da es eine schwere Geburt gewesen und ihr kleines Mädchen noch so schwach war, würde sie vielleicht nicht einmal an Silvester nach Hause gehen dürfen. Aber das war eigentlich unwesentlich. Ihr war es eh nicht nach Feiern zumute. Wichtig war nur, dass die Kleine es schaffen würde.

Erneut ging die Tür auf. Aber niemand kam herein. Helena und die andern Frauen schauten gespannt zur Tür. Da plötzlich schob sich langsam eine dunkelrote Rose dahinter hervor und schon kurz darauf blickte Helena in das strahlende Gesicht ihres Mannes.

»Siegfried!« Sie freute sich unendlich, als er sie kurz darauf in die Arme schloss. Endlich war er da!

»Du musst entschuldigen, mein Schatz, dass ich jetzt erst komme, aber gestern haben sie mich nicht zu dir gelassen und heute Morgen bin ich erst spät aus der Nachtschicht zurückgekommen. Wir hatten in der Nacht einen Stromausfall. Da ging gar nichts mehr, aber die Waren mussten unbedingt am Morgen noch verladen werden.«

»Ich habe mir gedacht, dass es einen triftigen Grund gibt, warum du so spät kommst. So gut kenne ich dich doch mittlerweile. Aber das ist alles nicht von Bedeutung, Hauptsache du bist bei mir.« Helena bekam glasige Augen, während sie ihn erneut umarmte.

»Ich bin so froh, dass es dir besser geht. Ich habe am Freitagmorgen einen fürchterlichen Schreck bekommen, als ich nach Hause kam und sie mir sagten, dass du in der Klinik bist. Wenn ich mit allem gerechnet hätte, aber damit nicht.« Er schüttelte den Kopf. »Wie konnte das denn passieren?«

Sie zögerte einen Augenblick, bevor sie ihm antwortete »Ich denke, ich bin da nicht ganz unschuldig dran, denn ich habe mittags Fenster geputzt und mich dabei wohl überanstrengt. Meine Mutter hatte mich noch gewarnt. Aber ich wollte halt, dass wir es an Weihnachten schön haben«, erklärte ihm Helena kleinlaut.

»Ja, ja, das kommt davon, wenn man so ein kleines, sturköpfiges Putzteufelchen ist! Das hast du jetzt davon! War wohl nicht so eine gute Idee, oder?« Obwohl sich Siegfrieds Begeisterung über ihre Offenbarung in Grenzen hielt, machte er ihr keine Vorwürfe, sondern versuchte, es mit Humor zu nehmen. Er liebte

Helena viel zu sehr, als dass er sie, wo es ihr ohnehin nicht gut ging, noch mit Schuldzuweisungen belastet hätte.

»Ist die Rose eigentlich für mich?«, fragte ihn Helena und konnte sich dabei ein kleines, verschmitztes Lächeln nicht verkneifen.

»Ach, um Himmels willen! Die Rose, die hätte ich beinahe vergessen, wo mir doch Frau Gianelli extra noch eine besonders schöne für dich ausgesucht hat und sie hat nichts dafür nehmen wollen. Ich soll dich von ihr und von Roland ganz herzlich grüßen.«

»Das ist aber nett.« Helena mochte die Gianellis sehr. Sie hatten vor zwei Jahren ihren Blumenladen nach H6, 4 verlegt, also direkt neben die Schneiderei von Siegfrieds Vater. Frau Gianelli und ihr Sohn Roland waren immer sehr zuvorkommend. Die Familie war italienischer Abstammung und beide hatten fast blauschwarze Haare und große dunkle Augen wie runde Kirschen. Siegfried und Helena hatten sich mit dem um einige Jahre jüngeren Roland gleich gut verstanden. Manchmal hatte Siegfried ihnen auch geholfen, Blumenkästen, Eimer, Topfpflanzen und Blumensträuße zu ihrem Stand auf den Marktplatz in G1 zu schaffen, denn dort boten sie gleich in der vordersten Reihe dreimal in der Woche ihre Blumen auf dem Wochenmarkt an. Das nachbarschaftliche Verhältnis in der Filsbach war vergleichbar mit dem des Jungbusch. Man war immer füreinander da.

Siegfried betrachtete seine Frau liebevoll »Eine Rose für meine Rose, die mir so ein süßes, niedliches Mädchen geschenkt hat, das sicher einmal genauso hübsch wird wie seine bildschöne Mutter.« Er überreichte ihr die Blume.

Helena roch daran und schaute ihn verliebt an. Was für einen wunderbaren Mann sie doch geheiratet hatte! »Hast du die Kleine etwa schon gesehen?«, fragte Helena ihn verwundert.

Siegfried nickte. »Ich hatte sie sogar schon im Arm und deine Mutter auch. Sie ist ganz bezaubernd, ein richtiges kleines Engelchen«, schwärmte er.

»Und ich habe sie bis jetzt nicht einmal gesehen, geschweige denn in meinen Armen halten dürfen.« Helena brach in Tränen aus, und Siegfried brauchte seine ganze Überzeugungskraft, um sie wieder zu beruhigen.

»Wenn die Ordensschwester uns nicht angeboten hätte, sie zu taufen, hätten wir sie auch nicht sehen dürfen.« Siegfried hatte bewusst die Vorsilbe *not-* weggelassen. Er wollte vermeiden, dass Helena sich aufregen würde.

»Und du und Mama, ihr glaubt wirklich, dass sie eine Chance hat?«, forschte sie noch einmal nach, nachdem er ihr erzählt hatte, was ihre Mutter während der Taufe wahrgenommen hatte.

»Sie wird es schaffen! Da bin ich mir ganz sicher, schließlich schuldet unsere Tochter mir etwas. Sie wird mir den Fußballer ersetzen und mich wohl oder übel auf den Fußballplatz begleiten müssen.« Er grinste sie an.

»Dir gelingt es immer wieder, mich aufzuheitern. Was würde ich nur ohne dich tun?« Sie gab ihrem Mann einen Kuss.

»Und du bist das Beste, was mir je passiert ist.« Er schaute ihr verliebt in die Augen, während er ihren Handrücken küsste.

»Du schaust müde aus.« Helena betrachtete ihren Mann zärtlich.

»Na ja, ich habe schließlich die letzten beiden Tage auch nicht viel geschlafen. Aber wenn ich nachher heimkomme, werde ich mich erst einmal für ein paar Stunden ins Bett legen. Du musst dich auch ausruhen, mein Schatz. Ich komme morgen zur Besuchszeit wieder.«

Er beugte sich zu ihr hinab, um sich zu verabschieden, als sie ihn plötzlich fragte: »Sag mal, musstest du bei der Taufe eigentlich einen Namen angeben?«

Diese Frage hatte er befürchtet, er hatte schon gehofft, dass die Sprache heute noch nicht auf dieses Thema kommen würde. Zögerlich antwortete er: »Ja, die Schwester wollte von mir einen Namen wissen.«

»Ja, und?« Helena blickte ihn erwartungsvoll an. »Wir haben doch nie über einen Mädchennamen gesprochen. Wir waren

doch so davon überzeugt, dass wir einen Henry bekommen würden. Was hast du denn geantwortet?«
Siegfried schwieg.
»Du hast sie doch nicht etwa Henriette genannt? Der Name gefällt mir nämlich überhaupt nicht.«
Er schüttelte den Kopf.
»Gott sei Dank.« Sie atmete auf. »Nun rede doch schon, Siegfried! Was für einen Namen hast du angegeben?«
Er zögerte noch immer. »Weißt du, Helena, ich war auf diese Frage überhaupt nicht vorbereitet. Ich wusste zunächst gar nicht, was ich sagen sollte. Doch dann fiel mir Gott sei Dank meine nette Cousine ein, die ich damals sehr gern hatte.«
»Was für eine Cousine denn?« Das, was ihr Mann sagte, verwirrte Helena, denn eigentlich war Siegfrieds Familie überschaubar. Es gab nur noch seinen Vater und seinen älteren Bruder Konrad. Siegfried hatte, wenn das Thema auf seine Familie kam, nie viel erzählt. Besonders über seine Mutter, die 1942 gestorben war, hatte er in der Anfangszeit ihrer Beziehung überhaupt nicht gesprochen. Als er sich dann damals bei dem Treffen auf dem Marktplatz ihr gegenüber geöffnet hatte, war ihr klar geworden, warum er sich so verhalten hatte.
»Du kennst meine Cousine nicht. Sie ist die Tochter von einer Schwester meines Vaters. Als Kinder haben wir miteinander gespielt und wir haben uns damals gut verstanden. Irgendwann haben wir uns aber aus den Augen verloren. Ich habe nur gehört, dass sie 1949 ausgewandert ist. Sie hat einen Amerikaner geheiratet und ist ihm nach Übersee gefolgt. Ich erinnere mich noch, dass sich alle damals das Maul zerrissen haben, denn er war nicht nur ein Ami, sondern auch noch ein Neger. Sie hat daraufhin jeglichen Kontakt nach Deutschland abgebrochen«, erzählte er ihr.
Siegfried hatte ausnahmsweise einmal etwas mehr über seine Familie rausgelassen, sonst hüllte er sich eher in Schweigen, wenn dieses Thema angesprochen wurde. Was seine Mutter anbelangte, hatte er ihr bis heute noch nicht alles erzählt.

»Ja, und wie heißt jetzt diese Cousine? Mach es doch nicht so spannend!« Sie begann ungeduldig zu werden.
»Charlotte! Das ist doch ein schöner Name, nicht wahr?« Endlich war es raus.
Helena schluckte. »Charlotte!«, wiederholte sie enttäuscht.
»Dir gefällt der Name nicht, oder?« Siegfrieds Stimme klang verunsichert.
Helena schüttelte den Kopf. »Der ist doch furchtbar altmodisch.« Nach einer Weile fragte sie nach. »Kann man den Namen eigentlich im Nachhinein noch einmal ändern?«
»Ich fürchte, nein!«, erklärte ihr Siegfried. »Charlotte Kühn, das klingt doch gar nicht so schlecht«, stellte er weiter fest, um sie gleich darauf zu fragen: »Wie hättest du sie denn genannt?«
»Mir gefallen alle Namen mit Blumen: Rosemarie, Annerose, Rosalinde. Als Kind hätte ich gerne so geheißen«, stellte Helena fest.
»Diese Namen sind aber auch nicht gerade der letzte Schrei«, wandte Siegfried ein. »Deine Tante und deine Cousine heißen doch so, oder? Außerdem sei froh, dass mir in diesem Moment nicht Karline, Theodora oder Ottilie eingefallen ist.«
Helena nickte ihren Mann lächelnd an. Sie seufzte: »Ich gebe mich geschlagen. Wo du recht hast, hast du recht! Es hätte wirklich noch schlimmer kommen können.«
Als er gegangen war, atmete sie tief durch. Jetzt waren sie also Eltern einer kleinen Charlotte. Siegfried, Helena und Charlotte Kühn – sie waren jetzt eine richtige kleine Familie. Wenn ihre Tochter nun noch zu Kräften kommen würde, wäre ihr Glück vollkommen. Dabei hatte sie, wenn sie ehrlich war, in den letzten fünf Jahren des Öfteren keinen Pfifferling mehr auf ihre Beziehung mit ihm gegeben. Sie hatten es immer wieder versucht, aber es hatte einfach mit ihnen nicht klappen wollen. Und ihre Freunde und Verwandten, insbesondere Helenas Cousinen, hatten schon Wetten abgeschlossen, wann sie ihre endgültige Trennung bekannt gäben. Alle um sie herum waren davon überzeugt

gewesen, dass die beiden niemals heiraten würden und wenn sie es doch täten, es nicht von Dauer sein würde. Dafür waren Helena und Siegfried viel zu verschieden. Dabei hatte es doch 1947 so schön mit den beiden angefangen.

Mannheimer Mess (1947)

»Helena, so kann das doch nicht weitergehen! Du musst unbedingt einmal raus. Es ist nicht gut, wenn du Tag und Nacht an deiner Maschine sitzt und nähst. Du bist eine hübsche junge Frau. Die ganzen Jungs in der Straße schauen dir hinterher, und du vergräbst dich hier zu Hause.« Amelie versuchte wieder einmal ihre Tochter dazu zu bewegen, unter Menschen zu gehen. »Heute ist ein traumhaft schöner Sommertag, kein Wölkchen ist am Himmel zu sehen.«
»Mama, lass mich doch bitte in Ruhe! Wie oft soll ich dir das noch sagen, ich fühle mich daheim am wohlsten. Nähen macht mich einfach glücklich. Außerdem ist es draußen viel zu heiß. Schau mal, wird das nicht ein schönes Kleid?« Helena versuchte, das Thema zu wechseln.
»Du bist wirklich eine begnadete Schneiderin, mein Kind. Dieses Talent hast du von deinem Vater. Erinnerst du dich noch, wie Carlo früher immer unsere Faschingskostüme geschneidert hat? Das Stoffmuster gefällt mir zwar nicht so besonders, aber dieser Schnitt, der reißt alles raus. Ich weiß schon, warum so viele Leute zu dir kommen. Du würdest sogar noch aus einem Putzlappen ein Modellkleid zaubern!« Amelie lachte. Sie war richtig stolz auf ihre begabte Tochter. »Und heutzutage, wo es sowieso fast nichts gibt, ist das wichtiger denn je.«
»Das ist doch gerade das, was mich an meiner Arbeit so reizt. Aus Nichts etwas Schönes zu machen. Wenn ich mir überlege, was allein unsere Nachbarn mir seit Kriegsende gebracht haben und was alles daraus entstanden ist. Erinnerst du dich noch, als der alte Herr Abele von oben mit den zwei Wehrmachtsdecken ankam und ich ihm daraus einen Mantel schneidern sollte?«
Amelie lachte. »Klar, und das Schönste war, dass er so auf die Verwendung seiner alten Hirschhornknöpfe, die ihm angeblich sein Großvater vererbt hatte, bestanden hat. Alle Achtung, mein Kind, ich muss dich wirklich immer wieder loben, der Mantel ist

dir damals ausgesprochen gut gelungen und der, den du anschließend für deinen Vater genäht hast, sah fast noch besser aus.«

»Da hatte ich halt auch schon Erfahrung mit dem Material und konnte die Decken besser verarbeiten.« Helena freute sich über das Lob ihrer Mutter.

»Und dann noch die *flotte Lotte* mit ihrem Zuckersack«, fuhr Amelie lachend fort. »Das war für mich das Allergrößte. Wie du aus diesem Material Krägen und Manschetten genäht und die dann an ihren alten Blusen angebracht hast. Hut ab! Das sah richtig edel aus. Da konnte die Olle dann gleich wieder auf Männerfang gehen! Darin war sie ja immer geschickt.«

»Ja, Mama, das stimmt schon alles, aber trotzdem hat die Jürgens auch gute Seiten. Wenn ich nur an die Situation damals im Keller mit den beiden polnischen Zwangsarbeitern denke. Die *flotte Lotte* ist kein schlechter Mensch. Sie war mir damals beigestanden und hat mir vor allem auch die Augen geöffnet, was die zwei polnischen Männer und nicht nur die beiden, wegen uns Deutschen mitmachen mussten. Die hat mehr Verstand und Mitgefühl als diejenigen, die wegen ihres Lebenswandels laufend auf ihr rumhacken und sich über sie lustig machen. Die sollten besser erst mal vor ihrer eigenen Tür kehren.«

»Ich weiß, dass die nicht dumm ist. Auch ich rechne ihr hoch an, dass sie mit den Nazis nie etwas am Hut hatte. Die konnte die braune Brut nicht ausstehen, das hat sie mir mal in einer der vielen Bombennächte im Bunker deutlich zu verstehen gegeben, nachdem sie mitgekriegt hatte, dass wir auch nicht in der Partei waren«, erzählte Amelie.

»Im Gegensatz zu den Schneyders, die Gott sei Dank nicht mehr im Jungbusch wohnen! Die hatten doch ständig die Hitler-Fahne draußen hängen. Dann kommt diese Edeltraud auch noch nach dem Krieg zu mir und lässt sich, nachdem sie das Hakenkreuz rausgeschnitten hat, aus dem Restfetzen einen Rock schneidern. Den bezahlt sie dann mit einem Nähkästchen, das ihre Familie im Zuge der sogenannten Arisierung einer jüdischen Familie gestohlen hat. Wenn ich das damals vorher gewusst hätte, nie und nimmer hätte ich diesen Auftrag angenommen.« Helenas Empörung darüber würde niemals vergehen.

»Das war wirklich eine üble Sache. Lass uns lieber das Thema wechseln!« Auch Amelie lag die Geschichte noch immer im Magen, obwohl sie bereits über ein Jahr zurücklag. »Für wen ist denn das Kleid, an dem du gerade nähst?«

»Für die Irene aus der Neckarstadt. Du weißt doch, die junge Frau, die mit ihrer Mutter in der Pflügersgrundstraße wohnt. Sie kommt nachher zur Anprobe«, erklärte Helena ihrer Mutter.

»Hat die denn nicht mit dir in der Lüttich-Kaserne gearbeitet?« Amelie machte eine kurze Pause. »Und ist das nicht die, welche damals mit dem Ami in den Keller gegangen ist?« Amelie schaute ihre Tochter kritisch an.

»Mama, ich habe dir das im Vertrauen erzählt. Du weißt doch, dass Irene das nur gemacht hat, weil sie dringend Geld für die Medikamente ihrer Mutter brauchte, sonst wäre die nämlich gestorben. Außerdem war es nur ein einziges Mal.« Helena glaubte, Irene verteidigen zu müssen.

»Ich weiß doch, in was für einer schwierigen Situation deine Freundin war.« Amelie war zwar der Meinung, dass Irene vielleicht doch einen anderen Weg hätte finden können, um das nötige Geld für die Medikamente ihrer Mutter aufzutreiben. Aber sie hätte sich nie angemaßt, sie deshalb zu verurteilen.

Ihr Gespräch wurde durch die Wohnungsklingel unterbrochen.

»Das ist bestimmt Irene, Mama, lass dir bitte nichts anmerken! Das wäre mir nämlich furchtbar peinlich!« Helena schaute ihre Mutter eindringlich an.

»Was denkst du denn von mir? Das geht mich doch gar nichts an.« Amelie fand Helenas Hinweis überflüssig.

Kurz darauf stand Irene in ihrem neuen Kleid vor dem großen Waschtischspiegel in Amelies und Carlos Schlafzimmer. »Das Kleid ist wirklich fantastisch, und es sitzt wie angegossen. Das hast du ganz toll gemacht, Helena.« Irene drehte sich nach allen Seiten. Sie schien richtig glücklich zu sein. »Am liebsten würde ich es gleich anbehalten.«

»Da muss ich dich leider enttäuschen. Du siehst doch, da sind noch überall die Reihfäden drin. Aber nächste Woche ist es fertig und dann kannst du richtig schön ausgehen.«

Amelie wurde bei dem Wort ausgehen hellhörig. »Fräulein Irene, wenn Sie Lust und Zeit haben, kann ich uns gerne einen Kaffee machen. Mein Mann muss sowieso gleich kommen. Ich kann Ihnen allerdings nur Malzkaffee anbieten, richtiger Kaffee ist unbezahlbar. Aber dafür gibt es frisch gebackenen Hefekuchen und in dem sind sogar Rosinen drin.«

»Oh, lecker! Ich liebe Rosinen!« Irene freute sich über die Einladung.

Mittlerweile war auch Carlo, der samstags nur am Vormittag arbeiten musste, vom Hauptfriedhof nach Hause gekommen. Kurz darauf saßen sie alle um den Küchentisch herum.

»Und wie geht es Ihrer Mutter?«, wollte Amelie wissen.

»Ach, schon um einiges besser, nachdem ich ihr jetzt wieder regelmäßig ihre Medikamente kaufen kann. Ich arbeite nämlich seit letztem Monat nicht mehr in der Kaserne. Du erinnerst dich ja, Helena, für mich war die Arbeit in der Schneiderei nicht so einfach, denn ich habe das Nähen nicht so wie du gelernt. Es hat sich nun kurzfristig ergeben, dass ich wieder im Büro bei der Firma anfangen konnte, wo ich schon vor dem Krieg gearbeitet habe. Da verdiene ich wesentlich besser.«

»Das ist wirklich schön für dich!« Helena wusste, dass Irene es nie leicht gehabt hatte, deshalb freute sie sich umso mehr für sie.

»Und wie geht es dir? Hast du genug Kundinnen, die bei dir nähen lassen?«, wollte Irene von Helena wissen.

»Ich habe viel zu tun, manchmal mehr, als mir lieb ist. Aber leider verdiene ich nicht gut. Die Leute haben wenig Geld, da kann ich auch nicht so viel verlangen. Manchmal ist es auch nur ein reines Tauschgeschäft.«

»Ach, Irene, wenn Sie übrigens mit Kaffee bezahlen wollen«, Amelie grinste, »ich werde Sie bestimmt nicht dran hindern. Ich fände das gut, dann habe ich auch etwas davon. Dieser Mucke-

fuck, der geht mir ganz schön auf die Nerven. Das ist doch kein Kaffee, das ist eine Krankheit.« Sie nahm einen Schluck aus ihrer Tasse und verzog das Gesicht dabei.
»Na, jetzt übertreib mal nicht so! Wissen Sie, Fräulein Irene, meine Frau ist eine alte Kaffeetante. Sie macht aus dem Kaffeekochen eine richtige Philosophie!« mischte sich Carlo ein, der den Frauen bis dahin nur schweigend zugehört hatte.
»Ich finde das keine schlechte Idee mit dem Kaffee.« Helena ergriff erneut das Wort: »Weißt du, Irene, ich bin nämlich wirklich froh, dass ich meine Eltern habe. Ich könnte von meiner Arbeit allein gar nicht leben. Die Zeiten sind wirklich schwierig.«
»Jetzt übertreibst du aber! Du steuerst ganz schön viel zu unserer gemeinsamen Haushaltskasse bei. Wir sind froh, dass wir dich haben. Wissen Sie, Fräulein Irene, meine Tochter ist unglaublich fleißig. Sie arbeitet viel zu viel und was mich schon richtig bekümmert, sie geht fast nie aus. Ich mache mir manchmal ziemliche Sorgen, dass sie sich übernimmt«, stellte Amelie mit Nachdruck fest.
Helena verdrehte die Augen.
»Du brauchst gar nicht so dreinzuschauen«, mischte sich Carlo ein. »Deine Mutter hat vollkommen recht. In deinem Alter, Helena, da hab ich gerade bei der Polizei in Heidelberg angefangen. Meine Kollegen und ich sind jedes Wochenende losgezogen, meistens sind wir in die Studentenkneipen in die Altstadt, denn da war immer was los. Und vor allem ...« Er machte eine kleine Pause und wandte sich Irene zu. »Dort gab es die schönsten Mädchen.«
Amelie boxte gegen seinen Arm. »Du alter Schwerenöter!«
»Was willst du denn, Amelie, das war noch vor deiner Zeit und außerdem warst du in Fürstenwalde auch kein Kind von Traurigkeit. Du hast mir selbst erzählt, dass du keinen Feuerwehrball ausgelassen hast. Aber zurück zu Ihnen, Fräulein Irene. Sind Sie auch so eine Stubenhockerin wie meine Tochter?«
Irene lächelte: »Das war ich eine ganze Zeit, umständehalber auch. Aber seit es meiner Mutter wieder besser geht, kann ich

sie auch öfter mal allein lassen. Ich gehe zurzeit ehrlich gesagt oft aus, vielleicht sogar zu oft. Manchmal denke ich, ich habe einfach einen ganz großen Nachholbedarf.«

»Ich kann das gut nachvollziehen«, mischte sich Amelie ein. »Die letzten Jahre waren doch grauenhaft. Die ganze Gewalt seit 1933, diese Unterdrückung, die ständige Angst und auch der barsche Ton, der überall herrschte, das waren doch unerträgliche Zustände! Ich habe mich nie in meinem Leben so verstellen müssen wie in dieser Zeit. Ständig musste man sich zurückhalten, dass man zum einen nicht zu viel und zum anderen nicht das Falsche sagte. Und dann noch dieser unsägliche Krieg! Die da oben haben unserer Jugend ihre besten Jahre geraubt.«

Irene nickte zustimmend. »Ich war 24, als der Krieg anfing. Mein Verlobter ist als einer der ersten eingezogen worden. Wir wollten heiraten und eine richtig große Familie gründen. Aber dann ist er 1941 gefallen. Jetzt bin ich 32, unverheiratet und kinderlos und werde das wahrscheinlich auch bis zu meinem Lebensende bleiben«, stellte Irene bitter fest.

»Das weiß man doch nie!«, widersprach ihr Carlo. »Mein Großvater war ein kluger Mann, immerhin brachte er es zum Bürgermeister von Neudenau, jedenfalls sagte der immer: Denn erstens kommt es anders und zweitens als man denkt. Sie sind eine stattliche Erscheinung, haben einen guten Beruf, eine Wohnung, all das ist heutzutage nicht selbstverständlich. Ihnen wird schon noch der Richtige begegnen.«

»Ich kann Fräulein Irene schon ein bisschen verstehen, Carlo. Es sind nun mal viele junge Männer nicht mehr aus dem Krieg zurückgekehrt und es gibt tatsächlich einen gewaltigen Frauenüberschuss. Dieser verdammte Hitler, der hat so viele Menschen ins Unglück gestürzt.«

Helena seufzte traurig und meinte zu Irene: »Mir ging es doch auch nicht viel anders mit dem Gino und dem Ewald.«

»Ich weiß.« Irene legte ihre Hand auf die von Helena. »Wir sitzen wohl beide im selben Boot.« Sie lächelte Amelie und Carlo an und meinte: »Wenigstens hatten Sie beide das Glück, sich gefunden zu haben, bevor dieser ganze Wahnsinn losgegangen ist.«

Für einen kurzen Augenblick kreuzten sich Amelies und Carlos Blicke. Amelie nickte Irene zu, schwieg jedoch. Wenn du wüsstest, dass dieser Krieg unsere Ehe fast zerstört hätte, dachte sie bei sich.

»Aber man darf sich nie unterkriegen lassen!« Amelie wollte keine trübe Stimmung aufkommen lassen. »Wie sagt man hier doch so schön: Und ist das Wetter noch so trübe, immer hoch die gelbe Rübe!« Sie rezitierte den Spruch in lupenreinem Hochdeutsch.

»Amelie, du lernst das nicht mehr! Jetzt lebst du schon fast 25 Jahre hier und kannst immer noch kein Mannheimerisch.« Carlo schüttelte den Kopf »Das heißt: Un is des Wedder noch so drieb, imma hoch die Gelwerieb!« Sie lachten alle herzhaft.

»Sie haben wahrscheinlich recht, es kann tatsächlich nur besser werden. Haben Sie eigentlich auch gehört, dass der neue amerikanische Außenminister Marshall uns helfen will, dass wir wieder auf die Beine kommen?«, warf Irene ein.

»Ja, sicher! Da war vor ein paar Tagen sogar eine längere Sendung im Radio. Es soll ein Aufbauprogramm für ganz Europa geben mit Krediten, Rohstofflieferungen und allem Drum und Dran«, stellte Carlo fest.

»Weiß man schon, wann das in Kraft treten soll?«, wollte Amelie wissen.

»Soweit ich weiß, soll dieses Aufbauprogramm, ich glaube, sie haben es Marshall-Plan nach diesem Minister genannt, nächstes Jahr in Kraft treten.«

»Das klingt gut, aber bis dahin fließt noch viel Wasser den Rhein runter.« Amelie war über die Jahre hinweg skeptisch geworden, ihr Vertrauen in die Politik war erschüttert.

»Und die Amis schenken uns einfach so Geld?« Helena konnte das nicht glauben.

»Ihr könnt euch sicher sein, dass uns die Amerikaner nichts schenken«, erklärte ihr nun Carlo. »Die wollen natürlich auch

vom Aufbau unserer Wirtschaft profitieren und daran mitverdienen. Und zum anderen sollen wir, das hat mit der geografischen Lage Deutschlands in Mitteleuropa zu tun, zum Bollwerk gegen Russland und den Kommunismus werden.«
»Die immer mit ihrem kommunistischen Verfolgungswahn. Diese Keule haben die Nazis doch auch geschwungen. Aber die Angreifer waren nicht die Russen, sondern wir Deutschen. Der Marx und der Engels waren zwei kluge Köpfe und die haben doch einige ganz gescheite Gedanken aufgeschrieben.« Amelie wollte sich der seit Jahrzehnten herrschenden Kommunistenhetze nicht anschließen.
»Ja, meine gebildete Frau, du hast sicher mit vielem recht. Aber so lange der Stalin noch an der Macht ist, kann ich nur sagen: Holzauge, sei wachsam! Der ist ein übler Bursche und steht dem Hitler in nichts nach.« Zu Irene gewandt, fügte er hinzu: »Wissen Sie, an meiner Frau ist eine kleine Rosa Luxemburg verloren gegangen.«
»Russen, Amis, Franzosen, ich mag sie alle nicht besonders. Diejenigen, die ich bis jetzt kennengelernt habe, waren alles andere als nett. Und ob die Amis uns wirklich helfen wollen? Ich glaube das erst, wenn ich es sehe«, meinte Helena. »Im Augenblick geht es den meisten Menschen bei uns jedenfalls noch furchtbar schlecht. Ich kann mir nicht vorstellen, dass sich daran so schnell etwas ändert.«
»Du solltest jetzt einmal aufhören, Trübsal zu blasen, Helena!«, warf Irene ein. »Wenn wir schon nicht verheiratet sind, dann sollten wir wenigstens das Beste daraus machen und unser Leben und unsere Freiheit genießen. Weißt du was, für heute legst du mal dein Nähzeug zur Seite und kommst einfach mit mir mit!«
Helena wollte schon abwinken, doch ihre Mutter kam ihr zuvor. »Das ist eine wunderbare Idee. Was haben Sie denn vor?«
»Drüben bei uns in der Neckarstadt auf dem Messplatz ist ein riesiger Jahrmarkt aufgebaut. Helena, du weißt doch wo das ist, oder?«

»Natürlich weiß ich, wo der Messplatz ist, das ist doch der vor dem *Capitol*.« Helena klang ein wenig genervt, denn sie ahnte, was jetzt kommen würde.

»Oh, die Mannheimer Mess!« Amelie geriet ins Schwärmen. »Dein Vater und ich sind immer gerne auf den Rummel. Wir hatten nie viel Geld und darum haben wir manchmal schon Wochen vorher dafür gespart. Dann sind wir zusammen Riesenrad gefahren und Kettenkarussell und nicht zu vergessen Schiffschaukel. Carlo, weißt du noch, als wir den Überschlag gemacht haben. Da ist mir fast das Herz stehen geblieben, als wir plötzlich auf dem Kopf standen.«

»Ich sehe dich noch vor mir, Amelie. Weiß wie ein Leintuch warst du. Aber Zuckerwatte, gebrannte Mandeln und ein Fischbrötchen musstest du trotzdem noch essen. Und in der drauffolgenden Nacht hingst du dann mit dem Kopf über dem Nachttopf.« Carlo amüsierte die Vorstellung noch heute.

»Da musst du gerade noch lachen. Sei bloß nicht so schadenfroh! Mir war damals hundeübel. Aber es war trotzdem schön.« Amelie seufzte. »Ob es das alles mittlerweile wieder gibt?«

»Nach dem, was ich im *Mannheimer Morgen* gelesen habe, denke ich schon«, meinte Irene.

»Es wäre wirklich schön, Fräulein Irene, wenn Sie unsere Tochter mitnehmen würden.« Helena warf ihrer Mutter heimlich einen ärgerlichen Blick zu. Sie wusste, dass sie aus dieser Nummer nicht mehr rauskommen würde. Wenn sie ihre Freundin nicht vor den Kopf stoßen wollte, blieb ihr gar nichts anderes übrig, als mitzugehen.

»Ist das eine Bullenhitze«, stöhnte Helena, als sie und Irene kurz darauf den Luisenring entlangschlenderten. »Das hält man fast nicht aus!«

Die meisten Häuser, an denen sie vorbeigingen, hatten noch immer sichtbare Bombenschäden. Einige wenige waren mittlerweile notdürftig gerichtet worden. Viele Häuser hatte man jedoch bis auf die Grundmauern abgerissen. Sie waren ein Sicherheitsrisiko gewesen, da sie jederzeit hätten einstürzen können.

Die Trümmergrundstücke, aus denen man den Schutt bereits beseitigt hatte, boten einen ungehinderten Blick bis hinein in die ehemaligen Kellerräume. Kein Baum, kein Strauch, es gab nichts, was Schatten spendete. Der Luisenring lag in der prallen Sonne, die in dieser Jahreszeit ziemlich hoch am Himmel stand.

»Es ist nun mal August. Wenn es jetzt nicht heiß ist, wann dann?«, wandte Irene ein. »Wir hätten natürlich auch eines der Rheinschwimmbäder besuchen können.«

»Sind die Schwimmbäder denn schon wieder geöffnet? Die haben doch sicher auch einiges abbekommen?« Helena kannte sie nur vom Hörensagen. Sie selbst war niemals in einem gewesen, da sie nicht schwimmen konnte und höllische Angst vor tiefem Wasser hatte.

Als kleines Mädchen war sie einmal von dem kleinen Segelboot ihres Onkels Erich, das unterhalb der Teufelsbrücke gelegen war, in den Verbindungskanal gefallen und fast ertrunken. Diesen Schreck hatte sie nie verwunden und seither das Wasser gemieden.

»Ich meine gehört zu haben, dass das Schwimmbad auf dem Lindenhof repariert wurde und seit diesem Sommer wieder in Betrieb ist. Aber heute wäre es sowieso zu spät gewesen. Da muss man morgens hin, damit sich das Eintrittsgeld auch rentiert. Außerdem ist nur noch dieses Wochenende Mess, das müssen wir nutzen.« Irene hakte Helena ein und marschierte mit ihr zusammen in Richtung Friedrichsbrücke.

»Du hast übrigens ein wunderschönes Kleid an, Helena. Wie das schimmert und dieses helle Beigebraun, das steht dir unheimlich gut. Was ist das eigentlich für ein Stoff, der wirkt so vornehm?«

Helena lachte. »Das ist Fallschirmseide, dazu noch feindliche! Allerdings hat es da an der Seite einen hässlichen Fleck. Den habe ich so einem frechen Franzosen auf der Adler-Fähre zu verdanken. Das ist Fahrradschmiere. Der hat damals aus purer Bosheit mit seinem dreckigen Vorderrad immer mein Kleid gestreift, und als ich ihn damals darauf hingewiesen habe, hat er mich beschimpft und mir angedroht, mich in den Neckar zu werfen.«

»Ich glaube, es gibt viele Menschen auf dieser Welt, die uns Deutsche hassen. Man muss sich darüber auch nicht wundern nach allem, was passiert ist. Hoffen wir, dass sie uns mit der Zeit vergeben, wenn sie sehen, dass wir uns ändern«, stellte Irene nachdenklich fest.

»Da bist du aber sehr optimistisch. Ich kenne jede Menge Leute, die dem Hitler nachweinen, und die werden sich auch nie ändern. Es gibt noch so viele Unverbesserliche. Leider haben wir von der Sorte sogar einige in unserer Familie.« Helena dachte in diesem Moment an ihre Tante Marie und an Onkel Alfred und Tante Auguste. Mit den beiden Letzteren hatten sie Gott sei Dank keinen Kontakt mehr. Aber ihr Cousin Adolf machte auch aus seiner Gesinnung keinen Hehl und wenn ihre Cousine Annerose tatsächlich Hans Jäckel heiraten würde, wäre sie auch noch mit diesen Obernazis verwandt. Wie schrecklich!

Da die Friedrichsbrücke noch immer in einem verheerenden Zustand und unbenutzbar war, überquerten sie den Neckar auf dem daneben aufgebauten Hilfssteg.

Schon von der Mitte des Stegs aus hörten Irene und Helena die Musik, die von Reitschulen und Karussells herüberschallten, sowie die Stimmen der Markthändler und Losverkäufer, die mit ihren Flüstertüten die Aufmerksamkeit auf sich lenkten. Da mischte sich dann das *Mariandl aus dem Wachhauer Landl* der Maria Andergast mit *La Paloma* von Hans Albers und *Wochenend und Sonnenschein* von den Cherokees. »Das Lied passt wirklich perfekt zu dem heutigen Tag«, stellte Helena lächelnd fest. Sie spürte, wie ihre Stimmung langsam besser wurde.

Plötzlich blieb Irene stehen. »Hör mal hin! Kennst du diesen Schlager auch? Mensch, den find ich toll!«

»Ist das nicht die *Wunschballade* von Bully Buhlan?« Helena hatte das Lied auch schon mehrmals im Radio gehört. Besonders ihrer Mutter gefiel es, weil Berlin darin vorkam, da bekam Amelie immer heimatliche Gefühle.

»Der Text ist so witzig, dass ich ihn schon auswendig kann«, meinte Irene und schon begann sie mitzusingen:

Ich hatte neulich einen Traum
und war dabei so froh,
ich sah 'ne kleine Bude stehn,
ich glaub am Bahnhof Zoo.
Seitdem hab ich nur einen Wunsch,
gebt mir doch einen Rat,
ich hab so großen Appetit
auf Würstchen mit Salat,
ja, Würstchen mit Salat.

Es braucht kein Schweinebraten sein
und auch kein Stammgericht,
nicht Hühnchen und auch kein Fasan,
das lockt mich alles nicht.
Für 30 Pfennig wünsch ich mir
nicht Eier mit Spinat
und auch nicht »Erbsen bürgerlich«,
nur Würstchen mit Salat,
ja, Würstchen mit Salat.

Ich hoffe nur, dass dieser Wunsch
mög' in Erfüllung gehn.
Empfindet ihr nicht auch wie ich?
Da müsste was geschehn!
Mich reizt die Zigarette nicht
und auch kein Alkolat,
ich hab so schrecklich Appetit
auf Würstchen mit Salat,
ja, Würstchen mit Salat.

Helena hatte die Melodie gesummt und immer nur bei *Würstchen mit Salat* richtig mitgesungen. »Das Lied macht richtig gute Laune«, stellte sie fest, als sie auf der anderen Seite des Stegs angekommen waren.

»Nicht nur das, da steckt auch so viel Wahrheit drin. Ich könnte auch jeden Tag Würstchen mit Salat essen, nachdem wir jahrelang Kohldampf schieben mussten«, stimmte Irene ihrer Freundin zu. »Und selbst heute gehen wir noch manchmal hungrig ins Bett. Da müsste wirklich langsam mal was geschehen!«
Auf dem Messplatz mischten sich nicht nur alle möglichen Geräusche, sondern auch zahlreiche verschiedene Gerüche. So gab es tatsächlich wieder Zuckerwatte, Mohrenköpfe, gebrannte Mandeln und noch einige andere Süßigkeiten sowie Bratwürste und Fischbrötchen. Allerdings waren die Preise fast unerschwinglich.

»Wollen wir eine Runde Riesenrad fahren?«, fragte Irene Helena. Als diese nicht gleich antwortete, fuhr sie fort: »Oder Kettenkarussell?«

»Ach, lieber nicht. Ich habe nur achtzig Pfennig dabei und wenn ich ehrlich bin, ich würde mir lieber etwas zu essen kaufen. So einen richtig schönen Messbollen, den habe ich schon ewig nicht mehr gehabt, und vorher vielleicht noch ein Würstchen, aber lieber mit Senf und einer Scheibe Brot. Das Lied von Bully Buhlan hat mir wahrlich Appetit gemacht. Und wenigstens ein Los möchte ich mir auch kaufen. Hast du die da drüben gesehen?« Helena deutete auf den gegenüberliegenden Losstand, in dessen oberster Reihe die Hauptgewinne thronten: riesige Teddybären, die auf sie heruntergrinsten. »Es muss doch herrlich sein, so einen mit ins Bett zu nehmen und sich an ihn anzukuscheln.« Helenas Auge glänzten wie die eines kleinen Mädchens.

»Ich sehe die Bären, aber ich sehe noch jemand ganz anderen.« Sie nahm Helena an der Hand und schlängelte sich durch die Massen hindurch auf die andere Seite. Ein Meer von Menschen bevölkerte mittlerweile den Messplatz, und es war kaum ein Durchkommen.

»Hallo, Siggi!« Irene steuerte auf einen jungen Mann zu, der, als er seinen Namen hörte, für einen Moment stehenblieb und nach allen Seiten blickte. Als er Irene sah, winkte er ihr zu und signalisierte, dass er neben dem Losstand auf sie warten würde.

Es war unmöglich, in dem Strom der über die Mess ziehenden, drückenden und schiebenden Menschen stehenzubleiben. Man wurde einfach mitgerissen.

»Mein Gott, ist hier was los!« Helena war verwundert. Sie hätte nie gedacht, dass so viele Mannheimer feiern und lustig sein wollten, wo doch in der Stadt eher eine niedergeschlagene Stimmung herrschte. Aber anscheinend schlummerte in vielen Mitbürgern das Bedürfnis, ihrem Leben wieder mehr Leichtigkeit zu geben und sich wenigstens für ein paar Stunden auf der Mess zu zerstreuen, auch wenn sie sich von den vielen Angeboten so gut wie nichts leisten konnten.

»Mensch, wie geht es dir denn, Siggi, wir haben uns ewig nicht gesehen.« Irene umarmte den Mann, der um etliches jünger als sie zu sein schien.

Er blickte sie an und erwiderte: »Gut! Und dir? Du hast dich kaum verändert, Irene, adrett wie eh und je!«

»Und du bist galant wie eh und je!« Sie lachte ihn herzlich an. »Ach, darf ich dir meine Freundin vorstellen!«

Helena war die ganze Zeit hinter Irene gestanden. Erst als diese nun zur Seite trat, konnte sie den jungen Mann sehen. Was Helena zuerst an ihm auffiel, waren seine großen blauen Augen und das unvergleichliche Strahlen, das in ihnen lag. Sein mittelbraunes Haar bildete eine große, schwungvolle Tolle über seiner Stirn, die Helena bisher nur bei einigen amerikanischen Schauspielern gesehen hatte und die für deutsche Männer eigentlich eher untypisch war. Eine Strähne dieser Locke fiel ihm ins Gesicht. Sie gab seinem sonst eher sanften, jungenhaften Aussehen etwas Draufgängerisches.

Er reichte ihr die Hand und während er sie freundlich begrüßte, legte sich ein gewinnendes, warmherziges Lächeln um seinen Mund. »Siegfried Kühn, aber fast alle nennen mich Siggi, schön, Sie kennenzulernen.« An der Art, wie er dies sagte und wie er sie anblickte, spürte sie, dass er von ihr angetan war.

»Helena. Helena Legrand. Angenehm!«, antwortete sie fast schon etwas schüchtern.

»Macht es doch nicht so kompliziert«, wandte Irene ein. »Das ist Helena und das ist der Siggi!«

»Einverstanden! Aber nur wenn Ihnen das auch recht ist, Fräulein Legrand.« Siegfried spürte, dass Irenes Freundin sich anscheinend etwas überrumpelt fühlte.

Helena nickte. »Ach, ist schon gut. Aber soll ich Sie Siegfried oder Siggi nennen?«

»Wenn mir jemand sympathisch ist, darf er sich das aussuchen. Ich verspreche Ihnen auch, ich werde auf beides hören.« Wieder schenkte er ihr ein herzliches Lächeln.

»Bist du ganz allein hier?«, wollte Irene von ihm wissen. »Du bist doch sonst immer mit deinen Freunden unterwegs?«

»Ja, das war eigentlich auch so geplant. Ich war mit Carl und Rainer um halb fünf drüben an der Feuerwache verabredet. Ich hab es aber nicht geschafft, weil mein Vater mich noch in der Werkstatt gebraucht hat. Jetzt muss ich mal sehen, wo ich die zwei finde. Ich vermute, dass sie im Bierzelt sind«, erklärte er Irene, um beide Frauen gleich darauf zu fragen: »Habt ihr Lust mitzukommen? Ich lade euch ein.«

Bevor Irene zusagen konnte, meldete sich Helena zu Wort. »Ich würde lieber noch ein bisschen über die Mess laufen und mir die einzelnen Stände ansehen. Aber, Irene, du musst auf mich keine Rücksicht nehmen, wenn du mitgehen möchtest, dann kannst du das gerne machen. Ich bin dir nicht böse.«

»Das kommt doch gar nicht infrage, ich lass dich doch hier nicht allein rumstiefeln«, wehrte Irene ab, und zu Siegfried meinte sie, »also, dann wünsche ich dir noch viel Spaß und grüß mir den Carl, den habe ich nämlich schon eine ganze Weile nicht mehr gesehen, obwohl wir in derselben Straße wohnen.«

»Ist gut, ich richte es ihm aus, sofern ich ihn und Rainer finde. Und euch beiden noch einen schönen Nachmittag.« Er umarmte zunächst Irene und während er Helenas Hand hielt, meinte er: »Schön, deine Bekanntschaft gemacht zu haben, Helena. Vielleicht sehen wir uns ja mal wieder. Mich würde das sehr freuen.«

Kurz darauf war er zwischen den Menschenmassen verschwunden.
Es war eine Mischung aus Wohlgefallen und Erstaunen, mit der Helena ihm hinterherblickte. Siegfried hatte sie zweifelsohne beeindruckt.

Helena und Siegfried (1947)

So vertraut den beiden jungen Frauen die Mess einerseits war, so gab es andererseits doch vieles, von dem sie glaubten, es vorher noch nie in der Art gesehen zu haben. »Ich weiß nicht, es ist alles irgendwie anders als vor dem Krieg«, stellte Irene fest. »Das Riesenrad kommt mir höher vor, die Achterbahn steiler und die Geisterbahn gruseliger.« »Ich fand die Geisterbahn schon immer schrecklich, mit diesen Skeletten und Totenköpfen. Vor vielen Jahren habe ich mich einmal von meiner Cousine Betty überreden lassen, da mitzufahren. Ich wollte ihr beweisen, dass ich keine Zimperliese bin. Aber ich fand es nur furchtbar. Ich bin vor Angst fast gestorben, als plötzlich im Stockdunkeln ein grelles, grünes Licht aufflackerte und mir ein Sensenmann mit einem Wedel durchs Haar gefahren ist. Ich glaube, ich hab geschrien wie am Spieß!«, erzählte Helena ihrer Freundin.

»Ich wusste gar nicht, dass du so zart besaitet bist!«, meinte Irene lachend. »Aber Spaß beiseite, ich kann das gut nachempfinden. Ich habe zwar keine Angst vor der Geisterbahn, aber dafür mag ich den Irrgarten überhaupt nicht. Ich war da einmal drin und habe mit den vielen Glastüren und Spiegeln total die Orientierung verloren. Ich bin ständig im Kreis herumgeirrt und habe ewig gebraucht, bis ich wieder herausgefunden habe. Zeitweilig habe ich regelrechte Panik bekommen«, gestand Irene.

»Sag mal, was ist denn das da drüben für ein Gefährt? Hörst du, wie die alle schreien? Das muss was ganz Besonderes sein.« Helena deutete auf eine Attraktion, die beiden erst jetzt auffiel.

»Mein Gott, hat das eine Geschwindigkeit drauf! Da drin würde es mir wahrscheinlich hundeübel werden.« Irene wurde es schon beim Hinsehen schwindelig. »Und schau mal, jetzt zieht sich auch noch ein grünes Verdeck über die einzelnen Wagen. Lass uns mal rübergehen, das möchte ich mir aus der Nähe ansehen.« Die beiden Freundinnen ließen sich mehr schlecht als recht zu dem Gefährt schieben, das nun wie ein großer grüner, sich schnell im Kreise schlängelnder Lindwurm aussah. Gerade als sie davorstanden, verlangsamte sich die Geschwindigkeit und als das grüne Verdeck langsam zurückklappte, konnte man sehen, dass in den einzelnen Wagen fast nur Pärchen saßen. Manche Mädchen zupften ihre Röcke und Blusen zurecht, andere richteten ihre Frisuren. Einige versuchten zu ihren Mitfahrern auf Abstand zu gehen, was gar nicht so einfach war, weil die Zentrifugalkraft sie immer wieder nach außen in die Arme der jungen Männer zog, die sich vorausschauend am äußeren Rand platziert hatten. Irene und Helena schauten sich vielsagend an. »Ein cleverer Geschäftsmann, der sich dieses Karussell ausgedacht hat. Das wird großen Zuspruch finden«, kommentierte Irene die Situation mit einem Grinsen und wollte gerade weitergehen.

»Du, warte mal! Ich glaube, ich habe da hinten meine Cousine gesehen mit ihrem Verlobten, wenn ich mich nicht irre.« Helena winkte in die Richtung, wo sie glaubte, Annerose ausgemacht zu haben. Und sie war es tatsächlich, denn sie kam auch sogleich mit Hans zu ihnen herüber.

»Das ist ja eine Überraschung, dich hier auf der Mess zu treffen, Helena!« Annerose blickte ihre Cousine verwundert an und fuhr fort: »Findet ihr es nicht auch toll? Was es hier mittlerweile alles gibt! So viel Neues! Wir sind schon Riesenrad und Achterbahn gefahren und jetzt eben mit der Raupenbahn. Die ist fantastisch!«, schwärmte Annerose. »Das müsst ihr unbedingt auch mal machen!« Sie zwinkerte den beiden zu. »Schöner ist es natürlich in entsprechender Begleitung!« Sie warf Hans einen verliebten Blick zu. »Und was machen wir als Nächstes?«, fragte sie ihn wie ein ungeduldiges Kind, das von allem nicht genug bekommen konnte.

»Ich denke, wir gehen jetzt erst einmal da rüber zum Schwarzwaldhäusl. Da gibt es bestimmt etwas Gutes zu trinken und zu essen«, erwiderte Hans. »Wenn wir dann gestärkt sind, bin ich gerne zu weiteren Schandtaten bereit.«

»Und was habt ihr noch vor?«, fragte Annerose ihre Cousine.

»Wir müssen mal sehen, wir haben eigentlich nichts geplant, wir lassen uns einfach so treiben.«

»Sag mal, ist deine Cousine immer so aufgedreht«, fragte Irene Helena, nachdem sie sich von Annerose und Hans verabschiedet hatten.

»Eigentlich ist sie eine ganz Liebe, aber in ihrer Begeisterung hat sie wohl nicht gespürt, dass sie sich uns gegenüber nicht sehr taktvoll benommen hat.« Helena versuchte, Anneroses Verhalten zu entschuldigen.

»Da hat sich deine Cousine wohl einen Goldfisch geangelt. Der scheint ja ganz schön Pinkepinke zu haben«, stellte Irene nicht ganz neidlos fest.

»Ach, weißt du, da ist auch nicht alles Gold was glänzt. Der Hans scheint ein anständiger Kerl zu sein, aber seine Eltern waren stramme Nazis. Sein Vater war ein ziemlich hohes Tier in der NSDAP und ist einer von diesen Unverbesserlichen. An ihn habe ich vorhin gedacht, als wir uns darüber unterhielten, dass viele auch heute noch dem Hitler nachtrauern.«

»Ja, und hat man den Alten bei der Entnazifizierung denn nicht zur Rechenschaft gezogen?«, fragte Irene verwundert.

»Frag mich nicht, wie der das gemacht hat. Er hatte wohl einen *Persilschein* und als ehemaliger Offizier hat er sogar noch Geld herausgeschlagen. Dem Hans und seiner Familie geht es blendend. Das hast du ja gerade mitbekommen.« In Helenas Stimme lag eine gewisse Resignation.

»Trotzdem kann man deine Cousine beglückwünschen. Ist doch schön, dass wenigstens sie ein bisschen was von dem Kuchen abbekommt. Freuen wir uns einfach mit ihr!« Irene wollte sich und Helena nicht die Stimmung vermiesen lassen.

»Weißt du, ich beneide Annerose nicht wirklich. Ich hoffe nur, dass das alles gut ausgeht und Hans auch wirklich zu ihr hält. Seinen Eltern ist das Jungbuschmädchen nämlich angeblich nicht fein genug. Sie lehnen sie wohl beide ab. Insbesondere der Vater von Hans lässt keinen guten Fetzen an ihr. Deshalb konnten sie sich auch nur heimlich verloben. Seine Eltern dürfen das nämlich gar nicht wissen.«

»Das klingt aber nicht gut.« Irene zog eine Grimasse. »So, und jetzt hab ich Hunger auf Würstchen und Salat«, stellte sie lachend fest, während sie Helena erneut unterhakte und sie zu dem Stand hinüberzog, um den herum sich eine riesige nach Wurst- und Bratfett riechende Dunstwolke gebildet hatte.

Sie standen gerade in der Schlange, als plötzlich jemand Irene von hinten auf die Schulter klopfte.

»Siggi! Wo kommst du denn her? Ich dachte, du machst mit dem Carl und dem Rainer das Bierzelt unsicher!«

»Das dachte ich auch, aber die Burschen sind nirgends aufzufinden, ich habe das ganze Bierzelt durchkämmt. Keine Spur von den beiden. Habt ihr was dagegen, wenn ich mich euch anschließe?«

Irene blickte Helena an und entnahm deren Lächeln, dass sie damit einverstanden war.

»Köstlich, dieses Würstchen!« Irene verdrehte verzückt die Augen.

»Ich weiß gar nicht, wann ich zum letzten Mal so etwas Gutes gegessen habe«, pflichtete Helena ihr bei, während sie sich den letzten Bissen in den Mund schob.

»Und jetzt holen wir uns zum Nachtisch noch einen schönen Messbollen. Ich mag nämlich auch einen«, schlug Irene vor.

»Darf ich euch den spendieren?« Siegfried blickte die beiden ermunternd an.

»Na ja, wenn du heute die Spendierhosen anhast. Warum eigentlich nicht!«, antwortete Irene für beide.

Mittlerweile war es etwas leerer geworden, da der Abend sich näherte und viele schon den Heimweg angetreten hatten. So konnten die drei bequem an den Buden entlangschlendern, während sie genüsslich an ihren Messbollen lutschten und knabberten. Sie blieben hier und da stehen und Helena und Irene kauften für ihre letzten Pfennige Lose. Irene gewann tatsächlich einen Teddybär, allerdings nur eine Miniaturausgabe in Form eines Schlüsselanhängers.

Helena warf die kleinen bunten Zettelchen mit der Aufschrift »Niete« enttäuscht zu Boden. »Außer Spesen nichts gewesen!«, zitierte sie einen alten Spruch. »Sei nicht traurig, du weißt doch, es heißt: Pech im Spiel, Glück in der Liebe.« Irene zwinkerte ihr zu. »Wisst ihr was, jetzt werde ich mal mein Glück versuchen. Ich werde für euch etwas schießen.« Siegfried wollte vor allem die glücklose Helena trösten. Er erkundigte sich bei dem Mann, der die Gewehre lud, wieviel Schuss er bräuchte, um einen der Artikel in der obersten Reihe zu bekommen.

»Es wenigschde sin drei Schüss, die de brauchschd. Ena koschd zä Penning«, antwortete der Schausteller.

»Das ist aber ganz schön teuer.« Siegfried griff in seine Hosentasche, um zu sehen, wieviel Geld er noch hatte.

»A jetzd her doch mol her, des is doch net deia! Am beschde nemmschd glei zä Schuss fa siebzisch Penning. Des is billischa, un die Wahrschoinlischkeid, fa die zwee sauwere Mädle was Gscheids zu gewinne, is a viel greeßer.«

Mit einem anzüglichen Lachen blickte er auf die beiden Frauen.

Siegfried gab ihm die 70 Pfennige, lud das Gewehr und peng, peng, peng ... Es gelang ihm tatsächlich, mit je drei Schüssen die weißen Hülsen zu zerschießen. Die kleine biegsame Figur aus dicken blauen Pfeifenputzern schenkte er kurz darauf Irene und Helena überreichte er die kleine dunkelrote Rose. Sie lächelte ihn glücklich an.

»Weißt du eigentlich, dass Siegfried früher immer tolle weiße Kniestrümpfe anhatte.« Irene grinste ihn schelmisch an.

»Oh, Gott, jetzt kommst du mit diesen ollen Kamellen«, wehrte er ab.

»Jetzt sag bloß, das stimmt nicht!«, und zu Helena gewandt begann sie zu erzählen: »Weißt du, sein Onkel wohnte auch in der Neckarstadt und den hat der Siegfried immer sonntagsmittags besucht und da ist mir aufgefallen, dass er stets wunderschöne weiße Kniestrümpfe anhatte. Und weil er mir so gut gefallen hat, habe ich ihn irgendwann einmal angesprochen. So haben wir uns damals kennengelernt.«

»Weißt du, wann das war?« Siegfried war es peinlich, dass sie das gerade jetzt in Gegenwart von Helena erzählte. »Da war ich sieben oder acht Jahre alt!«

»Ich gehe mal davon aus, dass du heute keine mehr trägst, oder?« Irene musste natürlich noch eins draufsetzen.

»Ich finde weiße Kniestrümpfe bei Männern chic«, kicherte nun auch Helena.

»Ihr zwei seid ganz schön kess! Nehmt mich ruhig weiter auf den Arm. Ihr werdet schon sehen, was ihr davon habt.« Er betrachtete die beiden grinsend.

Irene legte den Arm um Siegfried. »Ist doch alles bloß Blödsinn. Aber die Vorstellung ist einfach zu herrlich. Das macht doch so viel Spaß, ein bisschen albern zu sein.« Lachend und gut gelaunt gingen die drei weiter.

»Mich wundert eigentlich, dass ihr beiden euch nicht kennt!«, meinte Irene plötzlich. Siegfried und Helena blickten sie verwundert an.

»Woher sollten wir uns denn kennen?«

»Na ja, ihr seid doch fast derselbe Jahrgang und seid doch bestimmt in dieselbe Schule gegangen, oder?«

»Warst du auch in der K5-Schule?«, fragte Siegfried nun Helena.

»Alle Kinder aus dem Jungbusch gingen in die K5-Schule. Ja, und du? Bist du denn auch aus dem Jungbusch? Ich habe dich noch nie gesehen«, stellte Helena fest.

»Nein, ich bin zwar nicht aus dem Jungbusch, aber wir Filsbach-Kinder sind auch in die K5-Schule gegangen. Mein Vater, mein Bruder Konrad und ich, wir wohnen in H6, 4. Da hat mein Vater seine Schneiderei.«

»Ach, dein Vater ist Schneider?«, stellte Helena interessiert fest.

»Ja, und ich und mein Bruder sind es auch. Warum? Magst du keine Schneider?«

Helena lachte. »Ganz im Gegenteil, ich bin auch gelernte Schneiderin.« Siegfried blickte Helena erstaunt an. »Na, das ist aber ein Zufall! Ja, und was machst du, wenn du nicht nähst?«, wollte er von ihr wissen.

»Eigentlich nähe ich fast immer«, gestand Helena lächelnd. »Dass ich heute hier bin, ist eine Ausnahme. Wenn Irene mich nicht mitgenommen hätte, wäre ich wahrscheinlich den ganzen Nachmittag über an meiner Nähmaschine gesessen.«

»Dann war es wohl ein Glücksfall, dass wir uns hier begegnet sind.« Während er dies sagte, betrachtete er Helena in einer Art und Weise, die verriet: Sie hatte zweifellos sein Herz berührt.

»Und wem hast du das zu verdanken?«, meinte nun Irene zu Siegfried.

»Natürlich meiner lieben, alten Freundin Irene.« Er gab ihr einen Kuss auf die Wange.

»Du, das *alt* möchte ich aber überhört haben!« verbesserte ihn Irene.

»Lass es mich wiedergutmachen, wie wär es, wenn ich euch beide am nächsten Sonntag hier ins *Capitol* einlade. Ich bring noch einen meiner Freunde mit und dann machen wir uns zu viert einen schönen Nachmittag.«

Irene schaute Helena an. »Was meinst du?« Helena zögerte einen Augenblick. »Komm schon, Helena, du musst raus unter Menschen! Der Krieg ist vorbei. Wir leben! Wir haben so viel nachzuholen!«

»Ich würde mich wirklich sehr freuen. Sie dürfen sich auch den Film aussuchen.« Siegfried blickte hinüber zum *Capitol*, zu den beiden riesigen Filmplakaten. Die waren handgemalt und richtig beeindruckende Kunstwerke, die Lust machen sollten, sich den Film anzusehen. Sie hingen über dem großen geschwungenen Eingangsbereich des monumental wirkenden Baus aus roten Klinkern. Siegfried las: »*Die Mörder sind unter uns* mit Hildegard Knef und Wilhelm Borchert.«

Irene unterbrach ihn. »Den will ich nicht sehen. Dieser Film ist zwar zur Zeit in aller Munde und die Knef und der Borchert sind auch bestimmt gute Schauspieler, aber ich muss mir nicht das in Trümmer liegende Berlin ansehen. Wenn ich durch die Quadrate gehe, habe ich das alles hautnah und mehr als mir lieb ist.« Helena pflichtete ihr bei. »Gibt es denn nichts Aufmunterndes?«

»Keine Ahnung, was das andere für ein Film ist: *Der Engel mit dem Saitenspiel* mit Hertha Feiler, Hans Söhnker und Hans Nielsen. Das ist sicher etwas für euch Frauen. Für mich klingt es nach einem Liebesfilm«, stellte Siegfried fest, der zwar lieber Abenteuerfilme mochte, sich in diesem besonderen Fall aber auch gerne eine Liebesschnulze ansah.

»Oh, ja, etwas Schönes und Romantisches, etwas fürs Herz. Das würde mir auch gefallen. Und die Hertha Feiler, die mag ich ganz besonders gern.« Helena hatte immer für die schöne Schauspielerin geschwärmt und nie verstanden, warum sie den unscheinbaren Heinz Rühmann geheiratet hatte.

»Also, abgemacht. Dann treffen wir uns nächsten Sonntag um 16 Uhr vor dem Eingang des *Capitols*.« Siegfried strahlte die beiden an.

Kurz darauf machten sie sich in Richtung Mittelstraße auf. Plötzlich blieb Irene unvermittelt stehen und betrachtete sie. »Wisst ihr zwei eigentlich, dass ihr ganz schön viele Gemeinsamkeiten habt?! Ihr kommt fast aus demselben Viertel, denn irgendwie gehören der Jungbusch und die Filsbach ja doch zusammen. Ihr seid in dieselbe Schule gegangen, seid fast gleich alt und habt sogar noch dasselbe Handwerk erlernt. Wenn das mal nichts zu sagen hat!« Sie versuchte vergeblich, ihr Grinsen zu unterdrücken. »Dass ihr euch nicht kennt, ist eigentlich gar nicht so schlimm. Dann habt ihr jetzt genug Zeit, das nachzuholen. Ich muss mich nun nämlich schleunigst auf die Socken machen. Meine Mutter wird zu Hause bestimmt schon ungeduldig auf mich warten. Und ihr zwei habt doch fast denselben Nachhauseweg.«

Helena und Siegfried waren beide mehr als erstaunt, mit welchem Tempo Irene sich von ihnen verabschiedete. Sie hatte das zwar alles geschickt eingefädelt, aber ihre Absicht war schon sehr offensichtlich.

Siegfried und Helena überquerten den Messplatz in Richtung Friedrichsbrücke. »Ist es dir denn überhaupt recht, wenn ich dich begleite?«, fragte er vorsichtig. »Ich möchte nämlich nicht aufdringlich erscheinen.« Helena schüttelte den Kopf. »Ach, was! Ich freue mich, dass wir dieselbe Richtung haben und noch ein bisschen plaudern können.« Während sie nebeneinanderher liefen, redeten sie über Gott und die Welt. Die sonst eher stille Helena war für ihre Verhältnisse überaus gesprächig.

»Und du arbeitest auch als Schneider?«, fragte sie ihn nach einer Weile.

»Ja, wir sind zu dritt. Das Geschäft gehört meinem Vater und mein Bruder und ich arbeiten für ihn. Na ja, und dann gibt es noch die Hilde, die uns den Haushalt macht. Vor dem Krieg war unsere Schneiderei noch wesentlich größer und mein Vater hatte zeitweilig sogar drei Gesellen. Aber ich denke, die Zeiten sind vorbei. Im Augenblick haben wir noch alle etwas zu tun, aber ich habe das Gefühl, dass die Werkstatt keine Zukunft hat.« Siegfried teilte ihr unverblümt seine Bedenken mit.

»Aber Kleider brauchen die Leute doch immer. Natürlich haben sie im Moment nicht viel Geld, aber das wird sich doch bestimmt irgendwann einmal wieder ändern, meinst du nicht?«

»Du glaubst also, dass Handwerk goldenen Boden hat.« Siegfried lachte. »Der Spruch klingt zwar gut, aber ich habe Zweifel, ob er heute noch stimmt.«

»Arbeitest du zu Hause?«, wollte er wissen.

»Ich kann mir leider keine Werkstatt leisten und selbst wenn ich es könnte, würde ich sicher keine Räumlichkeit finden, bei der Wohnungsnot! Meine Nähmaschine steht in unserer Wohnküche und die Anprobe findet im Schlafzimmer meiner Eltern statt. Aber irgendwie geht das schon.« Sie lächelte ihn herzlich an.

»Und du wohnst und arbeitest also auch mit deiner Familie zusammen?«, fragte sie ihn.

»Wie gesagt, mit meinem Vater und meinem Bruder. Meine Mutter lebt nicht mehr. Sie ist vor fünf Jahren gestorben«, erklärte er ihr. Sein Gesichtsausdruck wandelte sich bei diesen Worten. Er wurde plötzlich sehr ernst.

»Das tut mir aber leid. War sie denn krank?« Der Gedanke daran, dass Siegfried bereits einen Elternteil so früh verloren hatte, stimmte Helena traurig.

Er antwortete ihr zunächst nicht, um danach nur kurz zu reagieren: »Ja, so etwas Ähnliches. Aber bitte, lass uns das Thema wechseln.«

Siegfrieds Antwort und die Reaktion auf die Frage nach seiner Mutter verunsicherte Helena sehr. Anscheinend war das ein wunder Punkt. Danach wollte auch kein rechtes Gespräch mehr aufkommen.

An der Ecke Jungbuschstraße/Luisenring verabschiedeten sie sich.

»So, ich muss jetzt auf die andere Seite und du hast es ja auch nicht mehr weit.

Ich habe mich sehr gefreut, dass wir uns kennengelernt haben. Jetzt hoffe ich bloß, dass die Woche schnell vorbeigeht und wir uns bald wiedersehen.« Siegfried ergriff sanft Helenas Hand und gab ihr einen zärtlichen Kuss auf den Handrücken, während er ihr tief in die Augen blickte.

Helena lächelte ihn an: »Ich habe seit Langem nicht mehr einen so schönen und unbeschwerten Nachmittag erlebt. Es hat mir so gut getan, mit dir zu plaudern, und ich möchte mich auch ganz herzlich für die wunderschöne Rose bedanken. Ich werde sie in eine kleine Vase stellen und sie in Ehren halten.«

»Weißt du, dass du ganz süße Grübchen hast, wenn du so strahlst«, stellte Siegfried fest. »Du bist überhaupt ein bezauberndes Mädchen.«

Helena wurde verlegen und hatte das Gefühl, dass ihr die Röte ins Gesicht schoss, darum schaute sie verschämt zu Boden, was

ihn jedoch nicht daran hinderte, ihr einen kurzen, zarten Kuss auf die Wange zu geben. »Vergiss mich nicht und wenn du hin und wieder die Rose anschaust, dann denk doch einfach auch ein wenig an mich. Ich kann es kaum erwarten, dich nächste Woche wiederzusehen. Also dann, bis nächsten Sonntag!«
Helenas Herz klopfte heftig. Sie blickte hoch und flüsterte ihm zu: »Wie könnte ich dich vergessen!« Dann gab sie ihm einen flüchtigen Kuss, wandte sich blitzschnell um und war sogleich in der Jungbuschstraße verschwunden.

Siegfrieds Mutter (1947)

Als Siegfried die verlängerte Jungbuschstraße hinunter in Richtung H6 lief, war er überglücklich. Diese Helena war schon ein ganz besonderes Mädchen. Sie war anmutig, freundlich, schien recht gescheit zu sein, hatte gute Umgangsformen, war bildhübsch. Und ihre wunderschönen braunen Augen und diese Grübchen, wenn sie ihn anlächelte! Er merkte, wie er ins Schwärmen geriet.
Siegfried war zweifellos ein junger Mann, in dessen Nähe sich die Mädchen wohlfühlten. Er hatte darum auch, seit er aus der Kriegsgefangenschaft zurückgekehrt war, einige Liebschaften gehabt. Aber das war alles nichts Gescheites gewesen. Die, welche bei seinem Vater in der Schneiderei ein und aus gingen, waren schnell zu haben gewesen. Ein paar nette Stunden, vielleicht ein paar Tage, aber der Zauber war stets genauso schnell wieder verflogen, wie er gekommen war. Wenn er ehrlich war, hatte er auch gar nichts anderes gewollt. Eine feste Freundin – daran war er nicht interessiert. Er wollte frei und unabhängig sein, er brauchte sowieso keinen Menschen. Er wollte sich an niemanden mehr binden, denn er wollte nicht mehr leiden. Wenn er aus der Geschichte von damals eines wirklich gelernt hatte, dann war es, dass, wenn man weniger liebte, man weniger verletzt zurückblieb. Seine Gedanken gingen zurück ins Jahr 1942.

*

Der 28. Oktober war ein bewölkter, regnerischer Tag. Obwohl die Temperaturen für die Jahreszeit noch recht angenehm waren, fröstelte es Siegfried, als er ganz allein mit dem Brief in den Händen in der Schneiderei stand. Erneut las er ihn Zeile für Zeile, hoffte, dass er sich beim ersten Mal vielleicht verlesen hätte, und wünschte sich, dass er sich getäuscht haben möge. Aber dem war leider nicht so. Die Botschaft hatte sich nicht verändert, sie stand noch genauso grausam und unbarmherzig da wie ein paar Sekunden zuvor. Man teilte ihnen darin mit, dass seine Mutter Maria Kühn am 5. Oktober um 16.20 Uhr an den Folgen einer Lungenentzündung verstorben sei. Er betrachtete den Umschlag, drehte und wendete ihn. Seine Augen blieben am Poststempel haften. Langsam flüsterte er Buchstabe für Buchstabe: A-u-s-c-h-w-i-t-z.

Siegfried sehnte sich in diesem Augenblick so sehr nach seinem Vater und seinem Bruder Konrad. Wenn sie jetzt nur bei ihm gewesen wären! Aber sein fünf Jahre älterer Bruder war schon 1940 eingezogen worden und kämpfte irgendwo in Südfrankreich und seinen Vater hatte man ein paar Wochen zuvor in Schutzhaft genommen.

Irgendwann war die Gestapo im Türrahmen gestanden und hatte seinen Vater mitgenommen. Eigentlich war das fast zu erwarten gewesen, denn Johannes Kühn war schon seit Langem in das Visier der Behörden geraten. Ihnen missfiel sein Umgang. Ihrer Meinung nach verhielt er sich höchst auffällig, alles andere als regierungstreu. Als Schneidermeister hatte er schon seit Beginn der 20er-Jahre enge Kontakte zu jüdischen Tuchhändlern gepflegt. Sie hatten ihm Stoffe von edler Qualität für seine Anzüge geliefert und mit der Zeit hatte sich so manche Geschäftsbeziehung zu einer Freundschaft entwickelt. Des Öfteren war er mit ihnen, manchmal bis in die späte Nacht hinein, in einem der großen Mannheimer Caféhäuser in den Planken gesessen. Dort hatten sie dann diskutiert, politisiert, geraucht, getrunken und natürlich auch Geschäfte gemacht.

Das war so bis 1933 gegangen. Dann war das eingetreten, was viele nicht geglaubt hatten. Hitler wurde zum Reichskanzler ernannt und begann unmittelbar danach das umzusetzen, was er vor seiner Wahl angekündigt hatte. Viele Juden hatten nie und nimmer geglaubt, dass eine deutsche Regierung gegen sie Position beziehen würde. Schließlich waren sie und ihre Familien seit Jahrzehnten Deutsche. Sie hatten im Ersten Weltkrieg für Deutschland gekämpft und zum Teil hohe Auszeichnungen für ihre Tapferkeit und ihren Patriotismus erhalten. Dieser Hitler war doch ein Verrückter, der sich aufblähte. Ein Sprücheklopfer mit Drohgebärde, ein Versager mit narzisstischen Zügen, egozentrisch und unberechenbar, aggressiv und launisch. Er taugte nicht für die Politik, es war nur eine Frage der Zeit, wann er wieder von der politischen Bühne verschwinden würde.

Aber damit erlagen sie einer fatalen Fehleinschätzung, denn die nationalsozialistische Schlinge hatte sich nach und nach immer mehr zugezogen. Diejenigen, die in den frühen 30er-Jahren nicht ins ferne Ausland emigriert waren, würden für ihren Irrglauben einen hohen Preis zahlen. Denn nach dem Ausbruch des Zweiten Weltkriegs hatte es kaum noch ein Entkommen gegeben. Fast keiner von ihnen würde dieses System überleben.

Die wenigen Juden, die es Anfang der 40er-Jahre noch in Deutschland gegeben hatte, waren in den Untergrund abgetaucht. Sie mussten sich verbergen, was meist nur mit der Unterstützung guter Freunde möglich war. Dass der »Schneider Kühn«, wie alle ihn im Viertel nannten, ein Judenfreund war, stellte kein Geheimnis dar und man traute ihm auch zu, dass er sie versteckte.

Ein halbes Dutzend Mal hatte die Gestapo die Schneiderei auf den Kopf gestellt, aber sie hatten nie jemanden gefunden. Die braunen Herren im grauen Trenchcoat mit ihren in die Stirn gezogenen Hüten hatten jedes Mal erfolglos von dannen ziehen müssen.

Im Spätsommer 1942 behauptete dann ein SS-Mann aus der Nachbarschaft steif und fest, er habe gesehen, wie der ehemalige Tuchhändler Jakob Weizmann das Haus in H6, 4 betreten habe und danach sei dieser nicht mehr herausgekommen. Dieses Mal hatte die Gestapo nicht lange gefackelt und Johannes Kühn kurzerhand festgenommen, obwohl die erneute Hausdurchsuchung wieder nichts brachte. Die Anklage lautete: »Verbotswidriger Umgang mit Juden.« In der folgenden Nacht war Siegfried dann hinunter in den Keller gegangen und hatte den Freund seines

Vaters aus dem Verschlag befreit. Er hatte sich stundenlang in einem Hohlraum unter einem Kohlenberg versteckt, den Johannes Kühn und sein jüngster Sohn genau zu diesem Zweck angelegt hatten.

Siegfried hielt den Brief mit der Sterbeurkunde seiner Mutter in den Händen. Dicke Tränen liefen über seine Wangen. Für ihn kam der Tod seiner Mutter unerwartet, er hatte bis zum Schluss geglaubt, sie würde überleben.

Er würde in einem Monat 17 werden und hatte schon die Einberufungsmitteilung erhalten, in der stand, dass er im Mai des kommenden Jahres seine Ausbildung zum U-Boot-Koch bei der Kriegsmarine in Bremerhaven antreten solle. Er hatte sich gleich nach seinem 15. Geburtstag freiwillig dazu gemeldet.

Siegfried war zutiefst verzweifelt. Er hatte keine Ahnung, wie es weitergehen sollte. Einerseits sehnte er sich danach, allein zu sein, am liebsten hätte er sich in ein Mauseloch verkrochen, andererseits wünschte er sich Zuspruch und Trost, jemanden, der ihn jetzt einfach nur in die Arme nahm, wie seine Mutter es immer gemacht hatte, als er noch ein kleiner Junge gewesen war. Nie mehr würde sie ihn liebevoll an ihr Herz drücken, niemals wieder würde er sie spüren. Siegfried schluchzte laut auf. Seine Mutter war nur 44 Jahre alt geworden.

Als er sich damals so verlassen in der Schneiderei befand, klingelte es plötzlich an der Tür. Kurz darauf stand sein gleichaltriger Freund Richard vor ihm. »Sag mal, was ist denn mit dir los? Wie siehst du denn aus? Hast du geheult?« Anstatt zu antworten, reichte er ihm wortlos den Brief.

»Mensch, Siggi, das tut mir so leid.« Er legte die Hand auf die Schulter seines Freundes. »Was wirst du jetzt machen?«

Siegfried zuckte mit den Achseln. »Weiß nicht. Ich weiß gar nichts mehr.« Er fühlte sich so leer, so kraftlos.

»Ist denn dein Vater schon informiert?«

Siegfried schüttelte den Kopf. »Da brauch ich gar nicht hingehen, die lassen mich sowieso nicht zu ihm. Ich habe ihn schon vor ein paar Tagen besuchen wollen. Aber die haben mir dort eine heftige Abfuhr erteilt, mich behandelt wie einen Volksverräter«, erklärte er resigniert.

»Pass auf, du kommst jetzt mit zu mir nach Hause. Hier kannst du sowieso nichts machen. Pack einfach ein paar Sachen für die nächsten Tage zusammen«, forderte Richard ihn auf.

»Aber was wird denn deine Mutter dazu sagen, wenn du mich so ohne Vorankündigung einfach bei euch für ein paar Tage einquartierst? Willst du sie nicht erst mal fragen? Ich möchte nicht, dass sie sich überrumpelt fühlt«, warf Siegfried unsicher ein.

»Nach so vielen Jahren müsstest du doch eigentlich meine Mutter kennen. Wenn sie dich sieht, wird sie ohne viele Worte zu machen noch einen Teller mehr auf den Tisch stellen nach dem Motto, wo vier essen, reicht es auch für fünf. Und heute Abend wird sie dir unser Sofa gemütlich für die Nacht herrichten. Ich denke, der Tod deiner Mutter wird auch für sie ein Schlag sein. Du weißt doch, wie eng und wie lange unsere Mütter miteinander befreundet waren.« Richard lächelte Siegfried traurig an.

*

Rosa Bender war eine liebenswerte Frau mit einem großen Herzen. Wahrscheinlich lag genau darin der Grund, warum sie und Maria Kühn schon seit ewigen Zeiten enge Freundinnen gewesen waren. Es war nicht nur die Nachbarschaft, die sie verband, denn die Benders wohnten gerade mal zwei Quadrate weiter in F6, sondern auch die Tatsache, dass sie sich charakterlich in vielem ähnlich waren. Nicht selten hatten sie sich, als ihre Kinder noch nicht auf der Welt waren, verabredet, um gemeinsam »in die Stadt zu gehen«, wie sie ihren Bummel durch die Planken und die Breite Straße stets nannten.

»Na, geht ihr wieder schwitisieren, ihr zwei?«, hatte Johannes Kühn sie grinsend gefragt und Maria einen Fünfer in die Hand gedrückt, als sie und Rosa mit ihren adretten Hütchen vor ihm gestanden waren. Da seine Schneiderei florierte, tat es ihm nicht weh, das Amüsierbudget seiner jungen Frau ein bisschen aufzubessern. Er selbst war schließlich auch kein Kind von Traurigkeit und hatte darum für ihre Unternehmungen durchaus Verständnis. Die beiden hatten nur fröhlich genickt, denn »schwitisieren« war nun mal eine ihrer Lieblingsbeschäftigungen. Es war ja auch herrlich, durch die schöne Mannheimer Innenstadt zu schlendern. Meistens kamen sie allerdings nur bis zum Kaufhaus *Hirschland* in O3. Das gewaltige Sandsteingebäude in dem alten, für Mannheim typischen Barockstil präsentierte im Erdgeschoss eine riesige Verkaufsfläche mit fast allem, was das Herz begehrte. So waren die beiden durch die Abteilungen geschwelgt, hatten in Kurzwaren und Posamenten gekramt, die Qualität der feinmaschigen Trikotagen und seidig glänzenden Wäscheartikel geprüft, die neueste Schuhmode anprobiert und waren regelmäßig bei den Galanteriewaren mit ihren wohlduftenden Parfümen und der verführerischen Bijouterie hängengeblieben. Sie hatten auch nichts dagegen, wenn eine der eifrigen Verkäuferinnen sie mit einer aktuellen Kreation aus einem der prächtigen Glasflakons einsprühte. Zum Schluss hatten sie meist noch die Putzwaren angesteuert, denn Hüte hatten es ihnen angetan. Alle möglichen Formen und Farben hatten sie sich zum Anprobieren von der Verkaufstheke reichen lassen, um die verschiedenen Modelle schräg auf ihre Köpfe zu setzen, sie gleich darauf nach hinten und dann wieder nach vorne ins Gesicht zu ziehen. Sie hatten den kleinen Schleier keck angehoben, um ihn gleich darauf über die Nasenspitze zu ziehen. Dabei hatten sie alle möglichen Grimassen gemacht und ohne Ende gekichert. Wenn dann einer der sehr wichtig dreinschauenden Abteilungsleiter noch hinzugekommen war und sie gefragt hatte, für welches Modell sie sich denn nun endlich entschieden hätten, hatten sie die Hüte schnell zurückgelegt. »Da fällt uns wirklich die Wahl schwer, Herr Abteilungsleiter. Die sind alle so schön«, hatte Rosa gemeint und den Mann mit einem unschuldigen Augenaufschlag angeblickt. Worauf Maria mit einer ähnlichen Unschuldsmiene sofort hinzufügt hatte: »Wir werden jetzt erst mal in den Erfrischungsraum gehen und einen Kaffee trinken, und dann werden wir sehen, welches der traumhaften Modelle wir nehmen.« Dann waren die beiden kichernd davongerauscht.

Rosa und Maria waren, wie gegenüber dem Abteilungsleiter versichert, danach zwar tatsächlich Kaffee trinken gegangen, aber in einem der anderen beiden jüdischen Kaufhauspaläste am Paradeplatz. Bei *Schmoller* in P1 hatte man vom Restaurant aus einen herrlichen Blick über den blumengeschmückten Paradeplatz, darüber hinaus bot die Speisekarte neben feinen Kuchen auch ein leckeres Restaurationsbrot und sogar eine hausgemachte Krabbenmayonnaise an. Das Restaurant des in E1 und somit gegenüberliegenden Kaufhauses *Wronker* konnte zwar keine solche Aussicht bieten, war jedoch wegen seiner edlen Ausstattung sehr beliebt. Von der Möblierung bis zum Geschirr und Besteck war alles nur vom Feinsten. Als Rosa und Maria einmal wieder ihren Einkaufsbummel dort beendet hatten, waren sie auf ein interessantes Detail gestoßen.

»Was ist denn das?« Maria hatte plötzlich losgeprustet, während sie laut lachend die Rückseite des Kaffeelöffels betrachtet hatte.

Rosa hatte sie entgeistert angeschaut. »Was ist denn mit dir los? Haben sie dir was in den Kaffee getan?« Als Rosa dann jedoch kurz darauf die eingravierte Aufschrift auf dem Kaffeelöffel las, hatte auch sie sich nicht beherrschen können und war lauthals in Lachen ausgebrochen. Da stand nämlich in fetten Lettern: »Gestohlen bei Wronker.« Anscheinend hatte die Geschäftsleitung in diesem Aufdruck die einzige Möglichkeit gesehen, dem rasanten Schwund ihrer edlen Kaffeelöffel Einhalt zu gebieten.

Manchmal hatten sie ihre »Schwitisierroute« aber auch in der Breiten Straße bei *Rothschild* in K1 begonnen, um danach die Straßenseite zu wechseln und Siegmund Kanders Glaspalast in T1 zu besuchen. Der Treppenaufgang dieses Kaufhauses war majestätisch und ließ einen vergessen, wo man eigentlich war. Wenn man die Stufen hinaufschritt, hatte man das Gefühl, im Innenraum eines Schlosses zu sein. Die Eindrücke waren einfach überwältigend. Man musste hier auch gar nichts kaufen, einfach nur darin zu wandeln, garantierte schon höchste Glücksgefühle.

Kaufen konnte man wesentlich günstiger im einzigen nicht jüdischen Warenhaus der Breiten Straße, nämlich bei *Woolworth* in J1. Dort gab es fast alles, und das nur zu zwei Preisen. Entweder zahlte man 25 oder 50 Pfennig.

Aber die Zeiten des unbeschwerten »Schwitisierens« waren nur von kurzer Dauer. Denn nach 1933 hatte sich alles verändert. Es fing damit an, dass man nicht mehr beim Juden kaufen sollte. Rosa und Maria dachten jedoch überhaupt nicht daran, dies einzuhalten und schlichen sich stattdessen über die Hintereingänge in die Geschäfte. Die Maßnahmenkette der neuen Regierung gipfelte schließlich in der sogenannten »Arisierung«. Ihre Durchführung hatte zur Folge, dass in der zweiten Hälfte der 30er-Jahre nach und nach sämtliche jüdischen Kaufhäuser verschwanden. Sie hießen jetzt ganz anders: Dr. Martin Wohlgemuths *Samt und Seide* in N7 wurde zu *Vetter*, *Hirschland* in O4 zu *Neugebauer*, *Schmoller* in P1 zu *Anker*, *Wronker* in E1 zu *Hansa*, *Kander* in T1 zu *DeFaKa*, zum *Deutschen Familien Kaufhaus* und *Rothschild* in K1 schließlich zu *Braun*. Jüdisches Leben sollte aus dem Stadtzentrum getilgt werden. Dies waren die Anfänge einer Schlinge, die sich in den folgenden Jahren unerbittlich zuziehen würde.

*

Als Richards Mutter die verweinten Augen Siegfrieds sah und den Brief mit der Todesnachricht gelesen hatte, schloss sie ihn in ihre Arme. Sie strich ihm zärtlich durchs Haar. »Du bleibst erst mal bei uns. Dann habe ich halt jetzt noch einen Sohn.« Sie lächelte ihn herzlich an, während sie ihm die erneut aufsteigenden Tränen aus dem Gesicht wischte.

Sowohl bei den Kühns als auch bei den Benders waren die Freunde ihrer Söhne stets willkommen gewesen. Sie waren bei ihnen sozusagen ein und aus gegangen. Und das waren nicht wenige.

Edgar Gutmann war von allen der Jüngste. Sein Vater war Schiffer und viel unterwegs. Er hatte ihn von klein auf immer mal wieder mit aufs Schiff genommen und ihn schon früh in die Geheimnisse des Hafenlebens eingeweiht. Seine leibliche Mutter war früh gestorben, aber die neue Frau seines Vaters hatte ihn liebevoll großgezogen und mit ihm in der Kirchenstraße gewohnt, solange er noch schulpflichtig gewesen war. Als Edgar dann die Schule verlassen hatte, waren sie erst einmal alle zusammen aufs Schiff gegangen. Edgar hatte jedoch recht bald bemerkt, dass ein dauerhaftes Leben auf dem Wasser nicht das war, was er sich für seine Zukunft wünschte. Das Treiben im Hafen fand er wesentlich spannender. Hier trafen sich vor allem in den Schifferkneipen des Jungbuschs Menschen aus aller Herren Länder. Meist waren es Kapitäne, Schiffer und Matrosen aus Frankreich, der Schweiz, Belgien und Holland, die für mehrere Stunden, manchmal auch für ein paar wenige Tage Landgang hatten. Dort gab es immer was zu erzählen. Er fand das wesentlich interessanter, als selbst wochenlang auf einem Kahn eingesperrt zu sein und sich nicht frei bewegen zu können. Es gefiel ihm, durch den Handelshafen zu ziehen und hier und da auszuhelfen. Da er clever war, wusste er auch trotz der schlechten Zeiten immer, wo man ein paar Mark verdienen konnte. Zweifellos hatte er dafür ein besonderes Gespür. Trotzdem liebte er es, sich von Zeit zu Zeit an Frau Benders gedecktem Tisch zu setzen.

Rainer Ludwig ähnelte Edgar, denn auch er hatte blaue Augen und braune Haare und war nicht besonders groß, wirkte eher untersetzt. Auch er wohnte im Jungbusch. Wahrscheinlich waren das jedoch die einzigen Gemeinsamkeiten der beiden. Denn während Edgar einen durchtrainierten Körper hatte und zupacken konnte, wirkte Rainer eher schlaff und kraftlos. Darüber hinaus litt er von Kindesbeinen an unter einer pickeligen Gesichtshaut, was seinem Erscheinungsbild noch abträglicher war. Auch war er lange nicht so geschäftstüchtig wie Edgar. Trotzdem wusste er ziemlich genau, was er wollte und versuchte nicht selten den Ton anzugeben, was sich die anderen jedoch meist nicht gefallen ließen.

Carl Schmitter war der Einzige, der aus der Neckarstadt stammte. Seine Eltern waren weitaus bessergestellt als die der anderen, denn sein Vater war Schnellrichter. Das hatte die Jungs von Anfang an gewaltig beeindruckt, obwohl der alte Schmitter von seiner Statur her eher ein kleines unscheinbares Männlein war.

Besonders Siegfried und Richard waren stolz darauf, mit Carl befreundet zu sein, einem Jungen, der auf die Höhere Schule ging und später sicher einmal in die Fußstapfen seines Vaters treten würde. Carl wiederum war froh, die beiden zu Freunden zu haben, weil er sich schwer damit tat, Anschluss zu finden. Er hatte krauses, dunkles Haar, ein rundes Gesicht und war ziemlich stämmig, was darauf schließen ließ, dass er wohl eher auf seine matronenhafte Mutter herauskam. Er war ein Junge, den die Mädchen glattweg übersahen. Kennengelernt hatten Siegfried und Richard den Gymnasiasten beim VfR Mannheim, in dessen Jugendmannschaft sie seit einiger Zeit spielten. Fußball war eines der Dinge, was die fünf Jungs miteinander verband, abgesehen natürlich vom Alter. Sie waren alle zwischen 1924 und 1926 geboren und nur wenige Monate auseinander.

Die Abwesenheit von Siegfrieds Eltern bewirkte, dass die Jungs nun tagsüber meist bei Frau Bender herumhingen, während sie sich abends gerne mal bei Siegfrieds Vater einnisteten. Denn wenn dieser nicht zu Hause war, hatten sie in dessen Wohnung, in der sich auch die Schneiderei befand, sturmfreie Bude. Sie luden sich dann nicht selten ein paar Mädchen aus der Nachbarschaft ein. Edgar brachte aus dem Hafen Schnaps mit, Siegfried organisierte Schokolade, die sein Vater in der Speisekammer gebunkert hatte, denn Johannes Kühn war ein Meister des Tauschhandels und recht geschäftstüchtig, um nicht zu sagen gewieft.

Dann ging es in der Wohnung meistens hoch her. Besonders beliebt war das Schlafzimmer. Es wurde quer durch die Betten

»gerolzt«, heftigste Kissenschlachten veranstaltet, bei denen auch so einiges zu Bruch ging, und Fangen und Verstecken gespielt. Je leerer die Schnapsflasche im Laufe des Abends wurde, umso toller trieben sie es und aus zunächst harmlosen Neckereien erwuchsen nach und nach die ersten sexuellen Kontakte.

Carl war nur selten dabei. Er genierte sich, vielleicht hatte er auch Angst, sein Vater könne ihn erwischen. Auch Richard meinte von Anfang an, das sei nichts für ihn. Siegfried wusste genau, was der Grund für diese Absage war. Der hieß nämlich *Mohrle*.

Mohrle war ein junges Mädchen, das eigentlich Mona hieß. Es wurde jedoch wegen seines dunklen Teints, seiner schwarzen Haare und seiner ebensolchen Augen von allen nur Mohrle genannt. Mona war eine kleine Schönheit, trotzdem war sie bescheiden geblieben. Sie stammte aus der Filsbach, wo ihre Eltern in G4 eine Wirtschaft hatten. Da sie eine wohlklingende Stimme hatte, war sie dort schon von Kindesbeinen an aufgetreten und hatte vor den Gästen ein Ständchen zum Besten gegeben.

Richard und Mohrle waren, seit sie elf waren, in dieselbe Klasse gegangen und schon bald unzertrennlich gewesen. Frau Bender hatte damals gedacht, es handele sich um eine kindliche Spinnerei, als die beiden ihr mit 15 ankündigten, dass sie spätestens an ihrem 21. Geburtstag heiraten würden. Mittlerweile waren sie 18 und turtelten noch immer wie am ersten Tag miteinander. Sie schienen es ernst zu meinen, wohl füreinander bestimmt zu sein. Da Richards Mutter Mohrle vom ersten Augenblick an gern gehabt hatte, war ihre künftige Schwiegertochter schon bald ebenfalls Dauergast bei ihr geworden.

Frau Bender hatte Siegfried genauso herzlich aufgenommen, wie sein Freund es ihm prophezeit hatte. »Du kannst so lange bleiben, wie du möchtest, mein Junge! Wir haben ab Mitte des Monats sowieso ein freies Bett.« Sie blickte betrübt zu ihrem Sohn. »Du weißt es wohl noch gar nicht, der Richard muss am 14. November zur Wehrmacht. Jetzt wird der Jahrgang 1924 eingezogen.« Frau Bender seufzte. »Ich hatte so gehofft, dass ihr Jungs nicht in diesen verdammten Krieg ziehen müsst. Aber anscheinend rekrutieren die alles, was Beine hat.« Zu Siegfried gewandt meinte sie: »Ich habe gehört, du wirst nächstes Jahr mit einer Ausbildung zum U-Boot-Koch anfangen. Das finde ich eine prima Idee.«

Siegfried nickte. »Ja, das stimmt. Ich wollte keinen Dienst an der Waffe machen und außerdem habe ich schon immer gerne gekocht. Sie wissen doch, meine Mutter war eine wunderbare Köchin, sie hat mir vieles beigebracht.«

Frau Bender nickte: »Und so viele schöne Handarbeiten hat die Maria gemacht.« Wieder wurde Siegfried traurig, während gleichzeitig ein Lächeln seinen Mund umspielte bei dem Gedanken an seine wunderbare Mutter.

»Sie hat dir ihr Talent vererbt und lebt in dir weiter.« Als Frau Bender dies sagte, blickte sie ihn liebevoll an.

»Der Siggi verteidigt Deutschland mit dem Kochlöffel. Ich lach mich tot!«, unterbrach Edgar das Gespräch der beiden. »Kochen ist doch Weiberkram! Wenn ich eingezogen werde, dann gehe ich auch zur Marine, aber bestimmt nicht an die Kochtöpfe.« Er lachte schallend. Taktgefühl war nicht unbedingt Edgars Stärke.

»Was bist du nur für ein Dummschwätzer.« Richard wurde wütend. »Jetzt hast du noch eine große Klappe. Warte bloß mal ab, bis sie dich holen! Dann geht dir der Arsch auf Grundeis! Glaub bloß nicht, dass du ungeschoren davon kommst.«

Leider sollte Richard recht haben, denn Edgar musste im Dezember 1943 einrücken. Die Nationalsozialisten mobilisierten in den letzten Kriegsjahren alle bis auf den letzten Mann und schickten im März 1945 sogar noch knapp 600.000 Fünfzehnjährige an die Front, von denen 860 nicht mehr zurückkehrten.

Richard, Edgar, Siegfried, Rainer und Carl überlebten den Krieg und hatten das Glück, nach einer kurzen Kriegsgefangenschaft bereits im Spätsommer 1945 wieder zu Hause zu sein. Richard hielt Wort und heiratete seine Mohrle gleich eine Woche nach ihrem 21. Geburtstag.

Siegfried zog wieder bei seinem Vater ein und half ihm, die Schneiderei in Gang zu bringen. Auch sein Bruder Konrad kam als einer der ersten aus der französischen Kriegsgefangenschaft zurück. Allerdings war er schwer angeschlagen, denn seine Nieren hatten im Krieg Schaden genommen. Im Gegensatz zu Siegfried, der eher athletisch war und vor Gesundheit nur so strotzte, war Konrad stets schwächlich gewesen. In der Statur ähnelte er seinem kleinen, unscheinbaren Vater. Siegfried war zweifellos das Abbild seiner Mutter, die eine couragierte, lebenslustige Frau von stattlicher Statur gewesen war.

Da Johannes Kühn nachweisen konnte, dass er und seine Familie im Dritten Reich aufgrund ihrer politischen Haltung verfolgt worden waren, hatte er bald zahlreiche Kunden unter den Alliierten. So mancher Amerikaner ließ sich ab 1947 gerne mal einen schicken Anzug, ein flottes Sakko oder eine modische Bundfaltenhose schneidern, um ein deutsches Fräulein zu beeindrucken. Sie bezahlten dann meist mit Zigaretten, Whisky oder Kaffee, was einen deutlich beständigeren Wert hatte als die Reichsmark. Auf dem Schwarzmarkt konnte man für diese Güter Spitzenpreise erzielen. Auf diese Weise konnte Siegfrieds Vater nach dem Krieg aus dem Vollen schöpfen und sogar ein Dienstmädchen einstellen. Die junge Hilde kam aus dem Saarland, war groß, hatte lockiges kurzes Haar und trug eine Brille. Sie war nicht besonders attraktiv, aber das war nicht wichtig, denn sie war tüchtig und versorgte die drei Männer gut. Nur darauf kam es an. Johannes Kühn war froh, als sie zu ihnen kam, denn nach dem Tod seiner Frau war es ihm immer schwerer gefallen, neben der Arbeit in der Schneiderei auch noch den Haushalt zu bewältigen.

Leider verteilte Johannes Kühn seinen Wohlstand sehr ungleich unter seinen Söhnen. Konrad war stets sein Liebling gewesen. Vielleicht lag dies darin begründet, dass er ihm ähnlich sah, vielleicht aber auch, weil er sein Erstgeborener war. Sicherlich hatte er auch Mitleid mit ihm, weil es ihm gesundheitlich nicht gut ging. Jedenfalls schonte er ihn, wo er es nur konnte, was die Arbeit in der Schneiderei anbelangte, bezahlte ihn jedoch wesentlich besser als Siegfried, der Tag und Nacht bei ihm nähte.

Nachdem Siegfried seine Gesellenausbildung abgeschlossen hatte, übernahm er ihn in seiner Schneiderei, bezahlte ihn jedoch mehr schlecht als recht und dachte überhaupt nicht daran, für ihn zu *kleben*, ihn also sozial zu versichern. Schließlich hatte er für sich auch nie *geklebt*. Er würde sowieso bis an sein Lebensende nähen. Er sah nicht ein, warum er dem Staat Geld für eine spätere Rente in den Rachen werfen sollte. Aus seiner Sicht war das total überflüssig.

Obwohl Siegfried nicht sehr glücklich über diese Entscheidung war, akzeptierte er sie. Schließlich liebte er seinen Vater und so tat er alles Erdenkliche, nur um ihm zu gefallen. Er wollte nach seiner Mutter nicht auch noch seinen Vater verlieren. Aber da kämpfte er auf verlorenem Posten. Die Liebe seines Vaters würde zeitlebens immer seinem Ältesten gehören.

Siegfrieds Freunde (1946)

Der 1. Mai 1946 war ein Tag, der an vielen Orten Europas in ganz unterschiedlicher Weise feierlich begangen wurde. So hatten sich auf dem Stalinplatz in Wien zweihunderttausend Sozialisten und Kommunisten eingefunden, um, wie es die *Österreichische Volksstimme* in ihrer Ausgabe vom 3. Mai formulierte, »die Wiederauferstehung der sozialistischen Arbeiterschaft nach der Überwindung der schwarzen und braunen Diktatur« zu feiern.

Zeitgleich waren in Berlin mit Genehmigung der West-Alliierten bei der ersten freien Maikundgebung nach 12 Jahren NS-Diktatur sogar eine halbe Million Menschen in der Stadtmitte unterwegs, um vor allem die Wahrung der Einheit Deutschlands zu fordern. Angesichts der »Insel-Lage« der Stadt und ihrer Aufteilung in vier Besatzungszonen war dies ein durchaus berechtigtes Anliegen.

Aber auch in Mannheim war man an diesem Tag, wenn auch nicht aus politischen Gründen, mit Kind und Kegel in der Stadt unterwegs, obschon es die hiesige Stadtverwaltung im Gegensatz zu Berlin nicht geschafft hatte, hunderttausend Bockwürste sowie tausend Hektoliter einfaches Bier und Brause aufzutreiben. Alle, die herbeiströmten, hatten nur ein Ziel: die Neckarufer beiderseits der Brücke, zum einen vor dem Städtischen Krankenhaus und zum anderen vor dem Theresien-Krankenhaus. Dort sollte nämlich an diesem Tag die wiederhergestellte Friedrich-Ebert-Brücke als erste der drei Neckarbrücken in Betrieb genommen werden. Sie war in den letzten Märztagen 1945, als sie noch Adolf-Hitler-Brücke hieß, ebenso wie die beiden anderen Neckarbrücken von der deutschen Wehrmacht in die Luft gesprengt worden. Man hatte damals geglaubt, mit der Zerstörung der Brücken die Einnahme der Stadt durch die herannahenden Amerikaner aufhalten zu können.

Es war ein für die Jahreszeit viel zu heißer Tag, so wie man ihn eigentlich nur vom Hochsommer her kannte. Aber der ganze Monat April war schon überdurchschnittlich warm und trocken gewesen, was viele nach dem kalten Winter im Grunde genossen.

Allerdings hätten Amelie, Carlo und Helena gerne auf diese Hitze verzichtet, denn für sie bedeutete dies, jeden Tag in ihren Garten auf der Friesenheimer Insel zu marschieren und dort stundenlang schwere Kannen zu schleppen. Allein schon das Hochpumpen des Wassers war überaus anstrengend. Aber die Gemüsebeete und die Obstbäume mussten gegossen werden. Die Erträge aus ihrem Schrebergarten waren nämlich unbezahlbar, ohne sie hätten sie noch viel mehr Hunger leiden müssen. Während der letzten Jahre waren immer wieder Leute auf sie zugekommen und hatten ihnen ihren Garten abkaufen wollen, was jedoch überhaupt nicht in Betracht kam. Ihr Schrebergarten war Gold wert. Diejenigen, die keinen eigenen hatten, versuchten sich auf andere Weise zu helfen. Mit der Zeit wurde das in den Quadraten sichtbar. In ihrer Not hatten sie nämlich so ziemlich jede noch vorhandene Grünfläche in Gemüsebeete verwandelt. Wo einstmals Tulpen oder Stiefmütterchen das Stadtbild verschönert hatten, sprossen nun gelbe und rote Rübenpflänzchen und Salatköpfe.

Obwohl Amelie und Carlo bei der Brückeneinweihung gerne dabei gewesen wären, hatten sie letztendlich zugunsten von Helena darauf verzichtet. Ihre Tochter sollte mit ihrer Freundin und ihren Cousinen zu der Veranstaltung gehen und zusammen mit ihnen einen schönen Tag erleben.

Annerose und Helena hatten bereits am Abend zuvor zwei Flaschen Schwarztee zubereitet und ihn in den Eisschrank gestellt. Norma und Betty würden Decken mitbringen. Die vier wollten es sich heute mal richtig gut gehen lassen. Erwartungsvoll hatten sie sich am nördlichen Neckarufer unterhalb des Städtischen Krankenhauses niedergelassen. Von hier aus hatte man eine gute Sicht auf das Geschehen. Es würde sicher gleich losgehen.

»Na, wartet ihr auch auf die Einweihung?«, hatte sie plötzlich ein pickliger junger Mann verdruckst von der Seite gefragt, der sich nun vor ihrer Decke aufbaute.

Die jungen Frauen hatten sich nur gegenseitig angeschaut und ihre Blicke hatten Bände gesprochen. Schließlich hatte Norma zu ihm hochgeblickt und grinsend erwidert: »Was meinst du denn? Denkst du, wir warten aufs Christkind?« Danach war sie in schallendes Lachen ausgebrochen, dem sich die anderen angeschlossen hatten.

Er hatte etwas verlegen gestottert: »Na, ich meinte doch bloß …«

»Du solltest nicht so viel meinen, Junge«, hatte sich jetzt Betty eingemischt. »Komm doch einfach noch mal vorbei, wenn du groß bist!« Erneut hatten alle gekichert.

Als er abgezogen war, hatte Annerose in die Runde gefragt. »Was war denn das für einer?«

»Ich bin mir sicher, dass ich den schon öfters mal mit Freunden im Jungbusch gesehen habe, und zwar in der *Schifferbörse*, ihr wisst doch, die Schifferkneipe am Ende der Jungbuschstraße«, hatte Norma den anderen erklärt. »Ich hatte schon immer den Eindruck, dass der Anschluss sucht.«

»Sag mal, du hältst dich in der *Schifferbörse* auf?« Helena hatte ihre Freundin verblüfft angeschaut. »Da dürfte ich niemals reingehen, ich glaube, meine Eltern würden was an sich kriegen, wenn ich in einer Schifferkneipe verkehren würde. Du weißt doch, wer sich da so alles rumtreibt!«

»Also, verkehren ist auch zu viel gesagt«, hatte Norma ihre Freundin verbessert. »Ich hab da mal ein paar Wochen als Kellnerin ausgeholfen, aber das war noch vor dem Kriegsende.«

»Und damals ist der schon in die Schifferkneipen gegangen? Der ist doch jetzt noch ein halbes Kind, dieses Milchgesicht.« Betty hatte ihm nachgeschaut. »Der ist doch höchstens zwanzig!«

»Und allem Anschein nach ist er auch nicht allein da. Seht doch mal, jetzt geht er auf den zu, der da drüben auf dem Geländer sitzt. Das scheint wohl sein Freund zu sein«, bemerkte Annerose. Norma blinzelte hinüber. »Ja, das ist einer seiner Freunde, mit dem war er damals schon öfters in der *Schifferbörse*.« »Der sieht auch aus, als hätte er noch die Eierschalen hinter den Ohren.« Betty stöhnte: »Es gibt halt einfach keine gescheiten Männer mehr in diesem Land. Es wird Zeit, dass mein Kurt endlich aus der Kriegsgefangenschaft zurückkommt.« »Und mein Hans auch«, stöhnte Annerose, während sie ihren Arm um Bettys Schulter legte.

»Na, ihr habt wenigstens einen, der zu euch zurückkommt. Was soll ich denn sagen.« Helena blickte ihre Cousinen betrübt an.

»Du findest auch noch dein Deckelchen«, wurde sie von Betty getröstet.

»Was ist eigentlich mit dir?«, wandte sich Annerose an Norma. Die grinste sie vielsagend an. »Bei mir gibt es auch jemanden. Aber du weißt ja: Reden ist Silber, Schweigen ist Gold!« Zu Betty gewandt, fügte sie hinzu. »Übrigens, was den Freund von dem Milchgesicht anbelangt, den solltest du nicht unterschätzen. Der hat es faustdick hinter den Ohren. Der ist zwar noch jung, aber schon ungemein clever. Der kennt sich im Hafen aus wie in seiner Westentasche.« Norma schien gut informiert zu sein.

»Sagt mal, können wir eigentlich auch mal über etwas anderes reden als über diese beiden Heinis?« Helena empfand es als Zeitverschwendung, sich weiter über die zwei Gedanken zu machen.

»Du hast ja recht, liebe Cousine«, gab Betty zu, »aber so ein bisschen lästern macht doch auch Spaß.«

»Ich glaube, jetzt geht es los.« Annerose deutete hinüber zum anderen Neckarufer, wo unterhalb des AOK-Gebäudes nun Mitglieder der Stadtverwaltung, einige Amerikaner, Bürgermeister Trumpfheller und der Oberbürgermeister Josef Braun auftauchten. Während sich Helena und ihre Begleiterinnen auf die Einweihungsfeierlichkeiten konzentrierten, hatte sich der picklige junge Mann neben seinen Freund aufs Geländer gesetzt.

»Na, wie ist es gelaufen?«, hatte Edgar ihn gefragt.

»Blöde, eingebildete Weiber!« Rainer war stinksauer.

»Satz mit x, war wohl nix. War vielleicht nicht so geschickt, gleich mit Vieren anbändeln zu wollen.« Edgar grinste ihn an.

»Lach doch nicht so blöd! Die kleine Schwarzhaarige in dem hellbeigen Kleid, die fand ich ganz schnuckelig. Die hat auch ihren Mund gehalten, aber die anderen drei, besonders die Bucklige und die mit den kurzen schwarzen Locken! Das waren vielleicht Zimtzicken! Da war eine schlimmer als die andere«, beklagte sich Rainer.

Edgar sprang vom Geländer herunter. »So, mein Freund«, er klopfte Rainer auf die Schulter, »jetzt pass mal gut auf, Kollege! Ich zeige dir nun, wie man das macht. Siehst du die kleine Blonde da drüben, die mit den zwei Kindern auf der Bank sitzt?« Er deutete unauffällig hinüber.

»Was willst du denn von einer mit Kindern? Bist du noch bei Trost? Und außerdem: Findest du etwa, dass die gut aussieht?« Rainer gefiel die Frau überhaupt nicht.

»Ich mag Blondinen. Und die Kinder müssen kein Hindernis sein. Solange nicht doch noch von irgendwoher ein Vater auftaucht, kann das sogar von Vorteil sein. Frauen mit Kindern, die keinen Mann haben, sind weniger anspruchsvoll und meist recht dankbar. Die sind doch froh, wenn sie überhaupt noch einen abbekommen. Also dann, auf in den Kampf! Wünsch mir Glück, dass sie keinen Kerl hat.« Edgar fuhr sich mit gespreizten Fingern von vorne durchs Haar, zupfte seine braune Nadelstreifen-Anzugjacke zurecht und schon steuerte er auf das Objekt seiner Begierde zu, während Rainer ihm verblüfft hinterherblickte.

»Da haben Sie aber Glück gehabt, dass Sie so einen schönen schattigen Platz gefunden haben«, begann Edgar das Gespräch.

Die Blondine blickte lächelnd zu ihm hoch. »Ha, ma sin jo a schun frieh dogewese.«

»Ach, Sie sind wohl auch Mannheimerin?«, meinte Edgar mit leicht ironischem Unterton, was seiner Gesprächspartnerin jedoch gar nicht aufzufallen schien, denn sie antwortete erstaunt: »Mergt ma dess?«

»Na ja«, er hielt inne, »Ihr Akzent ist unverkennbar.« Er machte eine Pause, atmete tief durch und fügte dann schnell hinzu: »Aber durchaus charmant.«

»Ja, finnese des werklisch?« Sie freute sich über das Kompliment und schaute wieder zu ihm hoch. »Sachese mol, macht Ihne dess nix aus, wennse so in de bralle Sunn stehe? Wollese sich net zu mer uf die Bonk setze?« Und ehe er antworten konnte, hatte sie ihre kleine Tochter auf den Schoß genommen und den Buben näher zu sich herübergezogen. »So, ihr zwee, jetzt losse ma den Unkel a ä bissl do hersitze, gell!«

Edgar bedankte sich und ließ sich neben ihr nieder. »Ja, und wenn Ihr Mann zurückkommt, dann werde ich selbstverständlich für ihn Platz machen.« Er lächelte sie erwartungsvoll an, denn nun würde er gleich erfahren, was er wissen wollte.

»Sie kenne ruisch hocke bleiwe, moin Mann, der kummt nimma zurick, der is korz vorm Kriegsende gfalle«, erklärte sie ihm mit einem Anflug von Traurigkeit. »Awer es Lewe muss weidergehe! Isch hab mei Kinna un wenigschdens ä guudi Rende. Wissese do derf isch misch gar net beklage. Mir geehts im Vargleisch zu onnere doch noch ganz guud.«

»Da haben Sie ja einiges durchgemacht. Es ist in der heutigen Zeit sicher nicht leicht, so ganz ohne männlichen Schutz«, meinte Edgar in betont mitfühlendem Ton, während er sich innerlich freute. Idealere Bedingungen hätte er gar nicht antreffen können. Sie war zwar nicht mehr so taufrisch und auch mindestens fünf Jahre älter als er, aber sie war auch nicht hässlich, auch wenn die Art, wie sie sprach, vermuten ließ, dass sie nicht unbedingt die Hellste war. Das Wichtigste war jedoch, dass sie eine gute Witwenrente bezog. Das kam ihm wie gerufen, denn in den letzten Monaten liefen seine Geschäfte nicht mehr so gut. Er hatte sich die Füße auf Arbeitssuche im Hafen fast wund gelaufen, aber nichts gefunden. Dabei hatte er doch einiges zu bieten. Nicht nur dass ihm die Arbeitsabläufe im Hafen vertraut waren, er hatte darüber hinaus auch eine Tauchausbildung bei der Marine absolviert und hätte durchaus beim Heben der letzten Kähne im Rhein oder Neckar helfen können. Aber es war im Moment einfach nichts zu kriegen. Stattdessen würde man ihn, wie alle Männer zwischen dem 15. und 50. Lebensjahr, im nächsten Monat für sechs Tage zum Aufbaudienst der Stadt Mannheim zwangsverpflichten. In den Quadraten befanden sich noch immer 4,8 Millionen Kubikmeter Schutt, die rausgeschafft werden mussten. Doch dafür würde er keine müde Mark bekommen. Insofern kam ihm die kleine blonde Witwe wie gerufen.

Er streckte seinen Arm hinter ihr auf der Banklehne aus und rückte ein wenig näher an sie heran. Als sie es bemerkte, strahlte sie ihn an. Er war sich sicher, mit ihr würde er ein leichtes Spiel haben.

»Schaut mal!« Norma deutete hinüber zur Bank. »Jetzt hat sich der andere doch tatsächlich an die Olle da drüben drangeschmissen, der legt sogar schon seinen Arm um sie herum!«

»Das scheint wohl einer von der schnellen Truppe zu sein«, lachte Helena. »Ich würde mir das nicht gefallen lassen.«

»Du bist ja auch nicht Herta Schulze!«, entgegnete ihr nun Annerose.

»Ist das tatsächlich die Herta, die mit uns in die K5-Schule gegangen ist?« Betty konnte es nicht glauben.

»Genau die ist das!« Annerose hatte sie sofort erkannt.

»Das ist doch die, welche in der 6. Klasse von der Schule runtermusste, oder?«, vergewisserte sich Betty nochmals.

»Vermutlich nicht, weil sie so helle in der Kapelle war, oder?«, wandte Helena amüsiert ein.

»Du hast es erfasst! Die war saumäßig schlecht in der Schule, hat nichts kapiert von dem, was der Lehrer gesagt hat, und einen Dialekt hatte die drauf. Tiefste Filsbach, kann ich euch sagen. Im Vergleich zu der reden wir direkt hochdeutsch! Dagegen klingt unser Jungbusch-Jargon schon fast vornehm.« Annerose konnte sich nur zu gut an die ehemalige Klassenkameradin erinnern.

»Awer ä mordsmeßischi Buwerollzern war se. Wenn se sunschd nix gewisst hott, awer des hott se gekennt!«, erklärte Betty nun, indem sie Hertas breiten Dialekt imitierte.

»Sie hat dann anscheinend auch früh geheiratet, denn ihre Kinder sind ja auch nicht mehr so klein«, stellte Helena nüchtern fest.

»Na ja, irgendwie kann sie einem auch leidtun. Vielleicht sollten wir uns doch nicht so sehr über sie lustig machen, denn soweit ich weiß, ist ihr Mann gefallen.« Annerose spürte, wie ihre Stimmung plötzlich kippte und sie nun doch Mitleid mit Herta empfand. »Ich stelle mir das schrecklich vor, wenn dein Mann nicht mehr aus dem Krieg zurückkommt und du plötzlich ganz allein mit zwei kleinen Kindern dastehst.«

»Ja, das ist bestimmt ganz schlimm. Ein bisschen weiß ich auch, wie sich das anfühlt«, pflichtete Helena ihr bei. »Ich hatte zwar keine Kinder von Gino und Ewald, aber es hat trotzdem unheimlich wehgetan, als irgendwann kein Zweifel mehr daran bestand, dass der Krieg sie mir genommen hatte. Ich habe das bis heute nicht ganz verwunden.«

»Das wird wahrscheinlich erst wirklich vorbei sein, wenn du dich wieder verliebst, Cousinchen«, meinte Betty liebevoll.

Auch wenn Helena die Wahrscheinlichkeit, sich so schnell wieder zu verlieben, weit von sich wies, wären an diesem Tag die Chancen dafür eigentlich gar nicht schlecht gestanden. Denn ursprünglich hatte Siegfried auch zur Einweihung gehen wollen und war mit Edgar und Rainer an der Brücke verabredet gewesen. Aber dann war kurzfristig ein Fußballspiel des ASV Feudenheim anberaumt worden, für den er neben dem VfR auch seit geraumer Zeit spielte. Und da Fußball sein Leben war und er ihm über alles ging, hatte er seinen Freunden kurzfristig abgesagt.

Anscheinend hatte das Schicksal entschieden, dass der richtige Zeitpunkt für Helena und Siegfried noch nicht gekommen war.

Annerose und Hans (1946/47)

Hans war im September 1946, ohne größeren Schaden an Körper und Seele genommen zu haben, aus der englischen Kriegsgefangenschaft zurückgekehrt. Somit hätte eigentlich sein Glück und das von Annerose vollkommen sein müssen. Sie gehörten zweifellos zu den Privilegierten, hatten genügend zu essen, ein Dach über dem Kopf und darüber hinaus eine feste Anstellung beim *Mannheimer Morgen*. Der erschien seit Herbst 1946 dreimal in der Woche und umfasste jeweils zwischen vier und sechs Seiten. Besonders beliebt war neben der Politik und der Stadtseite eine Spalte, in der Hausfrauen Ratschläge erhielten, wie sie aus den spärlichen Zutaten, die sie sich entweder legal über Lebensmittelkarten oder über Hamsterfahrten beziehungsweise Schwarzmarktgeschäfte beschafft hatten, etwas Schmackhaftes zaubern konnten. Da gab es dann Rezepte für »Marmelade ohne Früchte« oder »Bohnenkuchen ohne Mehl« oder auch »Falsche Leberwurst«. Letztere war recht einfach herzustellen, indem man reichlich Zwiebeln in einem Esslöffel Fett andünstete, Hefe in einer Tasse lauwarmer Milch auflöste und alles zusammen aufkochen ließ. Dann gab man noch zwei bis drei Esslöffel geriebenes Brot hinzu, um das Ganze einzudicken, und am Schluss schmeckte man es mit geriebenem Majoran, Salz und Pfefferersatz ab. Den zuletzt genannten billigen Wasserpfeffer, eine fast überall auf der Welt wachsende Knöterich-Pflanze, konnte man daheim in einem feuchten Blumentopf ziehen.

Ab dem 12. April 1947 gab es noch eine weitere Rubrik, die schon bald von den Lesern sehr geschätzt wurde. Unter der Überschrift »Die Sozialredaktion meldet« konnte man sich bei Fritz A. Simon kostenlos Rat zu Rechtsfragen holen. In der allerersten Ausgabe wurde neben anderen gleich die Frage gestellt: »Darf meine Nachbarin mich eine alte Schlampe nennen?«

Als Annerose und Hans in ihrer Frühstückspause die noch druckfrische Zeitung in der Hand hatten und den Artikel lasen, mussten sie beide schallend lachen.

»Wenn, dann höchstens junge Schlampe«, antwortete Hans grinsend.

»Mein Gott, haben die Leute Sorgen, als ob es nichts Wichtigeres gäbe!«, meinte Annerose kopfschüttelnd.

»Da hast du dir jetzt aber auch die bekloppteste Frage von allen ausgesucht«, erwiderte Hans. »Schau mal die da unten, die klingt doch ganz vernünftig: Wer erbt, wenn kein Testament geschrieben wurde?«

»Die Witwe natürlich!«, antwortete Annerose im Brustton der Überzeugung.

»Was heißt hier Witwe? Es kann doch auch sein, dass der Mann die Frau überlebt.« Er grinste und hielt inne. »Oder hast du vor, wenn wir mal verheiratet sind, mich schnell um die Ecke zu bringen, um mich zu beerben?«

»Ich liebe dich doch viel zu sehr, um dir jemals was Böses zu tun.« Sie schaute ihn verliebt an, dann zwinkerte sie ihm zu.

»Und selbst wenn ich so etwas vorhätte, müsste ich erst mal mit dir verheiratet sein.«

»Dann heirate ich dich wohl besser nicht«, meinte er lachend.

Annerose wurde plötzlich ernst. »Sag mal, willst du mich denn überhaupt noch heiraten? Ich bin mir da manchmal gar nicht so sicher. Wir kennen uns jetzt schon über vier Jahre.«

»Natürlich will ich dich heiraten. Aber lass uns noch ein wenig warten und vor allem noch ein bisschen sparen. Du weißt doch, dass mein Vater nicht sehr glücklich über unsere Verbindung ist. Aber das muss dich nicht bekümmern. Trotzdem möchte ich, wenn ich dich heirate, finanziell unabhängig von ihm sein. Das verstehst du doch sicher?« Er versuchte, sie zu beruhigen, obwohl ihn zugegebenermaßen die Haltung seines Vaters sehr belastete. Von seiner Mutter hatte er auch keine Unterstützung zu erwarten, die schloss sich fast immer der Meinung ihres Mannes an.

Er erinnerte sich, wie er Annerose ein halbes Jahr zuvor zur Geburtstagsfeier seiner Mutter mit zu sich nach Hause gebracht hatte. Sein Vater hatte damals innerlich getobt und Annerose und ihn geschnitten, auch wenn er sich nach außen hin nichts hatte anmerken lassen. Wären seine Eltern etwas aufgeschlossener gewesen, hätte er Annerose schon längst einen Antrag gemacht. Aber er wusste genau, dass die ein Mädchen aus dem Jungbusch, das dazu noch unehelich war und seinen Vater nie kennengelernt hatte, auf gar keinen Fall als ihre Schwiegertochter annehmen würden. Annerose zu heiraten, würde den Bruch mit seinem Elternhaus bedeuten. Das wollte er nicht riskieren. Doch er hatte die Hoffnung noch nicht aufgegeben, dass vielleicht ein Wunder geschehen würde.

Der alte Jäckel hatte indessen nicht vor, dabei zuzuschauen, wie sein Sohn in sein Verderben lief. Er musste sich etwas einfallen lassen, um dem Jungen diese Flausen auszutreiben. Er hatte auch schon eine Idee. Die musste er nur noch mit seinem alten Parteifreund Franz besprechen. Dessen Frau Elisabeth musste davon gar nichts wissen, das war Männersache! So lud er Franz und Elisabeth Brandstetter an einem Freitag zum Abendessen zu sich nach Hause ein und verschwand mit ihm nach dem Nachtisch in seinem Arbeitszimmer. Während die Frauen sich ins Wohnzimmer zurückzogen, wo sie einen Eierlikör genossen, Radiomusik hörten und miteinander ein Schwätzchen hielten.

»Sag mal, Franz, du hast doch letztes Jahr bei Sophies Geburtstag auch das Mädchen kennengelernt, das Hans mitgebracht hat«, begann Richard Jäckel die Unterhaltung. »Du erinnerst dich doch sicher noch an sie, oder?«

»Du meinst die hübsche Kleine, die Elisabeth und mir gegenüber saß?« Franz Brandstätter hatte das Mädchen noch bildlich vor Augen.

»Na ja, so hübsch ist die auch wieder nicht. Sie kann's vertragen!« Es passte Richard Jäckel überhaupt nicht, dass sein Freund Annerose so freundlich beschrieb.

»Was ist mit ihr?«, wollte der nun wissen.

»Also, ich finde, die passt einfach nicht zu Hans! Hans hat was Besseres verdient. Ein Mädchen, das aus einem soliden Geschäftshaushalt kommt und das anständige Eltern hat, die ihm auch eine entsprechende Aussteuer mitgeben. Aber die ist nichts und hat nichts. Ihre Mutter war bestimmt ein liederliches Frauenzimmer und ihr Vater irgend so ein dahergelaufener Strauchdieb. Was kannst du schon anderes von dem Abschaum erwarten, der aus dem Jungbusch kommt? Da kam noch nie etwas Gescheites her!«

»Findest du nicht, dass du jetzt ganz schön übertreibst?«, widersprach ihm sein Freund. »Das Mädchen hat auf mich einen seriösen Eindruck gemacht. Es hat gute Manieren und scheint tüchtig zu sein, sonst wäre es bestimmt nicht beim *Mannheimer Morgen*. Es ist meiner Meinung nach doch recht ansehnlich und was seine Eltern anbelangt, die kennst du doch gar nicht. Du solltest da ein wenig zurückhaltender mit deinem Urteil sein.«

»Sag mal, was ist denn mit dir los? So kenn ich dich gar nicht!« Richard Jäckel schaute seinen Freund irritiert an. »Haben dich unsere neuen Führer auch schon einer Gehirnwäsche unterzogen? Du warst doch früher ebenfalls der Meinung, dass aus dem Jungbusch nur Gesocks kommt. Wenn ich mich recht erinnere, hast du als junger Mann mal kurz im Jungbusch gewohnt. Du hast mir damals erzählt, dass du froh warst, als du wieder wegziehen konntest.«

Franz Brandstetter antwortete ihm nicht und nahm stattdessen einen gehörigen Schluck Weinbrand. Er betrachtete nachdenklich den Cognacschwenker.

Richard Jäckel ergriff erneut das Wort: »Weißt du, Franz, wir sind jetzt so lange Freunde, wir waren beide in der Hitler-Jugend, haben dort zusammen Sport gemacht und unzählige Kulturveranstaltungen besucht und all die Kameradschaften, die damals geschlossen wurden. Ja, ja …«, er seufzte. »Das war eine wunderbare Zeit! Der Adolf, der hat für uns junge Männer viel getan. Aber das ist heute alles vergessen. Die Amis, Tommies, Franzmänner und das Russenpack, die haben alles zerstört.

Jetzt wollen sie uns ein schlechtes Gewissen einreden. Erfinden irgendwelche Lügenmärchen von Massengräbern und Gaskammern, das ist doch alles Propaganda! Die sind doch alle nur neidisch auf Deutschland. Diese Schweine!« Plötzlich überzog ein Lachen sein Gesicht.»Erinnerst du dich noch an unseren Lieblingsspruch, wenn wir mit den Kameraden zusammen waren?«
Franz Brandstetter nickte und begann lachend zu rezitieren:
»*Jeder Klaps – ein Japs!*
Jeder Stoß – ein Franzos!
Jeder Tritt – ein Brit!
Jeder Schuss – ein Russ!«
»Prosit! Auf die alten Zeiten!« Richard stieß gut gelaunt mit ihm an.
»Und auf die *Persilscheine*, die wir uns gegenseitig ausgestellt haben! Die blöden Yankees haben es nicht gemerkt!« Sie amüsierten sich beide köstlich und triumphierten innerlich darüber, dass sie bei der Entnazifizierung ihren Kopf so geschickt aus der Schlinge gezogen hatten.

»Aber Franz, was ich dir eigentlich sagen wollte, war etwas ganz anderes. Sieh mal, wir haben so vieles miteinander erlebt, gute Zeiten, schwere Zeiten. Wir waren uns immer freundschaftlich verbunden. Meinst du nicht, wir sollten versuchen, uns auch familiär noch näher zu kommen? Du hast eine nette Tochter und ich habe einen gutaussehenden Sohn. Beide sind ledig, fast im selben Alter und haben eine höhere Schulausbildung. Wir sind beide recht gut situiert, können unseren Kindern was bieten. Das wäre eine Verbindung auf Augenhöhe, im Gegensatz zu diesem hergelaufenen Ding aus dem Jungbusch.« Richard Jäckel konnte es einfach nicht lassen, schlecht über Annerose zu reden.

Franz Brandstetter ging zur Tür, öffnete sie kurz und schloss sie gleich wieder. Er hatte sich davon überzeugen wollen, dass ihre Frauen nicht in der Nähe waren. Doch die schienen sich im Wohnzimmer angeregt zu unterhalten. Er wirkte beunruhigt.

Richard betrachtete ihn verunsichert.»Warum bist du denn so nervös?«

»Hör zu, Richard, ich muss dir etwas sagen. Aber du musst mir schwören, dass du keinem Menschen, wirklich gar keinem, auch nur ein Sterbenswörtchen von dem, was ich dir jetzt erzählen werde, sagen wirst. Kann ich mich auf dich verlassen?«
Richard nickte. »Natürlich, mein Freund, keinen Ton werde ich sagen, das ist doch Ehrensache unter alten Kameraden!«
Franz Brandstetter ging unruhig im Zimmer auf und ab. »Ich weiß gar nicht, wo ich anfangen soll!«
»Na, sag doch einfach, worum es geht! Und mach jetzt nicht so ein Aufhebens!« Richard wurde langsam ungeduldig.

»Du erinnerst dich doch sicher, dass ich, als ich 1920 bei *Bopp & Reuther* angefangen habe, kurzzeitig im Jungbusch in Untermiete lebte. Die Wohnungsnot war in der Zeit fast genauso schlimm wie heute. Ich war damals heilfroh, als ich endlich ein Zimmer fand. Es waren einfache, aber anständige Leute, bei denen ich wohnte. Politisch hast du sie natürlich vergessen können. Der eine Bruder, dieser Irre, war sogar ein Kommunist und der andere, ich glaube Carlo hieß er, der war ein Sozi. Mit dem habe ich mich aber trotzdem ganz gut verstanden. Der war damals bei der Polizei in Heidelberg und es war nicht uninteressant, was der so alles erzählt hat. Dann gab es in der Familie noch eine Tochter. Sie war ein ausgesprochen süßes Mädchen, Marlene hieß sie. Sie hat mir ausnehmend gut gefallen und mir den Kopf verdreht. Eines Tages ...« Er machte eine Pause. »Na ja, eines Tages bin ich eben schwach geworden und da ist es halt passiert. Du weißt schon, was ich meine!«

»Recht hast du gehabt, dass du so eine aus dem Jungbusch flachgelegt hast. Du wirst nicht der Einzige gewesen sein, der ihr über den Bauch gerutscht ist.« Richard Jäckel lachte in sich hinein.

»Nein, Unsinn, Richard! Marlene war ein anständiges Mädchen. Und um ehrlich zu sein, es gab damals schon Momente, da habe ich mir überlegt, ob ich mich von Elisabeth trennen soll. Wir waren zu der Zeit noch nicht so lange zusammen. Aber dann hat Elisabeth mir mitgeteilt, dass sie ein Kind von mir erwarte.

Damit war es klar, dass ich sie heiraten würde. Ich habe dann sofort das Zimmer gekündigt und jeglichen Kontakt zu Marlene abgebrochen.«

»Warum erzählst du mir das denn alles? Das ist doch über fünfundzwanzig Jahre her!« Richard Jäckel interessierte die Geschichte nicht wirklich.

»Gedulde dich bitte noch einen Augenblick, ich bin gleich so weit! Hör mir einfach zu! Denn jetzt kommt doch das wirklich Wichtige, das ich dir erklären will. Einen Monat, nachdem ich ausgezogen war, hat mich nämlich Marlenes ältere Schwester an der Pforte von *Bopp & Reuther* abgepasst und mir mitgeteilt, Marlene erwarte auch ein Kind von mir. Ich habe damals gedacht, ich höre nicht recht, und habe abgestritten, dass das Kind von mir ist. Ich hatte richtige Panik. Mittlerweile war ich nämlich mit Elisabeth verlobt, wohnte sogar bei ihren Eltern und die Hochzeit war auch schon geplant.

Zuerst dachte ich, das sei alles gelogen, aber dann kamen mir Zweifel. Ich wollte mir Gewissheit verschaffen und bin ein Jahr später zu ihnen in den Jungbusch gegangen. Ich wollte mit Marlene sprechen und vor allem das Kind sehen. Aber ich traf nur ihren Vater an und mit dem war überhaupt nicht zu reden. Ich hatte eine üble Auseinandersetzung mit ihm, die darin gipfelte, dass er mich des Hauses verwies und mir verbot, mich jemals wieder blicken zu lassen. Ich habe mich dann auch daran gehalten und die ganze Geschichte, ehrlich gesagt, verdrängt.«

»Ja, und warum erzählst du mir das gerade jetzt?« Richard blickte seinen Freund durchdringend an.

»Marlene hieß mit Nachnamen Legrand.« Franz Brandstetter hielt inne. Im Raum herrschte für einen Augenblick Totenstille.

Richard Jäckel hielt die Luft an. »Legrand«, wiederholte er, während er seinen Freund entsetzt anschaute, Sein Gesicht verfärbte sich. Es wurde knallrot, als würde sein Kopf jeden Moment platzen. »Du willst mir doch jetzt nicht etwa sagen, dass diese Annerose deine Tochter ist?!«

Franz nickte. Er nahm erneut einen Schluck aus seinem Cognacschwenker und dann noch einen, bis sein Glas leer war.
»Kann ich noch einen haben?«
Richard schenkte ihm und sich selbst nach. »Ich glaube, den brauche ich jetzt auch! Du bist sicher, dass sie dein Kind ist?«
»Sie sieht ihrer Mutter sehr ähnlich und sie gleicht auch ein wenig meiner Tochter Martha. Auch vom Alter und von ihrem Geburtstag passt alles. Ich habe keinerlei Zweifel daran, dass sie meine Tochter ist.« Er sagte das so überzeugend, dass Richard Jäckel es ihm schließlich glaubte.
»Was wirst du jetzt tun? Das wirst du ihr doch hoffentlich nicht auf die Nase binden wollen. Am Schluss versucht sie noch, Geld bei dir rauszuschlagen. Du weißt doch, wie die Brut da drüben im Hafenviertel ist. Die nehmen es von den Lebendigen. Und abgesehen davon, für mich ändert das gar nichts. Selbst wenn dir dieser Unfall damals passiert ist, solltest du das Ganze auf sich beruhen lassen. Wahrscheinlich hatte diese Marlene es von Anfang an auf dich abgesehen. Die Weiber aus dem Jungbusch sind doch alle gleich. Die hat bei dir Geld und ein schönes Leben gewittert und dich reingelegt. Hat halt nicht funktioniert. Künstlerpech! Ich bin nach wie vor der Überzeugung, dass Hans und Martha ein schönes Paar wären. Wir müssen jetzt nur noch überlegen, wie wir es anstellen, die beiden zusammenzubringen.« Richard Jäckel wollte sich von seiner Idee nicht abbringen lassen.
»Vergiss es, Richard! Meine Entscheidung steht fest. Bei nächster Gelegenheit werde ich Annerose die Wahrheit sagen und je nachdem, wie sie reagiert, muss ich dann wohl mit Elisabeth sprechen.«
»Wie kann man nur so dämlich sein! Willst du wegen diesem Mädchen alles wegwerfen, alles kaputt machen, was du dir über Jahre hinweg aufgebaut hast? Die ist das doch gar nicht wert!« Richard regte sich über die Einfältigkeit seines Freundes auf.
»Wir sind gute alte Kameraden, Richard. Das wird auch bestimmt immer so bleiben. Aber genau aus diesem Grund möchte ich dich bitten, damit aufzuhören, so abfällig über meine Tochter

zu sprechen. Ich kann die Zeit nicht zurückdrehen und das, was damals passiert ist, nicht rückgängig machen. Aber ich werde auch nichts tun, was meiner Tochter schadet. Und wenn Hans und Annerose sich lieben, werde ich nicht dazwischenfunken und dir würde ich auch raten, dich mit den Gegebenheiten abzufinden!« Franz Brandstetters Worte waren klar gewesen und bedurften keines weiteren Kommentars.

Als Franz und Elisabeth Brandstetter gegangen waren, saß Richard Jäckel noch eine ganze Weile allein in seinem Arbeitszimmer. Einerseits ärgerte es ihn, dass seine Idee nicht auf fruchtbaren Boden gefallen war, andererseits stimmte ihn die Tatsache, dass sein bester Freund der Vater von Annerose war, ein wenig versöhnlicher. Er würde versuchen, sich künftig besser zu beherrschen. Trotzdem würde er das Mädchen aus dem Jungbusch niemals an der Seite seines Sohnes akzeptieren.

Edgars Trauung (1946)

»Mensch, Edgar, mach schon auf!« Siegfried klingelte Sturm und klopfte mit der Faust gegen die Haustür. Er hatte seinen besten Anzug angezogen, fror jedoch erbärmlich darin, weil der für die nasskalte Jahreszeit viel zu dünn war. Nach geschlagenen fünf Minuten ging schließlich das Fenster auf und im Fensterrahmen erschien Edgar mit nacktem Oberkörper, aber mit einem Hut auf dem Kopf.

»Sag mal, spinnst du? Weißt du eigentlich, wieviel Uhr es ist?«, grölte Edgar verschlafen zu seinem Freund hinunter.

»Ich glaube eher, dass du derjenige bist, der nicht weiß, wie spät es ist!«, rief Siegfried zurück.

Edgar stockte einen Moment, dann plötzlich, wie von der Tarantel gestochen, warf er die Fensterflügel zu. Siegfried atmete auf. Edgar schien begriffen zu haben. Zehn Minuten später rannte er hinaus auf die Straße. Er sah ziemlich chaotisch aus mit seinem halboffenen Hemd, den noch nicht zugebundenen Schnürsenkeln und der lose um seinen Hals hängenden Krawatte. Während sie die Kirchenstraße in Richtung Luisenring entlangrannten, fragte Siegfried ihn, ob er seinen Ausweis eingesteckt habe. Er nickte, während er die letzten Hemdknöpfe schloss und an seiner Krawatte herumfummelte. Die Straße zwischen F7 und G7 passierten sie im Dauerlauf. Den beiden kam nun zugute, dass sie Sportler waren. Siegfried musste als linker Stürmer des Öfteren beim Fußballspielen einen außerordentlichen Sprint hinlegen und besaß eine bemerkenswerte Ausdauer. Edgar stand ihm in nichts nach. Als ausgebildeter Taucher ging ihm die Puste so schnell nicht aus. Sie waren beide von jeher sehr sportlich gewesen und hatten als junge Burschen nicht selten ihre Kräfte gemessen, indem sie von der Jungbuschbrücke, die in ihrer Kindheit noch Hindenburgbrücke hieß, oder auch von der Friedrichsbrücke in den Neckar gesprungen waren. Zum Leidwesen allerdings ihrer Mütter, die, als sie davon erfuhren, fast einen

Nervenzusammenbruch erlitten, da solche Sprünge durchaus tödlich enden konnten. Edgar selbst spielte kein Fußball, aber er liebte es, den Spielen des SV Waldhof zuzuschauen. Dies führte immer wieder zu kleineren Kabbeleien zwischen den Freunden, weil der VfR Mannheim und der SV Waldhof sich nicht grün waren. Die beiden Vereine verband eine gesunde Hassliebe.

Auf der Höhe von G6 blieben sie einen Moment stehen, beide waren gut durchblutet, sodass sie wenigstens nicht mehr froren. Plötzlich schaute Edgar seinen Freund entgeistert an. »Sag mal, hast du die Ringe?« Siegfried tat erschrocken, um jedoch gleich einen Moment später in die Tasche seines Sakkos zu greifen und die kleine Schatulle mit den Eheringen herauszuziehen. Edgar atmete erleichtert auf und umarmte seinen Freund. »Das vergesse ich dir nie, Siggi! Ohne dich hätte ich meine eigene Hochzeit verpennt. Das hätte ich mir auch nie träumen lassen, dass ich mal mit 21 heirate.« Er schüttelte lachend den Kopf, während sie langsamer weitergingen.

»Du bist dir hoffentlich klar darüber, dass mit der Heirat jede Menge Verantwortung auf dich zukommt, besonders was die Kinder anbelangt. Das freie Leben hat jetzt ein Ende, von wegen morgens nicht aus den Federn kommen und sich nachts in den Schifferkneipen rumtreiben. Jetzt beginnt der Ernst des Lebens!« Siegfried glaubte, seinen Freund nochmals ins Gebet nehmen zu müssen. Schließlich war er sein Trauzeuge.

»Ich werde ab jetzt ganz häuslich werden, ist doch kein Problem, denn ich habe nun alles daheim, was der Mensch so braucht: eine Frau, die für mich putzt, wäscht, bügelt, kocht und«, er lachte süffisant, »mich auch sonst verwöhnt. Du weißt schon, was ich meine.« Er boxte seinem Freund mit dem Ellbogen in die Seite.

»Liebst du sie eigentlich?«, wollte Siegfried wissen.

Edgar zögerte. »Ehrlich gestanden, ich weiß gar nicht so genau, was das ist – Liebe! Die Herta ist ein nettes Ding. Ein bisschen einfältig.« Er lachte. »Es reicht schließlich aus, wenn einer von uns beiden etwas in der Birne hat. Aber vor allem hat sie genug Geld, um uns durch die schlechten Zeiten zu bringen. Ehrlich gesagt, kann ich mir im Moment nicht vorstellen, mit ihr mein ganzes Leben zu verbringen. Wer weiß, vielleicht bin ich schneller wieder geschieden, als ich denke.«

Obwohl Siegfried mit Edgar bereits seit ewigen Zeiten befreundet war und er ihn darum eigentlich kennen musste, stimmte es Siegfried doch nachdenklich, unter welchen Voraussetzungen sein Freund eine Ehe eingehen wollte und vor allem, dass er seine zukünftige Frau anscheinend nur heiratete, weil sie eine einigermaßen passable Partie war. Für Siegfried wäre so etwas niemals infrage gekommen. Er mochte zwar auch schnuckelige Mädchen und hatte immer mal wieder die eine oder andere abgeschleppt, um sich mit ihr ein paar schöne Stunden zu machen, aber er hatte stets mit offenen Karten gespielt. In einem war er sich jedoch ganz sicher, dass wenn er irgendwann einmal heiraten würde, es auf jeden Fall die große Liebe sein müsste.

Bevor sie die letzte Straße vor dem *Wartburg Hospiz* überquerten, in welchem man nach dem Krieg das Standesamt untergebracht hatte, blieb Edgar nochmals stehen. »Oder soll ich sie doch nicht heiraten?« Von heute auf morgen würde er Vater von zwei Kindern sein, die nicht mal seine eigenen waren, und wer wusste denn, ob das Kind, das sie erwartete, überhaupt von ihm war. »Vielleicht ist die Tatsache, dass ich verschlafen habe, ein Zeichen gewesen, dass ich gerade einen folgenschweren Fehler begehe.« Er machte Anstalten umzukehren.

Aber Siegfried hielt ihn am Sakko fest. »Schön hier geblieben, mein Freund. Jetzt wird nicht gekniffen! Du hast ihr ein Kind gemacht und jetzt wirst du sie schön heiraten, wie du es versprochen hast.«

Auch wenn sein Freund nichts gesagt hätte, wäre es für Edgar in diesem Augenblick schon zu spät gewesen, denn seine Zukünftige hatte ihn bereits erblickt und winkte ihm nun heftig zu. Sie trug einen taubenblauen Mantel, dessen große Knöpfe sie nicht mehr hatte verschließen können, weil ihr Bauchumfang das nicht zuließ. Darunter schaute ein dunkelblaues Umstandskleid mit weißen Paspeln am Kragen hervor.

»Soll ich sie wirklich heiraten?« Er schaute Siegfried ein wenig verzweifelt an. »Von hier aus wirkt sie genauso breit wie hoch.« Siegfried nickte ihm ermunternd zu, während Edgar ein gekünsteltes Lächeln aufsetzte und Herta zuwinkte.

»Hübsch siehst du aus«, meinte er, als sie vor ihm stand. Dann gab er ihr einen Kuss, nahm sie an der Hand und sie verschwanden im *Wartburg Hospiz*.

Mit Edgar war nun nach Richard schon der zweite der Freunde im Hafen der Ehe gelandet. Blieben nur noch Carl, Rainer und er übrig. Obwohl er sich nach einem netten Mädchen an seiner Seite sehnte, hatte er, wenn er es genau betrachtete, eigentlich gar keine Zeit für die Liebe. Sein Vater deckte ihn mit Näharbeiten ein und in der wenigen Freizeit, die ihm blieb, spielte er Fußball. Das war nun mal sein Leben! Das Hausmädchen Hilde hatte einmal gemeint: »Du bleibst am besten allein, du bist doch mit dem Fußball verheiratet. Das würde keine Frau der Welt mitmachen.«

Die Ehe zwischen Herta und Edgar lief allen Unkenrufen zum Trotz erstaunlich gut. Die Geburt des gemeinsamen Sohnes im März 1947 bewirkte nämlich, dass Edgar häuslicher wurde und sich zum ersten Mal tatsächlich um eine feste Anstellung im Hafen bemühte. Sicher war Herta die treibende Kraft dahinter und spornte ihn immer wieder an, wenn er kurz davor war aufzugeben, weil einfach nichts richtig klappen wollte.

Aber dann sollte ihm ein tragisches Ereignis bei der Arbeitssuche zu Hilfe kommen, denn am 23. Juni kam es auf dem Neckar zwischen der Jungbusch- und der ehemaligen Friedrichsbrücke bei der Überfahrt einer der Fähren zu einem verheerenden Unfall. Die Fähre rammte aus unerfindlichen Gründen einen vorbeiziehenden Schleppkahn in der Mitte des Flusses. Für fünf Passagiere kam jede Rettung zu spät. Für die Bergung der Leichen und die Räumungsarbeiten benötigte man erfahrene Taucher, die mit Taucherhelmen und Bleischuhen das auf dem Grunde des

Neckars liegende Wrack bargen. Und da Edgar die besten Voraussetzungen für diese Arbeit mitbrachte, bekam er endlich den lange ersehnten Auftrag, der darüber hinaus noch gut entlohnt wurde.

Eines der Opfer war der einzige Sohn von Heinrich Mueller, der einen kleinen Betrieb im Handelshafen hatte. Er vermittelte Männer zum Be- und Entladen von Schiffen, in guten Zeiten hatten für ihn Hunderte von Sackträgern gearbeitet und er kümmerte sich um die Einlagerung von Gütern. Seine kleine Firma kam jedoch nach 1945 nur schwer wieder in Gang, weil die Schifffahrt allgemein seit Kriegsende fast gänzlich am Boden lag. Die schlimmen Zerstörungen des Mannheimer Hafens verschärften die Situation vor Ort noch erheblich. Aus diesem Grund war das Hafenamt bereits im April aktiv geworden und hatte 1.600 Männer vom Arbeitsamt zur Wiederherstellung des Hafens angefordert. Es kam jedoch nur ein gutes Drittel. Bei denen, die sich gemeldet hatten, handelte es sich zumeist um Vertriebene aus den besetzten Ostgebieten, die alles verloren hatten, die heimat-, wohnungs- und arbeitslos waren. Die pure Verzweiflung veranlasste sie dazu, die schwere Arbeit anzunehmen und die miserablen Arbeits- und Lebensbedingungen zu akzeptieren. Sie schliefen auf Strohsäcken und in Decken gehüllt in verschiedenen Bunkern. Aus Mangel an brauchbaren Arbeitsschuhen hatten sie sich die ausgedienten Schnürstiefel der Amerikaner repariert. Auch ihre Versorgung mit Lebensmitteln war mehr als unzureichend. Sie stand in keinem Verhältnis zu der Knochenarbeit, die sie Tag für Tag leisten mussten.

Anfang Juni war nochmals Verstärkung durch ein Arbeitskommando von 185 Gefangenen in den Hafen gekommen. Dabei handelte es sich um Männer, die nach dem Krieg von den Amerikanern wegen ihrer NS-Vergangenheit in einem der vier Internierungslager in Ludwigsburg eingesperrt worden waren. Allesamt hatten sie aufgeatmet, als man sie über ihre Verlegung unterrichtet hatte, denn in Ludwigsburg war man nicht gerade sanft mit ihnen umgesprungen.

Einer dieser Männer war übrigens Franz Traub, der Mann von Mathilde aus der Beilstraße 22 und somit der Schwiegersohn der Schlosser Oma. In der Hitlerzeit war er Mitglied der Waffen-SS und Blockwart gewesen und hatte seinen Nachbarn, wenn sie nicht nach seiner Pfeife tanzten, das Leben zur Hölle gemacht. Dafür hatte er jedoch nach dem Krieg die Quittung bekommen. Denn bevor sie ihn nach Ludwigsburg brachten, hatten sie ihn windelweich geprügelt.

»Hätten Sie nicht Lust, bei mir anzufangen und mit mir zusammen die Firma in Schwung zu bringen?«, hatte Heinrich Mueller im Frühsommer 1947 Edgar gefragt. »Ich schaffe das nicht allein, insbesondere nachdem mein Sohn nun verunglückt ist. Und Sie kennen sich doch gut im Hafen aus und wissen, wie der Hase läuft.«

Über dieses Angebot hatte Edgar nicht zweimal nachdenken müssen. Er hatte sofort zugesagt.

Die Arbeit in dem Betrieb und seine kleine Familie nahmen ihn in der Folgezeit voll in Beschlag. So blieb es nicht aus, dass sich die Freunde immer mehr voneinander entfernten und sich nur noch sehr sporadisch sahen. Siegfried litt darunter, denn mit Edgar und Richard hatte er sich stets am engsten verbunden gefühlt. Ausgerechnet die beiden waren nun Familienväter, wobei Richard und Mohrle, obwohl sie schon zwei Jahre verheiratet waren, noch immer keinen Nachwuchs erwarteten. Vielleicht konnte sie ja auch gar keine Kinder bekommen. Siegfried war aufgefallen, dass sie insbesondere in der letzten Zeit des Öfteren unpässlich war, was zur Folge hatte, dass sich die beiden ziemlich zurückzogen. Aber vielleicht wollten sie auch nur ihre traute Zweisamkeit genießen. Mit Rainer verband Siegfried wenig, im Zweifelsfall traf er sich dann noch lieber mit Carl. Der hatte jedoch gerade sein Jurastudium in Heidelberg begonnen und daneben wieder mit dem Gitarrespielen angefangen, das er bei der Hitlerjugend gelernt hatte. Die Musik, die die Amis von Übersee mitgebracht hatten, fand er klasse, und er hatte mit seinem Tonbandgerät schon einige Titel aus dem Radio aufgenommen, die er dann teilweise nachzuspielen versuchte, was ihm mehr schlecht als recht gelang. Der AFN – *American Forces Network* – war sein Lieblingssender. Er hörte ihn in jeder freien Minute. Carl war somit rund um die Uhr beschäftigt und hatte fast nie Zeit. Somit fiel auch Carl für gemeinsame Unternehmungen aus.

Doch gerade als Siegfried sich so alleingelassen gefühlt hatte, war Helena in sein Leben getreten. Er konnte es noch immer nicht glauben, dass er mit dieser rassigen Schönheit, die er am letzten Wochenende auf der Mess kennengelernt hatte, am nächsten Sonntag ein Rendezvous haben würde. Wenn er daran dachte, wie sie ihn am Schluss, wenn auch nur flüchtig, geküsst hatte, dann wurde es ihm ganz warm ums Herz. Er musste sich eingestehen, dass er sich nicht erinnern konnte, jemals solche Gefühle einem Mädchen entgegengebracht zu haben. Es war nur schade, dass sie am Sonntag nicht allein sein würden. Er mochte Irene, aber ohne sie wäre die Verabredung mit Helena natürlich viel schöner gewesen. Und dann hatte er ja auch noch in seiner Not gesagt, dass er einen Freund mitbringen würde.

Carl hatte mal wieder keine Zeit gehabt, als er ihn gefragt hatte, ob er nicht mit ins Kino gehen wolle, während Rainer natürlich sofort zugesagt hatte. So waren Siegfried und Rainer am Luisenring in die Linie 2 in Richtung Friedrichsbrücke gestiegen. Es waren zwar nur zwei Stationen, aber bei dieser unerträglichen Hitze war jeder Meter einer zu viel. Seit Monaten hatte es nicht geregnet und in den Nachrichten sprachen sie schon von einem Jahrhundertsommer. Auf der Höhe des Neckarvorlandbunkers stupfte Rainer plötzlich Siegfried an. »Sag, mal, sind das die beiden?« Er deutete auf die zwei jungen Frauen, die draußen untergehakt auf dem Bürgerstein entlanggingen. Die Größere von ihnen hatte einen Regenschirm aufgespannt, den sie anscheinend zum Sonnenschirm umfunktioniert hatte.

Siegfried bejahte. Worauf Rainer sofort meinte: »Die kleine Dunkelhaarige ist aber meine, damit du das gleich mal weißt!«

Das ist wieder typisch Rainer, dachte Siegfried bei sich. Aber er hatte keine Lust, mit ihm zu diskutieren, und gab ihm deshalb gar keine Antwort. Er war sich sicher, dass der andere bei Helena keine Chance haben würde.

Siegfried hatte sich nicht getäuscht, allerdings hatte Irene dabei auch noch ein bisschen nachgeholfen, indem sie als die Platzanweiserin mit ihrer Taschenlampe in die Reihe mit den vier freien Plätzen geleuchtet hatte, sich so vor Rainer gestellt hatte, dass der nicht an ihr vorbeikam. Und so saß am Ende Helena rechts von Siegfried und Irene links von ihm, während Rainer den Platz links außen neben Irene einnehmen musste. Das passte ihm gar nicht und er brummelte noch eine ganze Weile verärgert etwas vor sich hin. Am liebsten hätte er noch im Dunkeln die Plätze getauscht.

»Das kommt überhaupt nicht in die Tüte«, hatte Irene zu ihm gesagt und sich in ihrem Sitz breitgemacht. Sie schien das schmalbrüstige Bürschchen ganz gut im Griff zu haben.

Die Einzige, die von dem Liebesfilm *Der Engel mit dem Saitenspiel* etwas mitbekam, war Irene. Sie zückte bei mehreren Szenen ihr Taschentuch und wischte sich die Tränen weg, insbesondere als Hertha Feiler dem Hans Söhnker gegen Ende des Films endlich gestand, dass sie einen Sohn von ihm habe. Ach, das war so schön traurig!

Während Rainer bereits nach den ersten zehn Minuten eingeschlafen war, hatte Siegfried seinen Arm um Helena gelegt und sie an sich gezogen. Sie war ein wenig tiefer in den samtigen Kinosessel gerutscht und hatte ihren Kopf an seine Schulter gelegt. Bei jeder hellen Szene hatten sie einander tief in die Augen geblickt und wenn die schützende Dunkelheit sie umhüllte, hatten sie sich zärtlich und innig geküsst. Helena schwebte im siebten Himmel. Seit Jahren hatte sie sich nicht mehr so beschützt und so gut aufgehoben gefühlt wie in diesem Moment in Siegfrieds Armen. Dieses wunderbare Gefühl war ihr in den Wirren der letzten Kriegs- und Nachkriegsjahre beinahe abhandengekommen. Und Siegfried spürte plötzlich, wie die große Leere, die nach dem Tod seiner Mutter in sein Herz eingezogen war, langsam wich und es von Liebe und Verlangen erfüllt wurde. Endlich hatten sie beide das gefunden, wonach sich ihre Seelen schon so lange gesehnt hatten.

Schneiderei Kühn (1947)

Die Schneiderei Kühn befand sich seit Ende der 30er-Jahre im ersten Stock des Hauses in H6, 4 und war im Grunde eine ganz normale Dreizimmerwohnung, von der man den vordersten Raum in eine Werkstatt umgestaltet hatte. Zuvor hatte Johannes Kühn über 20 Jahre lang sein Geschäft im 4. Stock eines prächtigen Barockhauses in G7 gehabt. Die Räume waren hell und großzügig geschnitten, die Decken hoch und die Fenster boten eine grandiose Aussicht über den parkähnlichen Jüdischen Friedhof, der sich schon seit 1661 gegenüber in F7 befand. Neben der Werkstatt gab es im selben Stockwerk noch die Privatwohnung der Kühns.

Die 20er- und 30er-Jahre waren für Johannes Kühn wirtschaftlich gesehen sehr gewinnbringend gewesen. Bis 1935 hatte er viele jüdische Kunden gehabt, darunter auch einige sehr wohlhabende, die meist von auswärts kamen. Die Mehrzahl der Juden, die bei ihm nähen ließen, waren jedoch einfachere Leute aus der Nachbarschaft. Es waren Menschen, die hier seit Generationen wohnten, deren Vorfahren sich schon im 17. Jahrhundert in Mannheim niedergelassen hatten. Sie waren nach dem Dreißigjährigen Krieg dem Ruf des fortschrittlichen Kurfürsten Philipp gefolgt, der ihnen versprochen hatte, dass sie in Mannheim in keinem Ghetto leben müssten. Sie hatten sich vornehmlich in den F- und G-Quadraten niedergelassen. Wie liberal Kurfürst Phillip gewesen war, ließ sich daran erkennen, dass die Synagoge in F2 errichtet worden war. Sie stand somit unmittelbar neben dem Marktplatz und der katholischen Kirche Sankt Sebastian.

Ein Lieblingskunde von Johannes Kühn war der Direktor des *Apollo-Theaters* in G6. Salomon Zacharias hatte ihm bei den Anproben immer irgendwelche Anekdoten erzählt. Er plauderte zu gerne aus dem Nähkästchen und erzählte seinem Schneider, natürlich unter dem Siegel der Verschwiegenheit, unter anderem von den Schulden, die Heinrich George in Heidelberg hinterlassen hatte, von Enrico Rastelli, dem König der Jongleure, dessen geniale Akrobatik Joachim Ringelnatz nach dem Besuch einer Vorstellung überschwänglich in einem spontanen Gedicht verewigt hatte:

So groß hat sich vor mir noch nie
im Varieté etwas begeben.
Ich sah zart-tierisches Genie
vor einem arbeitsstrengen Leben.
Ich danke, ich, ein Publikum,
wie viele Tausende dir danken.
Du, der den sichren Punkt erkennst im Schwanken,
Du weißt, wenn ich Dir danke, wohl, warum.

Er erzählte auch von dem großen Tenor Richard Tauber und seinen delikaten Frauengeschichten. »Der Mann mit dem Monokel«, wie ihn die Presse gerne nannte, war zu Beginn der 20er-Jahre als junger Künstler in der Operette *Zigeunerliebe* von Franz Lehár aufgetreten. In dieser Zeit hatte sich das *Apollo-Theater* nämlich auf Operetten festgelegt und sich sogar den Luxus geleistet, ein hauseigenes Orchester zu beschäftigen. Seit den 30er-Jahren hatte man sich jedoch wieder auf das Kabarett konzentriert.

Salomon Zacharias war, wie den anderen Juden auch, übel mitgespielt worden. 1934 hatte er Berufsverbot bekommen und 1935 war dann nach 37 Jahren der Theatervorhang für immer gefallen. Johannes und Maria Kühn waren damals in der letzten Vorstellung gewesen. Ein unvergesslicher Abend, bei dem nochmals alles auf die Bühne gebracht worden war, was man von einem guten Kabarett-Theater erwartete. Als er zwei Tage später die *Rhein-Neckar-Zeitung* aufschlug, musste er grinsen. Die titelte nämlich wie folgt: »Es war eine Pariser Revue mit Nackedeis.« Salomon Zacharias gelang es zwar 1939 gerade noch, in die Schweiz zu fliehen, er starb dort jedoch schon kurze Zeit später, wahrscheinlich an gebrochenem Herzen, denn das Theater war sein Leben gewesen.

Johannes Kühn verlor am Ende der 30er-Jahre nicht nur Salomon Zacharias, sondern auch alle seine anderen jüdischen Kunden. Es blieb ihm nichts anderes übrig, als seinen Betrieb zu verkleinern. Dies hatte zur Folge, dass er seine beiden Gesellen entlassen musste. Zu der Zeit war seine Frau schon über ein Jahr eingesperrt. Als dann 1939 mit ihrer Deportation ins Frauen-KZ Ravensbrück endgültig feststand, dass sie so schnell nicht mehr nach Hause kommen würde, beschloss er, die großzügigen Räumlichkeiten in G7 aufzugeben. Die Schneiderei lief nun mal schlecht und solange Krieg war, würde sich daran nichts ändern.

Für Siegfrieds Vater und seine Söhne war der Umzug zweifellos eine gewaltige Umstellung. Dennoch war die Werkstatt in H6, 4 trotz der Beengtheit eine Bilderbuchschneiderei. Denn sie war genauso, wie man sich eine solche vorstellte, wenn man das Märchen *Das tapfere Schneiderlein* oder die Geschichte vom *Schneider Wibbel* gelesen hatte.

Der Raum wurde von zwei überdimensional großen, massiven Tischen aus dunklem, grob gemasertem Holz beherrscht, die sich einander gegenüber an der rechten und der linken Wand befanden. In der Ablage darunter stapelten sich jede Menge schmale längliche Verpackungskartons für Anzüge, Kostüme und Mäntel. Vor den beiden Fenstern mit den Scheibengardinen, also zwischen den beiden Tischen, stand die Nähmaschine. Es war eine *Singer*. Eine andere wäre Johannes Kühn nie ins Haus gekommen. Sie hatte einen schmiedeeisernen Unterbau und funktionierte mit Tretantrieb. Gleich neben dem Eingang stand eine Schneiderpuppe, auf der immer irgendeine angefangene Jacke drapiert war, an der zumeist noch ein Ärmel oder der Kragen fehlte.

Siegfrieds Vater war ein kleiner Mann, genau genommen, ein sehr kleiner Mann, was daher kam, dass er eine schwere Beinverletzung hatte. Sein rechtes Knie war zerstört, sodass es ihm nicht möglich war, es durchzudrücken. Um den Höhenunterschied auszugleichen, knickte er darum auch mit dem linken Bein ein und humpelte auf diese Weise mehr oder weniger erfolgreich durchs Leben. Immerhin hatte er trotz seiner Behinderung Siegfried und Konrads Mutter Maria den Hof gemacht. Er hatte es geschafft, dass sie ihn trotz seiner mangelnden Attraktivität letztendlich heiratete. Auch konnte ihn seine Beinverletzung nicht davon abhalten, sich, wann immer er Zeit hatte, auf sein Fahrrad zu schwingen und nach Neckarau zu fahren, um dort mit der Fähre nach Altrip überzusetzen, um seinen Freund Willy am Kiefweiher zu besuchen.

Johannes Kühn saß immer auf dem rechten Tisch, natürlich meist im Schneidersitz, so wie sich das für jemanden seiner Zunft gehörte. In der warmen Jahreszeit hatte er stets die Fenster geöffnet und da die Tische dieselbe Höhe wie die Fensterbretter hatten, konnte er gut hinaus auf die Straße schauen, um mitzubekommen, wer gerade draußen vorbeiging. Umgekehrt wurde er von allen Vorübereilenden gesehen. Alle paar Minuten grüßte oder winkte ihm jemand zu. »Na, Schneider, wie geht's? Schöner Tag heute!« oder »Guten Morgen, Herr Kühn, haben Sie schon gehört, dass ...?« Dann wurde ihm das neueste Gerücht mitgeteilt, das gerade seinen Weg durch die Filsbach machte. Die Dialoge waren immer ziemlich ähnlich, nur dass der Gruß an die jeweilige Tageszeit angepasst wurde.

Es war ein kalter, unwirtlicher Novembermorgen, an dem Schneider Kühn zusammen mit seinen Söhnen auf den beiden Tischen saß. Sie nähten alle zusammen an demselben Anzug. Er war für den Apotheker Kraemer, der schon seit vielen Jahren die Bunker-Apotheke in E3 führte und dem ursprünglich die traditionsreiche Löwen-Apotheke in E2 gehört hatte. Johannes Kühn schätzte den aufrechten Mann, der ebenfalls ein Stammkunde von ihm war und für den er schon in den 20er-Jahren genäht hatte. Es hatte ihm sehr imponiert, dass der erfinderische Apotheker fast über die gesamten Kriegsjahre hinweg die sogenannte *Löwenzeitung* für seine Mitarbeiter herausgebracht hatte, die er insbesondere denen, die an der Front kämpften, zukommen ließ.

Er wollte sie mit Rätseln, Gedichten, kleinen Geschichten sowie Neuigkeiten aus der Heimat auf dem Laufenden halten und ihnen die schwere Zeit im Feld etwas erträglicher machen. Seine Bunker-Apotheke war 1943 in einem ehemaligen Luftschutzkeller zusätzlich eingerichtet worden. Sie hatte den Krieg überstanden und war noch immer in Betrieb. Sie sicherte die Versorgung der Mannheimer Bevölkerung mit Medikamenten. Es war sicher auch ein wenig Kalkül, warum Johannes Kühn sich mit dem Apotheker gut halten wollte, denn Konrads Gesundheitszustand hatte sich, seit er aus der Kriegsgefangenschaft zurückgekehrt war, eher verschlechtert als verbessert. Er hatte einen bleibenden Nierenschaden davongetragen und würde nie mehr ohne Tabletten leben können. Die Zeiten waren schwierig, ständig gab es Versorgungsengpässe, da musste man sehen, dass man gute Beziehungen zu den Leuten hatte, die an der Quelle saßen. Darum war es ihm auch so wichtig, dass der Anzug besonders gut werden und Herrn Kraemer vor allem pünktlich übergeben würde.

Sie arbeiteten darum auch alle drei an dem Anzug. Das machten sie in solchen eiligen Fällen immer so, denn jeder von ihnen hatte seine Stärken und seine Schwächen. Während Johannes Kühn viel Übung im Einsetzen von Ärmeln hatte und gerne an der Schneiderpuppe arbeitete, um dort gleichzeitig nochmals die Maße zu überprüfen, war Siegfried für die Feinarbeiten an der Nähmaschine zuständig. Er setzte die Reißverschlüsse ein und nähte die Knopflöcher.

Konrad hatte zwar auch das Schneiderhandwerk gelernt, aber eigentlich nie gerne genäht. Wenn er es sich damals hätte aussuchen können, wäre er lieber etwas anderes geworden, aber sein Vater hatte keinen Widerspruch zugelassen. Schon vor dem Krieg hatte er darum versucht, sich vor dieser ungeliebten Arbeit zu drücken, wo er nur konnte. Während sein Vater darüber hinweggeschaut hatte, war seine Mutter des Öfteren energisch geworden.

»Wer Arbeit kennt und sich nicht drückt, der ist verrückt«, hatte sie zu ihm gemeint und ihn zurück in die Schneiderei gescheucht. »Du wirst schön deinem Vater und deinem Bruder helfen, sonst ziehe ich dir die Hammelohren lang.« Murrend war Konrad zurück in die Werkstatt gegangen. Wenn er schon nähen musste, dann sollten es jedoch wenigstens einfache Aufgaben sein, wie Teile aneinanderzureihen, Nähte aufzutrennen oder Säume umzunähen.

So befestigte er an diesem Tag die Stoßbänder an den Hosenbeinen des Anzugs. Wie immer hatten sie das Radio eingeschaltet, lauschten neben der Arbeit alten Schlagern und waren durch die Nachrichten auch immer über das Weltgeschehen informiert.

»Habt ihr das gerade gehört? An dem einstündigen Generalstreik am letzten Freitag, zu dem die Gewerkschaften aufgerufen haben, nahmen Zehntausende von Mannheimern teil. Das ist doch unglaublich!« In Siegfrieds Stimme klang Begeisterung. »Ich hätte nie geglaubt, dass sich so viele diesem Aufruf anschließen.«

»Das ist doch kein Wunder! Die meisten Leute haben noch immer nichts zu beißen, ganz zu schweigen von der Wohnsituation. Fahr mal in die Vororte, da siehst du *Barackler* ohne Ende. Oder geh doch mal in den Paradeplatzbunker oder in den in E6 oder am Parkring oder in irgendeinen anderen. Da hausen noch immer Hunderte, wenn nicht sogar Tausende von Menschen. Vertriebene, Zwangsverschleppte oder Frauen mit ihren Kindern, wo der Ernährer nicht mehr aus dem Krieg zurückgekommen ist. Die wohnen da drin seit Kriegsende, und es gibt keine Aussicht auf eine Besserung. Man hat im Gegenteil das Gefühl, dass sich überhaupt nichts tut. Jetzt ist dieser verdammte Krieg schon über zwei Jahre vorbei. Und was machen die in K7, allen voran unser Oberbürgermeister Braun? Wahrscheinlich Beamtenmikado – wer sich zuerst bewegt, hat verloren – oder Beamtendreikampf – knicken, lochen, abheften! Und wir? Wir sollen schaffen! Und das möglichst von früh bis spät. Ein leerer Sack bleibt nun mal nicht stehen!« Johannes Kühn konnte die Wut und Verzweiflung der Streikenden nur zu gut nachvollziehen.

»Irgendeiner müsste der Stadtverwaltung mal so richtig Bescheid stoßen. Das Filsbachschlösschen in K7 am besten stürmen, mit den feinen Herren in die Bunker gehen und sie mal ein paar Tage darin wohnen lassen, am besten bei Wasser und Brot. Wie kommen die dazu, die Lebensmittel einfach an andere Städte weiterzuleiten und uns hier Kohldampf schieben zu lassen? Die haben sie doch nicht alle!« Konrad schloss sich der Meinung seines Vaters und seines Bruders an. In dieser Frage herrschte ausnahmsweise mal Einigkeit im Hause Kühn.

»Ihr immer mit eurer Politik!«, mischte sich nun Hilde, die Haushälterin, ein, die gerade mit Putzeimer und Schrubber in die Werkstatt kam. »Mensch, sieht es hier wieder aus!« Sie hasste es, dass die drei Männer immer die Fransen, die sie abschnitten, und die Fadenreste einfach auf den Boden fallen ließen. »Da ist wieder jemand in die Kreide getreten. Jetzt schaut euch doch mal diese Tapser auf dem Stragula an. Könnt ihr denn nicht ein bisschen aufpassen, wo ihr hintretet?« Konrad und Siegfried schauten sich schweigend an und gaben sich schuldbewusst. Sie hatten schon Übung darin, wie sie der immer wiederkehrenden Standpauke von Hilde am wirksamsten begegnen konnten.

»Schwätz nicht so viel, Mädchen, mach du deine Arbeit und wir machen unsere.« Johannes Kühn ging überhaupt nicht auf ihr Gejammer ein, schließlich wurde sie aus seiner Sicht genau für diese Tätigkeit bezahlt.

»Habt ihr das eigentlich mitgekriegt?« Hilde stellte das Radio leiser. »Die Prinzessin Elisabeth von Großbritannien und der Leutnant Philip Mountbatten haben am 20. geheiratet. Hunderttausende Engländer haben die Straßen in London gesäumt«, schwärmte Hilde.

»Dafür muss ich nicht nach London zu den Tommys. Ich säume hier auch den ganzen Tag: Hosen, Jacken, Westen und Mäntel«, witzelte Siegfried.

Aber Hilde verstand in dieser für sie weltpolitisch bedeutenden Frage keinen Spaß. »Du immer mit deinen Kalauern! Du

bist richtig respektlos! Das ist das wichtigste Ereignis des Jahres. Das müssen ganz außergewöhnliche Feierlichkeiten gewesen sein. Ich habe in der *Revue* gelesen, dass die Zeremonie in der Westminster-Abtei fünf Stunden gedauert hat. Könnt ihr euch das vorstellen?«
»Das will ich mir gar nicht vorstellen«, meinte Konrad. Für ihn war ein solcher Gedanke nur grauenvoll.
»Sag mal, Hilde, du kaufst dir die *Revue*?« Schneider Kühn runzelte die Stirn. »Die kostet doch mindestens vierzig Pfennig, oder?« Das Hausmädchen nickte.
»Wenn du dir so ein Käseblättchen leisten kannst, dann zahle ich dir anscheinend einen viel zu hohen Lohn«, gab er zu bedenken.
»Ich kaufe sie mir doch nicht immer, aber die Hochzeit der Prinzessin, die hat mich schon interessiert. Vor allem auch wegen des Titelfotos. Sie ist da mit ihrem Mann abgebildet. Das ist ja so ein hübsches Paar! Eine richtige Traumhochzeit. Und stellt euch vor, die Hochzeitstorte wog dreihundert Kilo!«, erzählte sie voller Bewunderung weiter.
»Davon hätte ich auch gerne ein Stückchen gegessen«, seufzte Konrad. »Aber das ist doch eigentlich nichts Neues. Die da oben fressen sich die Wampe voll und wir armen Schlucker hier unten müssen gucken, wo wir bleiben.«
»Das war doch schon immer so«, meinte Siegfried zu seinem Bruder. »Unser Geschichtslehrer, der hat uns mal erzählt, dass die Marie Antoinette, die Gattin von Ludwig XVI., als man ihr sagte, dass das französische Volk hungere und kein Brot zu essen habe, geantwortet haben soll: Dann sollen sie eben Kuchen essen!«
»Klar, das haben wir auch gelernt. Dafür hat man sie dann später einen Kopf kürzer gemacht.« Konrad lachte. »Manchmal gibt es eben eine ausgleichende Gerechtigkeit.«
»Wie kann man denn nur so brutal sein! Der Adel hat es doch auch nicht leicht. Die haben so viel Verantwortung zu tragen und sind immer so freundlich, obwohl es bestimmt nicht angenehm ist, immer so im Rampenlicht stehen zu müssen. Sie können nie

wirklich das tun, was sie wollen.« Hilde wollte und konnte ihr tiefes Mitgefühl mit den Mitgliedern der Königshäuser nicht verbergen.

»Mir kommen gleich die Tränen, gib mir doch bitte mal ein Taschentuch, Konrad!« Siegfried ahmte ein Wimmern nach. Der reichte seinem Bruder das große weiße Tuch, das sein Vater immer zum Dampfbügeln benutzte.

»Ach, ihr Männer! Ihr seid sowas von unromantisch! Ich würde mich für meine große Liebe auch fünf Stunden lang trauen lassen. Dieser Philip ist wirklich ein stattlicher Mann und die Prinzessin sah so wunderschön in ihrem Hochzeitskleid aus. Es hatte eine meterlange blumenbestickte Spitzenschleppe. Ein wahrer Traum!«, schwärmte Hilde.

»Darf ich zum Hochzeitswalzer bitten, Prinzessin Konrada!« Siegfried und sein Bruder sprangen vom Tisch und begannen durch die Schneiderei zu tanzen.

»Ihr spinnt doch, ihr zwei!« Hilde drehte sich um und verließ entnervt die Werkstatt.

»So, jetzt aber Marsch zurück an die Arbeit!«, drängte der Schneidermeister seine Söhne.

Während Siegfried sich wieder auf den Tisch setzte, meinte Konrad: »Ich muss jetzt erst mal aufs Klo!« Siegfried wusste nur zu genau, was das bedeutete. Sein Bruder würde jetzt dort seine *Ivanhoe-*, *Robin Hood-* und *Zorro*-Heftchen lesen und die nächste halbe Stunde nicht wiederkommen. Das machte er so mehrmals am Tag und drückte sich auf diese Weise erfolgreich vor der Arbeit. Da sein Vater es kommentarlos hinnahm, wollte Siegfried auch nichts dazu sagen.

An diesem Morgen kam es ihm sogar gelegen, dass sein Bruder gerade nicht zugegen war. Er hatte seinem Vater nämlich schon eine ganze Weile von Helena erzählen wollen, aber es hatte sich nie eine passende Gelegenheit ergeben. Jetzt war der Moment günstig, mit ihm über seine neue Freundin zu sprechen.

Johannes Kühn hatte seinem jüngsten Sohn aufmerksam zugehört. »So, eine Schneiderin hast du also kennengelernt«, meinte er, während er die Stecknadel aus dem Mund nahm und sich das Maßband um den Hals hängte. »Das trifft sich ja gut. Wo hat sie ihre Werkstatt?«, wollte er wissen. Er wandte seinen Blick für einen Moment von der Schneiderpuppe ab und blickte hinüber zu Siegfried, der gerade im Begriff war, sich an die Nähmaschine zu setzen.

»Sie hat keine Werkstatt, sie arbeitet zu Hause in der Wohnung ihrer Eltern«, antwortete der, während er den Stoff der Jacke unter das Nähmaschinenfüßchen klemmte, am Rad drehte und zu treten begann.

»Das wird noch so eine Schneiderin sein!«, mischte sich nun Konrad ein, der gerade wieder hereinkam und anscheinend mitbekommen hatte, dass sein Bruder jemanden kennengelernt hatte. »Kaum können sie einen Knopf annähen und ein paar Socken stopfen, da denken sie schon, sie wären Schneiderinnen. Dass ich nicht lache.«

»Helena hat eine Schneiderlehre und die Gesellenprüfung gemacht!« Siegfried hielt die Maschine an und drehte sich zu den beiden um. Das Misstrauen seines Vaters und seines Bruders missfiel ihm sehr. »Und wenn du mir das nicht glaubst, Vater, dann überzeuge dich doch einfach davon. Ich habe nämlich vor, sie nächste Woche einmal mitzubringen. Helena möchte meine Familie kennenlernen.«

»Tu das! Ich frage mich sowieso, warum du sie uns nicht schon früher vorgestellt hast«, warf Johannes Kühn seinem Sohn vor.

»Ich wollte sie erst mal selbst näher kennenlernen«, antwortete Siegfried. Das war jedoch ein Vorwand, um nicht zu sagen, gelogen. Er hatte jedoch nicht vor, seinem Vater den wahren Grund mitzuteilen. Der bestand nämlich darin, dass er sich schämte, Helena in das Durcheinander mitzunehmen, das bei ihnen zu Hause herrschte.

»Da bin ich mal gespannt, wen du dir da angelacht hast.« Wirklich ernst schien Johannes Kühn die Liaison seines Sohnes nicht zu nehmen.

Ein paar Tage später stellte Siegfried Helena seiner Familie tatsächlich vor. Sein Vater schien von der Erscheinung und dem

Auftreten der jungen Frau angenehm überrascht zu sein. Sie war wirklich hübsch und adrett. So viel Geschmack hatte er seinem Jüngsten gar nicht zugetraut.

»Setzen Sie sich doch!« Johannes Kühn nahm die Kleider von dem Stuhl, der vor der Nähmaschine stand. »Möchten Sie etwas trinken?«

Helena verneinte. So sehr sie sich einerseits freute, dass er sie endlich seinem Vater und Bruder vorstellte, so unwohl fühlte sie sich andererseits in dieser Umgebung. Vielleicht lag es auch daran, dass es in der Werkstatt ziemlich kalt war.

Johannes Kühn entging das nicht und darum legte er noch ein Brikett auf. »Sie sind also ausgebildete Schneiderin! Was für ein Zufall!«, begann er das Gespräch. »Haben Sie denn genug zu tun?«

»Um ehrlich zu sein, ich bekomme von so vielen Leuten Näharbeiten, dass ich manchmal gar nicht weiß, wo ich anfangen soll«, erklärte ihm Helena lächelnd.

»Dann verdienen Sie sicher auch nicht schlecht. Das ist doch schön, wenn es so gut läuft. Mir geht es seit Kriegsende ähnlich. Ich könnte mittlerweile wieder Tag und Nacht mit meinen Söhnen nähen. Manchmal muss ich sogar einen Auftrag ablehnen, weil es mir einfach zu viel wird. Aber besser so, als keine Arbeit. Wenn ich an die Zeit unmittelbar vor und während des Krieges denke, da ist das ganz Geschäft eingebrochen«, erklärte er ihr.

»Na ja, reich wird man vom Nähen sowieso nicht. Ich komme gerade so über die Runden, obwohl ich ständig an der Nähmaschine sitze«, meinte Helena nachdenklich.

»So, das wundert mich jetzt aber. Sagen Sie mal, mein Kind, was verlangen Sie denn beispielsweise für ein Kleid oder einen Mantel?«, wollte er wissen.

»Für die Frau vom Metzger Haberkorn habe ich im Juli ein Sommerkleid genäht und dafür ein Kilo Rindfleisch bekommen. Im letzten Frühjahr hat mir ein Nachbar für seinen Mantel zehn Zigaretten gegeben. Es kommt eben immer darauf an, wer etwas in Auftrag gibt. Manchmal bekomme ich auch Geld. Das sind dann meistens so ungefähr 20 Reichsmark.«

»Wie bitte? Das darf doch wohl nicht wahr sein, Mädchen! Sie machen die ganzen Preise kaputt, indem Sie für einen Apfel und ein Ei arbeiten. Bargeld sollten Sie heutzutage überhaupt nicht mehr annehmen. Mit der Reichsmark können Sie sich höchstens noch den Allerwertesten abputzen. Entschuldigen Sie bitte meine drastische Ausdrucksweise, aber so ist es nun mal. Und ein Kleid kostet mindestens drei Kilo Fleisch und ein Mantel eine halbe Stange Zigaretten.«

»Aber die Leute haben doch alle kein Geld!«, wandte Helena ein. »Da kann ich doch nicht so hohe Preise nehmen.«

»Ich kenne keine armen Metzger oder Bäcker. Wer sich ein Kleid oder Mantel nähen lassen kann, der kann auch einen anständigen Preis dafür bezahlen. Sie haben da viel zu viele Skrupel.«

Helena schaute Siegfried verunsichert an. Der schwieg jedoch. Offen gestanden, hatte sie es von der Seite noch nie gesehen.

»Sie haben übrigens einen hübschen Mantel an.« Johannes Kühn betrachtete ihn. Das Modell gefiel ihm. Es war ein äußerst aufwendiger Schnitt mit einer gelungenen Silhouette: breite, wattierte Schultern, in der Körpermitte schön tailliert und dann wieder dezent ausgestellt mit zwei weit aufspringenden Falten, die bis knapp über die Knie reichten. Die Knopfleiste war seitlich versetzt, was dem Mantel eine besonders elegante Note verlieh. Auch die Ärmel mit den hohen dunklen Aufschlägen waren gelungen. Was ihm jedoch besonders gefiel, war die Rückenpartie, der schön geschwungene Schultersattel und die darunter befindliche Passe mit den zwei Knöpfen. Der Mantel war wirklich ein Meisterstück, das seinesgleichen suchte. »Wo haben Sie denn den her? Dieser Mantel ist wirklich etwas ganz Besonderes!«, stellte der Schneidermeister fest.

»Wo soll ich den herhaben?« Helena lachte. »Ich nähe alle meine Kleider selbst.«

»Diesen Mantel wollen Sie geschneidert haben?« Er betrachtete sie stirnrunzelnd. Er glaubte ihr kein Wort. »Nie und nimmer haben Sie den genäht! Das ist so eine feine, diffizile Arbeit. An so etwas sitzt man tage-, wenn nicht sogar wochenlang.« Helena wurde ganz verlegen. Wie konnte Siegfrieds Vater nur glauben, dass sie ihn anlüge? »Ich schwöre Ihnen, dass ich diesen Mantel geschneidert habe, und Sie haben das schon richtig erkannt, das war richtig viel Arbeit. Ich bin über eine Woche daran gesessen«, verteidigte sie sich. Sie wollte das nicht auf sich sitzen lassen.

»Also gut, ich gebe Ihnen die Gelegenheit, mir das zu beweisen und mache Ihnen folgenden Vorschlag: Ich möchte, dass Sie diesen Mantel noch einmal schneidern. Ich habe einen schönen weinroten Wollstoff und ein Futter in derselben Farbe sowie passende Knöpfe.« Er ging an den Schrank, der sich hinter der Tür befand, zog die Sachen heraus und legte sie vor Helena auf die Nähmaschine. Dann kramte er in einer kleinen Blechdose auf seinem Tisch. »Und hier ist ein Zettel mit den Maßen der Dame. Ich erwarte von Ihnen, dass Sie mir den Mantel in einer Woche fix und fertig hierher bringen. Sie bekommen dafür von mir eine Stange *Chesterfield* oder *Camel* oder *Pall Mall* oder *Lucky Strike*. Das dürfen Sie sich dann aussuchen. Einverstanden?« Er streckte Helena die Hand entgegen. Die zögerte nicht lange und schlug ein.

Als Johannes Kühn eine Woche später den Pappkarton öffnete, verschlug es ihm fast die Sprache. Der Mantel, den Helena geschneidert hatte, war wirklich großartig, fast noch schöner als der, den sie für sich selbst genäht hatte. Dieses Mädchen war wirklich eine begnadete Schneiderin. Mit ihr zusammen würde er wunderbare Geschäfte mit den Amerikanern und deren Frauen machen können. Der Mantel würde ihm mindestens drei Stangen Zigaretten einbringen. Und aus den hellen Gabardine-Anzügen, die die Amis ihm immer wieder vorbeibrachten, würde er Helena leichte Sommerkostüme schneidern lassen, alle in einem anderen Stil: von sportlich-leger bis klassisch-elegant. Sie würden beide hochzufrieden sein, denn sie würde künftig besser entlohnt werden und für ihn würde bei jedem Auftrag auch noch ein schönes

Sümmchen rausspringen. Was für ein Glücksgriff hatte Siegfried mit diesem Mädchen gemacht!

Konrad hatte dies natürlich auch recht schnell mitbekommen und darum zu seinem Bruder gemeint: »Die hätte ich auch genommen.«

»Sie aber dich nicht!«, hatte Siegfried gedacht, sich jedoch die Antwort verkniffen.

Obwohl Schneidermeister Kühn, wenn es ums Geschäft ging, ein gewiefter Fuchs war, schützte ihn das nicht davor, dass er eines Tages das Opfer eines ausgekochten Schlitzohrs wurde. Der Amerikaner hatte ihm den Auftrag gegeben, zwei Anzüge für ihn zu schneidern. Als Preis legten sie drei Kilo Bohnenkaffee fest. Als Johannes Kühn die Kaffeebohnen sah und das Aroma echten Kaffees in seine Nase stieg, konnte er es kaum glauben. Der andere hatte ihn fürstlich entlohnt. Er grinste innerlich, denn er hatte das Geschäft seines Lebens gemacht. Auf dem Schwarzmarkt in Baden-Baden würde er dafür zwischen 450 und 650 Reichsmark pro Kilogramm erzielen.

Die Fahrt dorthin würde sich für ihn in mehrfacher Hinsicht lohnen. Zum einen konnte er für den Bohnenkaffee in der eleganten Kurstadt wesentlich mehr erzielen als in der Arbeiterstadt Mannheim, denn die Schwarzmarktpreise waren nun mal von Region zu Region sehr unterschiedlich. Der Bedarf regelte den Preis. Zum anderen würde er hinterher noch seiner großen Passion nachgehen und im Spielcasino *Siebzehn und Vier* spielen. Vielleicht würde ihm das Glück hold sein und er seine Einnahmen verdoppeln oder verdreifachen können. Als er daran dachte, überzog ein verräterischer Glanz seine Augen, der erahnen ließ, mit welcher Leidenschaft und Hingabe er spielen würde. Er sah sich schon am Tisch der Spielbank Platz nehmen, wo er seine Karten entgegennahm und sie schließlich aufdeckte, um gleich darauf alle Jetons zu erhalten und sie vor sich nebeneinander aufzutürmen.

Allerdings sollte diese Vorfreude nicht sehr lange anhalten. Als er nämlich am Abend die Kaffeebohnen in kleine Portionstütchen umfüllen wollte, musste er eine ernüchternde Feststellung machen. Nachdem er das erste Tütchen gefüllt hatte und erneut in das Säckchen blickte, glaubte er seinen Augen nicht zu trauen, denn statt Kaffeebohnen lagen darin nur billige Kernbohnen. Sein Kunde hatte ihn betrogen. Er hatte somit die Anzüge praktisch umsonst genäht, denn der Erlös an Kaffee ergab nicht einmal hundert Gramm. Der Traum des Schneidermeisters war an diesem Abend wie eine Seifenblase zerplatzt.

Juden (1948)

Er strich mit der flachen Hand über die lederne Auflage seines Schreibtisches. Wie gut sie sich anfühlte! Er lächelte, während er nach seinem Füllfederhalter griff, um gleich darauf das vor ihm liegende Dokument zu unterzeichnen. Für einen Augenblick saß er bewegungslos da, in Gedanken versunken. Sein Blick glitt hinüber zum Fenster seines Amtszimmers. Draußen war es ungemütlich kalt und regnerisch. Kein Wunder, denn es war noch immer Winter. Von seinem Schreibtischsessel aus konnte er auf die gegenüberliegende Häuserzeile schauen. Was für ein schöner Anblick! Wenigstens ein kleines Stück unversehrtes, altes Mannheim zwischen all den Trümmern und Ruinen.

Während Mannheims Quadrate noch immer zu großen Teilen in Schutt und Asche lagen, hatte der Jungbusch verhältnismäßig wenig abbekommen. Vermutlich war dies den Flakstationen zu verdanken, die sich auf den Dächern der Kaufmannmühle und des Neckarvorlandbunkers befunden hatten. Beide sollten den Hafen schützen. Die Flak auf dem Bunker hatte insbesondere einige Häuser am Luisenring vor der totalen Zerstörung bewahrt.

Er atmete tief durch. Wie lange hatte er auf diesen Augenblick warten müssen und wie sehr hatte er ihn herbeigesehnt! Manchmal war er drauf und dran gewesen, die Hoffnung aufzugeben. Er hatte nicht mehr daran glauben wollen, dass sich alles noch einmal zum Guten wenden würde. Unzählige Male war er an seine Grenzen gestoßen, hatte gedacht, dass er die Situation nicht länger durchstehen könne. Als sie ihn dann 1938 abholten und ihn ins Konzentrationslager Dachau verschleppten, war er sich ziemlich sicher, dass er seine Frau Wera und die Heimat nie mehr wiedersehen würde. Doch man hatte ihn schon einige Zeit später mit strengen Schweigeauflagen entlassen, ihn jedoch erneut mit Berufsverbot belegt. Er hatte das Martyrium zwar überlebt, aber schwere gesundheitliche Beeinträchtigungen als Folge der erlittenen Misshandlungen davongetragen.

Am schlimmsten waren die letzten beiden Monate vor der Kapitulation gewesen. Er hatte sie in einem Versteck in der Wohnung einer guten Bekannten in Heidelberg verbracht. Tag und Nacht hatten sie in der schrecklichen Angst gelebt, man könnte seinen Zufluchtsort entdecken. Für sie hätte es den Verlust ihrer Freiheit, wenn nicht sogar den Tod bedeutet und ihn hätte man entweder gleich umgebracht oder, wie geplant, noch kurz vor Kriegsende nach Theresienstadt verschleppt.

Aber es waren nicht nur die körperlichen Wunden, die ihm zu schaffen machten. Vielmehr waren es die seelischen, die nur schwer heilen wollten. Es waren die nicht enden wollenden Demütigungen, die tiefe Narben hinterlassen hatten. Sie hatten schon 1933 begonnen, als die Nazischergen ihn, den Mannheimer Stadtsyndikus, aus einer Veranstaltung in der Frauenschule gewaltsam herausgezerrt hatten, um ihn in sogenannte Schutzhaft zu nehmen. Zu dieser Zeit hatte er bereits seit elf Jahren in den Diensten der Stadt Mannheim gestanden. Er war stets ein von allen geachteter Mann gewesen, den man wegen seines umfangreichen juristischen Wissens und seines angenehmen Auftretens schätzte. Doch unter den neuen Machthabern hatte man ihn plötzlich wie Abschaum behandelt. Und warum? Weil er jüdischer Herkunft und somit laut Bestimmung eine Unperson war, die im öffentlichen Dienst nichts verloren hatte. Zwölf Jahre lang hatte das entsetzliche Berufsverbot gedauert.

Seine Frau Wera und er hatten in dieser Zeit von irgendetwas leben müssen. Letztendlich war er froh gewesen, dass er wenigstens in einer Bürstenfabrik Arbeit fand, auch wenn sein Lohn gerade einmal zum Überleben gereicht hatte.

Doch all das war nun überstanden. Mit der Ernennung zum Oberbürgermeister der Stadt Mannheim bei der ersten freien Wahl nach Kriegsende hatten ihm die Bürger ihre Wertschätzung bewiesen. Als man ihm die Ernennungsurkunde überreichte, hatte man ihm zugleich ein Stück weit seine verloren geglaubte Ehre zurückgegeben. Dieses Gefühl würde ihm die Kraft geben, sich für die Belange seiner Heimatstadt einzusetzen und alles für ihr

Wohl zu tun. Das war ihm eine Herzensangelegenheit. Er wollte keine bitteren Blicke mehr zurück in die Vergangenheit richten, sondern hoffnungsvoll nach vorn schauen. Der 1. Februar 1948 würde der Beginn einer neuen Ära sein. Er musste den Haushalt konsolidieren, unbedingt die Ernährungslage verbessern und vor allem Wohnraum schaffen. Aber er wollte auch die Kultur fördern. Die traditionelle Schillerbühne brauchte unbedingt eine neue Spielstätte, die beengten räumlichen Bedingungen in der *Schauburg* waren nicht nur eine Zumutung für das Ensemble, sie waren auch unter feuerpolizeilichen Aspekten mit hohen Risiken verbunden. Er hatte auch schon einen Ort anvisiert, der ihm geeignet erschien: den Tennisplatz der Harmonie-Gesellschaft 1803 am Friedrichsring bei der Goethestraße. Hier würde man ein neues Theater errichten können. Der Ort wäre schon deshalb ideal, weil man den darunter befindlichen Tiefbunker wunderbar zur Aufbewahrung der Bühnenbilder und Requisiten nutzen konnte. Allerdings würde die Finanzierung ein großes Problem darstellen. Vielleicht könnte man einen Spendenaufruf initiieren und Theaterinteressierte aus Mannheim und der Region darum bitten, einen Obolus für den Wiederaufbau zu leisten. Aber selbst wenn einiges an Geldern zusammenkäme, würde der Bau noch warten müssen. Im Moment waren die Kassen leer und es galt viele Löcher zu stopfen. Trotzdem wollte er die Kunst fördern, so gut er konnte. Den Maler Rudi Baerwind kannte er gut. Vielleicht würde es ihm gelingen, mit ihm im nächsten Jahr eine Ausstellung in den Katakomben des Mannheimer Schlosses zu machen. Er lächelte. Nach und nach würde er es sicher schaffen, auch das kulturelle Leben in der Stadt wieder zum Leben zu erwecken.

Es gab unendlich viel zu tun und er würde es anpacken. Er hatte keine Zeit und keine Lust, alte Rechnungen zu begleichen, auch wenn dies nicht bedeutete, dass er je vergessen würde, was man ihm angetan hatte.

*

»Endlich wieder ein SPD-Mann an der Stadtspitze!« Carlo Legrand las die Schlagzeile des *Mannheimer Morgen* vor: »Fritz Cahn-Garnier neuer Oberbürgermeister von Mannheim.«
»Das ist aber eine gute Nachricht! Der Mann hat es wirklich verdient.« Amelies Freundin Katharina freute sich über den Wahlsieg, denn er war auch ihr Kandidat gewesen.
»Na ja, der Josef Braun war doch auch nicht schlecht, alles was recht ist«, gab Amelie zu bedenken. »Der hat sich wirklich bemüht und hatte einen schweren Stand. Es war bestimmt nicht immer leicht, bei den vielen Auflagen der Amerikaner gleichzeitig auch den Bürgern gerecht zu werden, insbesondere bei der katastrophalen Situation, die er nach dem Krieg vorgefunden hat.«
»Das mag alles sein«, wandte Carlo ein. »Aber ich habe ein gutes Gedächtnis und erinnere mich noch sehr genau, dass der Braun bis 1933 für die Zentrumspartei im Stadtrat saß. Die hat bekanntlich für Hitlers Ermächtigungsgesetz gestimmt und war somit der Steigbügelhalter für die Faschisten!«
»Ich muss deinem Mann leider recht geben«, mischte sich nun Katharina ein. »Während die SPD klar dagegen gestimmt hat, was für viele Genossen gravierende Folgen mit sich brachte, hatten die Abgeordneten der Zentrumspartei die Hosen voll.«
»Katharina sieht das vollkommen richtig! Meine liebe Amelie, du bist einfach manchmal zu gut für diese Welt, du siehst immer nur das Positive in den Menschen.« Carlo lächelte seine Frau an. »Sag mal, Katharina«, wechselte er das Thema, »hast du dich eigentlich von deinem Unfall in der *Schauburg* erholt? Das ist doch jetzt schon über ein Jahr her. Ich habe nämlich den Eindruck, dass du noch immer das eine Bein ein wenig hinterherziehst.«
»Dir entgeht wirklich nichts, Carlo! Du bist ein guter Beobachter. Ich hätte nicht gedacht, dass das jemandem auffällt«, antwortete Katharina erstaunt. »Nachdem ich letztes Frühjahr über die bescheuerte Kulisse gefallen bin, verbrachte ich erst mal den ganzen Sommer über in Rimbach bei meiner Schwester. Agathe hat mich auch wirklich gut gepflegt. Trotzdem konnte ich sie

nicht mit allem allein hängen lassen und da habe ich halt das Bein öfters mal mehr belastet, als ich es hätte tun sollen. Als ich dann zu Beginn der neuen Theaterspielzeit im September wieder als Garderobiere gearbeitet habe, ist mir das viele Stehen überhaupt nicht bekommen. Ich bin zwar fast schmerzfrei, habe mir jedoch mit der Zeit eine Schonhaltung angewöhnt.«

»Das passt zu dir.« Amelie lächelte ihre Freundin nachdrücklich an. »Allerdings hast du dir damit keinen guten Dienst erwiesen.«

»Ich weiß. Deshalb bin ich auch am Überlegen, ob ich beim Nationaltheater kündige, unser Haus in Feudenheim verkaufe und ganz zu Agathe nach Rimbach ziehe«, verkündete Katharina.

»Nein! Das darfst du nicht! Dann bekommst du doch keine Freikarten mehr und wir können nie mehr umsonst ins Theater!« Amelie schaute ihre Freundin enttäuscht an.

»Egoistisch bist du heute überhaupt nicht, meine Liebe«, stellte Carlo fest. »Ich entdecke immer noch neue Seiten an dir.«

»Entschuldigt bitte, aber ich gehe doch für mein Leben gern ins Theater«, meinte Amelie enttäuscht. »Der Theaterabend gestern war wieder so schön. Hab nochmals ganz vielen Dank für die Freikarte. Der Willy Birgel, der war wieder einmalig. Der ist ein wunderbarer Schauspieler und die Rolle des General Harras, die war ihm auf den Leib geschrieben.«

»*Des Teufels General* ist aber auch ein ganz besonderes Stück. Für mich das beste Schauspiel von Carl Zuckmayer. Ich habe Anfang der 30er-Jahre einiges von ihm gesehen, unter anderem den *Fröhlichen Weinberg* und den *Hauptmann von Köpenick*. Letzteres Theaterstück hat den Nazis damals gar nicht in den Kram gepasst. Ich erinnere mich noch gut, da haben mitten in der Premiere ein paar stramme Parteimitglieder protestierend das Nationaltheater verlassen. In den Jahren unmittelbar vor Kriegsausbruch durfte er sowieso nicht mehr gespielt werden.« Katharina hatte die Situation bildlich vor Augen.

»Ist Zuckmayer deswegen ins Exil gegangen?«, wollte Carlo wissen.

»Nein, natürlich nicht«, klärte ihn Katharina auf. »Er war mütterlicherseits auch noch Halbjude. Soweit ich weiß, hat er sich im letzten Augenblick nach Amerika abgesetzt.«

»Ja, Deutschland hat seine besten Künstler und Wissenschaftler in die Emigration getrieben und umgebracht! Was für ein Wahnsinn! Gott sei Dank ist dieser Alptraum vorüber!«, seufzte Amelie.

»Wisst ihr eigentlich, dass er auch am Drehbuch vom *Blauen Engel* mitgeschrieben hat?«, fragte Katharina in die Runde.

»Ich dachte immer, der geht auf *Professor Unrat* von Heinrich Mann zurück«, warf Amelie ein.

»Tut er auch, aber der Text musste schließlich umgeschrieben werden und das hat der Zuckmayer gemacht«, erklärte Katharina.

»Meinst du den Film mit dem Emil Jannings und der Marlene Dietrich?«, fragte Carlo nach.

Katharina nickte.

»Bleib mir bloß weg mit der Dietrich! Politisch gesehen habe ich zwar höchsten Respekt vor ihr. Diese Schauspielerin hat wahrlich Haltung bewiesen, im Gegensatz zu den Marika Rökks und Johannes Heesters und wie sie alle heißen. Aber ich kann nichts dafür, die Dietrich erinnert mich immer an Amelies Schwester Ida.«

Katharina dachte einen Augenblick nach. »Du hast recht, Carlo. Die sehen sich tatsächlich ein wenig ähnlich.«

»Die Ida, die ist ein rechtes Luder«, fuhr Carlo fort. »Wenn ich noch daran denke, wie die damals bei mir in der Kaserne in Wiener Neustadt auftauchte ...« Plötzlich stockte Carlo mitten im Satz. Für einen Augenblick entstand eine beklemmende Ruhe. Carlo hatte ungewollt ein Thema angesprochen, das besonders bei Amelie schmerzhafte Erinnerungen berührte.

»Ich bin von Kopf bis Fuß auf Liebe eingestellt und das ist meine Welt und sonst gar nichts ...« Katharina begann zu singen. Bei der zweiten Strophe stimmte Amelie Gott sei Dank mit ein. Die Situation schien gerettet zu sein. Während sie sangen, näherten sich die beiden Frauen Carlo mit verführerischen Bewegungen.

»Wehe, wenn sie losgelassen!« Carlo wehrte ab: »Lasst mich in Ruhe, ihr zwei närrischen Weiber!« Er lachte. »Man merkt, dass am nächsten Wochenende Fastnacht ist.«

»Wisst ihr eigentlich, dass der Feuerio am Samstag den ersten großen Kostümball nach neun Jahren im Rosengarten veranstaltet?« Katharinas Begeisterung war unüberhörbar.

»Ja, ich habe es gelesen und wir wären auch gerne hingegangen, aber hast du gesehen, was der Eintritt kostet?«, warf Amelie frustriert ein. »Das kann sich doch kein Mensch leisten. Das ist mal wieder nur etwas für die Großkopferten.«

»Die Monnemer Kräm dö la Kräm«, äffte Katharina den Habitus einer feinen Dame auf Mannheimerisch nach.

»Irgendwann werden die Zeiten wieder besser sein und dann holen wir das alles nach. Dann nähe ich für uns alle Fastnachtskostüme so wie früher und dann gehen wir auf die Rassel«, meinte Carlo, der seine gute Laune zurückgewonnen hatte. Die Anwesenheit Katharinas tat ihm immer gut, nicht nur, weil sie gerade durch ihr beherztes Eingreifen die Lage entspannt hatte. Nein, es war vielmehr ihre ganze Art. Sie war nicht nur intelligent und belesen, sondern hatte auch einen ausgezeichneten Humor. Darin waren Amelie und Katharina sich übrigens sehr ähnlich. Im Doppelpack waren die beiden unschlagbar.

»Hast du wirklich vor, das Haus in Feudenheim zu verkaufen?« Carlo griff das Thema nochmals auf. »Wenn du dich tatsächlich zum Verkauf entscheidest, dann lass es mich doch bitte vorher wissen. Wir hätten vielleicht Interesse daran, es zusammen mit Helena und ihrem Zukünftigen zu kaufen. Wir haben ein paar Ersparnisse und als Beamter mit einem regelmäßigen Einkommen würde ich sicher auch einen Bankkredit bekommen.«

»Aber sicher, Carlo. Ich würde das Haus auch viel lieber an gute Freunde verkaufen, ich möchte das Ganze jedoch nochmals mit Agathe besprechen, wobei ich persönlich eher zum Verkaufen neige.«

»Ich darf gar nicht daran denken«, meinte Amelie traurig. »Es ist ja nicht nur wegen des Theaters. Aber wenn du dann für immer nach Rimbach gehst, dann sehen wir uns kaum noch.«
»Vielleicht kann ich ja auch, wenn ich nicht mehr beim Nationaltheater arbeite, noch über Kollegen Freikarten besorgen, damit wir so einzigartige Vorstellungen wie die von gestern Abend auch in Zukunft genießen können.«
»Weißt du übrigens, welche Stelle im Stück mir am besten gefallen hat?« Amelie kehrte in Gedanken nochmals zurück in die *Schauburg.*
»Ich kann es mir, glaube ich, denken, denn die hat auch mich am meisten beeindruckt.« Katharina zog das Programmheft von *Des Teufels General* aus ihrer Tasche und begann zu lesen.

Der Fliegerleutnant Hartmann hat Angst, dass die Frau, die er liebt, die Verlobung löst, weil er den notwendigen Arier-Nachweis nicht vorzeigen kann, da eine seiner Urgroßmütter aus dem Ausland stammt. Er vertraut sich dem Luftwaffengeneral Harras an, der ihm daraufhin einen kleinen Vortrag hält.

»Na, und was wissen Sie denn über die Seitensprünge der Frau Ururgroßmutter? Über die hat doch sicher keiner einen Arier-Nachweis verlangt, oder? Bedenken Sie, was kann da nicht alles vorgekommen sein in einer alten Familie. Vom Rhein noch dazu! Vom Rhein! Von der großen Völkermühle! Von der Kelter Europas!

Und jetzt stellen Sie sich doch mal Ihre Ahnenreihe vor seit Christi Geburt. Da war ein römischer Feldhauptmann, ein schwarzer Kerl, braun wie eine reife Olive, der hat einem blonden Mädchen Latein beigebracht. Und dann kam ein jüdischer Gewürzhändler in die Familie, das war ein ernster Mensch, der ist noch vor der Heirat Christ geworden und hat die katholische Haustradition begründet. Und dann kam ein griechischer Arzt dazu oder ein keltischer Legionär, ein Graubündner Landsknecht, ein schwedischer Reiter, ein Soldat Napoleons, ein deser-

tierter Kosak, ein Schwarzwälder Flößer, ein wandernder Müllerbursch vom Elsass, ein dicker Schiffer aus Holland, ein Magyar, ein Pandur, ein Offizier aus Wien, ein französischer Schauspieler, ein böhmischer Musikant ... Das hat alles am Rhein gelebt, gerauft, gesoffen und gesungen und Kinder gezeugt und, und, und ... Und der Goethe, der kam aus demselben Topf, und der Beethoven und der Gutenberg und der Matthias Grünewald und – ach was, schauen Sie im Lexikon nach! Es waren die Besten, mein Lieber! Die Besten der Welt! Und warum? – Weil sich die Völker dort vermischt haben. Vermischt wie die Wasser aus Quellen und Bächen und Flüssen, damit sie zu einem großen, lebendigen Strom zusammenrinnen. Seien Sie stolz darauf, Hartmann, und hängen Sie die Papiere Ihrer Großmutter in den Abtritt. Prost!«

»Was für ein gescheiter und zutiefst menschlicher Monolog.« Amelie war noch immer gerührt. »Meinst du, die anderen Zuschauer haben das gestern Abend auch so wahrgenommen?«

»Ich bin mir ehrlich gesagt nicht sicher. Da gab es bestimmt einige, die den stattlichen Willy Birgel in seiner Generalsuniform aus anderen Gründen bewundert haben. Ich könnte mir vorstellen, dass so mancher den erfolgreichen Wehrmachtszeiten in den Anfängen des Krieges nachgetrauert hat«, erklärte Katharina nüchtern.

»Ich habe das ähnlich empfunden, und ich habe auch Leute in der *Schauburg* gesehen, von denen ich genau weiß, dass sie dem Dritten Reich hinterherweinen«, gestand Amelie

»Kenne ich die auch?«, wollte Katharina wissen.

»Vielleicht. Ich rede von den Jäckels, die Eltern von Hans, dem Freund von meiner Nichte Annerose«, erklärte ihr Amelie.

»Doch, die sind mir durchaus ein Begriff. Die waren schon früher öfters im Theater. Die haben doch in der Filsbach eine Druckerei, oder? Ich fand die immer ziemlich arrogant. Aber nicht nur die, sondern das ganze Nazi-Gesindel, mit dem sie in der Pause zusammenstanden.« Katharina dachte nur ungern daran zurück. »Und in die Familie will deine Nichte einheiraten? Na, Prost Mahlzeit, kann ich da nur sagen.«

»Wir tun uns alle ein bisschen schwer damit, aber letztendlich ist es ihre Entscheidung«, meinte Amelie nachdenklich. »Wobei ich manchmal denke, dass da auch das letzte Wort noch nicht gesprochen ist.«

Betty und Kurt (1948)

»Herzlichen Glückwunsch zum Geburtstag und alles Liebe!« Annerose nahm Helena in den Arm und gab ihr einen Kuss auf die Wange. Gleichzeitig überreichte sie ihr einen großen, in Papier eingewickelten Teller. »Achtung, nicht drücken, da ist ein Marmorkuchen drin. Den habe ich ausschließlich für dich gebacken.« Während sie dies sagte, schaute sie mit strafendem Blick auf Betty. Die ignorierte es jedoch.

»Marmorkuchen!« Betty strahlte. »Endlich darf ich davon essen! Als Annerose die Kuchenform gestern Abend in unserer Küche in den Ofen geschoben hat, habe ich die ganze Zeit nur darauf gelauert, später ein Stück zu ergattern. Aber meinst du, die wäre auch nur mal für einen Moment von der Backofentür gewichen?! Als er fertig war, hat sie ihn so gut versteckt, dass ich ihn nicht finden konnte. Ich hatte keine Chance, auch nur einen Krümel abzubekommen.«

»Ich kenne doch unseren kleinen Vielfraß. Wenn ich nicht aufgepasst hätte, säßen wir jetzt ohne etwas vor unserem Geburtstagsmuckefuck!«, erwiderte Annerose lachend.

»Auch von mir alles, alles Liebe, Cousinchen. Betty stellte sich auf die Zehenspitzen, um Helena zu umarmen und ihr ebenfalls einen Kuss zu geben. »Ich habe dir auch etwas mitgebracht.« Sie zog eine Tafel Blockschokolade aus ihrer Tasche.

»Ich glaube es nicht! Schokolade von der *Schokinag*!« Helena betrachtete die Tafel näher. »Und auch noch mit ganzen Nüssen! Ich kann mich gar nicht erinnern, wann ich so etwas zum letzten Mal gegessen habe.«

»Ich habe halt immer noch gute Beziehungen zu den ehemaligen Geschäftskollegen von der *Schokinag*. Schließlich habe ich dort viele Jahre gearbeitet.« Betty dachte gerne an diese Zeit zurück.

»Kommt erstmal rein in die Küche, ihr zwei! Hier draußen zwischen Tür und Angel zieht es doch erbärmlich. Ich finde es heute sowieso furchtbar kalt. Wenn ich mir vorstelle, vor zwei Jahren lagen wir am 1. Mai bei der Einweihung der Friedrich-Ebert-Brücke in Sommerkleidern auf der Neckarwiese.«

»Wir haben ja auch nicht den 1. Mai. Heute ist schließlich erst der 30. April. Was nicht ist, kann doch noch werden«, belehrte sie Betty und trug dabei zur allgemeinen Heiterkeit bei.

»Du bist ein richtiger Scherzkeks.« Helena lachte ihre kleine Cousine an.

»Wo sind eigentlich Tante Amelie und Onkel Carlo?«, wollte Annerose wissen, während sie sich umschaute.

»Papa ist noch bei der Arbeit. Heute Mittag sind mehrere Beerdigungen, schließlich ist es ein ganz normaler Wochentag. Und Mama musste runter in unseren Garten auf die Friesenheimer Insel. Sie meinte, sie müsse dringend noch ein bisschen was einpflanzen und auch den Rhabarber ernten. Ich kann, ehrlich gesagt, nicht ganz verstehen, warum sie diese Arbeiten ausgerechnet an meinem Geburtstag machen muss und dazu noch bei so einem Sauwetter.« Helena war ein wenig verstimmt über das Verhalten ihrer Mutter. Sie fand es schade, dass ihre Eltern bei ihrem Geburtstagskaffee nicht dabei sein konnten. Auf der anderen Seite war das eine gute Gelegenheit, einmal wieder ungestört mit ihren beiden Cousinen zu plaudern. Es gab schließlich Themen, die nicht unbedingt für die Ohren ihrer Eltern bestimmt waren.

»Ja, und wo ist Siegfried?« Betty wunderte sich, dass Helenas Freund nicht da war. »Kommt er noch?«

»Vielleicht später«, meinte Helena und fügte ein wenig betrübt hinzu, »falls es ihm noch reicht.«

»Was heißt, falls es ihm noch reicht?« Betty wollte es ein bisschen genauer wissen.

»Na ja, Siegfried spielt mal wieder Fußball. Ich hatte ihn natürlich auch eingeladen. Doch dann ist der Linksaußen beim 08-er vom Lindenhof plötzlich ausgefallen, und sie brauchten dringend für heute Mittag einen Ersatzmann. Da ist er halt eingesprungen, weil er die Mannschaft nicht hängenlassen wollte«, erklärte Helena ihren Cousinen ein wenig genervt. Sie war schon sehr enttäuscht gewesen, als er ihr abgesagt hatte, denn es war in den acht Monaten, die sie nun schon zusammen waren, nicht das erste Mal, dass ihm das Fußballspielen wichtiger gewesen war als das Zusammensein mit ihr.

»Sag mal, für wie viele Vereine spielt der Siegfried denn noch? Für den VfR, den ASV Feudenheim, den 08er, den SV Waldhof ...«, begann Betty aufzuzählen, wurde jedoch abrupt von Helena unterbrochen.

»Für den SV Waldhof spielt er nicht. Lass ihn das bloß nicht hören! Der VfR und der SV Waldhof sind sich nämlich spinnefeind. Aber um deine Liste zu vervollständigen, er spielt auch noch für den 1868er.«

»Dann bist du ja eine richtige Fußballbraut«, meinte Annerose lachend und während sie Betty zuzwinkerte, begann sie einen alten Schlager von Lucy Millowitsch zu singen, in den Betty auch gleich mit einstimmte:

Was macht die Fußballbraut am Sonntagnachmittag,
oh, Gott, was fängt sie da bloß an?
Denn der Geliebte schaut am Sonntagnachmittag
nur seinen Ball wie ein Verliebter an.
Er sagt ihr oft »mein Stern« und »meine Puppe«,
doch wenn er spielt, dann ist sein Stern ihm schnuppe.
Am Sonntagnachmittag ist er kein Kavalier,
erst wenn es Abend wird, gehört er wieder ihr.

Helena klatschte. »Danke, ihr beiden begnadeten Sängerinnen.« Wenigstens war die letzte Zeile tröstlich.

»Du siehst, du bist nicht die Einzige, die an der Fußballleidenschaft ihres Liebsten verzweifelt.« Betty versuchte, Helena zu trösten.

»Auf diese Art von Leidenschaft könnte ich wahrlich verzichten. Es ist nicht schön, fast jedes Wochenende allein hier bei den Eltern herumzusitzen oder drüben in der Filsbach bei seinem Vater mit der Lydia auf ihn zu warten.«

»Lydia?« Betty schaute Helena fragend an. »Wer ist Lydia?«
»Ach, das habe ich euch noch gar nicht erzählt. Die Hilde hat im Februar geheiratet und ist nach Saarbrücken zurück. Die hatte schon die ganze Zeit heimlich einen Freund und war mit ihm immer an ihren freien Tagen zusammen.« Helena kicherte. »Und das blieb nicht ohne Folgen.«
»Das hätte ich der gar nicht zugetraut. Ich hätte eher gedacht, dass die keinen abkriegt. Die ist ja wirklich keine Schönheit mit ihren dicken Brillengläsern«, stellte Annerose fest.
»Wahrscheinlich hatte sie andere Qualitäten«, gluckste Betty.
»Bei dem Männermangel, den wir durch diesen unseligen Krieg haben, muss man halt schauen, wo man bleibt. Darum sind die Hässlichen auch immer die ersten, die heiraten«, stellte Helena nüchtern fest.
»Ja, und die Neue, diese Lydia, wie ist die?«, wollte Annerose wissen.
»Eigentlich sehr nett. Sie ist zwar auch keine Schönheit, klein und rothaarig, aber sie hat das Herz am rechten Fleck. Ich mag sie sehr«, berichtete Helena. »Aber auch wenn ich mich wunderbar mit ihr verstehe, kann ich mir die Gestaltung meiner Wochenenden anders vorstellen. Und wenn Siegfried in Zukunft meint, er müsse jetzt auch noch freitags Fußball spielen, dann weiß ich nicht, was ich tue.« Helenas Beziehung zu ihrem künftigen Verlobten schien wohl doch nicht so ganz ungetrübt zu sein, wie es nach außen hin schien.
»Ach, der heutige Freitag ist bestimmt eine Ausnahme, weil morgen ein Feiertag ist«, versuchte Betty Helenas Bedenken herunterzuspielen.
»Hast du denn schon mal mit Siegfried darüber gesprochen?« Annerose ging näher auf die Sorgen ihrer Cousine ein.
»Einmal? – Dutzende Male. Das Thema ist fast an jedem Wochenende auf dem Tapet. Aber er schafft es immer wieder, mich zu besänftigen, dieser alte Schlawiner. Er ist halt auf der anderen Seite auch wieder ein ganz lieber Kerl, dem man nur schwer böse sein kann.« Helena hielt einen Augenblick versonnen inne

und ihre gerade noch ernste Miene nahm plötzlich heitere Züge an. »Vielleicht hast du recht, Betty, und es ist wirklich nur eine Ausnahme. Möglicherweise sehe ich das zu verbissen. Außerdem gibt es einen Hoffnungsstrahl am Horizont.«
Die Cousinen blickten Helena gespannt an. »Gibt es da etwas, das wir wissen sollten?«, fragte Betty mit einem süffisanten Lächeln.
Helena nickte.
»Na, rede schon! Spann uns nicht so auf die Folter«, drängte Annerose.
»Siegfried und ich haben beschlossen, uns an Pfingsten zu verloben«, platzte es aus Helena heraus. »Wir haben mit Mama und Papa geredet und die Planung ist schon in vollem Gange. Wir werden hier ein großes Fest machen, und ihr seid alle dazu eingeladen!«
Die Neuigkeit schlug wie eine Bombe ein.
»Was! Das ist aber eine Überraschung! Herzlichen Glückwunsch!« Die beiden Cousinen sprangen von ihren Stühlen auf und begannen begeistert, um Helena herumzutanzen. Sie sangen dabei: »Helena wird sich verloben, Helena wird sich verloben ...«
»Mensch, ihr verrückten Hühner, beruhigt euch wieder! Setzt euch hin, denn ich habe noch eine Überraschung für euch«, verkündigte Helena.
»Noch eine? Du erwartest ein Kind von ihm!« Betty schaute ihre Cousine erwartungsvoll an.
»Quatsch! Was denkst du denn von mir? Außerdem, liebe Betty, wir heiraten nicht, sondern wir verloben uns nur. Siegfried hat mich vor ein paar Wochen gefragt, ob ich mir vorstellen könnte, mit ihm für immer zusammenzubleiben. Und als ich Ja gesagt habe, meinte er, dann könnten wir uns doch eigentlich verloben.« Helena wurde es ganz warm ums Herz, als sie an diesen Moment dachte.
»Ach, wie romantisch, hoffentlich fragt mich das Kurt auch irgendwann einmal.« Betty seufzte.

»Kurt? Wie kommst du denn dadrauf? Hat er denn gesagt, dass er dich liebt? Seid ihr etwa ein Paar?« Helena schaute ihre Cousine ungläubig an. Es gefiel ihr nicht, wie sehr sich Betty in die Vorstellung verrannte, Kurt könne in irgendeiner Weise eine gemeinsame Zukunft mit ihr planen. Sie hatte zwar schon bemerkt, dass Kurt immer freundlich und zuvorkommend zu Betty war. Aber das war nichts Besonderes, schließlich war sie seine Stiefschwester.

Annerose schien diese Befürchtung zu teilen. »Betty, du solltest dich auf gar keinen Fall in etwas reinsteigern.«

»Ach, was wisst ihr denn schon!« Betty lachte ihre Cousinen tiefgründig an. »Ich weiß, dass er mich auch liebt, sonst wäre er nicht schon ein paarmal im Morgengrauen in mein Bett gek...« Sie stockte und hielt sich die Hand vor den Mund. Sie hatte sich verplappert. Eigentlich hatte sie Kurt versprochen, dass es ihr beider Geheimnis bleiben sollte.

*

Als Kurt Steinmann im Spätherbst 1947 aus der englischen Kriegsgefangenschaft entlassen wurde, ging es ihm so wie vielen jungen Männern dieser verlorenen Generation. Der Krieg war vorbei. Die Waffen ruhten, aber in seiner verwundeten Seele tobte es noch immer. Es würde ein langer Prozess sein, den äußerlichen Frieden zu verinnerlichen und zur Ruhe zu kommen. In seinen Ohren vernahm er noch immer das Pfeifen von Granaten, spürte die aufsteigende Angst und die Beklemmung, die sein Herz umfasste, die Furcht, eine könnte ihn zerfetzen. Das Schleifen und Schlieren der Ketten herannahender Panzer ließ ihn vibrieren und die immer wiederkehrenden Gewehrsalven und Explosionen in Panik aufschreien. Und dann die Kriegsgefangenschaft, die verbunden war mit ständigen Demütigungen, Vorhaltungen und Anfeindungen. Manchmal war es sogar der blanke Hass, der ihm von den Engländern entgegenschlug. Auch wenn sie ihn nicht quälten oder schlugen, eigentlich ging es ihm im Verhältnis zu dem, was man über die russischen Kriegsgefangenen hörte, noch relativ gut, so war es doch eine innere Zerrissenheit, die an ihm nagte. Er hatte diesen Krieg nicht gewollt. Man hatte ihn von der Schulbank weggeholt und in die Uniform gezwängt. Seine Familie war nie für Hitler gewesen und sein Vater Valentin hatte sich geweigert, in die NSDAP einzutreten. Wieso machte man ihn nun für Verbrechen verantwortlich, an denen er keine Schuld hatte? Warum musste er für Dinge büßen, die er nicht verbrochen hatte? Er empfand sich als Opfer und nicht als Täter. Aber all das schien nicht zu zählen. Er war Deutscher und somit automatisch Teil dieses verbrecherischen Systems gewesen und dafür sollte er nun büßen.

All diese Gedanken hatten ihn schon während der Kriegsgefangenschaft geplagt, insbesondere nachts, wenn er im Lager frierend auf der harten Pritsche gelegen war. Oft hatte er sich nach der Zeit zurückgesehnt, als seine viel zu früh verstorbene Mutter ihn in die Arme genommen, getröstet und gewärmt hatte.

Als man ihn dann aus der Kriegsgefangenschaft entließ, war er glücklich. Er durfte wieder nach Hause zu seinem Vater, seiner Stiefmutter und seiner Stiefschwester. Seine Stiefmutter Marie mochte er nicht besonders. Er hatte nie verstanden, warum sein Vater nach dem Tod seiner wunderschönen, liebenswerten Mutter diese Witwe geheiratet hatte. Was ihn jedoch ein wenig versöhnte, war seine Stiefschwester Betty. Sie hatte ihm schon im Krieg immer wieder Briefe ins Feld geschrieben. Ihre Zeilen waren immer so verständnis- und liebevoll, manchmal sogar richtig lustig gewesen. Sie hatte ihm durch schwere Tage geholfen, ihn aufgebaut und ihm immer wieder Mut gemacht, wenn er kurz davor war, sich aufzugeben. Betty war nicht nur ein einfühlsames, sondern auch ein gescheites, schlagfertiges Mädchen. Er hatte sie zweifellos sehr gern, sie war eine wunderbare Stiefschwester. Er hoffte, dass sie das genauso empfand. Mitunter bekam er jedoch für einen kurzen Moment Bedenken darüber, was Betty ihm gegenüber tatsächlich fühlte, denn einige ihrer Briefe waren sehr zärtlich formuliert. Auf keinen Fall wollte er, dass sie sich in ihn verliebte. Denn er würde diese Gefühle nicht erwidern können, wollte sie jedoch keinesfalls verletzen.

Wenn er geglaubt hatte, er könne nach seiner Entlassung in der Heimat wieder ein neues Leben beginnen, so musste er nun feststellen, dass er sich in dem Punkt gewaltig getäuscht hatte.

Er brachte die Gedanken und die Gefühle, die mit den traumatischen Ereignissen der letzten Jahre verbunden waren, einfach nicht aus seinem Kopf. All diese Eindrücke verfolgten ihn am Tag und insbesondere in der Nacht. Immer wieder schreckte er aus dem Schlaf hoch, schweißgebadet, für ein paar Sekunden orientierungslos, nicht wissend, ob er geträumt hatte oder ob all das gerade geschehen war.

Marie und Valentin hatten daher entschieden, die Stiefgeschwister in einem Raum unterzubringen, während sie Annerose auf die Chaiselongue in der Wohnküche umquartierten. Dies schien die beste Lösung zu sein, so würde er nachts nicht allein mit seinen Ängsten sein. Valentin wäre gar nicht auf die Idee gekommen, dass sich zwischen den Geschwistern etwas anbahnen könnte. Er war fest davon überzeugt, dass der gutaussehende Kurt niemals Gefallen an einer Frau finden würde, die durch einen Buckel schwer entstellt war. Valentin mochte Betty sehr, aber als Schwiegertochter würde sie niemals infrage kommen. Welcher normale Mann wollte schon eine Frau haben, die wahrscheinlich nie ihren ehelichen Pflichten würde nachkommen können und somit auch keine Kinder bekommen konnte. All das war undenkbar.

Valentin ahnte zu dieser Zeit nicht, dass Marie ganz andere Ziele als er verfolgte. Zweifellos schreckte Bettys verunstalteter Körper jeden Mann ab. Sie war zwar unterhaltsam und nicht dumm, aber all das würde ihr äußeres Erscheinungsbild auf Dauer nicht ausgleichen können. Wenn sie ihre Tochter unter die Haube bringen wollte, dann musste sie etwas nachhelfen. Kurts schlechte seelische Verfassung kam ihr darum durchaus gelegen. Sie hoffte nun nur noch inständig, dass die beiden sich näherkämen und dies nicht ohne Folgen bleiben würde. Wenn ihr Plan aufginge, wäre der Rest einfach. Sie würde mit Valentin zusammen so viel Druck auf Kurt ausüben, bis der Betty heiraten würde.

*

»Du bist mir ja ein ganz schönes Früchtchen.« Annerose begutachtete Betty von oben bis unten. »Tust immer so harmlos und hast es dabei faustdick hinter den Ohren.«

»Ja, und habt ihr denn auch zusammen …?« Helena schaute Betty erwartungsvoll an.

Die nickte stumm und blickte etwas verschämt zu Boden.

»Aber dann bist du jetzt gar keine Jungfrau mehr!« Annerose betrachtete ihre Cousine von oben bis unten.

»Guck doch nicht so!« Betty fand es scheußlich, so gemustert zu werden. »Das sieht man doch nicht von außen!«

»Und ob man das sicht. Die Mutter meiner Freundin Ursula meinte einmal, dass ein Mädchen, das entjungfert wurde, hinterher einen ganz anderen Gang habe«, klärte Annerose ihre beiden Cousinen auf.

»Also, ich finde, dass Betty so geht wie immer«, stellte Helena sachlich fest und fügte grinsend hinzu: »Wenn man wirklich was sieht, dann vielleicht in ein paar Monaten!«

»Mal bloß nicht den Teufel an die Wand!« Annerose war entsetzt.

»Wieso, den Teufel an die Wand? Ich könnte mir das ganz schön vorstellen, so eine kleine Familie mit Kurt zu gründen. Er ist so liebevoll und zärtlich. Er hat sich richtig in meine Arme gekuschelt und mir gesagt, dass er sich bei mir geborgen fühle. Wir haben uns gestreichelt und geküsst und irgendwann ist es dann halt passiert«, erzählte Betty.

»Tut das denn nicht schrecklich weh?« Helena machte ein schmerzverzerrtes Gesicht. »Man hört doch immer, dass das erste Mal so furchtbar sein soll und eigentlich gar keinen Spaß macht.«

»Ach, das ist halb so wild.« Betty dachte nach. »Das ist so ähnlich, wie wenn du dir in den Finger schneidest. Es blutet halt ein wenig.«

»Nee, das ist nichts für mich! Hans versucht zwar auch immer, mich rumzukriegen, aber bevor er mich nicht geheiratet hat, lass ich ihn da nicht ran. Küssen und Schmusen ja, aber mehr nicht! Es reicht mir, dass ich ein uneheliches Kind bin. Wenn ich mir vorstelle, dass ich meinen leiblichen Vater jetzt gerade mal ein paar wenige Monate kenne! Nee, das möchte ich meinem Kind nicht antun.«

»Ach, hast du dich tatsächlich mit deinem Vater getroffen, mit diesem ... wie heißt er noch mal?«, fragte Helena neugierig.

»Brandstetter. Franz Brandstetter! – Ja, das habe ich. Nachdem Hans mir alles erzählt hatte, war ich zunächst ziemlich durcheinander. Nie habe ich daran gedacht, dass ich jemals meinem Vater begegnen würde. Ich musste das erstmal verdauen und habe tagelang überlegt, was ich tun soll. Ich war wirklich hin und her gerissen, aber irgendwann wusste ich, dass ich ihn näher kennenlernen wollte.«

»Das war tatsächlich der Freund von Herrn Jäckel, den du damals auf der Familienfeier kennengelernt hast?«, forschte Helena nach.

Annerose nickte. »Es war der Mann, der mir bei der Familienfeier bei Hans' Eltern gegenübersaß.«

»Na, wenn der ein Spezi von dem alten Jäckel ist, dann kannst du dir vorstellen, wie der gestrickt ist.« Betty winkte ab. »Dann ist das bestimmt auch so ein alter Nazi.«

»Mach meinen Vater nicht schlecht!« Annerose ärgerte sich über Bettys Äußerung. »Du kennst ihn doch gar nicht.«

»Jetzt hört auf, euch zu streiten!« Helena gefiel es nicht, wie ihre Cousinen miteinander umgingen und zu Annerose gewandt meinte sie: »Erzähl doch einfach mal, wie die Geschichte weiterging.«

»Also ich bin dann in die Neckarstadt gefahren und habe einfach an seiner Haustür geklingelt«, erklärte Annerose.

»Das hätte ich niemals gemacht, so schäbig, wie der Kerl sich damals verhalten hat.« Betty erinnerte sich an die Erzählungen ihrer Mutter Marie.

»Ist Tante Marie damals nicht sogar zu *Bopp & Reuther* gefahren, um ihm mitzuteilen, dass du unterwegs bist? Ich weiß von meiner Mutter, dass er ihr damals eine böse Abfuhr erteilte.« Helena bestätigte Bettys Aussagen.

»Ach, meine Mutter, dieses Unschuldslamm! Klar, dass sie sich gegenüber Tante Marie und Tante Amelie als unschuldiges Opfer hingestellt hat. Mein Vater hat mir die Augen geöffnet. Ein liederliches Frauenzimmer war sie! Er hat mir erzählt, dass sie schon vorher mit anderen Männern rumgemacht hatte und gar keine Jungfrau mehr war. Da musste sie sich wirklich nicht wundern, dass mein Vater mit so einer nichts mehr zu tun haben wollte.« Anneroses Verachtung für ihre Mutter war unüberhörbar. Sie war stärker als je zuvor. Daran würde sich wohl nie mehr was ändern.

»Ja, und jetzt hast du also Kontakt mit ihm und mit seiner Familie? Hat der nicht mit seiner Frau mehrere Kinder?«, forschte Betty nach. »Dann hast du ja jetzt sogar Halbgeschwister!«

»Ja, das habe ich schon. Aber er möchte nicht, dass seine Frau und seine Kinder von mir erfahren. Die sollen nicht wissen, dass es mich gibt. Als ich ihn besucht habe, hat er mir eine Tafel Schokolade geschenkt. Er meinte, wir könnten uns durchaus ein- bis zweimal im Jahr sehen und er würde mir auch gerne zum Geburtstag und zu Weihnachten etwas zukommen lassen«, erzählte Annerose.

»Na, das ist aber nett von ihm«, meinte Betty ironisch. »So ein Schlappschwanz!«

»Ich verbiete dir, so über meinen Vater zu reden!« Annerose würde nichts auf ihren endlich gefundenen Vater kommen lassen. »Er mag ja Fehler gemacht haben. Aber er sagte mir, dass es ihm leidtue. Und dass er mir eine Tafel Schokolade geschenkt hat, fand ich auch sehr nett von ihm.«

»Das ist doch wohl das Mindeste, was er tun konnte, schließlich hat er dich jahrzehntelang verleugnet und keinen Pfennig für dich bezahlt!« Helena ärgerte sich nun doch über Anneroses einseitige Bewertung der Dinge.

»Der wird mir sicher ab und zu was geben. Bestimmt holt er all das nach, was er in den letzten Jahren versäumt hat. Aber wichtiger als alles andere ist für mich, dass er mit dem alten Jäckel reden will, damit Hans mich endlich heiraten darf. Das ist es, was zählt.«

»Na ja, wenn du meinst.« Helena konnte ihre Zweifel nicht ganz verbergen.

»Wartet mal ab, ihr zwei, am Schluss heirate ich noch vor euch beiden«, meldete sich Betty erneut zu Wort.

»Da halte ich dagegen!« Helena streckte Betty die Hand hin. »Ich werde meinen Siegfried zuerst heiraten!«

»Dann ist das wohl doch die große Liebe bei euch«, meinte Annerose lächelnd.

»Abgesehen vom Fußball verstehen wir uns gut. Siegfried ist liebevoll und höflich und vor allem hat er so unendlich viel Humor. Wir lachen unentwegt miteinander. Er weiß zu allem einen Witz und ist auch ungemein schlagfertig und unterhaltsam. Er hat immer etwas zu erzählen und alle haben ihn gern.« Helena geriet ins Schwärmen.

»Es sieht wirklich so aus, als ob du mit ihm das große Los gezogen hast! Ach, ich freue mich so für dich!« Betty war richtig gerührt. »Dann wette ich lieber doch nicht.«

»Hat er eigentlich mittlerweile mit dir über seine Mutter geredet? Weißt du jetzt, woran sie gestorben ist?«, fragte Annerose ihre Cousine.

Helena schüttelte den Kopf. »Nein, das ist ein ganz schwieriges Thema. Da weicht er mir immer aus. Ich weiß nur, dass seine Mutter die Familie verlassen hat und ich glaube, in Polen an einer Lungenentzündung gestorben ist. Mehr hat er nicht gesagt. Ich könnte natürlich seinen Vater oder seinen Bruder fragen, aber das möchte ich nicht tun. Irgendwann wird er es mir schon selbst erzählen.«

»Aber sag mal, Helena, du hast vorher von einer anderen Überraschung gesprochen. Was hast du denn damit gemeint«, fragte Betty neugierig.

»Da werdet ihr jetzt gleich Bauklötze staunen. Denn heute gibt es keinen Muckefuck, sondern richtigen Bohnenkaffee von den Amis! Siegfried hat mir nämlich zur Feier des Tages echten Kaffee geschenkt. Den hat er – das müsst ihr jetzt aber schön für euch behalten – bei seinem Vater abgezweigt. Er meinte, der verdiene sowieso genug an mir, was ja auch stimmt. Denn wenn ich für ihn nähe, verlangt er von den Leuten viel mehr Geld, als er mir am Ende gibt. Der alte Kühn meint tatsächlich, wir würden das nicht merken.«

»Sag mal, wie kommst du eigentlich mit Siegfrieds Vater aus?« Betty kannte Johannes Kühn flüchtig, mochte ihn jedoch nicht besonders. »Ich finde den irgendwie komisch.«

»Ja, der ist schon gewöhnungsbedürftig. Siegfried hat so gar nichts von seinem Vater. Wenn ich es nicht besser wüsste, würde ich denken, dass der alte Kühn gar nicht sein Vater ist. Siegfried scheint wohl eher auf seine Mutter herauszukommen. Jedenfalls hat Johannes Kühn einen seltsam anmutenden Humor. Ich muss euch da was erzählen. Ihr wisst doch, dass er ein kaputtes Knie hat und sein rechtes Bein immer einknickt«, begann Helena zu berichten.

»Einknickt ist aber sehr gelinde ausgedrückt, der humpelt ganz schön. Mich erinnert er immer ans Rumpelstilzchen.« Anneroses Assoziation brachte die beiden anderen Cousinen zum Grinsen.

»Der Vergleich ist gar nicht so übel.« Helena musste schmunzeln. »Aber zurück zu dem, was ich euch erzählen wollte. Stellt euch vor, wenn die Leute Siegfrieds Vater fragen, woher er denn diese schlimme Beinverletzung habe, antwortet er immer, dass seine Verletzung aus dem Ersten Weltkrieg stamme. Und dann schildert er im Detail den Vorgang, wie er als Jagdflieger in der Staffel von Manfred von Richthofen 1918 vom Feind abgeschossen wurde.«

»Das hat er überlebt?« Betty staunte nicht schlecht, dass der alte Schneider ein Kriegsheld war.

»Ja, er hat überlebt«, lachte Helena. »Aber nur, weil er ein Flugzeug, wenn überhaupt, höchstens aus der Entfernung gesehen hat. Dem Roten Baron, wie Richthofen auch genannt wurde, ist er niemals begegnet.«

»Aber er hat doch tatsächlich eine Beinverletzung!«, wandte Annerose ein.

»Stimmt! Nur ist das keine Kriegsverwundung, sondern die Folge eines Unfalls, den er als Kind hatte. Da hackte er sich nämlich aus Versehen mit dem Beil ins Knie.« Helena würde nie vergessen, wie verblüfft sie gewesen war, als Siegfried ihr die Wahrheit erzählt hatte, denn auch sie war zunächst auf die dreiste Lügengeschichte hereingefallen.

»Der Schneider ist anscheinend ein zweiter Baron von Münchhausen. Vielleicht ist er auch wie dieser auf einer Kanonenkugel geflogen und dann runtergefallen?« Betty begann schallend zu lachen bei der Vorstellung.

»Wie auch immer, der alte Kühn ist nicht ohne. Auf jeden Fall ist Wachsamkeit geboten. Mit der Wahrheit nimmt er es nicht so genau und er verschafft sich auch gerne einmal Vorteile auf Kosten anderer. Deshalb hat Siegfried auch keine Skrupel und stibitzt ihm ab und zu mal ein bisschen Mehl, Zucker und Eier und bringt sie dann meiner Mutter und mir zum Kuchenbacken. Jetzt hat er halt anlässlich meines Geburtstags auch mal ein wenig Kaffee bei seinem Vater mitgehen lassen. Siggi meinte, das sei nur ausgleichende Gerechtigkeit.«

»Ganz schön gwieft, dein Siegfried, aber ich finde es schön, dass er so zu dir steht.« Anneroses Stimme klang etwas betrübt, als sie meinte: »Ich würde mir wünschen, dass mein Hans sich auch so für uns bei seinen Eltern einsetzt.«

»Sind die denn dir gegenüber immer noch so ablehnend?« Helena tat es aufrichtig leid, dass die alten Jäckels Annerose und Hans so viele Steine in den Weg legten.

»Ich kann das gar nicht verstehen. Einerseits sagt mir Hans immer wieder, dass er mich liebt, und auf der anderen Seite windet er sich wie ein Aal, wenn ich das Thema Heiraten anspreche.« Annerose war den Tränen nahe.

Helena legte den Arm um die Schulter ihrer Cousine. »Mach dich nicht verrückt, das wird schon werden, besonders jetzt, wo du auch noch die Unterstützung deines Vaters hast. Davon abgesehen, Hans tut doch alles für dich. Er überhäuft dich mit Geschenken, führt dich aus. Er macht mit dir sogar einen Tanzkurs bei Lamade in D4.«

»Lamadé. Die Betonung liegt auf dem e«, korrigierte Annerose ihre Cousine. »Das ist wegen des Akzents auf dem e.«

»Wieso plötzlich wieder Lamadé? Wo kommt denn plötzlich dieser Akzent her, den gab es doch viele Jahre nicht mehr?«, wollte Helena wissen.

»Ich habe gehört, dass Otto und Berta Lamadé über 2.000 Mark bezahlt haben sollen, um den verlorengegangenen Akzent wiederzubekommen«, erklärte Annerose.

»Verlorengegangen?«, lachte Betty. »So kann man das auch ausdrücken. Es war sicher in den letzten 15 Jahren günstiger, keinen französisch anmutenden Namen zu haben.«

»Was weiß ich denn! Ist ja auch egal. Jedenfalls haben die Lamadés, nachdem Otto Lamadé vor zwei Jahren aus der russischen Kriegsgefangenschaft zurückkehrte, ihre Tanzschule gleich wieder eröffnet. Ich finde das ganz wunderbar. Sie legen wirklich schöne Platten auf. Foxtrott, Walzer, Rumba, das alles kann man darauf tanzen«, schwärmte Annerose, »und Hans ist ein guter Tänzer.«

»Ach, so einen Kurs würde ich auch gerne machen«, träumte Helena vor sich hin. »Aber ich möchte gar nicht wissen, was der kostet. Ich weiß nur, dass Siegfried und ich uns den niemals leisten könnten. Du solltest dich also wirklich nicht beklagen,

Annerose. Hans liest dir doch fast jeden Wunsch von den Augen ab.«
»Du hast ja recht. Hans tut wirklich viel für mich. Aber eben nur das eine nicht! Ich weiß ja im Grunde, warum er mir noch keinen Antrag gemacht hat. Er muss auf seine Eltern Rücksicht nehmen, insbesondere auf seinen Vater. Stellt euch vor, der hat ihm sogar verboten, mich nochmals mit zu ihnen nach Hause zu bringen. Ist das nicht gemein?« Annerose schaute ihre Cousinen traurig an.
»Die sollen bloß nicht so den Kragen stellen, diese alten Nazis! Eigentlich müssten die so groß sein mit Hut.« Helena spreizte Daumen und Zeigefinger der rechten Hand, um ihre Rede auch noch plastisch darzustellen. »Soll ich mit meinen Eltern reden? Vielleicht kann sich Papa mal den alten Jäckel vorknöpfen. Du weißt doch, der ist couragiert. Ich erinnere mich noch gut daran, wie der damals die BDM-Führerin, diese Schwenzke, beinahe die Treppe hinuntergeworfen hätte, als die mich zwingen wollte, in den Bund deutscher Mädchen einzutreten. Die hat sich danach nie mehr blicken lassen.«
»Das war sicher nicht ungefährlich, sich so gegen den Willen der Partei zu stellen.« Betty fand, dass ihr Onkel Carlo sich damals zwar mutig, aber nicht unbedingt sehr besonnen verhalten hatte. »Das hätte auch ins Auge gehen können.«
»Vielleicht muss man aber auch manchmal etwas riskieren, wenn man davon überzeugt ist, dass es das Richtige ist.« Helena war immer stolz auf das Verhalten ihres Vaters gewesen, aber sie musste an dieser Stelle auch eine Lanze für Johannes Kühn brechen. »Wisst ihr, obwohl ich zugegebenermaßen einige Vorbehalte gegen Siegfrieds Vater habe, eines muss man ihm lassen, er hat Zivilcourage. Der hat seine jüdischen Geschäftsfreunde an unmöglichen Orten vor den Nazis versteckt: unter seinem Bett, hinter den aufgestapelten Kartons unter seinem Schneidertisch und im Keller unter den Kohlen. In der Speisekammer hatte er sogar hinter dem Regal mit den Lebensmitteln eine doppelte Wand eingezogen. Da konnten zwei Menschen nebeneinander stehen.

Er hat seine Freunde in höchster Not nicht im Stich gelassen und sich gegen die Nazis gestellt. Das rechne ich ihm hoch an. Ich denke auch, dass Siegfried seinen Vater dafür bewundert und ihm darum auch so manch anderes Fehlverhalten nachsieht.«

»Der Schneider kann einem direkt noch sympathisch werden«, seufzte Annerose. »Was ich von dem Vater von Hans leider nicht behaupten kann. Ihr wisst doch, dass vor zehn Tagen Führers Geburtstag war.«

»Klar«, antwortete Betty, »wir durften schließlich zwölf Jahre lang immer am 20. April jubilieren.«

»Jetzt stellt euch vor, da haben die Jäckels doch tatsächlich in ihrem Wohnzimmer ein Foto von Hitler aufgestellt und daneben ein Blumengebinde von den Gianellis platziert.« Annerose war noch immer fassungslos.

»Die haben doch einen Vogel!« Helena konnte die Jäckels nicht ernst nehmen.

»Eigentlich gehören die angezeigt!« Betty nahm wie meist kein Blatt vor den Mund, sie konnte die Eltern von Hans nicht ausstehen.

Für Annerose hatte das Verhalten der Jäckels in das Bild gepasst, das sie von ihnen hatte. Betroffen gemacht hatte sie jedoch die Reaktion von Hans. Der hatte nämlich, als er Annerose davon berichtete, so getan, als sei das Verhalten seiner Eltern das Selbstverständlichste der Welt. Er hatte überhaupt nicht daran gedacht, sich von dem Verhalten seiner Eltern zu distanzieren oder gar daran Kritik zu üben. Stattdessen hatte er gemeint: »Ach, der Adolf, der war doch gar nicht so schlecht. Der hat für Deutschland auch viel Gutes bewirkt. Er hat die Autobahnen gebaut und während der Weltwirtschaftskrise alle Deutschen in Lohn und Brot gebracht. Er hat ganz massiv der Kriminalität entgegengewirkt. Überfälle, Einbrüche, Mord und Totschlag, alles, was heute herrscht, das gab es beim Adolf nicht. Der hat dafür gesorgt, dass die Leute sich sicher fühlen konnten. Mit Verbrechern hat der kurzen Prozess gemacht. Und darüber hinaus hatte er auch ein großes Herz für Kinder und Tiere. Es gibt unzählige Fotos mit ihm und seinem Schäferhund, den er über alles liebte.« Annerose hatte sich für die Einstellung von Hans zutiefst geschämt, auch wenn sie ihm gegenüber geschwiegen hatte. Nicht einmal ihren Cousinen würde sie das erzählen. Sie wollte nicht, dass Betty und Helena, die ihm gegenüber sowieso schon kritisch eingestellt waren, noch schlechter über ihn dachten. Insbesondere Betty hatte schon öfters geäußert, dass sie nicht nur die alten Jäckels, sondern auch Hans für einen verkappten Nazi halte. Sie ärgerte sich nun über sich selbst, dass sie Hitlers Geburtstag überhaupt erwähnt hatte.

Betty setzte schon dazu an, weitere Kommentare abzugeben, als plötzlich die Küchentür aufging und Amelie eintrat. Sie hatte einen riesigen Strauß mit Tulpen und Narzissen im Arm und ging als erstes auf Helena zu. »Alles Gute zum Geburtstag, mein Kind, Glück in der Liebe, viel Erfolg beim Schneidern und bleib mir vor allem gesund!« Sie überreichte Helena den Blumenstrauß. »Die sind für dich. Ich wollte doch an deinem Ehrentag nicht mit leeren Händen vor dir stehen.«

Nun erst begriff Helena, warum ihre Mutter so darauf gedrängt hatte, in den Garten zu gehen. Helena hatte sich insgeheim mehr darüber geärgert, als sie es zugegeben hatte. Wie konnte ihrer Mutter der Rhabarber wichtiger sein als der Geburtstag ihrer Tochter? Nun zeigte sich, dass das nur ein Vorwand gewesen war und sie nur wegen Helena den weiten Weg auf sich genommen hatte. Sie hatte nicht mit leeren Händen dastehen und darum unbedingt für Helena Geburtstagsblumen aus dem Garten holen wollen.

»Die sind wunderschön, Mama.« Helena umarmte Amelie. »Mein Gott, du bist ganz durchgefroren. Setz dich zu uns! Annerose hat einen Marmorkuchen gebacken.«

»Musst du denn heute nicht arbeiten?« Amelie wunderte sich, dass Annerose nicht in der Druckerei war.

»Ich habe mir einen halben Tag frei genommen. Das war kein Problem, denn morgen ist Feiertag und am Sonntag erscheint der *Mannheimer Morgen* sowieso nicht«, erklärte Annerose ihrer Tante.

»Gehst du denn nicht mit Hans zum Tanz in den Mai? Ich meine, ich hätte an irgendeiner Litfaßsäule gelesen, dass der Lamadé heute Abend in D7 einen Tanzabend veranstaltet.« Amelie war als junges Mädchen in Fürstenwalde fast immer mit ihren Schwestern zum Tanz in den Mai gegangen. Sie hatten sich das nie entgehen lassen.

»Ich wäre gerne dorthin, aber Hans' Vater hat wieder einmal zu seinem Herrenabend geladen und da versteht es sich von selbst, dass Hans mit dabei sein muss.« Annerose hatte keinen Zweifel daran, dass der alte Jäckel absichtlich diesen Termin gewählt hatte. Er versuchte auf vielerlei Weise einen Keil zwischen seinen Sohn und das Mädchen aus dem Jungbusch zu treiben, wie er Annerose stets bezeichnete. Es kam ihm überhaupt nicht in den Sinn, sie beim Namen zu nennen.

»Helena ist heute leider auch Strohwitwe, denn Siegfried ist mal wieder beim Fußball. Da habt ihr euch zwei Burschen angelacht.« Amelie nahm einen Schluck Kaffee und verzog genüsslich das Gesicht. »Hm, es geht halt nichts über einen richtigen Bohnenkaffee. Dafür verzeihe ich dem Siegfried sogar seine Fußballbesessenheit.«

Leider sah Helena das nicht so wie ihre Mutter. Der Fußball würde die Liebe zwischen Helena und Siegfried noch auf eine harte Probe stellen.

Gästeliste (1948)

Die Vorbereitungen für die Verlobung liefen auf Hochtouren. Wie üblich bei Familienfesten waren fast alle Hausbewohner daran beteiligt. Es war nämlich von jeher üblich, dass man bei runden Geburtstagen, Hochzeiten, Taufen, Konfirmationen, Kommunionen und Jubiläen jeglicher Art einander half. Niemand konnte es sich leisten, seine Gäste in eine Wirtschaft einzuladen. Das wäre viel zu teuer gewesen. Denn die wenigen wirklich guten Gaststätten, die es gab, mussten ihre Zutaten auch meist über Umwege und zu astronomischen Preisen besorgen, denn in den normalen Läden gab es noch immer so gut wie nichts zu kaufen.

Also räumte man sein Schlafzimmer aus, stellte die abgeschlagenen Betten und sonstigen Möbel bei den Nachbarn unter und lieh sich stattdessen bei diesen Tische, Stühle und Geschirr. So wurde aus dem Schlafzimmer ein festlich geschmückter Raum.

In gewisser Weise war der Jungbusch schon immer wie eine Insel mit dörflichem Charakter zwischen den Quadraten und dem Handelshafen gewesen, in dem Nachbarschaftshilfe stets groß geschrieben wurde. Vielleicht war dies auch der Grund, warum viele sich nicht vorstellen konnten, von dort wegzuziehen. Wo sonst würde man schon so viel Geborgenheit finden?

Frau Fischer und Frau Hartmann hatten sich sofort bereit erklärt, am Tag der Verlobung als hilfreiche Geister in der Küche zu wirken. Die beiden Nachbarinnen waren die ideale Besetzung für diese Tätigkeit, beherrschten sie doch die Kunst, aus nur wenigen Zutaten ein schmackhaftes Essen zuzubereiten. Da die Legrands die Schwarzmarktpreise nicht zahlen konnten, würden in erster Linie die Erträge aus ihrem Schrebergarten herhalten müssen. Die Frauen konnten daraus würzige Gemüsesuppen und leckere Salate zaubern. Siegfried hatte darüber hinaus versprochen, dass er aus der Vorratskammer seines Vaters ein paar Leckereien beisteuern würde, die er dort gehortet hatte: Dosenwürstchen, Corned Beef, Ölsardinen, insbesondere die Zutaten für den Verlobungskuchen und natürlich Kaffee – alles Tauschwaren aus amerikanischen Beständen. Ganz besonders stolz war Siegfried darüber, dass es wenigstens ihm gelungen war, auf dem Schwarzmarkt ein halbes Pfund richtige Butter zu ergattern, allerdings hatte er dafür auch 160 Reichsmark hinblättern müssen. Die Schwarzmarktgeschäfte blühten jetzt, drei Jahre nach Kriegsende, noch immer, auch wenn die Preise astronomisch hoch waren. Aber jeder, der genügend Geld oder interessante Tauschgegenstände hatte, bediente sich des Schwarzmarkts, denn in den Schaufenstern und Auslagen der Geschäfte herrschte nach wie vor gähnende Leere.

Die Nachbarinnen hatten sich unheimlich gefreut, als sie von der Verlobung erfuhren. Sie gönnten es Helena von Herzen, dass sie endlich einen netten jungen Mann gefunden hatte. Natürlich war es ihnen nicht entgangen, dass die kleine Legrand, die noch bis vor Kurzem Tag und Nacht an ihrer Nähmaschine gesessen war, bisher wenig Glück in der Liebe gehabt hatte. Insbesondere den Tod von Ewald hatten fast alle mitbekommen.

Zwischen den Menschen im Jungbusch herrschte eine enge Verbundenheit. Man hatte stets am Schicksal derer, mit denen man seit Jahrzehnten unter demselben Dach wohnte, Anteil genommen. Durch das, was man im Krieg gemeinsam durchgemacht hatte, war man eng zusammengewachsen. Die Stunden im Luftschutzkeller und später im Neckarvorlandbunker hatten sich tief in das Gedächtnis und die Herzen aller eingegraben. Sie würden niemals den kleinen geistig behinderten Hubert Fischer vergessen, den man seiner Mutter einfach weggenommen hatte. Er war niemals zu ihr zurückgekehrt, genauso wie ihr in Nordafrika verschollener Mann.

Frau Hartmann hatte es genauso schlimm getroffen, denn ihr Mann hatte den U-Boot-Einsatz in einem norwegischen Fjord nicht überlebt, genauso wenig wie ihr Sohn Horst, der kurz vor Kriegsende als Flakhelfer eingesetzt worden war. Unerfahren wie er war, hatten ihn gleich die ersten abgeworfenen Bomben zerfetzt. Frau Fischer und Frau Hartmann hatten alles, was ihnen in ihrem Leben etwas bedeutet hatte, verloren und trotzdem hatten sie es geschafft, sich ihren Lebensmut zu bewahren.

Gemeinsam hatten die Hausbewohner über Jahre hinweg gebangt, gelitten, getrauert und geweint. Doch dieser unsägliche Krieg war nun Gott sei Dank schon seit drei Jahren vorüber. Endlich war die Zeit reif, nach vorne zu blicken. Man wollte wieder gemeinsam feiern, lachen und vor allem darauf hoffen, dass solche Zeiten nie mehr wiederkehren würden. Ihr Nachholbedarf war riesig. Nachholbedarf an allem, was Herz und Sinne erfreuen würde.

Die Gästeliste hatten Helena und Siegfried bereits Anfang April zusammen mit Amelie und Carlo angefertigt und auch gleich ein paar Einladungskarten verschickt. Da Siegfrieds Familie sehr klein war, würden nur sein Vater, das neue Hausmädchen Lydia und ihre Vorgängerin Hilde aus Saarbrücken kommen sowie sein Bruder Konrad mit seiner Freundin Inge. Da die beiden erst seit Kurzem miteinander gingen, kannten Helena und Siegfried das Mädchen noch nicht und waren gespannt, wen Siegfrieds Bruder da mitbringen würde. Mangels Familie hatte Siegfried jedoch seine Freunde eingeladen. Richard und Mohrle hatten sofort zugesagt, obwohl Mohrles Gesundheitszustand in den letzten Monaten immer wieder Anlass zur Sorge gab. Richards Mutter würde natürlich auch mitkommen. Rosa Bender wusste, wie viel ihre Anwesenheit für Siegfried bedeutete, war sie doch nach dem Tode ihrer Freundin Maria für ihn zu einer Art Ersatzmutter geworden. Auch Carl hatte die Einladung angenommen. Als die Sprache auf Rainer kam, war das Paar sich jedoch einig gewesen, dass sie den Kontakt zu ihm nicht aufrechterhalten wollten. »Irgendwie ist das ein komischer Vogel, der war schon damals im Kino so unangenehm«, hatte Helena gemeint und Siegfried hatte ihr nicht widersprochen.

Seinen Freund Edgar mit seiner Frau Herta wollte Siegfried unbedingt einladen. Darum war er umso enttäuschter, als dieser ihm absagte. Edgar hatte mittlerweile die Firma des zwei Monate zuvor verstorbenen Heinrich Mueller ganz übernommen und schien recht gute Geschäfte insbesondere mit den Amerikanern zu machen.« »Edgar hat sich sehr verändert«, stellte Siegfried traurig fest. »Ich glaube, wir sind ihm nicht mehr gut genug.«

Die Einladungsliste von Helena nahm wesentlich mehr Zeit in Anspruch. Katharina und Agathe standen darauf ganz oben. Bei ihnen hatten Helena und Amelie die letzten Kriegswochen verbracht. Sie waren damals in größter Not ungemein herzlich von den Schwestern in Rimbach aufgenommen worden. Das würden sie ihnen nie vergessen. Helenas Freundin Irene musste auch unbedingt kommen, immerhin hatten sich die beiden durch sie kennengelernt. Norma sagte Gott sei Dank ab, worüber insbesondere Amelie nicht traurig war.

Dann ging es ans Eingemachte. Wen von der Familie sollte man einladen und auf wessen Anwesenheit würde man besser verzichten? Hier wurden Amelie, Carlo und Helena auf eine harte Probe gestellt, denn die zwischenfamiliären Beziehungen der einzelnen Familienmitglieder waren alles andere als unproblematisch. Bei den Legrands hatte es in den letzten Jahrzehnten unzählige Konflikte gegeben. Die Frage war darum nicht nur, wen man einlud, sondern auch, wen man an der Tafel nebeneinandersetzen würde beziehungsweise, wen man besser ganz weit voneinander weg platzierte, möglichst sogar ohne Sichtkontakt.

Die Animositäten untereinander waren bei einigen offensichtlich, bei anderen eher unterschwellig zu erkennen. Tante Pauline hatte zunächst abgewinkt, sie wollte mit ihren Söhnen Paul und Guntram nicht kommen. »Was solle mia do debai? De Guschdav is noch imma in de russische Kriegsgfongeschaft. Wer wees, ob der iwwerhaubt noch ämol häämkummd. Un in de Jungbusch will isch sowieso net. Ned in de Jungbusch un a ned in die Filsbach. Schließlich wohne mer jetzd in de T-Quadrade, in äm onstännische Verdel.«

»Ja, des mergt ma an doine vornähme Ausdrucksweise, liebe Schwägerin«, hatte Carlo sie ironisch imitiert. Er hatte Pauline noch nie besonders gemocht und hätte auf ihre Anwesenheit bei der Verlobungsfeier auch gerne verzichtet.

Aber dann war etwas geschehen, mit dem schon niemand mehr gerechnet hatte, denn Mitte April war Pauline, als sie ihren Briefkasten öffnete, ein Brief vom Roten Kreuz entgegengeflattert. Darin teilte man ihr mit, dass Gustav aus der russischen Kriegsgefangenschaft entlassen worden sei und in den nächsten Tagen nach Hause komme. Sekundenlang war Pauline wie erstarrt im Hausflur gestanden, bewegungslos und unfähig, auch nur irgendeine Regung zu zeigen.

»Mutti, was ist denn?« Der kleine Guntram hatte heftig an ihrer Schürze gezogen und sie so wieder in die Realität zurückgeholt.

Mit Tränen in den Augen hatte sie ihren Jüngsten angeschaut und entgeistert gestammelt: »Bu, doin Vadda lebd! Ball sin mer widda ä Familje.« Guntram hatte sie verstört betrachtet. Eigentlich hätte er sich freuen müssen, aber er empfand nichts dergleichen. Im Gegenteil, die Vorstellung, dass ein wildfremder Mann, den er nie zuvor gesehen hatte, plötzlich aus dem Nichts auftauchen und mit ihnen zusammenleben würde, ängstigte ihn. Sein zehn Jahre älterer Bruder Paul nahm die Nachricht recht emotionslos auf. Paul hatte als kleiner Junge seinen Vater zwar noch kennengelernt, aber über die Jahre hinweg war die Erinnerung an ihn verblasst. Außerdem würde er bald volljährig werden und dann sowieso das Haus verlassen.

Pauline hatte Gustavs Heimkehr zunächst vor der Familie erfolgreich verschwiegen. »Dei Sibbschafd erfahrt des noch frieh genuuch!« Als man Carlo zwei Wochen später schließlich mitteilte, dass sein Bruder aus der russischen Kriegsgefangenschaft zurückgekehrt war, brach er in ein Freudengeschrei aus. Denn auch wenn er sich vor dem Krieg oft mit Gustav gestritten hatte, weil ihm dessen kommunistische Aktivitäten zu radikal erschienen waren, freute er sich nun ungemein, dass wenigstens einer seiner Brüder wieder zurück nach Hause gekommen war. Carlo hatte immer befürchtet, dass Gustavs politische Aktivitäten ihm irgendwann zum Verhängnis werden könnten. Er hatte stets die Meinung vertreten, dass Gustav viel zu viel für seine Partei riskiere und sich zu wenig um das Wohl seiner Frau und seiner Kinder kümmere. Spätestens als Gustav heimlich Flugblätter gegen Hitler und die NSDAP in seinem Keller gedruckt hatte, war Carlo zu ihm gegangen und hatte seinen jüngeren Bruder zur Brust genommen. »Hör damit auf, Gustav! Du bringst dich um Kopf und Kragen!« Doch der hatte, störrisch wie er es stets gewesen war, seinem großen Bruder erklärt, dass er ihm gefälligst keine Vorschriften machen und sich doch bitte um seinen eigenen Kram kümmern möge. Gustav hätte damals besser auf Carlo gehört, denn seine politischen Aktivitäten im Widerstand flogen kurz danach auf und so war er für ein Jahr in Schutzhaft genommen worden, die er im Mannheimer Schloss absitzen musste. Als dann 1939 der Krieg ausbrach, war er unter den Ersten gewesen, die eingezogen und in Richtung Osten geschickt worden waren. Danach ward er nicht mehr gesehen.

Die Vorstellung, seinen Bruder Gustav bald wieder in die Arme schließen zu dürfen, ließ Carlo alle Querelen der Vergangenheit vergessen. Sie waren älter und reifer geworden. Sie würden sich zusammenraufen und fortan zueinander stehen. Wenn schon sein Lieblingsbruder Erich nicht mehr zurückkommen würde, so wollte er sich doch wenigstens um ein gutes Verhältnis zu Gustav bemühen. So hatte er seinen Bruder auch gleich besuchen wollen, aber Pauline hatte heftig abgewehrt. »De Guschdav muss jetzd erscht ämol zur Ruh kumme.« Das war wieder einmal typisch für Pauline gewesen. Carlo hatte sich zwar geärgert, aber sich trotzdem bei seiner Familie dafür stark gemacht, dass sie seinen Bruder samt Frau und Kindern zu der Verlobung einladen würden.

Tante Rosemarie stand ebenso auf Helenas Einladungsliste. Auch wenn sich die Beziehung ihres Vaters zu seiner jüngsten Schwester seit dem Vorfall damals in der Jungbuschstraße nie mehr erholt hatte, so liebte Helena ihre Tante Rosemarie doch heiß und innig. Ihre Gefühle stießen durchaus auf Gegenliebe, was vielleicht auch daran lag, dass Helena ihrer Tante ähnlicher sah als deren eigene Tochter Iris. Aber Tante Rosemarie würde nicht kommen können. Sie war auch nach dem Krieg noch mit ihrer Tochter und den alten Legrands bei Tante Adele in Mosbach geblieben. Sie war sich mit ihren Geschwistern und Tante Adele darüber einig gewesen, dass Luise und Bernhard Legrand dort im Augenblick viel besser als in Mannheim aufgehoben waren und sie die beiden alten Leute zusammen mit der doch noch einigermaßen rüstigen Tante Adele am besten in Mosbach betreuen konnte. Die beiden konnten sich allein nicht mehr versorgen, wobei insbesondere der Zustand der mittlerweile bettlägerigen und total verkalkten Luise Legrand ein immer größer werdendes Problem darstellte. Aber wohin hätte man sie bringen können? Marie und Carlo wohnten sehr beengt. Pauline hätte zwar in ihrer neuen Wohnung in den T-Quadraten Platz gehabt, hatte jedoch sofort abgewinkt und zu Auguste und Alfred hatten alle den Kontakt abgebrochen. Nur Pauline schien sich ab und zu mit ihnen zu treffen. »Gleich und gleich gesellt sich gern«, hatte Carlo dazu nur lakonisch gemeint.

Aber abgesehen von dem Zustand ihrer Eltern wäre es Rosemarie sowieso nicht möglich gewesen, nach Mannheim zurückzuziehen. Schließlich war sie ausgebombt. Das Haus, in dem sie auf dem Lindenhof gewohnt hatte, lag in Schutt und Asche. Hinzu kam, dass sie dort ganz auf sich allein gestellt gewesen wäre, denn ihr Mann Albert war noch immer als französischer Kriegsgefangener in einer der nordafrikanischen Kolonien interniert. Es hatte zwar Verlautbarungen der amerikanischen, englischen und französischen Alliierten dahingehend gegeben, dass sie beabsichtigten, bis 1948 alle Soldaten aus der Kriegsgefangenschaft zu entlassen, Rosemarie hatte jedoch seit Monaten nichts mehr von ihrem Mann gehört. So fieberte sie dem Augenblick entgegen, an dem Albert zu ihr zurückkehren würde. Denn obwohl die Ehe mit ihm alles andere als glücklich gewesen war, liebte sie ihn doch noch immer über alles.

Carlo war im Grunde seines Herzens froh, dass seine jüngste Schwester mit ihrer Tochter und den Eltern in Mosbach blieb. Er konnte einfach den Vorfall von damals nicht vergessen, als er mit Albert aneinandergeraten war, weil dieser sich einmal wieder in einem cholerischen Anfall an Rosemarie vergriffen hatte. Seine kleine Schwester hatte ihn damals zu Hilfe gerufen, sich dann aber am Ende auf die Seite ihres Mannes geschlagen und Carlo Vorwürfe gemacht. Dieses Verhalten hatte ihn zutiefst verletzt und ihn in seiner Ehre gekränkt. Am schlimmsten war für Carlo gewesen, dass seine Schwester Rosemarie niemals eingesehen hatte, dass sie sich ihm gegenüber mehr als ungerecht verhalten hatte.

Dass Helena ihre Cousine Betty sowie Onkel Valentin und Tante Marie einladen würde, war selbstverständlich. Annerose musste natürlich auch kommen, allerdings waren sich Siegfried und Helena nicht sicher, ob sie auch deren Verlobten Hans dabei haben wollten. Siegfried hatte Familie Jäckel schon vor Helena gekannt und stand mit allen, die nur im Entferntesten nach verkappten Nazis rochen, auf Kriegsfuß. Das war nur zu verständlich bei seiner Familiengeschichte. Siegfried war sich nicht sicher, was er von Hans halten sollte und ob dieser tatsächlich so anders war als seine Eltern.

»Adolf müssen wir auch noch einladen.« Helena schrieb ihn auf die Liste.

»Adolf?! Wer ist Adolf?« Siegfried hatte den Namen des Familienmitglieds, das augenscheinlich nach dem Führer benannt war, noch nie zuvor gehört.

»Adolf ist der Sohn von meiner lieben Tante Marlene und von meinem Onkel Alfred«, erklärte ihm Helena.

»Aha. Der Alfred ist doch dieses Schwein, das deine Tante so furchtbar behandelt hat, oder?«, stellte Siegfried fest.

Helena nickte. »Der war auch ein überzeugter Anhänger von Hitler.«

»Dass du mir jetzt aber nicht auf die Idee kommst, dieses Nazi-Schwein einzuladen. Dann kannst du mich gleich von der Liste streichen«, mischte sich Amelie ein.

»Und mich auch.« Carlo erklärte sich sofort solidarisch.

»Ich würde diesen Widerling niemals im Leben einladen!« Helena blickte ihre Eltern unverständlich an. »Wie könnt ihr an so was überhaupt denken!«

»Du weißt ja, an Annerose hätte er sich beinahe einmal vergriffen, dieser ekelhafte Kerl!« Amelies Abneigung ihrem Schwager gegenüber war grenzenlos.

»Tante Auguste und mein Cousin Edgar werden somit auch nicht kommen.« Helena strich die beiden Namen von der Liste.

»Bloß nicht! Diese alte Schabracke kommt mir nicht ins Haus! Und den Jungen kennen wir sowieso kaum. Auguste hat meinen Bruder Erich auf dem Gewissen. Wegen diesem Weib ist der nach dem Krieg nicht mehr heimgekommen.«

»Wir sollten nicht weiter darüber reden, Carlo!« Amelie schaute ihren Mann eindringlich an und dieser verstand sofort, was sie ihm damit sagen wollte. Schließlich hatte Erich ihn damals in seinem Brief darum gebeten, niemandem zu sagen, dass er noch am Leben sei und in Russland eine neue Familie gegründet habe. Carlo hatte zwar Amelie und Helena eingeweiht, aber darüber hinaus sollte niemand etwas davon erfahren. Alle sollten glauben, dass Erich in Russland gefallen sei. Wäre es jemals Auguste und Alfred zu Ohren gekommen, dass er noch am Leben war, hätte dies verheerende Konsequenzen haben können.

»Mein Gott, hast du eine Familie, Papa! Dieser ganze Zwist zwischen den Geschwistern und deren Ehepartnern ist nur schrecklich! Dass die Legrands sich nicht vertragen können!« Helena war froh, dass in ihrer Generation dieser Bann endlich gebrochen war, denn sie verstand sich gut mit ihren Cousins und Cousinen.

»Na, jetzt mach mal langsam.« Carlo wollte das nicht so stehen lassen. »Wenn ich mir die Schwestern deiner Mutter ansehe, dann muss ich sagen, die stehen den Legrands wirklich in nichts nach.«

»Lass bitte meine Familie aus dem Spiel«, mischte sich nun Amelie ein. »Mit denen hast du doch gar nichts zu tun! Von meinen Brüdern lebt gar keiner mehr und fast alle meine Schwestern sind drüben in Berlin im Ostsektor und ehrlich gesagt, da können sie auch gerne bleiben. Mir reicht es voll und ganz, wenn wir uns ab und zu mal schreiben.«

»Wie recht du doch hast, meine gescheite Frau«, erwiderte Carlo lachend. »Allerdings muss man bei deinen Schwestern auch immer damit rechnen, dass sie irgendwann mal unerwartet vor der Tür stehen, so wie sie es in der Vergangenheit mehrmals gemacht haben.«

»Oh Gott, bloß nicht!« Helena grauste es noch immer, wenn sie sich daran erinnerte, wie in den letzten Kriegsjahren Tante Ida, Tante Klara und Tante Dora mit ihrem widerlichen Mann Volker bei ihnen gewohnt hatten. »Erinnerst du dich noch, Mama, dass wir ein Kreuz geschlagen haben, als die ganze Mischpoke endlich wieder abgereist war?!«

»Und ob ich mich daran erinnere! Eigentlich wollte ich danach überhaupt keinen Kontakt mehr zu meinen Schwestern haben, aber nach und nach haben sie mir halt wieder geschrieben und da habe ich es nicht übers Herz gebracht, sie ganz abzuweisen. Es sind doch schließlich meine Schwestern!«

»Na ja, und den Thanner haben Tante Klara und Tante Dora Gott sei Dank letztendlich zum Teufel gejagt«, meinte Helena.

»Wegen dem habe ich mich mit Dora noch ganz schön in die Haare gekriegt«, ergänzte Amelie. »Aber irgendwann hat sie dann selbst gemerkt, was das für ein Schwein ist, und sich von ihm getrennt.«

»Am besten ist es, wenn die bucklige Verwandtschaft weit weg ist. Dann hat man zu ihnen das beste Verhältnis«, stellte Carlo nüchtern fest. »Wobei ich meine Schwester Frieda und ihren Mann Adam schon ein wenig vermisse. Die habe ich schon über zwanzig Jahre nicht mehr gesehen. Mit Frieda habe ich mich immer wunderbar verstanden. Frieda und Adam sind grundanständige Menschen und die würde ich auch gerne mal wiedersehen. Aber die wohnen mittlerweile in Eberswalde, das ist so weit im Osten, fast schon an der polnischen Grenze.«

»Schade, dass wir Tante Frieda und Onkel Adam nicht einladen können, die würde ich zu gerne kennenlernen. Und weißt du, Mama, wer mir auch fehlt?« Helena blickte versonnen drein.
»Ich glaube, ich kann es mir denken«, antwortete Amelie. »Deine Cousine Irma. Ihr habt euch immer gut verstanden.« Helena seufzte. »Wenn ich bloß wüsste, wie es ihr da drüben in Amerika geht. Ich kann gar nicht verstehen, dass sie sich nicht meldet.«
»Na ja, zu ihrer Mutter hat sie damals sowieso den Kontakt abgebrochen. Du weißt doch noch, wie deine Tante Pauline immer wieder versucht hat, Irma mit einem Ami zu verkuppeln. Die hatte doch vor nichts Skrupel. Hauptsache, die Kohle stimmte.« Carlo erinnerte sich noch sehr gut an verschiedene peinliche Situationen.

»Mal abgesehen davon, Helena, das ist auch gar nicht so einfach, aus Amerika zu schreiben. So ein Brief dauert Wochen, wenn nicht Monate, bis der von Amerika nach Deutschland kommt. Aber mach dir keine Sorgen um Irma. Die ist genauso zäh wie dein Onkel Gustav, schließlich ist sie seine Tochter«, beruhigte Amelie ihre Tochter.

»So, dann haben wir jetzt wohl alle?«, fragte Siegfried, der die ganze Zeit immer wieder ungeduldig auf seine Armbanduhr geschaut hatte. »Ich muss nämlich jetzt aufbrechen, weil ich heute Abend Fußball spiele. Der Trainer hat mich aufgestellt, weil der andere Linksaußen eine gezerrte Sehne hat. Da konnte ich schlecht Nein sagen, denn es ist ein ganz wichtiges Spiel gegen den SV Sandhausen.«

»Nein, Siegfried! Das kannst du mir nicht antun. Du kannst mich doch jetzt nicht mitten in der Planung unserer Verlobung alleinlassen! Wir müssen noch so viel organisieren!« Helena hatte überhaupt kein Verständnis dafür, dass ihr zukünftiger Verlobter jetzt einfach so gehen wollte.

»Nicht aufregen, mein Täubchen. Ihr macht das alles ganz wunderbar ohne mich. Und wenn euch noch jemand einfällt, den ihr einladen wollt, dann tut euch keinen Zwang an. Für mich ist das alles in Ordnung.« Siegfried winkte Amelie und Carlo zu und gab Helena einen Kuss auf die Stirn. »Bis morgen, mein Liebling!« Ehe Helena ein weiteres Veto einlegen konnte, war er verschwunden.

Verlobungsfeier (1948)

Während Amelie die weißen Goldrand-Kaffeetassen und Kuchenteller von Seltmann Weiden auf der feinen Damast-Tischdecke verteilte, drapierte Helena die bestickten Servietten dekorativ daneben. Das gute Geschirr wurde immer nur zu besonderen Anlässen aus der Vitrine geholt. »Da habt ihr euch wirklich einen schönen Tag ausgesucht, mein Kind. Ich denke, das ist ein gutes Omen für eure gemeinsame Zukunft.« Amelie lächelte ihre Tochter an.

»Nur ein bisschen wärmer könnte es sein. Als ich mir das Kleid genäht habe, dachte ich, dass es jetzt an Pfingsten schon ein bisschen sommerlicher sein würde«, beklagte sich Helena. »Sonst hätte ich mir auf jeden Fall Ärmel dran genäht und es oben mehr geschlossen.«

»Da steckt man eben nicht drin, Helena, aber du siehst wirklich bezaubernd aus. Dieses Kleid ist etwas ganz Besonderes. Das eng anliegende Oberteil sitzt perfekt und der weiße Kragen am Ausschnitt, der putzt ungemein. Das Kleid ist richtig vornehm, du erinnerst mich an eines dieser Filmsternchen. Und der weite Rock erst! Der ist todschick! Genauso trägt man die Kleider jetzt in Paris. Oben eng und unten schön weit. Ach, Helena, ich kann es dir nur immer wieder sagen, du bist einfach eine begnadete Schneiderin!« Amelie bewunderte ihre Tochter.

»Der Stoff war allerdings sündhaft teuer. Bei der Weite habe ich fast drei Meter verarbeitet. Allein für das Material des Rockes musste ich für Siegfrieds Vater zwei Kostüme für die Frauen von amerikanischen Generälen nähen.«

»Der alte Kühn beutet dich ganz schön aus.« Carlo, der mit einem Geschirrhandtuch bewaffnet, auf einem Stuhl saß und Gläser polierte, mochte Siegfrieds Vater nicht besonders.

»Ja, ich weiß, Papa. Der alte Kühn verdient an mir eine ganze Menge. Aber auf der anderen Seite habe ich durch ihn immer gute Aufträge. Und früher habe ich schließlich noch weniger für meine Näharbeiten bekommen. Ich war einfach immer viel zu billig«, erklärte Helena ihrem Vater.

»Trotzdem könnte er dir gegenüber etwas großzügiger sein, schließlich bist du seine zukünftige Schwiegertochter«, warf nun Amelie ein.

»Das ist dem doch egal. Der ist doch ein Halsabschneider. Allein schon, wie er den Siegfried behandelt. Lässt den Jungen für sich arbeiten und hat ihn nicht mal angemeldet. Das ist doch unmöglich! Der klebt nicht einmal für ihn. Wenn Siegfried so weitermacht, wird er, wenn er mal alt ist, kaum Rente bekommen. Eines kann ich dir sagen, Helena, wenn ihr irgendwann heiratet, dann hört mir das auf! Dann bestehe ich darauf, dass Siegfried sich woanders eine anständige Arbeit sucht. Sonst wird er mich vergeblich um deine Hand bitten.« Carlo hielt mit seiner Meinung nicht hinterm Berg.

»Ja, Carlo, aber beruhige dich bitte. Jetzt verloben sich die zwei erst mal und alles andere wird sich dann schon ergeben.« Amelie ging zu Carlo hinüber und strich ihm übers Haar. »Heute wollen wir nur feiern.«

»Du hast ja recht!« Carlo ließ sich von seiner Frau besänftigen. Er umfasste ihre Hüfte mit seinem Arm. »Du siehst übrigens auch hübsch aus. Das schwarz-weiß gepunktete Kleid steht dir sehr gut.«

»Na ja, ich muss doch zu dir passen, nachdem du deinen dunklen Anzug nach so vielen Jahren wieder mal herausgeholt hast. Der ist noch immer elegant, aber vor allem ist es ein Wunder, dass er dir nach über fünfzehn Jahren noch immer passt wie angegossen.«

»Ist das wirklich ein Wunder?! Es gab ja seit 1939 nichts mehr Gescheites zu beißen. Da war es wirklich keine Kunst, die schlanke Linie zu wahren«, erwiderte Carlo ironisch.

»Da kann ich dir weiß Gott nicht widersprechen. Aber heute werden wir uns so richtig den Bauch vollschlagen.« Amelies Augen leuchteten, als sie an die schönen Kuchen und Leckereien dachte, die Frau Hartmann und Frau Fischer zubereitet hatten.

Die drei wurden aus ihren Gedanken und Gesprächen gerissen, als draußen die schrille Klingel ertönte. »Das ist bestimmt Siegfried!« Helena eilte zur Tür. Sie öffnete freudestrahlend die Tür, blickte jedoch anstatt in das Gesicht ihres Verlobten in das von Pauline.

»En herzlische Gliggwunsch zu doiner Verlobung un alles Guude!« Sie drückte Helena fünf rote Nelken mit Asparagus in die Hand, während sie sich mit drei Jungs im Schlepptau an Helena vorbei in die Wohnung schob und zielgerichtet mit ihnen auf den für das Fest vorbereiteten Raum zusteuerte.

Als Carlo die Stimme seiner Schwägerin hörte, war er von seinem Stuhl aufgestanden und langsam zur Tür gegangen. Er hatte an Pauline und den Jungs vorbeigeschaut, die sich an ihm vorbeidrängten, und war bedächtig den langen Flur entlang geschritten. Es kam ihm alles so unwirklich vor. In den letzten Jahren hatte er die Hoffnung aufgegeben, noch jemals einen seiner Brüder wiederzusehen.

Carlos Augen füllten sich mit Tränen, als er in das bleiche Gesicht des kleinen ausgezehrten Mannes schaute, der regungslos im Türrahmen stehen geblieben war. Sein Blick war leer. Wortlos ging Carlo auf Gustav zu. Wie versteinert standen sie sekundenlang einander gegenüber, fassungslos, gelähmt, erstarrt. Helena hatte ihre Cousins Paul und Guntram und dessen Freund Edde wortlos ins Zimmer gezogen und Amelie hatte schnell die Tür zum Flur geschlossen. Mutter und Tochter hatten in diesem Moment dasselbe empfunden und erfasst, dass dieser einzigartige Augenblick im Leben der beiden Brüder nur ihnen allein gehören durfte. Es waren Sekunden von fast heiliger Stille, in denen jedes Wort nur gestört hätte, denn es war jetzt einzig und allein bedeutsam, einander wieder zu spüren. Als Amelie fünf Minuten später zur Tür hinausschaute, sah sie den kleinen Gustav und den großen Carlo eng umschlungen beieinander stehen und vernahm ihr leises Weinen. Gustav war zu Hause angekommen.

»Gustav und ich machen einen kleinen Spaziergang«, rief Carlo seiner Frau zu, während er die Abschlusstür hinter sich und seinem Bruder zuzog und langsam mit ihm die Treppe hinabstieg. Auch wenn die beiden sich so unendlich viel zu erzählen hatten, war es in diesem Augenblick letztendlich nur wichtig, miteinander allein und vor allem sich nahe zu sein.

Ein paar Minuten später stand Siegfried atemlos vor Helena. »Entschuldige, mein Schatz, dass ich es nicht früher geschafft habe, aber ich habe meine goldenen Manschettenknöpfe einfach nicht gefunden. Jetzt habe ich halt meine roten angezogen. Ich hoffe, du nimmst mich trotzdem.« Er strahlte sie glücklich an.

»Gelbe, blaue, grüne, ich lass dich nie mehr los.« Helena legte ihre Arme um seinen Hals, worauf Siegfried sie küsste. Dann schob er sie ein Stück von sich weg und betrachtete sie von oben bis unten. »Du siehst wunderschön aus, am liebsten würde ich die Verlobung ausfallen lassen ...«

»Was?« Helena schaute ihn entgeistert an, während Siegfried seinen Satz gleich zu Ende brachte: »... um dich vom Fleck weg zu heiraten.«

»Nun mal schön langsam, so schnell schießen die Preußen nicht«, meldete sich jetzt Amelie zu Wort.

»Na, du musst es ja wissen, Mama, wo du doch eine waschechte Preußin bist.« Helena musste lachen.

»Sagd ämol, kriggt ma do hin vielleischt ämol ä Tass Kaffee un ä Stick Kuche? Isch bin schun halwer am verdorschte«, beschwerte sich nun Pauline lautstark.

»Oh ja, ein Stück Kuchen!«, meldete sich gleich auch Guntram zu Wort. »Und für meinen Freund, den Edde, bitte auch eins!«

»Aber natürlich, mein Kleiner.« Helena strich ihrem kleinen Cousin über den Kopf. »Ich hole dir gleich ein Stück Hefekuchen mit ganz vielen Rosinen und natürlich auch eines für den Paul, für deinen Freund Edde und deine Mama.« Helena kam kurz darauf mit vier Tellern und der Kaffeekanne zurück.

Nach und nach trudelten die anderen Gäste ein. Marie setzte sich gleich zu ihrer Schwägerin Pauline und begann, sich mit ihr intensiv zu unterhalten.

»Die beiden passen gut zusammen, die babbeln dir die Ohren ab und wieder dran«, meinte Amelie lachend zu Helena. Valentin ließ sich neben seiner Frau zusammen mit Kurt nieder, der einen bedrückten Eindruck machte. Betty nahm zwischen ihm und Annerose Platz, zu der sich auf der anderen Seite ihr Halbbruder Adolf gesellte, der gelangweilt in die Runde blickte. Betty hing indessen an Anneroses Ohr und begann lebhaft mit ihr zu tuscheln. Sie schien ihr etwas Wichtiges mitzuteilen, was unschwer an dem überraschten Gesichtsausdruck von Annerose zu erkennen war.

Siegfrieds Freunde und seine Familie kamen als letzte. Sie nahmen am anderen Ende der zu einem Hufeisen gestellten Tische und Stühle Platz, während Katharina und Agathe sich mit Frau Bender neben Amelie niederließen. Irgendwann kamen schließlich auch Carlo und Gustav zurück und gesellten sich zu den anderen, wobei Gustav es vorzog, sich neben seinen Bruder zu setzen anstatt zu seiner Frau, was entsprechende Rückschlüsse zuließ.

»Nachdem wir nun alle hier versammelt sind«, begann Siegfried seine Rede, zu der er sich erhoben hatte, »möchte ich ein paar Worte sagen. Habt keine Angst, ich werde mich kurz fassen.« Er lachte alle Anwesenden an. »Ich freue mich, dass ihr unserer Einladung gefolgt seid, um heute mit Helena und mir unsere Verlobung zu feiern. Wir haben uns vor neun Monaten kennengelernt und haben in dieser Zeit gespürt, dass wir zueinander gehören. Darum haben wir uns entschlossen, uns heute zu verloben, um allen kundzutun, dass wir beabsichtigen, gemeinsam durchs Leben zu gehen.« Siegfried reichte Helena seine rechte Hand und zog sie zu sich hoch, während er mit der Linken eine kleine Schatulle aus seiner Jackentasche nahm. Als er sie öffnete, ertönte ein freudig erstauntes Raunen.

»Sind das schöne Ringe!« Helena schaute Siegfried verzückt an.

»Nimm diesen Ring als Zeichen meiner Liebe und als Eheversprechen. Es ist mein größter Wunsch, mit dir mein Leben zu teilen und ich wünsche mir nichts mehr, als dies auch bald zu besiegeln.« In Siegfrieds Stimme war ein leichtes aufgeregtes Flattern zu vernehmen. So souverän er einerseits war, so sehr schien ihn dieser Moment doch tief zu berühren.

»Auch ich verspreche dir, dass ich mir nichts Schöneres vorstellen kann, als mit dir mein Leben zu verbringen.« Helena schaute ihn verliebt an, während sie dies sprach. Dann steckten sie einander die Ringe an den linken Ringfinger und unter dem Beifall aller Anwesenden küssten sie einander.

Die Reaktionen der Gäste waren sehr unterschiedlich. Während die meisten sich mit ihnen freuten, schauten Konrad und seine Freundin Inge eher etwas abschätzig drein. Ihnen missfiel die Feier augenscheinlich. Konrad gönnte es seinem kleinen Bruder nicht, dass er ein so hübsches talentiertes Mädchen gefunden hatte, das dazu noch aus einem anständigen Elternhaus kam. Seine neue Freundin Inge wiederum war neidisch auf Helena und ihre Familie. »Was solle mia dann do? Die meene doch, die sin was Besseres, weil de Alde en Beomder is un draußse uff em Friedhof schaffd. Isch fiel misch do net wohl!« Inge wäre am liebsten gleich wieder gegangen, aber Siegfrieds Vater hatte seinem Ältesten und dessen Freundin einen strafenden Blick zugeworfen. »Ihr bleibt! Und jetzt will ich nichts mehr hören.« Johannes Kühn war sich sehr wohl bewusst, dass die Verbindung von Siegfried und Helena ihm nur Vorteile bringen würde.

»Sag mal, Pauline, wie geht es dir denn? Es ist doch sicher schön, dass Gustav jetzt wieder bei euch ist, obwohl ich mir vorstellen kann, dass es bestimmt auch nicht einfach ist, nach so vielen Jahren«, meinte Marie zu ihrer Schwägerin.

Mit dieser Frage hatte sie in ein Wespennest gestochen, denn nun ergoss sich ein nicht enden wollender Redeschwall Paulines über sie. »Frog misch net! Isch hab bloß mei Laschd mit em. Laufend hockd er in de Wertschafte rum, so als hätt er en Haufe nochzuhole. Un wenn er donn schließlisch mol deheem bei mia is, kriegd er die Zäh net ausenanner. Der schwetzd bloß, wenn er meend, er misst misch un die Kinner rumkommandiere. Do kann

isch awer wirklisch druf verzischte. Weeschd, Marie, do duschd bal zäh Johr die Kinner ohne Mann deheem durschbringe und donn schtehd de Alde pletzlisch in de Dier un meent alle missde jetztd nach soiner Pfeif danze. Awer net mit mia!«
»Ach, Pauline, das wird sich schon geben. Der Gustav ist schließlich auch nur ein Mann und hat doch bestimmt auch Bedürfnisse.« Marie wusste nach drei Ehen genau, wovon sie sprach. Sie war nie ungeschickt darin gewesen, mit ihren Männern so umzugehen, dass sie letztendlich genau das taten, was ihr genehm war. Sie war davon überzeugt, dass man viele Dinge am besten im Bett erreichen konnte. Marie lächelte Pauline tiefgründig an.

»Des meenscht awer bloß du! Kalt un abweisend isser, de Guschdav! Isch hab nach all denne Johre a gedenkt, jetzd hätt isch endlisch mol widda deheem en rischdische Monn im Bedd. Awer des konnschd vergesse! Do is alles dood bei dem. Isch soll em Zeit losse, hot er gemeend! Das isch net lach! Manschmol hab isch schun gedenkt, der wer am beschde in Russland gebliwwe.«

»Ich finde meinen Papa auch gar nicht nett«, mischte sich jetzt Guntram ein. »Dem kann ich nichts recht machen. Letzte Woche hat er mir sogar eine Ohrfeige verpasst. Dabei hab ich gar nichts gemacht. Als ich dann geweint habe, hat er mir noch eine gegeben und gesagt, dass ein deutscher Mann nicht weine und ich solle mich nicht so anstellen. Ich mag diesen Mann überhaupt nicht.«

»Ich mag ihn auch nicht besonders«, stimmte sein Bruder Paul nun mit ein. »Wenn ich mir vorstelle, wie er am Bahnhof stand in seiner grauen, verschlissenen Steppjacke und diesem alten staubigen Käppi. Und erst seine Schuhe! Die sahen vielleicht aus, total zerschlissen, als hätte er sich Lederstreifen um die Füße gewickelt. Ich hatte gedacht, mein Vater kommt als Kriegsheld zurück, stattlich und in einer schönen Uniform und stattdessen stand so ein Jammerlappen vor mir. Aber eigentlich ist mir das alles sowieso egal. Ich weiß nur, dass ich, wenn ich einundzwanzig werde, weg bin. Meine Schwester Irma hat ganz recht gehabt, dass sie nach Amerika ausgebüxt ist. Das war das Beste, was sie machen konnte.«

»Da will ich später auch mal hin, nach Amerika.« Mit vollem Mund und glänzenden Augen glaubte Guntram, dies den anderen unbedingt mitteilen zu müssen.

Amelie hatte von dem Gespräch einige Wortfetzen mitbekommen und wollte sich gerade einmischen. Sie fand es nur wenig einfühlsam, wie Gustavs Familie über ihn sprach. Was man so hörte, musste er Schreckliches in der russischen Kriegsgefangenschaft mitgemacht haben. Insbesondere Gustavs Söhnen gegenüber hätte sie gerne so einiges klargestellt. Doch sie kam nicht dazu, weil plötzlich Irene und Mohrle gefolgt von Carl und Richard mit ihren Instrumenten aufgestanden und in die Mitte des Raumes getreten waren.

Irene ergriff als erste das Wort. »Lieber Siegfried, liebe Helena, wir möchten euch etwas Besonderes zu eurem Ehrentag schenken und haben darum gemeinsam ein bisschen was einstudiert, das wir euch jetzt zum Besten geben wollen. Wie ihr wisst, machen wir vier in unserer Freizeit manchmal ein bisschen Musik zusammen. Da wir amerikanische Musik lieben, haben wir den Altstadt-Boogie für euch umgedichtet.«

Und schon begannen Mohrle, Irene und Carl, der zusätzlich noch Gitarre spielte, zu singen, während sie von Richard mit der Mundharmonika begleitet wurden.

Im Jungbusch an de Deifelsbrigg,
do basse alle uf,
en Ami schmeißt e Kippe weg
un alle sterze druf.

Des is de Jungbusch-Boogie
ob Camel oder Lucky,
die Läng spielt gar ke Roll,
drum sing mers noch emol.

Wenn isch mol widda bin uf Tuur,
un's liggt was unne rum,
dann heb isch's uff, doch oft ist's nur
ä babbisch Chewing Gum

Des is de Filsbach-Boogie
ob Camel oder Lucky,
die Läng spielt gar ke Roll,
drum sing mers noch emol.

Die Mohrle hot sich blond gefärbt,
des Mädel is net doof,
die sammelt ganze Stange oi
un des sogar im Schloof.

Des is de Neckarstadt-Boogie
ob Camel oder Lucky,
die Läng spielt gar ke Roll,
drum sing mers noch emol.

De Vadder sitzt schun long im Zuchthaus,
die Mudda in Sing Sing,
die Mädle gehn mim Neger aus,
die Buwe danze Swing.

Des is de Mannem-Boogie
ob Camel oder Lucky,
die ham mer alle zwei
un 's Lied ist jetzt vorbei.

»Das habt ihr so toll gemacht!« Helena und Siegfried sprangen von ihren Stühlen auf und umarmten ihre Freunde, während alle anderen viel Applaus spendeten.
»Das war schon fast bühnenreif«, meinte Katharina lachend zu Amelie.

»Und vor allem so wirklichkeitsnah!« Amelie hatte das, was tagtäglich im Alltag mit den Kippen passierte, bildlich vor Augen.
»Wenn ihr jetzt glaubt, das war es schon, dann irrt ihr. Ich habe nämlich noch ein weiteres Lied für euch vorbereitet«, verkündete nun Mohrle.
Von ihrem Mann begleitet, begann sie nun auf die Melodie von *The Sentimental Journey* zu singen:

Babbe gugg, do vorne liggt en Kippe,
sterz disch druff, sunscht is sie ford,
du isch glaab, des is ä Lucky Strike,
eni vun de beeeschde Sort.

Babbe gugg, die Ami-Zigarette
Schmeißt der Jänkie jetzt glei ford.
Ich renn hie, weil isch die gerne hätte
Kippesammle, des is moin Sport.«

Mohrle hatte neben ihrer schönen Singstimme eine herzerfrischende Mimik. Wenn sie sang und dazu swingte, hätte man glauben können, sie sei eine Jazzsängerin und hätte noch nie etwas anderes getan. Immer wieder lachten alle laut und klatschten. Gerade wollte Mohrle die dritte Strophe anstimmen, als sie plötzlich einen Schmerzensschrei ausstieß und zusammensackte, während sie sich mit beiden Händen den Kopf hielt.

»Um Gottes Willen, was ist denn los, mein Kind?« Amelie hatte sich zu Tode erschreckt und war blitzartig von ihrem Stuhl hochgesprungen. Richard hatte jedoch seine Frau bereits in seine Arme genommen und war schon dabei, sie zu einem Stuhl zu führen. Mohrle jammerte vor Schmerzen, während Richard beruhigend auf sie einredete. Er schenkte ihr ein Glas Wasser ein und gab ihr zwei Tabletten, die er zuvor aus der Tasche seines Sakkos gezogen hatte.

»Möchten Sie sich ein wenig hinlegen?« Frau Hartmann, die den Schrei gehört hatte, war aus der Küche geeilt und bot Mohrle nun an, sich in ihrer Wohnung ein wenig aufs Sofa zu legen. Die aber schüttelte den Kopf. »Danke, es wird schon langsam wieder besser. Das ist nur eine starke Migräne, die mich immer mal wieder überfällt. Wenn die Tabletten wirken, wird es mir gleich besser gehen.«

»Nach diesem Schreck können wir jetzt sicher alle ein Schnäpschen vertragen«, meinte Carlo und ging hinaus. Nach einer Weile kam er mit einer Flasche selbstgebranntem Himbeergeist und kleinen Schnapsgläschen zurück. »Den hat uns Tante Adele aus Mosbach geschickt, der wird uns jetzt guttun.« Während Carlo allen rundum einschenkte, entging Amelie nicht der sorgenvolle Blick von Rosa Bender, die ihr seitlich gegenüber saß.

»Machen Sie sich nicht so viele Gedanken, ich habe auch oft migräneartiges Kopfweh, das ist sehr schmerzhaft, aber es geht vorbei.« Amelie beugte sich zu Richards Mutter hinüber und ergriff ihre Hand. Sie wollte sie ein wenig beruhigen. Diese hatte jedoch Tränen in den Augen und schüttelte den Kopf. »Mohrle hat keine Migräne. Die Ärzte rätseln noch, was es sein könnte, vermuten jedoch, dass es etwas Ernstes sein könnte. Die Tabletten, die mein Sohn ihr gerade gegeben hat, sind sehr stark. Ich mache mir große Sorgen, nicht nur um meine Schwiegertochter, sondern auch um Richard. Wenn Mohrle etwas passieren würde, muss ich mit allem rechnen. Die beiden lieben sich schon von Kindesbeinen an und können nicht ohne einander. Ich darf gar nicht weiter darüber nachdenken.«

»Warten Sie erst mal das endgültige Ergebnis ab. Sie wissen doch, es wird nie so heiß gegessen wie gekocht.« Amelie strich Frau Bender beruhigend über den Arm.

Amelie und Carlo hatten sich mittlerweile Katharina und Agathe zugewandt und Siegfried und Helena ein Zeichen gegeben, dass sie zu ihnen kommen sollten.

»Katharina, ich möchte mit euch nochmals über euer Haus in Feudenheim reden«, begann Carlo das Gespräch. »Wollt ihr es denn immer noch verkaufen?«

Katharina nickte: »Ja, mein Entschluss steht fest. Ich ziehe zu Agathe nach Rimbach und wenn ihr es kaufen wollt, könnt ihr es haben.«

Carlo, Amelie, Helena und Siegfried strahlten einander an. »Darüber freuen wir uns sehr, wir würden es wirklich gerne von euch übernehmen«, erwiderte Carlo. »Am besten, wir machen gleich Nägel mit Köpfen und besprechen die wichtigsten Einzelheiten.« In der nächsten halben Stunde einigten sie sich über den Verkaufspreis und wie sie es finanziell abwickeln wollten. Sie wurden sich in allem einig. Katharina würde sich gleich in den nächsten Tagen um einen Notartermin kümmern und Carlo und Siegfried würden zur Bank gehen und die Sparbücher auflösen.

»Dann sind wir schon in diesem Sommer Hausbesitzer mit einem eigenen Garten direkt vor der Haustür.« Carlo war überglücklich. Ein eigenes Haus zu haben, das war stets sein Lebenstraum gewesen. Er, Carlo Legrand aus dem Jungbusch, würde ein Haus in Feudenheim erwerben. In Feudenheim, einem sogenannten *Musebrotviertel*, in dem der etwas besser situierte Mittelstand Mannheims wohnte. Er konnte es kaum fassen. Was für ein sozialer Aufstieg: vom Jungbusch nach Feudenheim!

Nachdem Mohrle sich erholt hatte und bereits wieder gut gelaunt am Tisch saß, trat Irene erneut vor die Gäste. »Wir haben noch ein weiteres Lied eingeübt, einen Gassenhauer, der zurzeit in aller Munde ist und den wir ganz speziell unserem Freund Siggi widmen wollen.«

Siegfried schaute erstaunt in die Runde. Ein Lied für ihn? Während er noch rätselte, was es sein könnte, stimmten Irene, Richard und Carl das Lied bereits an.

Der Theodor, der Theodor,
der steht bei uns im Fußballtor,
wie der Ball auch kommt,
wie der Schuss auch fällt,
der Theodor, der hält, der hält!
Ja, ja, der hält.

Die Männeraugen werden wach,
die Mädchenherzen werden schwach,
wenn der Siggi kommt
und sein Schuss gleich fällt,
der Theo ihn dann nicht mehr hält,
ihn nicht mehr hält!

Und rollt der Angriff in unsern Strafraum,
dann kommt die Flanke und Schuss hinein!
Aber nein, aber doch,
aber nein, aber doch.

Der Theodor, der Theodor
steht dann besiegt im Fußballtor.
Wenn der Siggi kommt
und sein Schuss gleich fällt,
der Theo ihn dann nicht mehr hält,
ihn nicht mehr hält!
Ja, unser Siggi, der ist dann der Held,
ja, unser Held!

»Da habt ihr wirklich einen tollen Gassenhauer rausgesucht. Ich liebe Theo Lingen und auch dieses Lied. Ihr wisst ja, Fussball ist mein Leben!« Er stand auf und umarmte seine Freunde. Während Siegfried ganz beglückt war über das Fußballlied, hielt sich Helenas Freude in Grenzen. Sie machte zwar gute Miene zum bösen Spiel, aber in ihrem tiefsten Innern war das Thema Fußball ein rotes Tuch für sie. Der Fußball war das Einzige, was immer wieder ihre Zweisamkeit störte und Anlass zu Streitereien gab.

Helena setzte sich hinüber zu ihren Cousinen. »Und, gefällt es euch? Amüsiert ihr euch?«

»Oh, es ist so ein schönes Fest«, schwärmte Betty.

»Nur das mit Mohrle vorhin war richtig schlimm«, stellte Annerose mitfühlend fest.

»Es scheint ihr wieder besser zu gehen«, erklärte Helena. »Sie hat etwas genommen und das hat, so wie es aussieht, gut gewirkt.«

»Bist du glücklich, Helena?«, wollte Betty wissen.

»Ja, sehr! Siegfried ist ein wunderbarer Mann. Ich könnte mir keinen besseren wünschen.« Während Helena dies sagte, schaute sie liebevoll zu Siegfried hinüber.

»Und wie geht es euch?« Helena sah ihre Cousinen an.

»Bei mir gibt es nicht viel Neues. Leider sehe ich Hans zurzeit sehr wenig. Sein Vater ist ziemlich krank«, berichtete Annerose.

»Was hat der alte Jäckel denn?«, wollte Helena wissen.

»Ach, irgendetwas mit dem Herzen. Aber es scheint ihm sehr schlecht zu gehen.« Annerose wusste nicht so genau, was Hans' Vater hatte, weil ihr Verlobter nicht gerne darüber sprach.

»Der erstickt wahrscheinlich an seiner eigenen Bosheit. Am besten wäre, der würde das Zeitliche segnen, dann kann er dich nicht mehr drangsalieren.« Betty konnte, wie so oft, sehr direkt sein.

»Ich wünsche niemandem den Tod, auch nicht dem Jäckel. Er kann zwar ein rechter Widerling sein, aber ich glaube, dass Hans sehr traurig wäre, wenn sein Vater stürbe. Er hängt eben doch sehr an ihm.« Annerose wollte nicht, dass Hans leiden würde.

»Aber es gibt was viel Wichtigeres, was wir dir erzählen müssen«, fuhr Annerose fort, während sie Betty verschmitzt anschaute.

Helena blickte ihre Cousinen fragend an. Die schwiegen jedoch.

»Mensch, macht es doch nicht so spannend!« Helena war neugierig geworden.

»Na, jetzt erzähl es ihr schon!«, forderte Annerose Betty auf. Die reagierte jedoch nicht.

»Sag du ihr's!«, meinte sie schließlich zu Annerose. »Das ist nicht mein Kind …« Annerose legte sich erschrocken die Hand auf die Lippen, doch es war schon zu spät. Es war ihr herausgerutscht.

Helena stand der Mund vor Erstaunen offen. »Was, Betty, du bekommst ein Kind!« Helena konnte es kaum glauben. »Ja, und jetzt? Was wirst du tun? Wie geht es weiter?«

Betty strahlte ihre Cousine an. »Heiraten werde ich natürlich. Kurt und ich werden im Sommer heiraten. Er hat mir einen Antrag gemacht. Ist er nicht süß, mein lieber Kurt?«

So sehr Helena sich für Betty über die Nachricht freute, so wenig konnte sie glauben, dass da alles mit rechten Dingen zugegangen war.

Mit dieser Annahme lag sie nicht falsch. Marie hatte hier nämlich heftig an den Fäden gezogen und schließlich war ihr Plan aufgegangen. Kurt hatte die Geborgenheit, die er so sehnsüchtig gesucht hatte, in Bettys Armen gefunden. Dass er mit Betty geschlafen hatte, war eher beiläufig geschehen und hatte nur wenig mit Liebe oder körperlicher Anziehung zu tun gehabt. Er konnte seine Stiefschwester gut leiden, aber er liebte sie nicht. Als man ihm mitteilte, dass Bettys Monatsblutung ausgeblieben war und sie ein Kind von ihm erwartete, war für ihn eine Welt zusammengebrochen. Ein Kind, das war das letzte, was er jetzt gebrauchen konnte und schon gar nicht ein Kind mit Betty! Aber das, was nun folgte, war schlimmer, als er es sich je ausgemalt hätte. Marie schrie und keifte herum, machte ihm Vorwürfe, beschimpfte ihn mit den schlimmsten Ausdrücken und drohte Valentin sogar mit der Scheidung, wenn er seinen Sohn nicht zur Räson bringen würde. Betty, unfähig etwas zu sagen, hatte sich laut schluchzend zurückgezogen. Als die ganze Situation dann zu eskalieren drohte, hatte Valentin sich seinen Sohn vorgenommen und ein Machtwort gesprochen. »Du hast Betty das Kind gemacht, und jetzt wirst du sie heiraten!« Kurt hatte versucht, mit seinem Vater zu reden. Aber der hatte keinen Widerspruch zugelassen. »Das hast du dir selbst eingebrockt. Du wirst Betty heiraten! Solltest du meinem Wunsch nicht entsprechen, kannst du dein Bündel packen und abhauen. Dann sind wir geschiedene Leute!« Kurt hatte weder die nötigen Mittel noch die seelische Kraft, mit der Familie zu brechen, und so willigte er in die Heirat mit Betty ein.

Helena betrachtete Kurt, der sich gerade mit seinem Vater unterhielt. So sah kein glücklicher werdender Vater aus. Die Resignation stand ihm auf die Stirn geschrieben.

»Helena, ich und mein Freund Edde haben auch noch eine Überraschung für dich und Siegfried.« Vor ihr stand plötzlich ihr kleiner Cousin Guntram.

»Das ist aber schön, da freue ich mich ganz besonders.« Helena hatte Guntram schon von klein auf in ihr Herz geschlossen. Sie legte ihren Arm um ihn. »Was ist das denn für eine Überraschung?«

»Wir wollen ein Mannemer Lied für euch singen«, verkündete er stolz.

Siegfried war zu ihnen herübergekommen. »Na, dann legt mal los, ihr zwei!«

Die beiden Lausbuben stellten sich mitten im Raum auf. Eigentlich dachten alle, sie würden jetzt gleich loslegen, aber da lief Guntram plötzlich zu seinem Onkel Carlo und flüsterte ihm etwas ins Ohr. An Carlos Miene war zu erkennen, dass er mit dem, was sein kleiner Neffe ihm gerade mitgeteilt hatte, einverstanden war. Er nickte ihm lächelnd zu und verließ darauf den Raum. Kurz darauf kehrte er mit seinem Schifferklavier zurück. Er begann zu spielen und alle erkannten den Mannheimer Gassenhauer sofort. Sogleich stimmten Guntram und Edde mit ein:

Ei, du Bongert, ei du Scheeler,
ei du Rindvieh, du Kamel,
Hea, was bischd dann du fer ener,
Hea, was glodschd denn du so scheel?
Mir sin die Monnemer Buwe,

*Die Stärkschde vun de Gass,
wer die Monnemer Buwe kennd,
des is ä edli Rass.
Gebiggeld un im Onziegle,
Des is uns viel zu dumm,
mir fliege jo de ganze Daag
im Schdrosegraawe rum.*

Fast alle hatten den Auftritt genossen und sich über die beiden Buben köstlich amüsiert. Die beiden hatten das Lied mit unendlich viel Inbrunst, aber auch mit einem ganz besonderen Charme vorgetragen.
Pauline hatte jedoch ihren Jüngsten eher kritisch beäugt. Dieses Lied passte vielleicht in den Jungbusch, aber doch nicht in die T-Quadrate, wo sie jetzt wohnten. Und Gustav hatte überhaupt kein Verständnis für die Darbietung seines jüngsten Sohnes. Er flüsterte Pauline zu, neben der er mittlerweile Platz genommen hatte: »Nix als Blödsinn hast du dem Bub beigebracht, man hat dich noch nie was heißen können. Der Kleine hat überhaupt keine Manieren und der Große ist ein aufgeblasener Schnösel. Und deine Tochter ist mit einem Ami durchgebrannt. Es wird Zeit, dass wieder Ordnung im Haus herrscht!«
Carlo hätte sein Schifferklavier nicht herausholen sollen, denn nun wurde er von allen Seiten bedrängt, noch ein bisschen Musik zu machen. *Lili Marleen, La Paloma, Wenn der weiße Flieder wieder blüht, Unter einem Regenschirm am Abend.* Die Wünsche der Gäste schienen nicht enden zu wollen. *Wir machen Musik, da geht euch der Hut hoch, In der Nacht ist der Mensch nicht gern alleine, Man müsste Klavier spielen können.*
»So, jetzt reicht's!« Carlo wollte endgültig aufhören, aber schließlich ließ er sich noch zu einer letzten Zugabe hinreißen. Als dann Rudi Schurickes *Capri-Fischer* erklang, nahm Siegfried seine Helena in die Arme und begann mit ihr zu tanzen. Er umschlang sie eng und flüsterte ihr ins Ohr. »So fest möchte ich dich für den Rest meines Lebens halten. Ich liebe dich unendlich.«

Helena schmiegte sich noch enger an ihn. »Ich liebe dich auch. Wenn es nur immer so bleiben würde, am liebsten würde ich die Zeit anhalten.«

Es war schon weit nach Mitternacht, als die Tür hinter Irene, Carl und Siegfried zufiel.

»Gute Nacht, meine Schöne.« Siegfried gab Helena einen sanften Kuss auf die Lippen, dann nahm er ihre linke Hand und führte sie zu seinem Mund. Und indem er sie liebkoste, flüsterte er: »Schlaf gut, du Liebe meines Lebens.« Dann verschwand er mit den anderen im nur schwach erleuchteten Hausflur.

Helena kehrte zurück in die Wohnung, in der ein höllisches Durcheinander herrschte. Alles lag kreuz und quer herum. Überall standen Gläser, an den Stofftischdecken klebten Essensreste und der Boden war übersät von Krümeln. Sie ging hinüber zu dem Tisch mit den Geschenken. Sie konnte noch immer nicht glauben, was sie alles bekommen hatten. Und das, wo doch ihre Gäste selbst auch nicht viel hatten! Jede Menge Blumensträuße standen herum und so schöne Karten hatte man ihnen geschrieben. Die Texte waren zwar mitunter sehr einfach und voller Rechtschreibfehler, aber die meisten kamen von Herzen. Und letztendlich zählte nur das. Trotzdem gab es zwei darunter, die herausstachen. Das war ihr schon aufgefallen, als sie diese nur überflogen hatte. Sie zog den Umschlag aus dem kleinen Rosenstöckchen, das ihnen Frau Bender überreicht hatte, und öffnete ihn.

Liebe Helena, lieber Siegfried,
»Glück und Liebe soll euch stets umwehen!
Und wenn der Sturm des Lebens heftig tobt,
dann müsst ihr beide fest zusammenstehen,
denn darum seid ab heute ihr verlobt!«
Ich wünsche euch beiden alles Glück der Erde,
passt gut aufeinander auf und hütet eure Liebe wie einen ganz besonderen Schatz.
Es umarmt Euch Eure mütterliche Freundin Rosa Bender

P.S. Dir, mein lieber Siegfried, wünsche ich, dass du in Helenas Armen
 Geborgenheit und Halt findest und vor allem auch das Zuhause,
das dir das Schicksal so grausam genommen hat.

Nachdenklich faltete Helena die Karte zusammen. Was für wunderbare Worte hatte Frau Bender gefunden. Die Freundin von Siegfrieds Mutter war ihr von Anfang an sympathisch gewesen. Sie war so ungemein warmherzig und hatte für jeden stets ein offenes Ohr. Helena war an diesem Nachmittag jedoch erneut ihr distanziertes Verhältnis zu Siegfrieds Vater aufgefallen. Es war nicht zu übersehen gewesen, dass Frau Bender ihn nicht sonderlich mochte. Das musste mit dem Schicksal von Siegfrieds Mutter zusammenhängen. Aber obwohl sie Siegfried nun schon fast ein Jahr kannte, hatte er immer abgeblockt, wenn sie das Thema auf seine Mutter brachte. Auch ihre vorsichtigen Versuche, etwas von seinem Vater, seinem Bruder oder seinen Freunden zu erfahren, waren gescheitert. Er schien ihnen allen einen Maulkorb verpasst zu haben. Was war nur mit seiner Mutter geschehen? Was hatte sie getan, dass sie so in Ungnade gefallen war, dass niemand über sie sprechen wollte? Und nun auch noch Frau Benders letzter Satz auf der Karte, dass Siegfried in ihren Armen Geborgenheit, Halt und das Zuhause finden möge, das ihm das Schicksal so grausam genommen habe. Darin spielte sie eindeutig auf seine Mutter an. Helena seufzte. Sie würde wohl einfach abwarten müssen, bis er ihr eines Tages von selbst davon erzählen würde. Anscheinend war die Zeit einfach noch nicht reif dafür.

Helena betrachtete den kleinen goldenen Ring an ihrem linken Finger. Jetzt war sie verlobt. Vor einem Jahr hatte sie noch gedacht, dass sie nach Gino und Ewald wohl nie mehr einen Mann finden würde, den sie so lieben könnte, wie sie die beiden geliebt hatte. Aber das Schicksal hatte wohl etwas anderes mit ihr vorgehabt und wenn sie nun die drei miteinander verglich, musste sie sich eingestehen, dass die Begegnung mit Siegfried das Beste war, was ihr hatte widerfahren können. Gino und Ewald waren liebevoll und zärtlich gewesen, aber Siegfried war darüber hinaus auch noch humorvoll. Alle mochten ihn wegen seiner freundlichen und offenen Art. Kein Mann hatte sie in ihrem ganzen Leben so oft zum Lachen gebracht wie er. Mit ihm war plötzlich alles so leicht geworden. Und das, obwohl offensichtlich in der Vergangenheit ein dunkler Schatten auf sein Leben gefallen war. Aber darüber wollte sie nun nicht länger nachdenken. Außerdem war sie todmüde. Ihr Verlobungstag war wunderschön, aber auch furchtbar anstrengend gewesen. Sie würde wie ein Sack auf die Chaiselongue in der Küche fallen. Ihre Eltern schliefen bestimmt schon tief und fest in ihren Betten, die in Frau Hartmanns Wohnung standen, da ihr Schlafzimmer noch immer »Festraum« war. Morgen würden sie ganz schön schuften müssen, wenn sie wieder ihr Schlafzimmer aufbauen und die Tische und Stühle den Nachbarn zurückgeben würden. Aber das war nicht schlimm, schließlich war Pfingstmontag und somit mussten sie alle nicht arbeiten und hatten viele Helfer.

Als sie an dem Geschenketisch vorbei wollte, stieß sie an ihn und eine andere Karte purzelte herunter. Sie hob sie auf. Sie war von Katharina und Agathe. Helena lächelte. Das kleine Gedicht konnte nur von Katharina sein. An dem Gedicht merkte man sofort, dass sie sehr belesen war. Die vielen Jahre am Theater hatten ihre Spuren bei ihr hinterlassen, auch wenn sie dort nur als Garderobiere gearbeitet hatte. Helena las laut:

Dass nimmer trübe Ungemach,
dass fern euch bleibe Not und Schmach,
dass nie ihr eine Träne weint,
dass stets in Liebe ihr vereint,
dass stets ihr aller Sorgen bar,
das wünsch' ich dem verlobten Paar!
(Theodor Storm)

Das war wirklich ein schöner Spruch. Sie überflog ihn noch einmal. Da steckte so viel Wahrheit drin. Tränen hatte sie in der Vergangenheit wahrlich genug geweint. Für Liebeskummer würde es in ihrem Leben keinen Platz mehr geben. Damit war jetzt endgültig Schluss. Die Zukunft sollte ihr nur noch glückliche Stunden bescheren. Aber Helena freute sich zu früh, denn die eigentliche Bewährungsprobe sollte ihr noch bevorstehen.

Währungsreform (1948)

Amelie hatte sich bei Carlo untergehakt, während sie die verlängerte Jungbuschstraße hinuntergingen. Es war ein trüber Sonntag mit dicken Wolken und für die Jahreszeit viel zu kühl. Amelie seufzte: »Das hätte ich mir nicht träumen lassen, dass unser ganzes Erspartes kaputtgehen würde. Und dann noch so schnell von einem Tag auf den anderen.«
»Ja, da waren wir zu blauäugig. Eigentlich hätten wir es wissen müssen. Schließlich wurde die ganze Zeit schon gemunkelt, dass es so nicht weitergehen könne.« Carlo ärgerte sich über sich selbst. Wie hatte er die Situation nur so falsch einschätzen können?
Zwei Tage zuvor, am 18. Juni 1948 war folgender Anschlag an allen Litfaßsäulen und Plakatwänden zu lesen gewesen.

WÄHRUNGSREFORM

Auf Anordnung der Militärregierung wird an die gesamte Bevölkerung am

Sonntag, 20. Juni 1948, von 9–17 Uhr (durchgehend)

Neugeld ausgegeben. Zur ersten Versorgung erhält jede Person (ohne Altersunterschied), die Lebensmittelkarten bezieht, gegen Einzahlung von 60 RM Altgeld einen Kopfbetrag von 60 DM Neugeld. Vom Neugeld werden zunächst je Person nur 40 DM und zu einem späteren Zeitpunkt die restlichen 20 DM des Kopfbetrages ausbezahlt ...
Zweckmäßigerweise werden die Kopfbeträge für alle zu einem Haushalt gehörenden Personen von nur einem Mitglied des Haushalts (Haushaltsvorstand) abgeholt. Beim Geldumtausch ist der gelbe Personalausweis für die Lebensmittelversorgung vorzulegen ...

Personen, die lebensmittelkartenmäßig nicht gemeldet sind (z.B. Asoziale, die keiner geordneten Arbeit nachgehen) sind von der Möglichkeit zum Bezug des Kopfbetrages ausgeschlossen ... Wegen der Abwicklung aller weiteren Altgeldguthaben ergeht besondere Anordnung. Vordrucke zur späteren Ablieferung von Reichsmark-Zahlungsmitteln an die Geldinstitute werden gleichzeitig in den Umtauschstellen verteilt.

Am Ende der Bekanntmachung waren die Adressen der Ausgabestellen, die sich in Verwaltungsgebäuden oder Sparkassen befanden, angegeben. Sie waren über alle Stadtteile verstreut.

Mittlerweile waren Amelie und Carlo in A1 bei der Sparkasse angekommen. Schon vom Paradeplatz aus sah man die riesige Menschenmenge, die sich im Eingangsbereich versammelt hatte und in das Gebäude drängte. »Geh du schon mal vor, Carlo, ich warte auf der gegenüberliegenden Straßenseite auf dich.«

Es dauerte eine halbe Ewigkeit, bis Carlo wieder herauskam. »Ich kann dir gar nicht beschreiben, was da drin los ist. Das ist das reinste Chaos! Ein unglaubliches Durcheinander und ein wahnsinniger Radau! Ich habe mich mit einem der Schutzmänner unterhalten. Der hat bloß noch gegähnt und war fertig mit der Welt. Der musste nämlich mit seinen Kollegen die ganze Nacht die Landeszentralbank in M6 bewachen, weil das Kopfgeld für ganz Mannheim bereits gestern Abend dort ankam. Erst heute Vormittag wurde es an die verschiedenen Ausgabestellen verteilt.«

»Der arme Mann, der muss doch todmüde sein«, meinte Amelie mitfühlend.

»Schau mal, was ich hier habe.« Carlo lachte seine Frau an und winkte mit ein paar Geldscheinen. »120 Deutsche Mark! Wenn morgen die Läden aufmachen, gehst du am besten gleich zum Metzger und kaufst uns ein schönes Stück Fleisch!«

»Du hast Humor, Carlo! 120 Mark! Und was geschieht mit unserem Ersparten?«

Carlo atmete tief durch, während sich seine Miene veränderte. »Ich habe hier einen Vordruck. Es sieht nicht gut aus. Für 100 alte Reichsmark werden wir gerade mal 6,50 neue D-Mark bekommen.«

Amelie begann zu schluchzen. »Dann war wieder alles umsonst, so wie schon 1923. Zum zweiten Mal alles futsch. Wir haben uns das Geld so mühsam vom Munde abgespart, jede müde Mark dreimal umgedreht und jetzt sind unsere ganzen Ersparnisse verloren. Der Traum vom eigenen Haus ist geplatzt wie eine Seifenblase!«

»Du weißt, Amelie, ich hätte das Haus in Feudenheim auch nur zu gerne gekauft und wenn wir unsere Ersparnisse und die von Helena und Siegfried zusammengelegt hätten, dann wäre das durchaus möglich gewesen. Aber es hat nun mal nicht sollen sein.«

Amelie wischte sich die Tränen weg. »Du hast ja recht, Carlo, und außerdem wäre es mir auch nicht wohl gewesen, wenn Katharina und Agathe durch die Geldentwertung für ihr Haus nur noch einen Apfel und ein Ei bekommen hätten. Wir sind jetzt schon so lange miteinander befreundet, da wäre ich mir richtig schofel vorgekommen.«

»Wie ich dich kenne, hättest du den Kauf sowieso rückgängig gemacht.« Carlo lächelte seine Frau an. »Somit haben wir uns viel Arbeit erspart, meine Liebe. Hat doch auch was Gutes!«

Als die Menschen am Montagmorgen ihre Wohnungen verließen, trauten sie ihren Augen nicht. Denn dort, wo noch einen Tag zuvor in den Auslagen und Schaufenstern gähnende Leere geherrscht hatte, war über Nacht alles voll mit Waren. Neben dem blanken Erstaunen machte sich jedoch auch eine immense Wut breit. Denn es lag auf der Hand, dass die Ladenbesitzer schon eine ganze Weile die Waren in ihren Lagern und Kellern gehortet haben mussten. Sie hatten sie bewusst der Bevölkerung vorenthalten. Darüber waren viele Leute nicht nur erzürnt, sondern auch tief verbittert. Augenscheinlich hatten sie nur auf das neue Geld gewartet, um gute Geschäfte machen zu können. Ob ihre Mitmenschen darbten, hatte sie nicht interessiert.

Es gab somit nicht nur Verlierer bei der Währungsreform. In erster Linie hatte die Maßnahme die Ärmsten der Armen und die Mittelschicht getroffen. Die Besitzer von Immobilien, Warenlagern, Fabriken oder Aktien überstanden die Währungsreform ohne jeglichen Wertverlust.

Das Jahr 1948 sollte in jeder Hinsicht spannend bleiben. Da die Währungsreform nur in der sogenannten Bizone, also im Westen Deutschlands stattfand und darüber hinaus noch gegen den ausdrücklichen Willen der sowjetischen Besatzungsbehörden, führten diese drei Tage später eine eigene Währungsreform im Osten durch und blockierten im Zusammenhang damit die Zufahrt nach Berlin. Das war der Beginn der sogenannten Berlin-Blockade, die fast ein Jahr währen und zur Zerreißprobe werden sollte.

Helena hatte Frau Schuhmann am Mittwoch, den 28. Juli, um 15.30 Uhr zur Anprobe zu sich in die Beilstraße 22 bestellt. Sie wollte an ihr das Kostüm nochmals abstecken und mit ihr weitere Details besprechen. Frau Schuhmann zahlte gut und so bemühte sich Helena ganz besonders um sie. Gerade hatte sie den Rocksaum mit einer Stecknadel befestigt, als es plötzlich einen derartigen Schlag gab, dass Amelie schreiend vom Schlafzimmer in die Wohnküche lief. Helena schaute ihre Mutter aufgeregt an.

»War das ein Bombeneinschlag? Die Russen werden uns doch nicht etwa angreifen?«

Bevor Amelie antworten konnte, meinte Frau Schuhmann lakonisch: »Das glaube ich nicht.« Nach einer Pause fügte sie hinzu: »Obwohl den Kommunisten alles zuzutrauen wäre.«

»Der Krieg ist Gott sei Dank vorbei, mein Kind. Aber das hat schrecklich geknallt. Ich bin auch furchtbar erschrocken. Da muss irgendwo eine Gasexplosion passiert sein.«

Auch wenn Amelie nicht wissen konnte, was tatsächlich geschehen war, lag sie mit ihrer Vermutung leider nicht daneben. Denn um 15.43 Uhr hatte eine schwere Kesselwagenexplosion auf dem Gelände der BASF einen der verheerendsten Unfälle in der Geschichte der Firma ausgelöst.

Ein Wagen mit 30 Tonnen Dimethylether war seit den frühen Morgenstunden in der prallen Sommerhitze gestanden und explodiert. Mehr als zweihundert Todesopfer waren dabei zu beklagen gewesen, meist Arbeiter, die sich in unmittelbarer Nähe aufgehalten hatten. Darüber hinaus erlitten viertausend Menschen durch die freigesetzten Gase, die sich als giftige Wolke über dem Firmengelände gebildet hatte, schwerste Verletzungen. Unzählige verloren ihr Augenlicht. Die Explosion war derart stark gewesen, dass sogar im Norden Mannheims über zweieinhalbtausend Gebäude beschädigt wurden.

Eine Überraschung ganz anderer Art sollte der kleine Guntram erleben. Wie so oft schickte seine Mutter ihn mal wieder zum Metzger. Auch wenn Paulines Ehe mit Gustav nach seiner Rückkehr aus der russischen Kriegsgefangenschaft alles andere als glücklich war, so versuchte sie doch, ihm nahrhafte Fleischsuppen zu kochen, damit er zu Kräften käme. Dies tat sie nicht ganz ohne Hintergedanken, denn sie hoffte, dass er bald wieder seine Arbeit als Schreiner aufnehmen würde und so zum Lebensunterhalt der Familie beitragen könnte. Von dem, was sie in der *Libelle*, der Tanzbar auf den Planken, verdiente, wo sie nun schon seit fast 20 Jahren putzte, konnten sie keine großen Sprünge machen. Wenn sie darüber nachdachte, war es ihnen nur unmittelbar nach Kriegsende einigermaßen gut gegangen, als Irma noch dagewesen und von ihren verschiedenen amerikanischen Freunden reichlich unterstützt worden war. Aber das Flittchen hatte ja nach Amerika durchbrennen müssen. Rücksichtslos hatte Irma sie und die Jungs im Stich gelassen. Die sollte sich bloß nie mehr hier sehen lassen! Sie hatte keine Tochter mehr!

»Geh mol her, Guntram, jetzd gehschd zum Metzger un kaafschd ä halwes Pund Rindfleesch mit Knoche un dann noch Gemies dezu!« Guntram stöhnte, denn er wusste genau, was jetzt kommen würde. »Un, gell, dass d' mer jo zum Metzger Rosefelda in J eens drunne in de Filbach gehschd. Un des Gemies kaafschd bei de *Weiße Luis* in G siwwe. Die sin viel billischa als die onnere.« Obwohl seine Mutter keine Gelegenheit ausließ, sich abfällig über den Jungbusch und die Filsbach zu äußern, sprang sie zum Leidwesen ihres Jüngsten über ihren Schatten, wenn es darum ging, Lebensmittel billig einzukaufen.

Guntram hatte an diesem heißen Sommertag überhaupt keine Lust von T6, 22 hinüber ans andere Ende der Filsbach bis nach G7 zu laufen. Viel lieber hätte er mit seinem Freund Edde und seinen anderen Kumpels drüben auf dem Tennisbunkerplatz Fußball gespielt. »Oh, Mama, kann ich nicht mal ausnahmsweise zum Metzger Ohnsmann, Gaup oder Welsch gehen? Schau doch mal, die sind gerade um die Ecke herum in T6 und U6. Und in dem Laden gegenüber gibt es doch auch Gemüse.«

Aber seine Mutter war unerbittlich. »Isch will kä Widerred mehr here! Du gehschd jetzt dort die Sache hole, wo isch ders gsacht hab, un Schluss! Awer isch will ned so soi, do hoschd zäh Penning, do kannschd da uf em Riggweg beim *Vincenzo Tessitore* in J eens ä Kuggel Eis kaafe. Un jetzd ab nach Kassel!«

Guntram strahlte. Die Aussicht auf das Eis versöhnte ihn. Er liebte alles, was süß war. Dafür würde er auch gerne den weiten Weg auf sich nehmen.

Gott sei Dank setzte die Eisverkäuferin die Schokoladenkugel auf eine Eiswaffel. Bis vor Kurzem hatte man nämlich im *Tessitore*, das schon 1946 eröffnet hatte, die Eiskugel auf ein zu einer kleinen Tüte gefaltetes Stück Zeitungspapier gesetzt in Ermangelung einer richtigen Waffel. Guntram marschierte vergnügt an seinem Eis schleckend mit den Einkäufen den Friedrichsring entlang. Schon von Weitem konnte er, bedingt durch die vielen Baulücken und Trümmergrundstücke, bis zu den S-Quadraten blicken. Dort hatte sich eine große Menschenmenge versammelt und schaute einem merkwürdigen Treiben zu, das auch Guntram, als er vor dem Haus in S6, 30 angekommen war, fasziniert beobachtete. Da war nämlich ein großes schwarzes Cabriolet, das immer von Neuem vier Meter nach vorne fuhr und dann wieder von mehreren Männern zurückgeschoben wurde.

Augenscheinlich war es ein Taxi, in dem auf dem Hintersitz ein Offizier in französischer Uniform saß. Im zweiten Stock schaute ein Mann mit nacktem Oberkörper zum Fenster heraus und hielt eine Bürste mit langem Stiel in der Hand, mit der er sich über den Rücken rubbelte. Er befand sich anscheinend in der Badewanne. Der Franzose schaute zu ihm hoch und fragte in gebrochenem Deutsch nach dem Weg, worauf der andere Mann oben mit seiner Bürste in die entsprechende Richtung zeigte. Um das Spektakel herum standen Männer mit großen Kameras und Mikrofonen, die sich gegenseitig auf Amerikanisch alles Mögliche zuriefen. Guntram verstand das alles nicht richtig und als er dieselbe Szene zum fünfzehnten Mal gesehen hatte, murmelte er vor sich hin: »Die sind wohl nicht ganz dicht!«

Der Mann, der vor ihm stand und schon die ganze Zeit das Geschehen gespannt verfolgt hatte, drehte sich zu ihm um und meinte lachend: »Keine Sorge, Kleiner, die wissen, was sie tun. Das sind Amerikaner, die drehen hier einen Film. Der Mann in dem Wagen ist ein berühmter Schauspieler.«

»Einen amerikanischen Film!« Für einen Moment stand Guntram mit offenem Mund da. Ihm fielen die Filme ein, die er mit seinen Schulkameraden vor zwei Jahren in den *Universum-Lichtspielen* gesehen hatte, als die Amerikaner die ganze Klasse in ihrem großen Truck dorthin gefahren hatten. Die Filme über Lincoln und die Weiten der Vereinigten Staaten von Amerika hatten ihn begeistert. Wenn er alt genug wäre, würde er ganz bestimmt dahin reisen. Wer weiß, vielleicht würde er sogar dort bleiben. In Amerika war es doch viel schöner als hier. Irma hatte es richtig gemacht, dass sie ausgewandert war. Hoffentlich würde sie sich irgendwann mal melden, damit er sie, wenn er groß sein würde, besuchen könnte. »Ist der Film auch über Amerika und über die Natur und die Tiere, die es dort gibt?«, fragte er den Mann.

»Nein, mein Junge, das ist ein richtiger Kinofilm, ein Spielfilm.« Guntram konnte es nicht glauben. Fast vor seiner Haustür wurde ein Film gedreht. Das würde ihm niemand glauben.

Guntram hatte nicht Unrecht mit seiner Vermutung. Denn als er die Wohnungstür öffnete, wurde er von seiner Mutter mit einer Ohrfeige empfangen. »Wo kummschd den du jetzd her, du Bongert, du dreckischer? Ich wart jetzt schun bal ä Stund uf des Fleesch un des Gemies fa dein Vadder.«
»Aber Mama, stell dir vor, da unten in S6 wird gerade ein Film gedreht«, erklärte ihr der schluchzende Guntram, der sich die rote Wange hielt.
»Her uf, mich onzuliege und mer en Beer ufzubinne. Wahrscheinlisch bischd wider newedro in de Numma 26 vorm Kabarett *Metropolbrigg* gstanne oder hoschd da die Fotos vun de *Orient-Bar* in de Numma 35 mit denne halbnaggische Weiba ongeguggd. Awer wenn nachher de Vadda kummd, dann wär ischs em verzehle. Dan krigschd glei noch ä Abreibung dezu!«

Ein Jahr später musste Pauline feststellen, dass sie ihrem kleinen Sohn Unrecht getan hatte, denn da hatte genau dieser Film in den kurz zuvor neu eröffneten *Alster-Lichtspielen* in O3 Premiere. »Ich war eine männliche Kriegsbraut« hieß er. Allerdings hatte man die so intensiv geprobte Badewannenszene herausgeschnitten. Nur die ersten fünf Minuten waren tatsächlich am Mannheimer Friedrichsring gedreht, an dem noch die deutlichen Spuren der Zerstörungen erkennbar waren. Der Hauptdarsteller des amerikanischen Films, der den französischen Offizier spielte, war niemand anderes als der legendäre Hollywood-Star Cary Grant.

Fußball (1948)

Gustav stand wie so oft wieder einmal am Fenster und blickte in die Ferne. Obwohl es erst Anfang September war, begannen schon einige Bäume ihre Blätter abzuwerfen. Über den gegenüberliegenden Tennisplatz hinweg konnte er bis zur Friedrich-Ebert-Brücke schauen. Das 1929 gebaute Theresienkrankenhaus lag fast gänzlich in Trümmern und vom Städtischen Krankenhaus auf der anderen Neckarseite waren auch nur noch Gebäudereste erhalten geblieben. Schon seit einiger Zeit spürte Gustav, wie ihn der tägliche Anblick des in Trümmern liegenden Mannheims belastete. Auch das Zusammenleben mit Pauline und den Jungs war nicht einfach, was sicherlich auch an ihm lag. Darum ging er, sooft er konnte, in die Wirtschaft, trank dort ein oder zwei Schoppen Bier und versuchte zum einen dem Gezeter zu Hause, zum anderen seinen Erinnerungen zu entfliehen. Jetzt war er schon vier Monate daheim, aber zu seinem ältesten Sohn hatte er noch überhaupt keinen Zugang gefunden. Glücklicherweise war es ihm wenigstens gelungen, zu seinem Jüngsten nach und nach eine Beziehung aufzubauen. Irma, sein Lieblingskind, war so weit weg, auf der anderen Seite des Atlantiks. Sie fehlte ihm sehr. Er konnte sich nur zu gut vorstellen, dass Pauline eine erhebliche Schuld daran hatte, dass Irma ausgewandert war. Mit dieser Frau konnte man einfach nicht auskommen! Er erlebte dies tagtäglich. Heute fragte er sich, was er damals überhaupt an Pauline gefunden hatte. Aber er würde sie nicht verlassen, waren sie doch in der jetzigen Situation voneinander abhängig. Trotzdem konnte es so nicht weitergehen. Irgendwie musste er zu Geld kommen! Vielleicht würde er tatsächlich irgendwann sein Bündel packen und sich eine Schiffspassage nach Kanada besorgen. Seine Nichte Annerose hatte ihm nämlich zwei Wochen zuvor unter dem Siegel der Verschwiegenheit erzählt, dass Irma ihr geschrieben habe. Sie sei nicht in den USA geblieben, sondern habe einen Kanadier geheiratet, mit dem sie in Toronto lebe. Annerose hatte ihm auf sein Drängen hin sogar Irmas Adresse verraten. Er hatte ihr sein heiliges Ehrenwort gegeben, dass er kein Sterbenswörtchen darüber gegenüber Pauline verlieren würde. Er hatte sich fest vorgenommen, in einem ungestörten Moment Irma zu schreiben. Trotz allem hatte er sich, seit er wieder daheim war, schon ein wenig erholt. Seine vereiterten Ohren waren geheilt, wenngleich er feststellen musste, dass er nicht mehr so gut hörte, und er hatte sogar schon etwas zugenommen. Mit seinen erfrorenen Zehen würde er leben müssen und auch mit dem Grübchen in der Wange. Eine Erinnerung an den Streifschuss, dem ihm ein Russe verpasst hatte, als er ihn gefangen genommen hatte. Wenn er so darüber nachdachte, war er eigentlich noch glimpflich davongekommen. Im Vergleich zu vielen anderen Heimkehrern ging es ihm direkt gut, denn viele seiner Leidensgenossen hatten sich in Russland die Schwindsucht geholt. Sie würden nicht alt werden und irgendwann an der unheilbaren Tuberkulose jämmerlich zugrunde gehen.

Er durfte sich sowieso nicht beklagen, denn viele seiner Kameraden hatten die Kriegsgefangenschaft in Sibirien nicht überlebt. Er hatte so unendlich viele neben sich sterben sehen. Sein kleiner Bruder Erich war auch irgendwo in den Weiten dieses riesigen Landes verschollen. Über eineinhalb Millionen deutsche Soldaten waren bis heute nicht in die Heimat zurückgekehrt. Jeden Abend wurde er daran erinnert, wenn die Frauen für ihre in Russland vermissten Männer eine Kerze ins Fenster stellten.

Aus all diesen Überlegungen heraus teilte Gustav eines Morgens Pauline während des Frühstücks mit, dass er sich entschlossen habe, nach Mosbach zu Tante Adele zu fahren und dort ein paar Wochen zu bleiben. Zum einen wolle er unbedingt seine Eltern und seine Schwester Rosemarie wiedersehen, aber hauptsächlich wolle er dort arbeiten. Er glaube, dass er dort größere Möglichkeiten habe, Arbeit als Schreiner zu finden. Zweifellos gehe es der Landbevölkerung viel besser als den Städtern und so würde man ihm dort bestimmt Aufträge geben.

Pauline war zunächst nicht sehr begeistert von seinem Vorschlag. Insbesondere störte sie, dass er Luise und Bernhard Legrand besuchen wollte. Aber der Gedanke, dass Gustav dort etwas Geld verdienen könne, überzeugte sie schließlich.

So fuhr Gustav Mitte September nach Mosbach. Das Wiedersehen mit Rosemarie und deren Tochter Iris war herzlich, das mit seinen Eltern stimmte ihn froh und traurig zugleich. Mit seinem Vater lag er sich minutenlang in den Armen. Bernhard Legrand konnte es kaum fassen, dass sein Lieblingssohn lebend aus der Kriegsgefangenschaft zurückgekehrt war. Seine Mutter hingegen erkannte ihn nicht mehr. Luise Legrand lag bewegungslos im Bett. Sie war so stark verkalkt, dass sie weder die Menschen um sich herum wahrnahm noch wusste, wer sie selbst war und wo sie sich befand. Sie hatte ihr Bett schon seit Jahren kaum noch verlassen, war inkontinent, musste gefüttert und rund um die Uhr versorgt werden.

Während seines Aufenthalts in Mosbach wurde ihm immer klarer, wie schwierig die Situation vor Ort war. Seine Mutter würde nicht dauerhaft bei Tante Adele bleiben können, zumal Rosemarie und Iris bald nach Mannheim zurückkehren würden, da die Entlassung Alberts aus der französischen Kriegsgefangenschaft kurz bevorstand.

Gustavs Hoffnungen in Bezug auf Arbeitsgelegenheiten hatten sich erfüllt. Schnell hatte sich in der Nachbarschaft herumgesprochen, dass der Neffe von Adele Legrand aus Mannheim gewissenhaft und sauber arbeitete und dazu noch günstig war. So hatte er sich vor Aufträgen kaum retten können.

Bis Ende Oktober hatte er eine ganze Stange Geld verdient und darüber hinaus auch einiges an Lebensmitteln angesammelt wie Schinken, Würste und geräucherten Käse. Es war somit Zeit, wieder nach Hause zu fahren. Als er seiner Tante Adele mitteilte, dass er in ein paar Tagen nach Mannheim zurückkehren werde, hatte diese ihn zur Seite genommen. »Gustav, so leid es mir tut, aber du musst deine Mutter mitnehmen. Albert wird nächste Woche in Mannheim ankommen und dann wird Rosemarie mit ihm und Iris in ein Zimmer in der Neckarstadt ziehen, das ich ihr über Bekannte besorgt habe. Deine kleine Schwester hat sich nun jahrelang um eure Eltern gekümmert, sodass ich der Meinung bin, dass jetzt mal einer von euch anderen drei Geschwistern an der Reihe ist. Marie und Carlo scheinen wohl recht beengt zu wohnen nach dem, was ich gehört habe, aber ihr scheint doch genügend Platz in eurer großen Wohnung zu haben. Darum denke ich auch, dass eure Mutter zunächst mal am besten bei euch aufgehoben wäre. Dein Vater kann übrigens gerne bei mir bleiben. Bernhard ist noch einigermaßen rüstig. Wenn wir uns, als wir jung waren, auch nicht so gut vertragen haben, so kommen wir jetzt im Alter doch ganz gut miteinander aus.«

Gustav hätte Tante Adele gerne widersprochen, aber wenn er ehrlich war, musste er sich eingestehen, dass sie recht hatte. So bat er einen Nachbarn von Tante Adele, seine Mutter in seinem Lieferwagen, auf dessen Lagefläche er eine Matratze legte, nach Mannheim zu transportieren. Da er selbst keinen Führerschein hatte, war er froh, dass der Nachbar bereit war, den Wagen zu steuern. Gustav hatte ihn dafür auch fürstlich entlohnt, indem er nämlich drei Tage lang umsonst alle möglichen Schreinerarbeiten in dessen Haus ausgeführt hatte. An daheim mochte er jedoch gar nicht denken, denn er wusste genau, was ihn dort erwarten würde.

Pauline tobte. Aber schließlich sprach Gustav ein Machtwort und drohte seiner Frau sogar damit, sie aus der Wohnung zu werfen, wenn sie keine Ruhe geben würde. »Wenn es dir nicht passt, dann nimm dein Bündel und hau ab!«, hatte er sie angeschrien. Er würde sich nicht länger von seiner Frau auf dem Kopf rumtanzen lassen. Irgendwie schien Pauline sein Auftreten zu beeindrucken, denn sie gab klein bei, was eigentlich an ein kleines Wunder grenzte. Luise Legrand zog bei Gustav und Pauline in T6, 22 ein.

Der November sollte ein weiteres einschneidendes Familienereignis für die Legrands mit sich bringen. Es war der Tod von Richard Jäckel, der trotz seiner Krankheit recht unerwartet eintrat. Sein Dahinscheiden rief sehr unterschiedliche Reaktionen hervor. Während seine Frau einen Heulkrampf bekam, als sie ihn am Morgen tot in seinem Bett vorfand, und Dr. Dürr nur noch feststellen konnte, dass sein Herz in der Nacht stehengeblieben war, nahmen die Legrands die Todesnachricht eher gelassen hin. Keiner von ihnen hatte ihn nämlich wirklich leiden können und niemand empfand es als großen Verlust, dass er nicht mehr unter den Lebenden wandelte. Hans und seine Mutter hingegen verfielen in tiefe Trauer. Denn auch wenn Hans es nie öffentlich zugegeben hätte, am allerwenigsten hätte er das gegenüber Annerose getan, so hatte er seinen Vater doch stets bewundert und ihn auch geliebt.

Annerose atmete insgeheim auf. Der alte Jäckel hatte sie gehasst und ihr war über die Jahre hinweg immer klarer geworden, dass er Hans und ihr nie seinen Segen geben würde. Bei der Beerdigung sah Annerose ihren leiblichen Vater Franz Brandstetter wieder, der sich mit seiner Frau und seinen Kindern unter den Trauergästen befand. Er war der engste Freund von Richard Jäckel gewesen, und so war es selbstverständlich, dass er ihn auf seinem letzten Weg begleitete.

Nach der Trauerfeier ging Franz Brandstetter in einem Moment, in dem er sich von seiner Familie unbeobachtet fühlte, auf Annerose zu. »Du brauchst dir jetzt keine Sorgen mehr zu machen«, flüsterte er ihr zu. »Hans liebt dich, das weiß ich. Er wird dich bestimmt bald heiraten, dafür werde ich schon sorgen. Seine Mutter vertraut mir voll und ganz, und die werde ich entsprechend bearbeiten, dass sie dich als Schwiegertochter akzeptiert. Du kannst mir vertrauen.« Er zwinkerte ihr zu. »Das kriegen wir schon hin. Ich denke, ich habe etwas an dir gutzumachen.« Wären sie nicht auf einer Beerdigung gewesen, wäre Annerose ihrem Vater sicherlich um den Hals gefallen und hätte Freudensprünge vollführt. Aber so schenkte sie ihm nur ein glückliches Lächeln und zückte schnell ein Taschentuch, als Frau Jäckel kurz darauf zu ihr herüberschaute, als würde sie sich die Tränen abwischen.

Auch auf Helena würden in diesem Monat noch Überraschungen warten. Am 23. November war Siegfrieds Geburtstag. Er fiel in diesem Jahr auf einen Dienstag. Doch obwohl es ein Wochentag war, hatte Helena sich entschlossen, für ihren Verlobten einen Kuchen zu backen und am Nachmittag in die Schneiderei nach H6 zu gehen, um ihren Verlobten zu überraschen. Als sie dort ankam, öffnete ihr das Hausmädchen Lydia.

»Na, wo ist denn mein Geburtstagskind?« Helena trat gut gelaunt in die Wohnung und schaute sich um, aber konnte ihn nirgends entdecken.

»Siegfried musste nochmals dringend weg«, meinte Lydia und es war ihr deutlich anzumerken, dass sie sich nicht wohlfühlte.

»Macht nichts, dann setze ich mich in die Küche und warte auf ihn. Er wird doch sicher gleich kommen.« Helena zog ihren Mantel aus und ließ sich auf einem Küchenstuhl nieder.

»Magst du etwas trinken?« Lydia war schon dabei, ein Glas aus dem Küchenschrank zu holen, hielt jedoch inne, als Helena den Kopf schüttelte. »Ich möchte warten, bis Siegfried da ist, dann können wir den Kuchen zusammen anschneiden und du könntest Kaffee für uns alle kochen. Er wird sicher bald zurück sein. Er rechnet doch insgeheim bestimmt damit, dass ich komme.«

Lydia machte den Küchenschrank zu.

»Hat er gesagt, wann er zurückkommt? Wo ist er denn überhaupt hin?«, fragte die ahnungslose Helena.

»Ich weiß es nicht, aber ich denke, das kann schon noch etwas dauern, denn er musste auf den Lindenhof«, erklärte ihr Lydia.

»Hat er jetzt auch Kunden auf dem Lindenhof, für die er näht?« Helena war sich ziemlich sicher, dass Siegfried noch ein Kleidungsstück ausliefern musste, das er geschneidert hatte.

Lydia wollte Helena gerade erzählen, wo Siegfried war, als die Tür aufging und Konrad und Inge händchenhaltend eintraten.

»Oh, was für ein schöner Besuch aus dem Jungbusch«, begrüßte sie Konrad. »Willst du zu Siegfried?«

Helena nickte lächelnd.

»Da wirst du Pech haben, denn mein Bruder spielt heute Mittag für den 08er auf dem Lindenhof.« Er schaute auf die Küchenuhr. »Das Spiel wird jetzt gerade angepfiffen. Vor sieben Uhr heute Abend ist der auf keinen Fall wieder da.« Helenas gute Laune war von einem Moment zum anderen dahin und das Lächeln aus ihrem Gesicht verschwunden.

»Und wer weiß«, fügte Inge grinsend hinzu, »vielleicht wird dein Siegfried nach dem Spiel anlässlich seines Geburtstags noch die anderen Spieler auf einen Umtrunk einladen. Das kann dann spät werden.« Die Häme in ihrer Stimme war unüberhörbar.

»Hat er dir denn nicht gesagt, dass er heute Fußball spielt?«, fragte Konrad nach. Er tat dabei erstaunt, obwohl er das im Grunde überhaupt nicht war, aber es gefiel ihm, ein bisschen in der Wunde herumzustochern. Es bereitete ihm Genugtuung, dass er das Glück seines Bruders mit Helena ein wenig trüben konnte.

Als sich die Küchentür in diesem Moment erneut öffnete, schaute Helena gespannt hinüber. Das war bestimmt Siegfried! – Aber hinter dem Türblatt erschien nur der alte Schneider. »Hab ich doch richtig gehört«, meinte er und steuerte auf den Küchentisch zu. »Das ist aber schön, dass du uns einen Kuchen mitgebracht hast, Helena.« Er setzte sich hin und meinte zu Lydia: »Hol mal gleich einen Teller heraus und schneide mir ein großes Stück ab. Da freue ich mich jetzt drauf.«

»Und für Inge und mich bitte auch eins. Wär doch schade um den schönen Kuchen«, meinte Konrad, und zu Helena gewandt fügte er noch hinzu: »Du siehst, dein Kuchen findet dankbare Abnehmer, dann hast du ihn wenigstens nicht umsonst gebacken!«

Ehe sich die anderen versahen, war Helena aufgestanden und hatte ihren Mantel geschnappt. Beim Hinausgehen hatte sie sich nochmals umgewandt und den Anwesenden einen gesegneten Appetit gewünscht. Dann war die Tür ins Schloss gefallen.

»Ich hoffe, er bleibt ihnen im Hals stecken!«, hatte sie leise vor sich hingemurmelt, während sie den Hausflur entlangschritt. Dabei waren ihr die Tränen gekommen. Sie hatte sich unendlich erniedrigt gefühlt. Wie hatte ihr Siegfried nur so etwas antun können!

Helena ging die Straße zwischen H7 und J7 entlang, hier waren weniger Leute unterwegs. Sie hatte keine Lust, auch nur irgendjemandem, den sie kannte, zu begegnen. Tränen liefen ihr über die Wangen. Sie liebte Siegfried, aber immer wieder hatte es zwischen ihnen Streitigkeiten wegen des Fußballs gegeben. Besonders in den letzten Wochen hatte sich die Situation zugespitzt. Unzählige Male war sie nun schon mit Lydia in der Küche gesessen und hatte auf ihn gewartet. Kein Wochenende konnten sie etwas zusammen planen, weil immer gerade irgendein Verein spielte. Fußballspielen war ihm wichtiger, als mit ihr die Zeit zu verbringen. Er zog es anscheinend vor, mit seinen Mannschaftskameraden zusammen zu sein. Sie begann sich ernsthaft zu fragen, ob sie sich das länger antun wollte. Andere Mütter hatten schließlich auch schöne Söhne. Sollte er doch mit seinem Fußball glücklich werden! Das, was heute geschehen war, hatte jedoch alles Bisherige übertroffen. Es war wirklich die Krönung gewesen.

Und dann auch noch seine Familie! Die saßen jetzt in der Küche und aßen ihren Kuchen, den Geburtstagskuchen, den sie mit so viel Liebe für ihn gebacken hatte. Perlen vor die Säue! Die hatten es doch richtig genossen, sie zu demütigen. Dabei hatten die es gerade nötig! Sein Bruder Konrad war ein richtiger Faulenzer und dann noch diese Inge! Ihr Vater war ein stadtteilbekannter Trinker und das hatte auch auf seine Tochter abgefärbt. Konrad und Inge, die zwei passten nur zu gut zueinander. Sie waren nichts und konnten nichts. Wollte sie wirklich in so eine Familie einheiraten? Als sie den Luisenring überquerte, wischte sie sich die letzte Träne ab. So wollte sie nicht weitermachen. Siegfried würde sich entscheiden müssen: Der Fußball oder sie! Bei nächster Gelegenheit würde sie ihn zu einer Entscheidung drängen.

Leider fiel ein paar Tage später Siegfrieds Antwort nicht in ihrem Sinne aus. Denn auf ihre Aufforderung, »Entscheide dich, Siegfried! Der Fußball oder ich«, hatte er flapsig erwidert: »Dann der Fußball!« Siegfried hatte seine Verlobte gar nicht ernst genommen, als sie ihn mit dieser Frage konfrontiert hatte, und das Ganze für einen Scherz gehalten. Erst als sie wütend ihren Verlobungsring vom Finger gezogen und ihm vor die Füße geworfen hatte, war ihm die Tragweite seiner Antwort klar geworden. Aber da war es schon zu spät gewesen. Egal, was er danach auch sagte, es war ihm nicht gelungen, Helena zu beschwichtigen. Somit war ihre Verlobung bereits nach einem halben Jahr geplatzt.

Erbschaft (1948)

Der Brief, der Ende des Jahres Marie Legrand von den Behörden zugestellt wurde, betraf nicht nur sie, sondern auch alle ihre jüngeren Geschwister und vor allem ihre Mutter. Nachdem Marie die Zeilen überflogen hatte, schaute sie Valentin entgeistert an und meinte:»Stell dir vor, meine Mutter hat ihr Elternhaus in Trienz geerbt! Ihr Bruder Hans Neudorfer ist gestorben.«
»Aha.« Valentin, der am Küchentisch saß, schaute zu ihr auf und faltete seine Zeitung zusammen.»Ich wusste gar nicht, dass deine Mutter einen Bruder hatte.«
»Meine Mutter hatte eine ältere Schwester und einen großen Bruder. Aber denen sind wir niemals begegnet. Auch meine Großeltern kenne ich nur vom Hörensagen«, erklärte ihm Marie.
»Wieso das?«, fragte Valentin nach.
Marie zuckte mit den Schultern.»Ich kann mich nicht erinnern, dass meine Mutter jemals ein Sterbenswörtchen über ihre Kindheit verloren hätte, sie muss wohl furchtbar gewesen sein. Mein Vater, so glaube ich mich zu erinnern, hat einmal erzählt, dass sein Schwiegervater, also der alte Neudorfer, Bierkutscher war und ziemlich gewalttätig gewesen sein muss. Angeblich hat er meine Großmutter zum Krüppel geprügelt. Und meine Mutter und ihre Geschwister seien allesamt froh gewesen, als sie endlich von zu Hause weggehen konnten«, erklärte ihm Marie.
»Das ist verständlich, und es leuchtet mir auch ein, dass deine Mutter und ihre Geschwister nicht darauf erpicht waren, ihre Eltern nochmals wiederzusehen. Aber dass die Geschwister untereinander später nie das Bedürfnis verspürt haben, erneut zusammenzukommen, das kann ich, ehrlich gesagt, nicht ganz nachvollziehen.« Valentin empfand es als erstaunlich, dass die Geschwister über die ganzen Jahrzehnte hinweg nie auf die Idee gekommen waren, miteinander Kontakt aufzunehmen. In seiner Familie wäre das undenkbar gewesen.

»Was soll ich denn jetzt tun?« Marie schaute ihren Mann ratlos an. »Na ja, zunächst musst du mal deine Geschwister verständigen und herausfinden, wie das mit dem Erbe überhaupt aussieht, schließlich ist eure Mutter nicht mehr klar im Kopf«, stellte Valentin nüchtern fest.

»Also ich kann sowas jetzt grad gar nicht gebrauchen und mich auch um nichts kümmern. Die Betty kriegt in den nächsten Tagen ihr Kind und ich muss für sie da sein. Davor graut es mir sowieso schon. Mir wird das alles zu viel!« Marie schüttelte den Kopf. »Ich geh jetzt gleich rüber zum *Langen*, der soll das regeln!«

Kurz darauf saß Marie an Carlos und Amelies Küchentisch. Der *Lange*, wie seine Geschwister Carlo stets wegen seiner stattlichen Körpergröße genannt hatten, las den Brief nochmals durch. »Unsere Mutter ist eindeutig die Alleinerbin. Ihre ältere Schwester Kathrin hat das Haus von ihrem Vater nach dessen Tod allein geerbt, da gab es wohl ein entsprechendes Testament. Als sie dann kurz vor dem Krieg gestorben ist, hat sie es ihrem Bruder Hans vermacht. Und da es nur die drei Geschwister gibt und Kathrin und Hans kinderlos waren, geht es nun laut gesetzlicher Erbfolge an unsere Mutter. So wie es aussieht, ist die einzige Hinterlassenschaft, die möglicherweise einen gewissen Wert darstellt, das Haus in Trienz. Aber da weiß man natürlich auch nicht, in welchem Zustand es ist.«

»Vielleicht ist das am Schluss so eine alte Bruchbude! Und dazu noch am Arsch der Welt!«, meinte Marie abfällig.

»Das wissen wir eben nicht genau«, stellte Carlo fest.

»Aber selbst wenn es einen Wert hat, kann denn eure Mutter in ihrem Zustand das Erbe einfach so antreten? Sie ist doch überhaupt nicht zurechnungsfähig.« Amelie äußerte ihre Zweifel.

»Warum sollte sie nicht trotzdem erben können? Selbst wenn sie es nicht kann, sind wir als ihre Kinder die nächsten in der Erbfolge. Aber wie gesagt, ich bin der Überzeugung, dass unsere

Mutter erbberechtigt ist. Wir sollten jedoch unbedingt beantragen, dass sie entmündigt wird. Sie ist schließlich nicht mehr geschäftsfähig. Aber dann müsste natürlich einer von uns die Vormundschaft übernehmen, denn unser Vater ist dazu auch nicht mehr imstande«, meinte Carlo nachdenklich.

»Also ich habe dafür keinen Kopf! Ich habe genug mit mir selbst zu tun und darüber hinaus auch noch Betty am Hals.« Marie wehrte sofort ab. »Ich mache das auf keinen Fall!«

»Na ja, und Rosemarie hat jetzt ganz andere Sorgen. Albert scheint wohl ziemlich angeschlagen aus der Kriegsgefangenschaft zurückgekommen zu sein«, warf Amelie ein. »Die können wir damit nicht auch noch belasten. Rosemarie war außerdem die ganzen letzten Jahre für eure Eltern da, die solltet ihr jetzt mal schön außen vor lassen.«

»Ich denke, das Vernünftigste wäre es, die Vormundschaft Gustav zu übertragen, zumindest so lange, wie Mutter bei ihm wohnt und er sie betreut«, erklärte Carlo. »Sollten wir eine größere Wohnung finden, kann Mutter zu uns kommen und dann können wir ja die Vormundschaft übernehmen. Oder was meinst du, Amelie?«

»Wahrscheinlich ist das im Moment am sinnvollsten. Wir geben Gustav weiterhin Geld für den Unterhalt deiner Mutter und dafür bleibt sie erst mal noch bei ihm und Pauline.« Amelie stimmte ihrem Mann zu.

»Die Pflege unserer Mutter ist kein Zuckerschlecken, für niemanden von uns. Darum müssen wir jetzt auch zusammenhalten und uns abwechseln. Pauline macht dem Gustav sowieso schon seit Wochen das Leben zur Hölle. Jedes Mal, wenn ich mich mit ihm treffe, klagt er mir sein Leid.«

»Also zu mir kommt sie nicht! Jeder hat sein Päckchen zu tragen und ich bin mit Betty und dann auch noch mit dem Enkelkind gut ausgelastet. So, und jetzt muss ich sowieso nach Hause.« Marie stand auf und bewegte sich in Richtung Tür. Kurz bevor sie hinausging, drehte sie sich nochmals um. »Abgesehen von meinem Erbteil, wenn ihr mal das Haus verkaufen solltet, will ich mit alledem nichts zu tun haben«, stellte sie fest, »auf Wiedersehen.« Und schon war sie verschwunden.

»Das war wieder typisch für deine Schwester! Selbst nichts tun, aber immer auf ihre Vorteile bedacht. Die wird sich nicht mehr ändern.« Amelie hatte Marie noch nie besonders gemocht. »Die dumme Nuss vergisst ganz, dass es auch um ihre Mutter geht. Aber das hilft alles nichts.« Carlo stand auf. »Ich gehe jetzt am besten gleich zu Gustav und werde mit ihm alles besprechen, denn so, wie es aussieht, bleibt das Ganze doch an uns beiden Brüdern hängen.«

Als Carlo das Haus in T6, 22 betrat, hörte er schon unten das laute Gezeter und Geschreie. Es kam eindeutig aus der Wohnung von Gustav und Pauline. Am liebsten wäre er auf dem Absatz umgekehrt. Aber es half alles nichts, er musste mit Gustav reden. Also ab in die Höhle des Löwen!

Seine Mutter lag in einem alten Bett im Wohnzimmer. Wie fast immer starrte sie teilnahmslos zur Decke. Auch jetzt reagierte sie auf nichts und niemanden. Pauline hastete indessen, vor sich hin brabbelnd und murrend, von einem Raum zum anderen.

»Lass uns jetzt einfach mal ein paar Minuten in Ruhe!« Gustav schloss die Tür und signalisierte Pauline mit einer Handbewegung, dass sie sich verziehen solle. Die Brüder ließen sich am Wohnzimmertisch nieder. »Ich halte das Theater, das die vollführt, bald nicht mehr aus. Manchmal weiß ich nicht, was schlimmer ist, bei den Russen zu sein oder bei diesem Weib.«

»Ich weiß, Gustav, das ist alles nicht einfach. Du weißt, Amelie und ich sind schon lange auf der Suche nach einer größeren Wohnung. Aber bei dem aktuellen Wohnungsmarkt ist es so schwierig, etwas Passendes zu finden. Ich habe gerade wieder im *Mannheimer Morgen* gelesen, dass fast jeder Dritte in Deutschland zur Untermiete wohnt. Wenn ich mir vorstelle, dass noch immer unzählige Leute im Paradeplatzbunker hausen, weil sie kein Dach überm Kopf haben, dann packt mich das kalte Grausen. Die nennen den Tiefbunker zwar jetzt Hotel, aber die Verhältnisse da drin werden durch den bloßen Namenswechsel auch nicht besser.« Carlo wusste, wovon er sprach, denn einer seiner Kollegen vom Friedhof wohnte seit Kriegsende in dem Bunker. »Aber ich verspreche dir, sobald wir etwas Größeres finden, kann Mutter zu uns kommen.«

Das nun folgende Gespräch mit Gustav verlief wesentlich harmonischer, als Carlo es vermutet hatte. Sein Bruder willigte ein, die Vormundschaft für Luise Legrand zu übernehmen und sich um die damit verbundene Erbangelegenheit zu kümmern.

Das war für den Augenblick erst mal geklärt. Carlo atmete auf, als er den Friedrichsring entlangging. Seine Mutter war recht gut versorgt, auch wenn Pauline ständig herumzeterte. Sein Bruder hatte allem Anschein nach die Situation unter Kontrolle, auch wenn das mit Pauline kein Dauerzustand sein konnte. Doch wichtig war für Carlo, dass er sich mit seinem Bruder hatte einig werden können.

Leider täuschte sich Carlo in der Einschätzung der Lage gründlich. Die Dinge sollten einen fatalen Verlauf nehmen. Was er zu dem Zeitpunkt nämlich nicht ahnen konnte, war die Tatsache, dass eine gewisse Barbara Manger, eine angebliche Nachbarin von Hans Neudorfer aus Trienz, kurz darauf vor Gustavs und Paulines Wohnung stand. Sie hatten sie hereingebeten und sich lange mit ihr unterhalten. »Ich kannte Ihre Tante Kathrin und Ihren Onkel Hans sehr gut und habe mich insbesondere um ihn viele Jahre gekümmert. Sie müssen wissen, Ihr Onkel und ich hatten von jeher ein sehr vertrauensvolles Verhältnis. Er kannte mich schon als Kind und gerade in den letzten Jahren hat er mir immer wieder ans Herz gelegt, dass ich mich, wenn er mal stürbe, um seine kleine Schwester kümmern und dafür sorgen solle, dass es ihr gut gehe.«

»Das wundert mich jetzt aber schon, wo er doch nie Kontakt zu meiner Mutter hatte.« Gustav konnte seine Zweifel nicht verbergen.

»Ich glaube, er hatte Ihrer Mutter gegenüber ein schlechtes Gewissen und wollte, bevor er stirbt, seinen Frieden mit ihr machen«, erklärte ihm nun Barbara Manger.

»Warum sollte er ein schlechtes Gewissen gehabt haben. Die haben sich doch über Jahrzehnte hinweg gar nicht gesehen.« Für Gustav machte das alles keinen Sinn, was die Frau ihm da erzählte.

»Na ja, das scheint wohl damit zusammenzuhängen, dass Ihr Onkel Hans und seine Schwester, also Ihre Tante Kathrin, damals sehr früh aus dem Elternhaus weggegangen sind und ihre kleine Schwester Luise bei ihrem gewalttätigen Vater, also Ihrem Großvater, zurückgelassen haben. Ihr Onkel Hans hat sich das nie verziehen.«

»Ich weiß ja nicht viel über die Familie meiner Mutter, aber dass der alte Neudorfer ein böser Mann gewesen sein muss, habe ich schon mitbekommen.« Langsam schien Gustav zu begreifen, was Barbara Manger ihm mitzuteilen versuchte.

»Jedenfalls hat mich Ihr Onkel regelrecht dazu gedrängt, mit der Familie seiner kleinen Schwester in Mannheim Kontakt aufzunehmen. Und nun stehe ich hier.« Sie lachte die beiden herzerfrischend an.

»Eine nette Person«, stellte Gustav fest, als Barbara wieder gegangen war. »Wenn sie nicht so ausdrücklich betont hätte, dass sie eine Nachbarin und nicht verwandt und nicht verschwägert mit uns sei, hätte ich gedacht, sie ist eine Legrand.«

»Mit doina Sibbschaft is die im Lewe net verwondt. Die Fraa is klor. Un weeschd was, isch hab die schun ämol gsehe. Die war domols, wo die Marlene beerdischt worre is, des muss 1943 gewese soi, do war die uf em Friedhof. Mia hawwe uns domols nemmlisch noch gewunnerd, wer die Fra soi kennd. Die hot mer vorhin, wo du drauße uf em Klo warschd, verzehlt, dass die Gschwister vun doina Mudda in Trienz sie domols drum gebede hätte, stellvertretend uf die Beerdischung vun de Marlene nach Mannem zu gehe, weil sie selwa sich ned getraut hawe. Na ja, des is jo a kä Wunna, bei eire bescheierde Familieverheltnisse!« Pauline versuchte, wann immer sie konnte, die Legrands herunterzumachen. Sie wusste genau, dass sie ihren Mann damit demütigte. Das bereitete ihr stets eine große Genugtuung. Gustav hatte sich indes angewöhnt, die abschätzigen Kommentare seiner Frau zu übergehen.

Anfang Februar klingelte es erneut an Gustavs und Paulines Tür. Da die beiden sich mal wieder heftig stritten, hätten sie das Läuten beinahe überhört. Als sie öffneten, stand erneut die freundlich lächelnde Barbara Manger vor ihnen.

»Entschuldigen Sie, dass es bei uns so heiß hergeht, aber meine Frau und ich haben mal wieder heftige Meinungsverschiedenheiten wegen meiner Mutter«, erklärte ihr Gustav, dem die Situation peinlich war. »Aber kommen Sie doch bitte rein!«

»Isch halt des ned mer aus, mit derre Alde. In de *Libell* butze, mei Menna deheem versorge, des ded ma grad lange. Awer dann derf isch noch die Ald fiddere und drogge lege, wenn ich heem kumm. Des schaff isch äfach net länga. Jeden Daach scheisst se mer ihr Nachthemd un des Bedd voll. In de ganze Wohnung stingts bloß noch. Un bevoa isch ins Bedd geh, kann isch dann noch die verschissene Bettdiescha im Zuwa oiweesche un koche. Die Flegge kriggschd jo sowieso nit mea raus und morgens steh isch dann am Waschdroog. Isch hab so die Schnauz voll! Un der«, sie deutete auf Gustav, »der hot mer des alles oigebroggt un kabiert net, dass es so net weidagehe kann. Im Gegedeil, jetzd iss geschdern a noch en Brief kumme, dass er de Vormund vunnere is.«

»Ich weiß, dass das alles nicht leicht ist«, versuchte Gustav seine Frau zu beschwichtigen, aber im Moment gibt es eben keine andere Lösung. Da hilft auch dein Lamentieren nichts!«

Barbara Manger hatte die ganze Zeit aufmerksam zugehört. Plötzlich lächelte sie die beiden an. »Vielleicht kann ich euch ja helfen. Ich hätte da nämlich eine Idee.« Sie machte eine Pause. »Was haltet ihr davon, wenn eure Mutter zu mir mit nach Trienz käme? Sie hat doch jetzt das Haus geerbt. Ich könnte mit ihr darin wohnen und sie pflegen.«

Pauline stand der Mund offen. »Des dede Sie fa uns mache?! A des wer jo die Lösung vun alle unsre Probleme. A Sie hot jo de Himmel gschiggd!« Pauline konnte ihr Glück kaum fassen.

Gustav freute sich zwar auch über das Angebot, sah das Ganze jedoch wesentlich realistischer. »Das wäre natürlich wunderbar, aber das Problem ist, wir haben alle nicht genug Geld, um Sie für Ihre Dienste zu bezahlen. Wir können für den Unterhalt unserer Mutter aufkommen, aber damit ist es ja nicht getan.«

»Vielleicht gibt es da doch eine Möglichkeit, wie wir zueinander finden können. Wie Sie mir letztes Mal schon erzählt haben, sind weder Sie noch Ihre Geschwister richtig an dem Haus interessiert und niemand scheint auch ernsthaft zu erwägen, nach Trienz zu ziehen. Oder habe ich das falsch verstanden?«

Gustav schüttelte den Kopf. »Für uns wäre es nur interessant, es früher oder später zu verkaufen. Aber im Moment ist es sowieso schwierig mit dem Verkaufen, denn die Leute haben alle kein Geld. Und diejenigen, die es hätten, kaufen sich bestimmt nicht so ein altes Haus und dann noch im hintersten Odenwald!«

»Na ja, ich könnte es ja – sagen wir mal – erwerben«, warf Barbara Manger ein.

»Haben Sie denn genug Geld, um es zu kaufen?« Gustav schaute sie erstaunt an.

»Nein, das habe ich natürlich nicht, aber wir könnten uns darauf einigen, dass ich ihre Mutter pflege, so lange sie lebt, und ihr Haus nach ihrem Tod an mich übergeht.« Sie blickte abwechselnd von Pauline zu Gustav. »Dann wären Sie von heute auf morgen all ihre Sorgen los. Ihre Mutter ist jetzt knapp über Mitte siebzig, so Gott will, kann sie noch zehn Jahre leben. Wollen Sie sich das wirklich antun?«

Pauline musste nicht lange nachdenken. »Des mache mer. Du iwwerschreibschd de Fra Manger des Haus, du bischd jo jetzd de Vormund un hoschd alle Vollmachde, un dann schaffd err se so schnell wie meglisch nach Trienz.«

Gustav zögerte, ihm war nicht wohl dabei, eine solche Entscheidung allein zu treffen. »Ich denke, ich muss das mit meinen Geschwistern besprechen. Ich kann das nicht allein entscheiden.«

»Was gibt's en do noch zu bespresche. Die Marie un die Rosemarie hawwe sich glei ausgeklingt und doin Bruda, der wird degege soi, dass ma die Mudda nach Trienz bringe, awer nemme werd er se mit Sischerheit a net. Un bis der irgendwann am Sangt Nimmerleinsdaach ä greßeri Wohnung find, do hab isch vorher en Herzinfackd kriggt. Du, Guschdaf, un isch, mia zwee ganz allä, mia misse des endscheide, denn mia hawwe schließlisch doi Mudda am Hals un net die. Doin Bruder geht des än feischde Kehrrischd on.«

»Gustav, ich denke, Ihre Frau hat recht. Schaun Sie mal, das ist doch alles viel zu viel für Sie beide. Ich habe Zeit, und ich verspreche Ihnen, ich werde mich um Ihre Mutter kümmern, als wäre sie meine eigene.« Als sie das sagte, veränderte sich ihr Gesichtsausdruck für einen Sekundenbruchteil, was jedoch weder Pauline noch Gustav wahrnahmen.

Alles, was die beiden Frauen sagten, klang derart vernünftig, dass sich Gustav ihren Argumenten nicht verschließen konnte. Schließlich siegte seine Sehnsucht, dass endlich wieder Friede im Hause einkehren möge. Gustav willigte ein. Er setzte ein Schreiben auf, in dem er das Haus in Trienz an Barbara Manger überschrieb, die im Gegenzug Luise Legrand bis zu ihrem Tode pflegen sollte.

Eine Woche später beauftragte er den Metzger Rosenfelder in J1, bei dem sie seit Jahrzehnten Stammkunden waren, seine Mutter in seinem kleinen VW-Bus, mit dem er sonst halbe Schweine und Fleisch von anderem Schlachtvieh transportierte, nach Trienz zu bringen. Sie legten, wie schon Monate zuvor, auch dieses Mal wieder die Ladefläche mit Matratzen, Kissen und Decken aus, nur dass es nun wieder zurück in den Odenwald ging.

Es war ein kalter Wintertag, an dem Gustav zusammen mit dem Metzger, der am Steuer saß, Luise Legrand auf eisig glatten Straßen durch den verschneiten Odenwald nach Trienz schaffte. Sie brachten sie zurück an den Ort, wo sie 1871 zur Welt gekommen war und den sie als junge Frau mit fliegenden Fahnen verlassen hatte. Den Ort, an dem sie die schlimmsten Jahre ihres Lebens verbrachte und an den sie nie mehr hatte zurückkehren wollen. Aber Trienz schien schicksalhaft mit ihrem Leben verknüpft zu sein. Dort würde sich in verhängnisvoller Weise ihr Lebenskreis schließen.

Luise Legrand (1949)

»Du musst dich nicht so fest zudecken, du bekommst ja gar keine Luft mehr und das wollen wir doch nicht.« Während sie dies sagte, schob sie das Deckbett von Luise Legrand zurück und klemmte es seitlich an der Matratze fest. Die alte Frau schüttelte ein wenig den Kopf, aber sie war zu schwach, das Plumeau wieder hochzuziehen. Barbara Manger näherte sich dem Fenster und öffnete die beiden Flügel. Sie steckte einen Keil zwischen den Rahmen, sodass der Wind sie nicht zudrücken konnte.

»Die frische Luft wird dir guttun. Du wirst sehen, da, wo du morgen früh sein wirst, wird es dir gefallen. Keine Schmerzen mehr, keine schlechten Träume, es wird dir so wunderbar gehen wie schon lange nicht mehr.« Sie lächelte voller Genugtuung.

Eingehüllt in ihr Wolltuch setzte sie sich in den Ohrensessel in der windgeschützten Ecke des Zimmers und betrachtete die vor Kälte zitternde alte Frau in ihrem Bett. Ihre Gesichtszüge veränderten sich und ihr immer noch schönes Gesicht verwandelte sich nach und nach in eine hässliche Fratze. Die großen braunen Augen, die sie von ihrer Mutter geerbt hatte, waren zu schmalen Schlitzen geworden und um ihren Mund mit den zusammengekniffenen Lippen legte sich eine unbarmherzige Härte.

Sie erinnerte sich an ihre Kindheit Anfang der 1890er-Jahre damals in Trienz im Haus ihrer Großeltern. Ihre leibliche Mutter hatte sie nie kennengelernt, da der Großvater sie nach der Geburt gleich aus dem Hause gejagt hatte. Sein Enkelkind hatte er jedoch behalten. Barbara dachte an ihre Großmutter. Sie hatte noch immer das Schlurfen in den Ohren, das die Alte verursachte, wenn sie über die knarrenden Dielen des Hauses hinkte und dabei ihren kaputten Fuß hinter sich herzog. Mit erstarrter Miene und leblosen Augen bewegte sie sich schweigend wie ein Schatten durch den Korridor. Wenn das kleine Mädchen sie ansprach, antwortete sie ihr nicht.

Als Barbara acht Jahre alt war, starb ihre Großmutter. Aber damit begann erst die tatsächliche Leidenszeit des kleinen Mädchens. Denn viel schlimmer als ihre Großmutter war ihr cholerischer Großvater, der seinen Jähzorn nur zu gerne an ihr ausließ, insbesondere, wenn er getrunken hatte. Dann prügelte er blindwütig auf sie ein. Wäre ihre Lehrerin nicht gewesen, so hätte er sie wahrscheinlich irgendwann einmal totgeschlagen. Ihr waren die immer wiederkehrenden blauen Flecke und Blutergüsse an dem kleinen Mädchen aufgefallen und als Barbara dann einmal mit einem gebrochenen Arm in die Schule kam, hatte sie so lange auf das kleine Mädchen eingeredet, bis dieses sich ihr endlich anvertraute und ihr von den tagtäglichen Misshandlungen erzählte. An diesem Morgen sah Barbara ihr Elternhaus oder besser gesagt ihr Großelternhaus zum letzten Mal. Da ihre leibliche Mutter unauffindbar war, brachte man Barbara noch am selben Tag in das Waisenhaus nach Ludwigsburg. Doch schon ein paar Wochen später überführte man sie nach Weingarten. Bei diesem Waisenhaus handelte es sich auch um eine Rettungs- und Erziehungsanstalt für Vagantenkinder. Man hatte die meist verwahrlosten Kinder per Gesetz ihre dem Fahrenden Volk angehörenden Eltern einfach weggenommen. Viele von ihnen hatten während der vielen Jahre, die sie auf der Straße lebten, allerhand Überlebensstrategien entwickelt, die sich jedoch oftmals außerhalb der Gesetze bewegten. Barbara bekam in den gemeinsamen Jahren viel davon mit und einiges würde sie später für sich zu nutzen wissen. Vor allem aber verlor sie in dieser Zeit jegliche Art von Skrupel und ließ keinen Zweifel daran, dass sie nicht davor zurückschrecken würde, alles, was sie gelernt hatte, einzusetzen, sofern es ihr zum Vorteil gereichen würde. Als sie aus dem Waisenhaus entlassen wurde, hatte sie nichts, nur ihre Schönheit. Zweifellos war sie eine Augenweide und auch wenn sie nichts besaß und auch nichts gelernt hatte, so waren doch die Burschen hinter ihr her. Barbara jedoch war wählerisch. An die Liebe glaubte sie sowieso nicht. Liebe war ein Hirngespinst, eine Verirrung der Gefühle, der sie nicht anheimfallen wollte. Diese

Habenichtse, die ihr den Hof machten, wollten doch alle nur das eine. Zum Teufel sollten sie gehen! Doch dann begegnete sie dem betagten Burkhard Manger. Er war Witwer, hatte keine Kinder, dafür aber beträchtliche Ersparnisse. Ihm gehörte eine gutgehende Mühle im Nordschwarzwald. Er fand Gefallen an der schönen jungen Frau und machte ihr den Hof. Als er gewahr wurde, dass Barbara seinem Werben nicht abgeneigt war, hielt er schließlich um ihre Hand an.

Sie lebten nicht schlecht miteinander. Barbara hatte zum ersten Mal ein Zuhause. Es fehlte ihr an nichts. Sie mochte den Müller sogar ein wenig und fühlte an seiner Seite zum ersten Mal so etwas wie Geborgenheit. Wahrscheinlich war er der einzige Mensch in ihrem Leben, für den sie überhaupt je etwas empfunden hatte. Als er dann neun Jahre später starb, hinterließ er ihr die Mühle und sein Erspartes. Aber die Zeiten waren schwierig und somit auch der Niedergang der Mühle nicht zu verhindern. Mitte der 20er-Jahre verkaufte Barbara schließlich alles und musste froh sein, dass sie überhaupt noch etwas für die Mühle bekam. Mit der Zeit schrumpften auch die Ersparnisse und so kehrte sie nach Trienz zurück.

Ihr Großvater war damals schon seit Jahren tot und hatte sein Haus und ein kleines Vermögen seiner ältesten Tochter hinterlassen. Sie war als Einzige nach vielen Jahren nach Trienz zurückgekehrt und hatte sich ein paar Monate vor seinem Tod mit ihrem Vater versöhnt. Der alte Mann hatte auf dem Totenbett, vermutlich um seine Seele zu entlasten, dem katholischen Priester in Anwesenheit seiner Tochter gebeichtet, dass Barbara nicht sein Enkelkind, sondern sein Kind sei, das er mit seiner jüngsten Tochter gezeugt habe. Voller Entsetzen hatte sich seine Älteste von ihm abgewandt. Sie hatte zwar gewusst, dass ihre kleine Schwester ein Kind bekommen hatte, war aber immer der Meinung gewesen, dass der Vater des kleinen Mädchens irgendein Bursche aus dem Dorf gewesen sei, den ihre Schwester nicht hatte preisgeben wollen. Was ihr Vater gebeichtet hatte, erschütterte sie bis ins Mark. Sie war fassungslos. Fassungslos auch deshalb, weil sie sich nun Vorwürfe machte, dass sie und ihr Bruder so früh das Haus verlassen und die kleine Schwester bei ihren Eltern allein zurückgelassen hatten. Wäre sie länger zu Hause geblieben, hätte sie ihre kleine Schwester vielleicht beschützen und ihr Vater hätte sich nicht an ihr vergreifen können. Mein Gott! Wie hatte er nur so etwas tun können! Sie hätte noch so viele Fragen an ihren Vater gehabt, aber da hatte er schon seine Augen für immer geschlossen.

Als Barbara vom Tod ihres Großvaters und der Rückkehr ihrer Tante, die sie bis dahin gar nicht gekannt hatte, erfuhr, beschloss sie, diese aufzusuchen. Ihre Tante hatte sie sogleich hereingebeten und ihr ziemlich bald den Vorschlag unterbreitet, ob sie denn nicht bei ihr einziehen wolle, schließlich sei es doch auch ihr Elternhaus. Die alleinstehende, kränkelnde Frau hatte zum einen gehofft, dass ihre Nichte ihr ein wenig zur Hand gehen würde, zum anderen hatte sie ihr gegenüber aber auch ein schlechtes Gewissen gehabt, weil sie nun genau wusste, was ihr Vater ihrer kleinen Schwester angetan hatte und unter welchen Bedingungen sein angebliches Enkelkind hatte aufwachsen müssen.

Die beiden Frauen kamen gut miteinander aus, auch wenn Barbara die Großzügigkeit ihrer Tante oft reichlich auszunutzen wusste. Über die Jahre hinweg kam auch immer wieder das Gespräch auf Barbaras Herkunft. Ihr Großvater hatte ihr stets erzählt, dass ihre Mutter nichts getaugt und er sie deshalb verstoßen habe. Wahrscheinlich sei sie schon lange tot, und sie müsse darum froh und dankbar sein, dass er sie aufgenommen habe. Ihre Tante mochte das nicht so recht bestätigen, aber immer wenn Barbara mehr über ihre Abstammung wissen wollte, vor allem aber auch, wer denn ihr Vater gewesen sei, war ihre Tante ihr stets ausgewichen und hatte gemeint, sie solle diese alten Geschichten ruhen lassen. Das sei für alle Beteiligten das Beste.

Wahrscheinlich hätte Barbara nie die Wahrheit erfahren, wären nicht ihrer Tante kurz vor ihrem Tod 1939 Zweifel gekommen. Sie hatte das Bedürfnis, ihr Gewissen zu erleichtern, und so teilte sie ihrer Nichte mit, dass ihre Mutter noch lebe und wer ihr leiblicher Vater gewesen sei. Bevor sie ihr aber die näheren Umstände erklären konnte, war sie gestorben.

Mit ihrer späten Offenbarung hatte die Tante niemandem einen Gefallen getan, denn sie ließ eine verstörte Frau zurück, die bis in ihre Grundfeste erschüttert war, ihr gesamtes Leben infrage stellte, ihre Mutter und ihren Vater verabscheute und schließlich sich selbst hasste, denn sie war schließlich aus deren unseliger Verbindung hervorgegangen. Sie begann auf Rache zu sinnen. Da ihr Vater nicht mehr lebte, würde sie ihre Mutter für das, was sie ihr angetan hatte, zur Rechenschaft ziehen.

Ihre Tante hatte das Haus ihrem jüngeren Bruder vermacht, daher hatte Barbara erneut kein Zuhause mehr und wusste zunächst nicht, wo sie hingehen sollte. Dies war auch einer der Gründe, warum sie nach ihrer Mutter suchte. Barbara fand sie schließlich. Sie wohnte im Mannheimer Jungbusch und hieß jetzt Legrand. Barbara überlegte, wie sie an die Familie herankommen könnte. Sie fuhr in der Folgezeit immer wieder dorthin und beobachtete die Familie aus der Ferne, fragte Nachbarn geschickt aus und versuchte, an so viele Informationen wie möglich zu kommen. Sie beschloss, sich im Jungbusch einzumieten und sich eine Arbeit in einer der Fabriken zu suchen. Da die Rüstungsbetriebe während des Krieges immer Arbeiter suchten, fand sie auch schnell eine Anstellung auf der Friesenheimer Insel. Von dort aus war es viel einfacher, die Familie auszukundschaften. Bald wusste sie, dass sie sechs Halbgeschwister hatte. Als dann Marlene Ende 1942 starb, ging sie zu deren Beerdigung. Das war schon mal eine gute Gelegenheit, der Familie unauffällig näher zu kommen. Allerdings wäre das beinahe schiefgegangen, glücklicherweise hatte sie im letzten Moment noch die Straßenbahn erwischt, bevor dieser Carlo sie hatte einholen können. Der schien der Scharfsinnigste von allen zu sein. Vor ihm müsste sie sich in Acht nehmen. Die beiden anderen Brüder Erich und Gustav waren in Russland verschollen. Rosemarie, das Jüngste der Legrand-Kinder, war zwar hübsch, aber eher zurückhaltend, von der hatte sie nichts zu befürchten und Marie, die Älteste, war eine Transuse. Nach und nach bekam sie auch mit, dass es zwischen den Geschwistern immer wieder zu Streitigkeiten kam. Das war schon mal eine gute Voraussetzung. Sie würde nur Geduld haben müssen. Irgendwann würde die Zeit reif sein, das zu tun, was getan werden musste.

Die letzten Kriegsjahre zwangen sie jedoch, ihre Pläne zunächst auf Eis zu legen. Die ersten Jahre nach Kriegsende waren ebenfalls von bitterer Not und Elend geprägt. Barbara ging es wie den meisten anderen, sie kämpfte ums pure Überleben. Als dann Ende 1948 ihr Onkel Hans starb und es somit klar war, dass nun ihre Mutter die Nächste in der Erbfolge sein würde, wusste sie, dass ihre Stunde gekommen war. Nun begann sie ihre teuflischen Pläne zu schmieden. Früher oder später würde sie ihre Mutter in ihre Gewalt bekommen und dann würde sie büssen für das, was sie ihr angetan hatte.

Barbara musste grinsen. Wie einfältig ihr Halbbruder Gustav und diese dämliche Pauline doch gewesen waren! Alles hatten sie ihr abgenommen. Jedes Märchen, das sie ihnen aufgetischt hatte. Ihre gute Beziehung zu Onkel Hans! Ihr anfängliches Grinsen verwandelte sich in schallendes Gelächter. Den hatte sie überhaupt nicht gekannt! Aber sie hatte leichtes Spiel gehabt. Die beiden hatten die Alte unbedingt loswerden wollen, sie hatte da gar nicht viel sagen und machen müssen, um Gustav und Pauline genau da hinzubringen, wo sie die beiden hatte haben wollen. Irgendwie hatte ihr das teuflischen Spaß gemacht. Sie hatte zwei Fliegen mit einer Klappe geschlagen. Sie hatte ihre Rabenmutter in die Hände bekommen und sie hatte den Legrand-Geschwistern das Haus abgeluchst. Es war ein Sieg auf der ganzen Linie!

Die alte Frau in ihrem Bett begann zu husten und nach langer Zeit öffnete sie einmal wieder die Augen. Sie blickte in Barbaras Richtung. Zarte Schneeflocken wurden durch den kalten Februarwind in die Schlafstube geweht. »Ja, das hättest du jetzt wohl gerne, dass ich dir helfe«, hauchte Barbara Manger in die kalte Luft. »Aber ich werde einen Teufel tun. Wo warst du denn, als ich ein kleines hilfloses Mädchen war? Fünfundfünfzig Jahre hast du keinen Gedanken an mich verschwendet. Ich war dir gleichgültig. Du hast dein Leben lang so getan, als ob ich überhaupt nicht existiere! Deine Liebe haben die sechs anderen bekommen. Und ich? Mich hast du bei deinem Vater oder soll ich besser sagen, bei deinem Liebhaber, fast verrecken lassen! Ich hasse dich! Du wolltest mich nicht und hast keinen Finger für mich krumm gemacht. Und jetzt? Jetzt gibt es mich auch nicht!« Wieder lachte sie schallend auf.» Oh, dir ist so kalt, M-u-t-t-e-r! Soll ich dir was sagen: Das ist mir so was von scheißegal!«

Barbara stand auf, ging zur Tür und öffnete sie.» Gute Nacht, M-u-t-t-e-r! Ruhe in Frieden!« Mit diesen Worten schloss Barbara Manger, geborene Neudorfer, die Tür. Luise Legrand hatte ihr erstes Kind nur bei seiner Geburt gesehen und sie hatte gewusst, dass sie das kleine Mädchen, das sie von ihrem eigenen Vater gewaltsam empfangen hatte, nie würde lieben können.

Als man Luise Legrand am nächsten Morgen mit geöffneten Augen tot in ihrem Bett fand, stand ihr noch immer das Entsetzen ins Gesicht geschrieben, als hätte sie noch einmal einen lichten Moment gehabt und in ihrer Todesstunde ihr erstes Kind wiedererkannt.

Fastnacht (1949)

Carlo bestand darauf, dass seine Mutter auf dem Hauptfriedhof beigesetzt wurde, darum veranlasste er, dass man ihren Leichnam nach Mannheim überführte. Da er Bestattungsordner auf dem Friedhof und darüber hinaus bei seinen Kollegen sehr angesehen war, erklärten diese sich gerne bereit, seine Mutter nach Mannheim zu holen. Luise Legrand trat ihre letzte Reise an, dieses Mal jedoch in einer der Situation angemessenen Form, nämlich in einem Leichenwagen.

Am Tag ihrer Beerdigung herrschte eine eisige Kälte, nicht nur was das Wetter anbelangte, sondern auch was die Beziehung der Geschwister untereinander betraf. Sie waren total zerstritten und sich nur in einem Punkt einig gewesen, nämlich dass ihr Vater in Mosbach bei Tante Adele bleiben sollte. Er würde die Bestattung seiner Frau nur schwer verkraften. Sie wollten ihm diese Strapaze nicht zumuten.

Marie, Carlo und Rosemarie würdigten ihren Bruder Gustav und dessen Familie keines Blickes. Allerdings waren die Gründe dafür sehr unterschiedlich. Rosemarie fand sein Handeln einfach nur unverantwortlich. Mit so jemandem wollte sie nichts mehr zu tun haben. Carlo konnte Gustav nicht verzeihen, dass er sich über alle Absprachen hinweggesetzt und eigenmächtige Entscheidungen getroffen hatte. Er konnte und wollte nicht verstehen, wie sein Bruder der eigenen Mutter das hatte antun können? Unter menschenunwürdigen Bedingungen hatte er sie nach Trienz verfrachtet und sie dort in die Hände einer wildfremden Frau gegeben. Durch sein skrupelloses und fahrlässiges Handeln hatte er darüber hinaus alle seine Geschwister um ihr Erbe gebracht. Trotzdem war die Tatsache, dass er dieser Barbara Manger das Haus überschrieben hatte, für Carlo das geringere Problem. Die Einzige, die ihrem Erbe hinterherjammerte und dies auch lauthals verkündete, war Marie. »Einmal im Leben hatte ich die Chance, etwas zu erben und zu ein bisschen Geld

zu kommen und nun ist alles futsch! Gerade jetzt, wo Betty ihren Sohn auf die Welt gebracht hat, wäre das Geld ein wahrer Segen gewesen. Aber dieser Blödmann hat alles vermasselt!«
»Hör auf mit dem Gedöns. Deine ständige Rumpienserei geht mir so was von auf die Nerven! Ausgerechnet du, die du nie auch nur einen Finger für andere krumm gemacht hast, keifst und greinst jetzt hier herum!« Carlo war das Gebaren seiner Schwester stets zuwider gewesen.

Es war eine kleine Beerdigung, bei der nur wenige Tränen flossen. Luise Legrand war eine harte Frau gewesen, geprägt von einer erbarmungslosen Kindheit und gefangen in einer Gefühlswelt aus Kälte und Herzlosigkeit. Es war ihr nie möglich gewesen, tiefe Empfindungen für das Leid und die Not anderer aufzubringen, war sie doch nicht einmal fähig, sich selbst gegenüber Milde walten zu lassen. Sie war zweifellos Täter und Opfer zugleich. Sie hatte in ihrem Leben nicht wenigen Menschen zum Teil großes Unrecht getan, was zur Folge hatte, dass viele ihr schon früh den Rücken gekehrt hatten. Sobald der Pfarrer seine letzten Worte gesprochen und der Sarg sich in die Tiefe gesenkt hatte, verzog sich auch die kleine Trauergemeinde. Keiner hatte auch nur ein Wort mit dem anderen gesprochen, geschweige denn hatten sie sich die Hand gegeben. Die Legrands hatten nicht schnell genug wegkommen können und waren in alle Himmelsrichtungen verschwunden. Nur eine Person hatte noch, getarnt durch ein großes Grabmal, ganz in der Nähe verweilt. Barbara Manger hatte alles aus der Ferne beobachtet. In ihrem Gesicht lag eine tiefe Zufriedenheit. Voller Genugtuung lachte sie auf. Sie hatte ihr Ziel erreicht. Die Familie war entzweit, das Haus in ihren Besitz übergegangen und vor allem hatte ihre Mutter ihre verdiente Strafe bekommen. Dieses Kapitel war erfolgreich abgeschlossen. Sie warf einen letzten Blick auf das noch offene Grab, dann drehte sie sich auf dem Absatz um und verschwand.

Barbara Manger kehrte nie mehr nach Mannheim zurück und die Legrands würden darum auch nie erfahren, was wirklich geschehen war und warum. Carlo hatte zwar sein Leben lang vermutet, dass die Frau aus Trienz seine Mutter nicht gut versorgt hatte und sie deswegen so schnell gestorben war. Dass sie aber den Tod seiner Mutter absichtlich herbeigeführt hatte, wäre ihm niemals in den Sinn gekommen. Wie sollte es auch? Weder Carlo noch seine Geschwister würden jemals erfahren, dass ihre Mutter ein Kind von ihrem Großvater bekommen hatte und Barbara Manger somit ihre Halbschwester und Tante zugleich war.

Die Stimmung im Hause von Amelie und Carlo Legrand war gedrückt. »Ich habe keine Geschwister mehr! Die beiden, die ich am meisten liebte, Marlene und Erich, habe ich für immer verloren und auf die anderen kann ich pfeifen.« Amelie wollte Carlo beschwichtigen, aber dieses Mal klappte das nicht. Er winkte nur ab. »Bitte lass es sein! Ich will keinen von denen mehr sehen. Weder Marie, das verkappte Naziweib, noch Rosemarie, dieses naive Dummchen mit ihrem Lebemann, und schon gar nicht meinen verlogenen, gewissenlosen Bruder. Die sollen alle hingehen, wo der Pfeffer wächst! Meine Nichten und Neffen können gerne weiterhin kommen, aber der Rest kann mir gestohlen bleiben!« Carlo war gänzlich verbittert.

»Lass uns mal das Thema wechseln, Carlo! Außerdem solltest du jetzt nicht Dinge sagen und Tatsachen schaffen, die dir später leidtun.« Amelie wollte Carlo auf andere Gedanken bringen. »Du hast doch bestimmt gesehen, dass ich heute Morgen einen Brief von meiner Schwester Frieda und ihrem Mann Adam aus Berlin bekommen habe. Du willst doch sicher wissen, wie es den beiden geht, oder?«

»Na ja, wie soll es denen schon gehen! Die nagen doch bestimmt am Hungertuch, nachdem die Berlin-Blockade jetzt schon acht Monate dauert«, antwortete Carlo noch immer verdrießlich.

»Es scheint, dass die Russen sie aushungern wollen. Die möchten unbedingt erreichen, dass die Westalliierten aus ganz Berlin abziehen, schreibt Frieda. Wenn die sich da bloß mal nicht täuschen«, meinte Amelie kopfschüttelnd.

»Ich weiß nicht, wie das enden soll. Das ist alles so unglaublich! Die Russen haben sämtliche Zufahrtswege blockiert. Gott sei Dank haben die westlichen Alliierten mit Russland gleich nach 1945 drei Flugkorridore nach Westberlin schriftlich vereinbart. Ohne diese Verträge wäre jetzt gar nichts möglich.« Carlo hing ständig am Radiogerät und war deshalb auch meist recht gut informiert.

»Wenn die Amis und die Engländer die zwei Millionen Berliner nicht über die Luftbrücke versorgten, würden die Leute dort allesamt jämmerlich verrecken«, meinte Amelie bedrückt. »Frieda schreibt überdies, dass die Alliierten diese Versorgungsflüge nicht nur für die Berliner, sondern auch für ihre eigenen Leute machen. Es halten sich nämlich noch rund 25.000 Westalliierte mit ihren Angehörigen in Berlin auf, und denen geht es schließlich genauso dreckig wie dem Rest der Stadt. Sie teilt uns weiter mit, dass die Propellermaschinen Tag und Nacht fliegen und Berlin nicht nur mit Lebensmitteln, sondern auch mit Kohlen, Benzin, Medikamenten und vielen anderen überlebensnotwendigen Gütern versorgen«, berichtete Amelie weiter.

»Weißt du, dass die pro Tag über 800 Flüge nach Berlin machen? Das muss sich mal einer vorstellen! Die fliegen in fünf Ebenen in einem Abstand von 500 Metern und alle 3 Minuten landet ein Flieger. Das geht am laufenden Band.« Carlo hatte einen Artikel darüber im *Mannheimer Morgen* gelesen.

»Ist das denn nicht furchtbar gefährlich? Das sind doch dann regelrechte Schwärme, die sich da am Himmel durch die Luft bewegen«, gab Amelie zu bedenken. Sie stellte sich das gerade bildlich vor.

»Das kannst du laut sagen«, erwiderte Carlo. »Es sind schließlich auch schon einige Maschinen abgestürzt. Das ist höchst riskant! Die fliegen alle hintereinander im nördlichen und südlichen Korridor, also in Hamburg und Frankfurt ab, landen dann in Tempelhof, Tegel oder Gatow und kehren alle gemeinsam im mittleren Korridor zurück nach Hannover. Es ist unvorstellbar, was die leisten!«

Amelie hörte Carlo wie gebannt zu. »Ja, da haben die Russen wohl die Rechnung ohne den Wirt gemacht. Die können den Westen von Berlin nicht einfach so einkassieren. Die dachten, sie hätten da leichtes Spiel. Mit einer Luftbrücke haben die sicher nicht gerechnet. Trotzdem meint Frieda, dass sie immer noch Angst haben, dass sie das nicht durchhalten und die Amis und Engländer die Flüge irgendwann mal einstellen könnten.«

»Alles ist natürlich möglich. Aber ich bin trotzdem ganz zuversichtlich. Berliner geben nicht so leicht auf. Ihr Bürgermeister Ernst Reuter ist ein Kämpfer, der hat im letzten Herbst eine beeindruckende Durchhalterede gehalten.« Carlo bewunderte Ernst Reuter. Der SPD-Mann war nach dem Ersten Weltkrieg in russische Kriegsgefangenschaft geraten, nach 1933 dann von den Nationalsozialisten in zwei Konzentrationslager verschleppt worden. Mit viel Glück war es ihm jedoch gelungen, 1935 über England in die Türkei zu emigrieren. 1946 war er dann in »seine Stadt« Berlin zurückgekehrt, wo er 1947 zum Oberbürgermeister gewählt wurde.

Amelie hatte indes den Brief nochmals überflogen. »Das muss ich dir noch vorlesen, Carlo, das ist zu schön, was Frieda da schreibt.«

Stell dir vor, Amelie, die Besatzung der Versorgungsflieger bindet mitunter Kaugummis und Schokolade an Stofftaschentücher und wenn sie noch nicht so hoch in der Luft sind, werfen sie die über dem Stadtgebiet ab. Ist das nicht wunderbar! Dann schweben ganz viele kleine Fallschirme nach unten. Die Kinder laufen ihnen nach und freuen sich so, wenn sie einen ergattern. Das kannst du dir nicht vorstellen! Manchmal ist der ganze Himmel von diesen kleinen Fallschirmen übersät. Oder auch letzte Weihnachten, da haben sie Rosinen zum Plätzchenbacken abgeworfen. Seither nennen wir die Flugzeuge nur noch Rosinenbomber. Ist das nicht drollig?

»Das ist wirklich nett. Wenn ich mir vorstelle, wie die Alliierten uns am Anfang behandelt haben. Sie haben uns gehasst. Die sahen nur den Feind in uns, die Hitler-Schergen, die Bestien. Jetzt scheinen sie aber langsam zu erkennen, dass wir auch nur Menschen sind, und retten den Berlinern sogar das Leben.« Für Carlo war es erstaunlich, was sich in den letzten vier Jahren alles getan hatte.

»Wir müssen ihnen unheimlich dankbar dafür sein. Übrigens erwähnt Frieda, dass es Klara, Dora und Ida den Umständen entsprechend gut gehe. Dora hat sich wohl auch von Thanner getrennt.«

»Na, Gott sei Dank, hat sie endlich begriffen, was der Thanner für ein Scherenschleifer ist.« Carlo verabscheute diesen Mann.

»Wer ist ein Scherenschleifer?«, wollte Helena wissen, die gerade die Küche betrat.

»Ach, nicht so wichtig. Sag mir lieber, was dein Fastnachtskostüm macht? Ist es schon fertig oder muss ich dir helfen?«, meinte Carlo augenzwinkernd.

»Danke der Nachfrage, lieber Papa, aber ich muss nur noch ein paar Pailletten an das Jäckchen nähen, das krieg ich gerade noch hin«, meinte Helena lachend.

»Du musst dich trotzdem dranhalten, mein Kind. Du willst doch zu diesem Maskenball am 19. Februar. Das ist schon jetzt am Samstag«, erinnerte sie Amelie. »Weißt du schon, wer alles mitgeht?«

Helena nickte: »Annerose, Hans, Norma und Adolf haben zugesagt. Das wird bestimmt lustig. Betty und Kurt können leider nicht mitkommen, weil Tante Marie gesagt hat, sie hätte keine Lust, auf Gerold aufzupassen. Und die beiden wollen den Säugling nicht allein lassen.«

»Das passt zu Marie!« Carlo schüttelte den Kopf. »Die hätte sich nichts vergeben, mal ihr Enkelkind einen Abend zu hüten. Die hat doch sowieso nichts zu tun. Aber die schwätzt immer bloß dumm herum und Verlass war auf die noch nie.«

»Ist das denn so ein Ball, wo alle Masken tragen?«, wollte Amelie nun von Helena wissen.

»Ja, Mama. Aber ich ziehe nur eine goldene Augenmaske an. Unter den richtigen Gesichtsmasken schwitzt man viel zu stark und dann verläuft die ganze Schminke im Gesicht«, erklärte ihr Helena. »Aber ich finde das so spannend, wer dann hinter der Maske erscheint, wenn alle um Mitternacht gelupft werden müssen.«
»Na ja, das kann aber auch sehr ernüchternd sein«, gab Amelie zu bedenken.
»Ach was, Mama. Ich achte schon darauf, wer mich auffordert und mit wem ich tanze. Und wer weiß, vielleicht begegnet mir am Samstag der Mann meiner Träume.« Helena schaute ihre Mutter verträumt an.

Helena und ihre Freunde hatten den Saal kaum betreten, als schon gleich ein Cowboy, ein Pirat und ein Clown auf sie zustürzten, um sie zum Tanzen aufzufordern. Das war auch kein Wunder, denn Helena sah an diesem Abend fantastisch aus. Sie hatte mehrere Strähnen ihrer langen, glänzenden, schwarzen Locken in die Stirn und die Schläfen gezogen und sie mit Zuckerwasser zu sogenannten *Sechsern* geformt. Seitlich hatte sie sich eine rote Rose ins Haar gesteckt. Allein dies hätte schon genügt, die Blicke, insbesondere die der Männer, auf sich zu ziehen. Aber ihre selbstgeschneiderte Maskierung war darüber hinaus ein absoluter Hingucker und wahrscheinlich das schönste Kostüm im ganzen Saal. Es unterstrich in ganz außergewöhnlicher Weise ihre an sich schon attraktive Erscheinung. Es bestand aus einem Bolerojäckchen aus dunkelviolettem Samt, auf das goldene Bordüren und Pailletten gestickt waren, einer Bluse aus leuchtend rot glänzendem Chiffon und einem seidig schimmernden schwarzen Rock, der bei jedem ihrer Schritte elegant zu schwingen begann und ihre wohlgeformten Beine umschmeichelte. Die hohen schwarzen Riemchenschuhe verstärkten diese Wirkung noch. Sie nahm die Hand des Cowboys, die sich ihr entgegenstreckte und ließ sich von ihm zur Tanzfläche führen. Leider war ihr Tanzpartner nicht nur als Cowboy maskiert, er bewegte sich auch wie ein solcher. Nachdem er ihr mehrmals auf die Füße getreten war, verließ sie nach einer Weile die Tanzfläche und setzte sich zu den anderen, die bereits an einem kleinen Tisch Platz genommen hatten. »Dein Cowboy hat die Rumba getanzt, als käme er gerade aus dem Kuhstall«, kicherte Norma.

»Da hast du recht, der konnte überhaupt nicht tanzen, der soll lieber seine Kühe hüten«, lachte Helena und nahm einen Schluck von ihrer Limonade.

»Schwitzt ihr auch so unter euren Masken?« Norma, die als Japanerin verkleidet war, wedelte mit einem kleinen Fächer vor ihrem Gesicht herum.

»Ich gehe fast ein! Ich hab ja zusätzlich noch diesen Turban auf.« Hans stöhnte.

»Was meint ihr erst, wie ich hinter meinem Gesichtsschleier schwitze. Mir läuft die Brühe herunter«, klagte Annerose.

»Dafür hast du aber einen freien Bauch«, lachte Norma.

»Aber das Kostüm steht dir. Du bist eine richtig schnuckelige Haremsdame!«

»Meine Kapitänsmütze gibt ganz schön warm.« Auch Adolf litt unter der Hitze.

»Sag mal, wie geht es dir eigentlich, Adolf?«, fragte Helena nun ihren Cousin, »wir hatten bei der Beerdigung von Großmutter leider gar keine Zeit mehr, hinterher miteinander zu reden.«

»Erinnert mich bloß nicht daran«, mischte sich nun Annerose ein, bevor Adolf antworten konnte. »Diese Beerdigung war unter aller Kanone! Ich finde es so schrecklich, wie unsere Tanten und Onkels miteinander umspringen.«

»Gott sei Dank haben wir ein gutes Verhältnis zueinander, und daran darf sich auch nie etwas ändern«, meinte Helena und erhob ihr Glas. »Lasst uns darauf trinken!« Annerose, Helena und Adolf stießen lachend miteinander an.

»Es ist nur zu schade, dass Betty und Kurt nicht dabei sein können. Denen hätte es doch sicher auch gutgetan, mal rauszukommen«, meinte nun Annerose. »Ich bin übrigens richtig froh, dass sich die beiden zusammengerauft haben.«

»Ich habe auch den Eindruck, dass sie durch die Geburt ihres Sohnes stärker zusammengewachsen sind. Aber das war alles sicher nicht einfach«, bemerkte Helena.

»Ich kann mir nicht vorstellen, dass Kurt glücklich ist, mit einer Buckligen verheiratet zu sein. Da muss man sich doch schämen, sich mit so einer in der Öffentlichkeit sehen zu lassen.« Hans hatte von Anfang an auf Betty hinabgeschaut. Hier zeigte sich mal wieder, in welchem Geiste er aufgewachsen war.

Norma verzog das Gesicht. »Deiner Meinung nach hätte man Betty wohl entfernen sollen, als dein Hitler noch was zu sagen hatte. Idiot!« Sie stand auf. »Ich glaube, ich muss mal aufs Klo, raus aus dem braunen Mief hier!«

»War das denn wieder nötig, Hans?!« Annerose schüttelte den Kopf. »Betty ist unsere Cousine, wir sind mit ihr aufgewachsen, und wir lieben sie. Schlimm genug, dass sie als kleines Mädchen den furchtbaren Unfall hatte, der sie ein Leben lang gezeichnet hat. Da musst du nicht auch noch auf ihr herumhacken.«

»Tu ich doch gar nicht, ich meinte doch nur, dass es für Kurt nicht leicht ist, mit so einer Missgebildeten verheiratet zu sein.« Hans versuchte, sein Gerede herunterzuspielen.

»Lass es doch einfach, Hans!«, meinte nun Helena. »Außerdem sind wir hier auf einem Fastnachtsball. Ich habe keine Lust, über Beerdigungen« oder über Politik zu reden. Lasst uns einfach nur lustig sein und den Abend genießen.«

»Es geht mir übrigens gut, falls das noch irgendjemanden interessiert«, meinte nun Adolf, der endlich Gelegenheit hatte, die Frage, die ihm schon vor ein paar Minuten gestellt worden war, zu beantworten. »Es geht mir sogar sehr gut! Ich bin glücklich mit Trudchen, und mit ihrer Mutter, der Frau Klupcek, komme ich auch gut aus. Unten bei ihr auf der Friesenheimer Insel gibt es immer etwas für mich zu tun. Ich hätte Trudchen übrigens gerne mitgebracht, aber nach der Polizeiverordnung zum Schutz der Jugend ist das leider nicht möglich. Sie ist eben noch zu jung.«

»Das freut mich für dich, dass du eine neue Familie gefunden hast.« Helena lächelte ihren Cousin erleichtert an. Adolf hatte es nie leicht gehabt und für einige Zeit hatten sie und ihre Eltern befürchtet, er könne den Halt verlieren und auf die schiefe Bahn geraten. Aber er schien sich wieder gefangen zu haben. Aus Adolf war ein richtig gutaussehender junger Mann geworden. Helena fand, dass er seiner Mutter sehr ähnlich sah. Er hatte dieselben strahlend blauen Augen wie Tante Marlene. Onkel Alfred sah er hingegen überhaupt nicht ähnlich.»Hast du eigentlich noch Kontakt zu deinem Vater?«, wollte Helena wissen.

»Erinnere mich bloß nicht an den! Ich habe keinen Vater mehr! Der kann mir gestohlen bleiben, dieser Drecksack. Der wohnt doch mit diesem elenden Weibsstück, dieser Auguste, in Käfertal.« Der Hass, den Adolf gegenüber seinem Vater empfand, war nicht zu überhören. An seinem Gesichtsausdruck konnte man erkennen, wie tief verletzt er sein musste.

»Komm, lass uns tanzen!« Norma, die gerade von der Toilette zurückkam, packte Adolf an der Hand und zog ihn von seinem Stuhl hoch.»Ich möchte mich jetzt amüsieren und am liebsten die ganze Nacht tanzen.«

»Wollen wir auch?«, forderte Hans Annerose auf.»Das ist ein Foxtrott, den können wir, den haben wir doch bei Lamadé gelernt.« Annerose blickte unsicher zu Helena. Sie wollte sie nicht allein am Tisch sitzen lassen. Helena wollte ihrer Cousine gerade zunicken, um ihr zu signalisieren, dass es ihr nichts ausmache, wenn sie allein am Tisch bleiben würde, aber so weit kam es gar nicht. Denn genau in diesem Augenblick näherte sich ein gänzlich in Schwarz gekleideter Mann ihrem Tisch, der ihr seine in einen Handschuh gehüllte Hand reichte. Er war als Zorro verkleidet und trug eine große schwarze Maske, die nicht nur die Augenpartie, sondern auch Nase, Mund und Kinn bedeckte. Auf diese Weise war nichts, aber auch gar nichts von seinem Gesicht zu erkennen. Obwohl er eher etwas beleibt war, hatte er trotzdem eine ganz besondere Ausstrahlung. Er bewegte sich mit einer unglaublichen Eleganz. Er hatte Stil und Noblesse und so konnte Helena seiner Aufforderung nicht widerstehen und folgte ihm zur Tanzfläche.

Zorro tanzte wie ein junger Gott, zwar nicht nach den Schritten wie in der Tanzschule, dafür aber mit einem sicheren Gefühl für Takt und Rhythmus. Sie tanzten immerzu miteinander, er drehte sie, zog sie an sich, schwebte mit ihr durch den Saal und obwohl er kein Wort mit ihr sprach, fühlte sie sich unbeschreiblich wohl in seinen Armen, geborgen und begehrt. Seit der Trennung von Siegfried war sie nie mehr so glücklich gewesen. Vielleicht würde heute Nacht für sie ein neues Leben an der Seite eines wunderbaren Mannes beginnen. Helena konnte es fast nicht erwarten, bis es endlich 12 Uhr werden würde.

»Zehn – neun – acht – sieben – sechs ...« Alle blickten gespannt zu dem Conférencier auf der Bühne, gleich würden sie ihre Masken abnehmen. »... fünf – vier – drei – zwei – eins – zwölf Uhr!«, rief er ins Mikrofon, worauf das Orchester gleich einen Tusch ertönen ließ.

Helena zog ihre Augenmaske vorsichtig über die Stirn, um ja nicht ihre *Sechser* zu beschädigen, und betrachtete erwartungsvoll ihren Tanzpartner. Der zog bedächtig seine Handschuhe aus, griff ruhig unter seine Jacke, wo ein dickes Bauchpolster zum Vorschein kam, das ihn sofort um einige Kilos schlanker erscheinen ließ.

Dann öffnete er die Maske an seinem Hinterkopf und streifte sie langsam ab. Die blauen Augen, in die Helena blickte, strahlten wie Himmelssterne und machten sie in diesem Augenblick sprachlos. Er nutzte den Moment, indem er sie an sich zog und küsste. Helena wehrte sich nicht, sondern schmiegte sich in Siegfrieds Arme. Sie hatten sich wiedergefunden.

Die Nachbarin (1949)

Siegfried war überglücklich darüber, dass Helena ihm verziehen hatte und zu ihm zurückgekehrt war. Er wusste, dass sie die Frau seines Lebens war. Nur mit ihr wollte er für den Rest seines Lebens zusammen sein. »Du warst mir immer wichtiger als der Fußball. Ich dachte, du weißt das. Als du mich damals vor die Entscheidung gestellt hast, glaubte ich, das sei ein Scherz. Sonst hätte ich doch ganz anders reagiert.«
»Wir müssen nicht weiter darüber reden, Siggi. Ich verzeihe dir. Du sollst eine zweite Chance haben.« Helena strich ihm zärtlich übers Haar. Sie schaute ihn verliebt an. »Ich liebe dich doch auch.« Lächelnd fügte sie hinzu: »Wie kann man einem Mann widerstehen mit so einer wunderbaren Haartolle!«
»Ich werde kürzertreten, ich verspreche dir, weniger Fußball zu spielen und mehr Zeit mit dir zu verbringen.« Siegfried wollte nicht riskieren, Helena noch einmal zu verlieren.

Die Begegnung der beiden auf dem Maskenball war kein Zufall gewesen, zumindest nicht, was Siegfried betraf. Der hatte nämlich eine Woche zuvor zufällig Adolf auf dem Paradeplatz getroffen und von ihm erfahren, dass Helena mit ihm und anderen Freunden zu der Faschingsveranstaltung gehen würde. Dadurch hatte er genügend Zeit gehabt, einen Plan auszuhecken.

Seit er als kleiner Junge im *Pali*, wie alle die *Palast-Lichtspiele* in der Breiten Straße nannten, den Stummfilm *Zorro* mit Douglas Fairbanks gesehen hatte, war er fasziniert von dessen Ausstrahlung und nicht zuletzt auch von dessen Kostümierung. Schnell war ihm klar geworden, dass dies eine ideale Verkleidung sein würde, um sich Helena unerkannt zu nähern. Siegfried hatte genau gewusst, dass der Versuch, sich mit Helena auszusprechen, nichts gebracht hätte. Sie konnte mitunter recht stur und eigenwillig sein. Glücklicherweise war seine Strategie aufgegangen, Helena einfach nur seine Liebe fühlen zu lassen. Er war so froh, dass ihm sein Vorhaben geglückt war.

Allerdings wurde sein Glücksgefühl auch ein wenig getrübt. Denn da gab es etwas, was ihm Kopfzerbrechen bereitete. Es war ein Problem, von dem er nicht wusste, wie er es lösen sollte. In ihrem Haus in H6, 4 wohnte im 3. Stock ein junges Ehepaar. Heinz und Käthe Geyer waren beide so um die dreißig und hatten einen kleinen Sohn. Heinz war Schichtarbeiter bei der *Sunlicht*. Ein unscheinbarer ruhiger Mann, der allem Anschein nach sehr unter der Fuchtel seiner Frau stand. Käthe war schlank und groß, hatte keine schlechte Figur, aber ein nur wenig anziehendes, um nicht zu sagen hässliches Gesicht. Ihre grauen Augen waren zu klein, ihre Lippen zu schmal und ihre gebogene Nase viel zu lang. Im Gegensatz zu ihrem Mann war sie jedoch temperamentvoll und ausgesprochen kontaktfreudig. Nachdem Helena sich von Siegfried getrennt hatte, luden die beiden ihn über Monate hinweg immer mal wieder zu sich ein. Es entstand eine lockere, aber gute Freundschaft. Siegfried fühlte sich bei den beiden wohl. Er fühlte sich bei Heinz und Käthe mehr zu Hause als bei seinem Vater und seinem Bruder. Wenn er abends zu ihnen hochkam, hatte Käthe meist ein paar Brote geschmiert oder eine andere Kleinigkeit zubereitet. Siegfried hatte im Gegenzug eine Flasche Hochprozentigen aus den Beständen seines Vaters mitgebracht. Sie hatten zusammen Radio gehört und meist hatten Siegfried und Heinz sich über Politik oder Fußball unterhalten.

»Gott sei Dank gibt es seit der Währungsreform jetzt wenigstens ein bisschen was zu kaufen«, hatte Heinz gemeint.

»Und was haben wir davon? – Nichts! Die Auslagen der Läden sind voll mit allem Möglichen, nur leider können wir uns fast nichts davon leisten«, warf Käthe frustriert ein.

»Die müssten halt endlich mal die Löhne anpassen«, forderte Siegfried.

»Wir verdienen doch alle viel zu wenig. Darum gibt es ja auch ständig Streikaufrufe vonseiten der Gewerkschaften.«

»Ach, Gewerkschaften, die bringen doch sowieso nichts!« Käthe winkte ab.

»Rede nicht so einen Unsinn! Sei froh, dass es wieder freie Gewerkschaften gibt«, widersprach ihr Siegfried. »Ohne Gewerkschaften würden wir alt aussehen. Wir hätten eine Sieben-Tage-Woche und würden rund um die Uhr arbeiten, es gäbe keinen Kündigungsschutz, keinen Urlaub und im Krankheitsfall wären wir auch nicht abgesichert. Das haben wir alles den Gewerkschaften zu verdanken.«

»Und was bringen die Streiks? – Gar nichts!« Käthe hatte sich ihre Frage gleich selbst beantwortet.

»Du verstehst nichts von Politik, Käthe. Der Siegfried hat vollkommen recht. Trotzdem habe ich den Eindruck, dass es langsam aber stetig ein wenig bergauf geht.«

»Ehrlich gesagt interessiert mich Politik auch gar nicht. Lasst uns doch lieber ein bisschen Musik hören! Das ist viel schöner.« Käthe schaltete das Radio ein.

Darin wurde gerade von Ilja Gusgal der Schlager *Maria aus Bahia* gespielt, was Käthe dazu bewog, Siegfried vom Sofa hochzuziehen und ihn zum Tanzen aufzufordern.

Als Käthe dies zum ersten Mal tat, hatte Siegfried sich nichts dabei gedacht. Sie bewegte sich nun mal gerne zur Musik, und er selbst hatte schließlich auch schon immer gerne getanzt. Diese Leidenschaft schien ihm seine lebenslustige Mutter vererbt zu haben. Er erinnerte sich, wie sie mit ihm vor dem Krieg durch die Diele getanzt war. Sie hatte ihm auch das Steppen beigebracht. Nachdem sie nämlich im *Odeon* zusammen den Film *Eine Nacht im Mai* gesehen hatten, in dem Marika Rökk auf den Schlager *Eine Insel aus Träumen geboren* eine unvergleichliche Steppnummer hinlegte, war er von dieser Art zu tanzen so fasziniert, dass er es unbedingt auch lernen wollte. Siegfried seufzte, wenn er daran dachte, was seine Mutter alles mit ihm unternommen hatte. Sie war eine so wunderbare Frau gewesen! Ihm wurde das Herz schwer, er würde ihren Verlust nie verwinden. Vor allem die Art und Weise, wie sie gestorben war, würde ihn sein Leben lang verfolgen. Er musste diese Gedanken beiseiteschieben, sie taten einfach zu weh. Er konnte und wollte nicht länger daran denken, und er würde schon gar nicht darüber sprechen.

»Na, komm schon, Siegfried, sonst ist das Lied vorbei!« Käthe riss ihn aus seinen Gedanken. Ja, tanzen, das war es, was er wollte. Tanzen und alles Trübselige vergessen. So empfand er es als willkommene Ablenkung, mit Käthe das Tanzbein zu schwingen. Heinz schien indessen wohl eher ein Tanzmuffel zu sein. Trotzdem mutete es Siegfried nach und nach schon etwas seltsam an, dass Heinz dem Geschehen so teilnahmslos zusah. Denn Käthe animierte Siegfried mit der Zeit immer wieder von Neuem, mit ihr zu tanzen. Aber wenn er es recht bedachte, konnte ihm das eigentlich egal sein. Wenn Helena ihn schon verlassen hatte, dann wollte er sein Leben wenigstens genießen. Wie hieß es im Volksmund? Ein Tänzchen in Ehren kann niemand verwehren. Mehr wollte er sowieso nicht von ihr.

Käthe war zweifellos eine gute Tänzerin. Sie bewegte sich schwungvoll und war sicher dabei nicht unerotisch. Wenn man es vermied, ihr ins Gesicht zu schauen, hätte man sie direkt attraktiv finden können.

Es war ein warmer Sommertag im Juli 1948, als Käthe Siegfried bat, zu ihr hochzukommen. Nichtsahnend klingelte er an ihrer Abschlusstür, die sie auch gleich öffnete. Als er sie sah, wich er zunächst verwundert einen Schritt zurück, denn Käthe war nur mit einem leichten Morgenmantel bekleidet. »Komm doch rein, Siggi!«

Siegfried blieb unentschlossen im Türrahmen stehen. »Mach schon, du bist doch sonst nicht so schüchtern!« Sie nahm seine Hand und zog den verdutzten Siegfried in die Wohnung. Als die Tür hinter ihnen ins Schloss fiel, streifte Käthe ihren Morgenrock ab und stand plötzlich splitterfasernackt vor ihm. Sie legte ihre Arme um seinen Hals. »Du musst dir keine Sorgen machen, Heinz hat Frühschicht und kommt vor zwei nicht nach Hause, und der Kleine ist bei meiner Schwiegermutter. Wir sind ungestört!«

Siegfried zögerte noch immer. Er wollte das nicht, schon nicht wegen Heinz. Käthe löste ihre Umarmung und ging drei Schritte zurück. »Gefall ich dir denn nicht? Oder weinst du noch immer der Kleinen aus dem Jungbusch nach? Die ist bestimmt noch Jungfrau und hat dich doch garantiert noch nicht rangelassen, oder? Schau mal, wir zwei könnten ein paar wundervolle Stunden zusammen haben, natürlich nur, wenn du das willst. Gib es doch zu, dass du es auch willst.« Sie lächelte ihn vielversprechend an. »Mir tut es gut und dir sicher auch. Jetzt zier dich doch nicht so!«

Sie ging erneut auf ihn zu und führte den total überrumpelten Siegfried ins Schlafzimmer, wo sie ihn leidenschaftlich küsste. Obwohl er das alles nicht gewollt hatte, konnte er letztendlich ihren Verführungskünsten nicht widerstehen. Es begann ein Liebesverhältnis zwischen den beiden, das sich über Monate hinzog. Mit der Zeit verdrängte Siegfried sein schlechtes Gewissen gegenüber Käthes Mann. Er begann die heimliche Liaison mit dieser in Liebesdingen erfahrenen Frau zu genießen. Eigentlich hätte er es nicht besser treffen können. Mit Käthe konnte er seine sexuellen Bedürfnisse ausleben, ohne irgendwelche Verpflichtungen einzugehen. Was wollte er mehr? Sollte ihm irgendwann mal wieder ein nettes Mädchen über den Weg laufen, würde er die Beziehung mit Käthe beenden.

Allem Anschein nach sah Käthe das jedoch etwas anders. Denn obwohl sie verheiratet war und gar nicht daran dachte, sich scheiden zu lassen, war sie doch eifersüchtig auf jedes Mädchen an Siegfrieds Seite. Es hatte bereits mehrere Situationen gegeben, in denen ihm das unangenehm aufgefallen war.

Sicherlich würde Käthe, wenn er jetzt mit ihr Schluss machen würde und sie erführe, dass er wieder mit Helena zusammen war, Schwierigkeiten machen. Er musste ihr das vorsichtig beibringen, denn sie war ausgesprochen impulsiv und ließ sich auch nicht so einfach die Butter vom Brot nehmen. Auf der anderen Seite durfte Helena niemals etwas von seinem Liebesabenteuer mit Käthe zu Ohren kommen. Sie hatte ziemlich hohe moralische Prinzipien und würde es sicher verurteilen, dass er ein Verhältnis mit einer verheirateten Frau gehabt hatte. Im schlimmsten Fall würde sie sich gleich wieder von ihm trennen. Das musste er unbedingt verhindern.

Dummerweise hatte Siegfried, bevor er sich mit Helena versöhnt hatte, die Einladung von Käthe und Heinz angenommen, am Fastnachtssamstag mit ihnen nach H7 in den *Letzten Heller* zum Kappenabend zu gehen. Er konnte den beiden jetzt unmöglich absagen, Käthe wäre sicher sauer gewesen und wer weiß, was sie dann angestellt hätte. Darum beschloss Siegfried, Helena einfach zu fragen, ob sie nicht mitkommen wolle. Und Helena willigte ein.

Der *Letzte Heller* gehörte Ingeborg und Arthur Förster. Er war ein geschiedener Mann mit zwei halbwüchsigen Söhnen und gut zwanzig Jahre älter als seine Frau. Beide stammten aus Ludwigshafen. Obwohl die Wirtschaft, die Anfang 1949 eröffnet wurde, beiden gehörte, lief sie auf Ingeborgs Namen, da ihr Mann einen großen Schuldenberg abzutragen hatte und der Fiskus nicht erfahren sollte, dass er etwas besaß.

Das Geschäft lief gut. Schon bald hatten sie einige Stammkunden gewonnen, was sicherlich damit zusammenhing, dass sie über gute Bezugsquellen verfügten und recht günstige Preise hatten. Neben Käthe und Heinz Geyer verkehrten hier auch immer mal wieder Siegfrieds Vater und sein Bruder Konrad, insbesondere aber dessen Freundin Inge und ihr Vater Willi Töpfer.

Der alte Töpfer gab sich regelmäßig die Kante. Seit Jahrzehnten verkehrte er in allen möglichen Schifferkneipen im Jungbusch. Leider hatte er von klein auf auch seine Tochter Inge mitgenommen und sie auf diese Weise nach und nach an den Alkohol gewöhnt. Inge neigte leider dazu, wenn sie mal wieder sternhagelvoll war, auszurasten und sich in ihrer Wortwahl gewaltig zu vergreifen. Szenen wie diese trübten immer von Neuem die Beziehung zu Konrad.

Als Helena mit Siegfried den *Letzten Heller* betrat, bereute sie schon fast auf der Schwelle, dass sie mitgekommen war. Die Besucher der Wirtschaft, die bereits alle mit lustigen bunten Kappen an den einzelnen Tischen saßen, dort tranken, rauchten und sich lautstark unterhielten, waren nicht unbedingt Menschen, mit denen sie sich sonst abgab. Es herrschte ein fürchterlicher Lärm in der Wirtschaft. Rauchschwaden lagen über dem Raum und die Luft war zum Schneiden. Aber Helena hatte Siegfried versprochen, mit ihm hierher zu kommen, und wollte nun nicht wortbrüchig werden. Mit ihm an ihrer Seite konnte es sicher trotzdem ganz nett werden. Vor der Theke saßen zwei Männer und machten Musik. Der eine spielte auf dem Schifferklavier und der andere auf der Gitarre. Siegfried führte sie zu einem großen ovalen Tisch, um den herum bereits seine Familie und Freunde saßen. Helena begrüßte zunächst Johannes Kühn sowie Konrad und Inge, danach stellte Siegfried ihr Käthe und Heinz vor. Helena spürte sofort die Abneigung, die ihr von dieser Frau entgegenschlug. Trotzdem versuchte sie, freundlich zu bleiben und den Schein zu wahren. Gott sei Dank kamen in diesem Moment auch noch Carl und Irene herein. Die beiden setzten sich gleich zu Helena auf die Bank. Diese war nun gänzlich belegt und so nahm Siegfried auf dem einzigen noch freien Stuhl auf der anderen Seite des Tisches neben Käthe Platz. Siegfried lächelte zu Helena hinüber und zuckte mit den Schultern, was so viel heißen sollte, wie: »Schade, dass wir nicht beieinander sitzen können.«

Helena und Irene begannen sofort, miteinander zu plaudern. Sie hatten sich eine ganze Weile nicht gesehen und so gab es unendlich viel zu erzählen.

»Kommen eigentlich Richard und Mohrle auch noch?«, wollte Helena wissen.

Irene zögerte einen Moment, dann schüttelte sie den Kopf. »Leider nicht. Mohrle geht es sehr schlecht. Sie hat Krebs, ein bösartiges Gewächs in ihrem Gehirn!«

»Ach, wie schrecklich!« Helena war erschüttert. Damit hatte sie überhaupt nicht gerechnet. Als sie sich wieder gefasst hatte, fragte sie Irene, ob sie Mohrle denn besuchen könne.

»Tu dir das besser nicht an! Sie erkennt niemanden mehr. Sie ist schon seit vier Monaten bettlägerig, und Richard und seine Mutter pflegen sie ganz liebevoll«, erzählte Irene traurig.

»Sie wird bald sterben.« Auch Carl schien das Schicksal von Mohrle mitzunehmen. »Behalte sie besser so in Erinnerung, wie du sie zuletzt gesehen hast!«

»Sie ist doch noch so jung.« Helena hatte Tränen in den Augen. Sie hatte Mohrle immer gerne gemocht und hörte den Freunden fassungslos zu.

»Ich mach mir vor allem auch Sorgen um Richard«, sagte nun Carl. »Mohrle war seine ganz große Liebe. Ich weiß nicht, ob er das verkraftet.«

»Wart ihr denn in letzter Zeit nochmals bei ihr?«, wollte Helena wissen.

»Wir haben sie beide letzte Weihnachten besucht, da war sie zwar schon schwach, aber noch bei Besinnung. Auch Siegfried war dort. Nur Edgar und Herta kamen nicht, und gerade die beiden hätte sie so gerne noch einmal gesehen.« In Irenes Stimme lag neben der Traurigkeit auch eine gehörige Portion Verärgerung.

»Edgar hat durch die Geschäfte mit den Amis im Hafen einen ganz schönen Reibach gemacht«, stellte Carl fest. »Seine Firma scheint zu florieren. Ich weiß, dass ein paar Dutzend Sackträger für ihn arbeiten. Ich denke, in diese Welt passen wir nicht mehr. Der Edgar ist jetzt was Besseres. Wir müssen uns damit abfinden, dass er seine alten Freunde vergessen hat.«

»Das sind wirklich keine guten Nachrichten.« Helena war sehr betroffen von dem, was ihr die Freunde berichteten. Während sie sich mit Irene und Carl unterhalten hatte, war ihr nicht entgangen, dass Siegfried nun schon zum zweiten Mal mit dieser Nachbarin, dieser Käthe, tanzte und diese Frau dabei heftig mit ihm diskutierte. Es musste anscheinend um irgendetwas Wichtiges oder um ein Problem gehen.

»Lass uns tanzen, Helena!«, forderte Carl sie auf, und sie nahm das gerne an. Danach wurde sie noch mehrere Male von anderen Männern auf der kleinen improvisierten Tanzfläche abgeklatscht, sodass sie überhaupt nicht mehr zum Hinsetzen kam. Irgendwann stand Siegfried auf. Sie beobachtete,

wie diese Käthe nach seinem Arm fasste und ihn zurückhalten wollte, aber er schüttelte ihre Hand ab und kam zu Helena herüber. »So, mein Schatz, jetzt möchte ich aber endlich mit meiner Verlobten tanzen.« Er lächelte sie zärtlich an. »Hast du eigentlich deinen Ring, den ich dir zurückgegeben habe, wieder angesteckt?«
Helena streckte ihm ihre linke Hand entgegen, an dessen Ringfinger er funkelte. Siegfried nahm ihre Hand und küsste sie. »Irgendwann möchte ich dir den an die andere Hand stecken«, meinte er liebevoll, und seine Augen nahmen bei diesen Worten einen ganz besonderen Glanz an.

Zufällig blickte Helena hinüber zu Käthe. Der hasserfüllte Blick, der sie traf, erschreckte sie. »Sag mal, Siegfried, diese Geyers, sind das wirklich deine Freunde? Diese Käthe schaut mich so böse an, wenn ich es nicht besser wüsste, würde ich denken, die hat was mit dir und ist eifersüchtig.«

»Die ist doch verheiratet«, entgegnete ihr Siegfried flüchtig.

»Was wollte die denn die ganze Zeit von dir?« Helena wollte mehr über diese Frau wissen.

»Ach, die Käthe, die hat mal wieder Eheprobleme und hat sich bei mir ausgeweint. Deswegen guckt die auch so. Da musst du dir nichts draus machen, das hat nichts mit dir zu tun.« Siegfried versuchte, Helena zu besänftigen. Er würde alles daransetzen, dass sie niemals die Wahrheit erfahren würde.

Als sie gegen zwei Uhr morgens gut gelaunt die Wirtschaft verließen, atmete Siegfried auf. Gott sei Dank! Das Problem war gelöst.

Leider sollte er sich jedoch in dem Punkt irren. Am Rosenmontag passte Käthe nämlich Siegfried im Hof ab. »Ich möchte dich und deine Helena morgen zu uns einladen. Ich mache ein paar Schnittchen und du kannst ja wieder was Alkoholisches von deinem Vater abzweigen.«

»Es tut mir leid, Käthe, aber Helena und ich haben am Fastnachtsdienstag schon etwas anderes vor.« Er hatte keine Lust, sich nochmals einer solchen Situation auszusetzen.

»Ich kann dir nur sehr raten, mir keinen Korb zu geben. Ich lass mich nicht einfach so abservieren, nur weil dein Täubchen jetzt zu dir zurückgeflogen ist. Ich hoffe, du begreifst das. Also morgen Nachmittag bei uns oder ein Vögelchen wird deiner Helena etwas trällern, was ihr wahrscheinlich gar nicht gefallen wird.« Als sie das sagte, verzerrten sich ihre Gesichtszüge derart, dass sie noch hässlicher wurde, als sie es eh schon war.

Helena war alles andere als begeistert von dem Gedanken, den Fastnachtsdienstag bei diesen Geyers zu verbringen.

»Sieh doch mal, Helena! Als du dich von mir getrennt hast, war ich ziemlich allein, und da haben mich die beiden immer eingeladen. Ich kann sie jetzt nicht von heute auf morgen fallenlassen. Das musst du doch verstehen«, versuchte Siegfried Helena zu erklären.

»Ist ja gut, dir zuliebe gehe ich dann halt mit. Aber das ist das letzte Mal. Versprichst du mir das?« Helena würde versuchen, gute Miene zum bösen Spiel zu machen.

»Ich verspreche es dir hoch und heilig. Noch ein einziges Mal und danach nie wieder!« Siegfried würde diese Freundschaft so schnell wie möglich beenden.

Käthe öffnete leicht geschürzt die Tür. »Ahoi!«, schrie sie mit gespielter Fröhlichkeit und warf Helena ein buntes Fastnachtsröllchen entgegen. Dann wies sie Helena den Sessel neben ihrem Mann an, während sie sich mit Siegfried auf das Sofa setzte.

Was nun folgte, war ein einziges Desaster und konnte nur in einer Katastrophe enden. Denn während Helena und Heinz gelangweilt an ihrem Glas nippend in ihren Sesseln saßen, ließ Käthe keinen Moment aus, Siegfried anzumachen, mit ihm zu flirten und mit ihm zu tanzen. Dabei ging sie schwer auf Tuchfühlung. Siegfried ließ sie gewähren, schaute aber immer wieder zu Helena hinüber und zwinkerte ihr lächelnd zu.

Helena betrachtete das Geschehen eine ganze Weile. Warum ließ Siegfried das alles mit sich machen? Oder gefiel es ihm am Ende sogar? Was fand er bloß an dieser grottenhässlichen Frau? Und warum bot ihr Mann nicht dieser Schmierenkomödie Einhalt? Irgendwann, als Käthe Siegfried gerade wieder begrabschte, platzte ihr der Kragen.

Helena stand auf und sah ihren Verlobten an. »Siegfried, ich möchte, dass wir jetzt gehen!«, meinte sie eindringlich zu ihm.

»Das kommt überhaupt nicht infrage! Ihr bleibt!«, erwiderte Käthe im Befehlston.

Helena beachtete sie überhaupt nicht, sondern schaute nur zu Siegfried. Der versuchte, sie zu beschwichtigen. »Lass uns noch ein bisschen bleiben!«

»Ich möchte, dass wir jetzt gehen, und zwar sofort. Wenn du nicht mitkommst, dann gehe ich eben allein!«, betonte Helena nochmals und spürte, wie eine unbändige Wut in ihr hochstieg.

Nun stand Käthe auf und kam auf sie zu. »Ach, Kleine, du bist doch nur eifersüchtig!« Sie lachte hämisch.

»Eifersüchtig? Auf wen? Auf Sie?!« Helena betrachtete Käthe von oben bis unten. »Wenn ich so aussehen würde wie Sie, würde ich nur noch mit einem Vorhang vor dem Gesicht aus dem Haus gehen.« Helena glaubte fast selbst nicht, was sie sich da sagen hörte, das passte eigentlich gar nicht zu ihr. Aber sie war so unendlich verletzt und wütend. Diese Frau hatte sie bis aufs Blut gereizt.

Und von Siegfried war sie unendlich enttäuscht. Wie hatte er sich nur so verhalten können?!

Käthe war indessen so überrascht, dass sie zunächst gar nichts erwidern konnte. Helenas Ansage hatte sie kalt erwischt.

»Hast du gehört, Heinz, was die gerade zu mir gesagt hat?« Sie schaute ihren Mann verstört an.

Aber bevor der etwas erwidern konnte, meinte Helena, die nun in Höchstform aufgelaufen zu sein schien: »Mein lieber Heinz, Sie halten besser ganz den Mund. Was sind Sie bloß für ein Waschlappen, der zusieht, wie seine Frau fremde Männer anmacht. Ich lasse mir das jedenfalls nicht gefallen.« Helena wandte sich um zu Siegfried, wutentbrannt zog sie ihren Ring vom Finger. »Hier, Siegfried, hast du meinen Verlobungsring. Jetzt bist du wieder frei und ungebunden und kannst machen, was du willst. Und die da«, sie zeigte auf Käthe, »hat jetzt freie Bahn, sie kann dich haben. Ich jedenfalls will dich nie mehr sehen. Du bist die größte Enttäuschung meines Lebens.« Mit diesen Worten verließ sie den Raum. Siegfried war in Schockstarre und konnte ihr nur noch sprachlos hinterhersehen. Ihre Verlobung war zum zweiten Mal geplatzt.

Deutscher Meister (1949)

Der Sommer 1949 war in vieler Hinsicht ein ganz besonderer. Die Ereignisse, schöne und weniger schöne, überschlugen sich regelrecht sowohl welt- und deutschlandpolitisch als auch regional. So manches betraf auch die Legrands und ihren Freundeskreis. Viele Begebenheiten schienen die Vorboten einer neuen Ära zu sein. So fand der erste Maimarkt nach Ende des Krieges vom 1. bis 15. Mai im Rosengarten und den umliegenden Gebäuden statt. Besucher aus Mannheim, aber auch aus der gesamten Region strömten in Heerscharen zu dem Großereignis, und es herrschte eine gelöste Stimmung. Rund 50.000 Besucher freuten sich über das, was dreihundert Aussteller an Neuheiten aus Industrie und Handel präsentierten. Es gab darüber hinaus zahlreiche Sonderschauen unter anderem mit landwirtschaftlichen Geräten und Fahrzeugen sowie für den Baubedarf. Besonders beliebt waren die Vorführungen der Metzgereimaschinen, denn hier gab es immer was *fer umme*. Ein Stückchen Fleisch oder Wurst war nach wie vor etwas Besonderes, denn noch immer hielt es eher selten Einzug in die heimischen Küchen. Daher war der Andrang bei diesen Darbietungen unbeschreiblich groß. Schnell zeigte sich, dass der Rosengarten insgesamt für den Maimarkt viel zu beengt war, darum beschloss man, ihn künftig wieder auf dem Schlachthofgelände stattfinden zu lassen.

Drei Tage, bevor der Maimarkt endete, sorgte eine andere Nachricht für große Erleichterung in der deutschen Bevölkerung. Am 12. Mai gab nämlich die russische Besatzungsmacht die Berlin-Blockade auf. Gründe dafür gab es mehrere, ausschlaggebend dürfte jedoch die Tatsache gewesen sein, dass die Westalliierten neben der Luftbrücke auch mit einer Art Gegenblockade geantwortet und jeglichen Handel mit Russland auf Eis gelegt hatten. Stalin war besorgt über die daraus resultierenden nachteiligen Folgen für sein Land. Insbesondere bereitete ihm Kopfzerbrechen, dass der Westen während der Blockade keine hochentwickelte Technologie mehr nach Russland geliefert hatte. Als Carlo am 9. Juni den *Mannheimer Morgen* aufschlug, wurde er durch die Nachricht aufgeschreckt, dass der Oberbürgermeister Fritz Cahn-Garnier an den Folgen eines akuten Herzversagens gestorben war. Carlo schüttelte den Kopf. »Mein Gott, jetzt hat er nicht mal mehr seinen Geburtstag erlebt. Er wäre am 20. Juni 60 Jahre alt geworden.«

»Die Besten ruft der liebe Gott zuerst zu sich«, meinte Amelie. »Der Cahn-Garnier war wirklich ein guter OB. Und was der Mann unter Hitler alles mitmachen musste! Da braucht man sich doch wirklich nicht zu wundern, dass er nicht alt wurde!«

»Ich bin bloß mal gespannt, wer sein Nachfolger wird«, murmelte Carlo vor sich hin.

Carlo sollte dies bald erfahren, denn schon kurz darauf nominierte die SPD Hermann Heimerich zu ihrem Kandidaten.

»Jetzt sind die Genossen doch nicht drum herumgekommen, den Heimerich aufzustellen«, Katharina, die auf einen Kaffee bei Amelie vorbeigekommen war, schien sich darüber zu freuen.

»Eigentlich hätten sie ihn, gleich nachdem der Braun gegangen ist, ins Rennen schicken müssen, aber vielen in der SPD hat er halt nicht gepasst. Ja, ja, die lieben Genossen!« Carlo verstand nicht, warum die SPD stets ihre Personalquerelen in der Öffentlichkeit austragen musste.

»Dabei war der Heimerich doch damals ein guter Oberbürgermeister. Als er 1928 das erste Mal zum OB gewählt wurde, hat er alles darangesetzt, dass Mannheim nicht nur als Arbeiterstadt, sondern auch als Stadt der Kultur wahrgenommen wird«, erklärte Katharina, die sich noch sehr genau daran erinnerte.

»Ich habe ihn auch als sehr standhaften und stolzen Mann wahrgenommen. Manche beschreiben ihn zwar als unnahbar, aber ich fand ihn eigentlich recht sympathisch und vor allem hatte er Zivilcourage.« Amelie mochte ihn sehr, besonders beeindruckt hatte sie, dass er sich 1933 geweigert hatte, die Hakenkreuzfahne ans Rathaus zu hängen. Die Nazis hatten ihn daraufhin abgesetzt und in Schutzhaft genommen. Damals hatte er nicht ahnen können, dass er nach dem Krieg tatsächlich nochmals zum Oberbürgermeister gewählt würde. Jedenfalls gaben ihm Ende Juli 1949 immerhin 65,3 Prozent ihre Stimme. Der Juli war nicht nur wegen der OB-Wahl ein aufregender Monat für die Mannheimer. Am 10. Juli hingen fast alle an ihren Radioapparaten, sofern sie nicht einer von den 24.000 Anhängern des VfR Mannheim waren, die morgens um vier Uhr bereits vom Hauptbahnhof aus mit Sonderzügen nach Stuttgart aufgebrochen waren, um im Neckarstadion das Endspiel um die deutsche Meisterschaft hautnah mitzuerleben. Der VfR Mannheim, den in Deutschland bis dahin fast niemand wahrgenommen hatte, war in der Vorrunde unerwartet erfolgreich gewesen und hatte zuerst den Hamburger SV und dann im Halbfinale die Offenbacher Kickers besiegt. Diese Siege waren eine mittlere Sensation. Niemand hatte damit gerechnet, dass eine Außenseiter-Mannschaft wie der VfR es bis ins Endspiel schaffen würde.

Siegfried, Carl und Irene hatten sich an diesem Sonntagnachmittag alle bei Richard und seiner Mutter eingefunden, um das Spiel gegen Borussia Dortmund im Radio zu verfolgen. Nachdem Mohrle Anfang März ihrem Gehirntumor erlegen war, hatten sich die drei vorgenommen, wann immer sie konnten, die beiden zu besuchen, um sie ein wenig abzulenken.

Richard war nach dem Tod seiner Frau ein gebrochener Mann. Er konnte und wollte sich ein Leben ohne Mohrle nicht vorstellen und meist versuchte er, sich mit Schnaps zu betäuben. Nur wenn er genug davon trank, fühlte er sich ein wenig erleichtert, dann wurden seine Seelenqualen weniger. Frau Bender litt sehr darunter, dass sie ihrem Sohn nicht helfen konnte und zuschauen musste, wie er langsam zum Alkoholiker wurde.

Gespannt saßen sie zu fünft vor dem Nordmende-Radio und warteten auf den Anpfiff des Spiels.

»Ihr habt das gleiche Radiomodell wie wir«, stellte Irene erstaunt fest. »Wir haben auch einen *Othello*. Der hat einen tollen Klang.«

Richard nickte stumm und schenkte sich ein Glas Schnaps ein. Die anderen tranken ein Bier.

»Mensch, hab ich einen Durst«, stöhnte Carl. »Das ist heute vielleicht eine Hitze! Vierzig Grad! Das ist ja schlimmer als in Afrika!« Er nahm einen kräftigen Schluck aus seinem Glas, »Die Spieler können einem wirklich leidtun. Neunzig Minuten müssen die jetzt gleich über den Rasen rennen. Dass die keinen Hitzeschlag kriegen?« Frau Bender erschien das unvorstellbar.

»So, jetzt müsst ihr aber ruhig sein. Es geht gleich los.« Siegfried ging ganz nahe mit seinem Ohr an den Lautsprecher. »Ah, der Herbert Zimmermann ist der Reporter vor Ort, den mag ich sehr, der berichtet richtig gut. Wenn der spricht, dann hast du das Gefühl, mit dabei zu sein.«

»Wahrscheinlich ist er der beste Sportreporter, den wir überhaupt haben.« Carl konnte Siegfried da nur beipflichten.

Als Richard sich erneut einen Schnaps einschenkte, meinte seine Mutter: »Junge, meinst du nicht, das reicht jetzt?«

»Lass mich in Ruhe! Ich bin kein kleines Kind mehr!«

»Er hat sich sehr verändert«, dachte Irene. Früher war Richard der liebenswürdigste Mann gewesen, den man sich hatte denken können. Nun schlug er so einen schroffen Ton gegenüber seiner Mutter an. Seit Mohrles Tod war er wirklich nicht wiederzuerkennen.

»Verdammter Mist!« Siegfried sprang von seinem Stuhl hoch. »Die haben einfach in der Defensive geschlafen. Jetzt haben die Borussen das erste Tor geschossen. Und das schon in den ersten fünf Minuten.«

»Das wird unsere Jungs ganz schön demoralisieren«, meinte Carl nachdenklich.

»Ich weiß auch nicht, ob dieser Schmidt der richtige Trainer ist.«

»Ach was, der *Bumbes* ist Klasse. Der hat eine lange Erfahrung und schon drei Meistertitel als Trainer mit verschiedenen Mannschaften gewonnen.« Siegfried sah das ganz anders.

»Aber du weißt auch, dass er nach 1945 von den Amis erst mal als Trainer kaltgestellt wurde, weil er NSDAP-Mitglied war«, gab Irene zu Bedenken.
»Natürlich ist mir das bekannt.« Siegfried zuckte mit den Achseln.
»Ach, Kinder«, mischte sich nun Frau Bender ein, »wenn man alle, die in der NSDAP waren, nach dem Krieg hätte ausmustern wollen, hätten wir heute keine Richter, Staatsanwälte, Polizisten, Ärzte, Lehrer, Schauspieler, Fußballer ...«
»... keine Politiker, Architekten, Pfarrer und, und, und mehr«, setzte Irene den Satz fort.
»Wenn ihr jetzt alle aufzählen wollt, die in der NSDAP waren, dann ist das Spiel wahrscheinlich rum«, warf Siegfried ein. »Zählt lieber diejenigen auf, die nicht in der Partei waren, das geht schneller.«
Die Minuten bis zur Halbzeit waren nervenaufreibend. Der VfR hatte zwar jede Menge Torchancen, aber die Abwehr der Borussen war einfach zu gut.
»Das wird nichts mehr!« Carl schüttelte den Kopf. »Jetzt bin ich froh, dass ich nicht nach Stuttgart gefahren bin.«
»Ich hätte das Spiel nur zu gerne direkt im Neckarstadion gesehen. Was meinst du, was da für eine Stimmung ist. Der Zimmermann hat vorhin gesagt, es seien 92.000 Zuschauer im Stadion. Das ist 'ne Wucht!« Für Siegfried wäre es das Größte gewesen, wenn er sich eine Karte hätte leisten können, aber er verdiente bei seinem Vater einfach zu wenig.
»Ich gehe ins Bett.« Richard nahm die Schnapsflasche und wankte aus dem Zimmer. Die anderen schauten ihm machtlos hinterher. Sie hätten ihm nur zu gerne geholfen, wussten aber nicht, wie sie es anstellen sollten. Frau Bender sah man an, dass sie sich sehr beherrschen musste, um nicht in Tränen auszubrechen.
Die zweite Halbzeit ging genauso weiter, wie die erste geendet hatte. Die Mannschaft strengte sich zwar an und rannte sich die Seele aus dem Leib, obwohl die Temperaturen immer unerträg-

licher wurden. Aber keiner der Angriffe wollte letztendlich zum Erfolg führen.

»Ich befürchte, Carl hat recht. Wie sollen unsere Jungs in knapp zwanzig Minuten noch zwei Tore schießen, wenn sie in siebzig Minuten überhaupt keines zu Wege gebracht haben?« meinte Irene resigniert.

»Fertig ist das Spiel erst, wenn der Schiedsrichter abpfeift.« Siegfried wollte die Hoffnung nicht aufgeben. Er sollte recht behalten, denn in der 74. Minute schoss Ernst Löttke das 1:1. Siegfried sprang auf und umarmte Irene. »Mensch, Leute, jetzt müsst ihr die Daumen drücken! Wenn wir im letzten Moment kein Tor mehr kriegen, dann geht's in die Verlängerung. Ihr schafft das!«

Leider wurden Siegfrieds Erwartungen in der 82. Minute erst mal enttäuscht, denn Herbert Erdmann, der bereits in der ersten Halbzeit ein Tor geschossen hatte, brachte die Borussen erneut in Führung.

»2:1! Ob unsere Jungs das noch aufholen können?«, meinte Frau Bender mit sorgenvoller Miene. Sie hatte jedoch ihren Satz kaum ausgesprochen, da schoss Ernst Langlotz in der 85. Minute den Ausgleich.

Dieses Mal sprang Carl auf. »Mensch, das ist ja ein Krimi, und hört mal, wie die im Stadion jubeln.«

Siegfrieds Wunsch war in Erfüllung gegangen. Das Spiel ging in die Verlängerung. Aus dem Radio drang nun ein ungeheurer Lärm. Es waren die Stimmen von Tausenden von Anhängern des VfR, die nun in Sprechchören anfingen, ihre Mannschaft anzufeuern. Mittlerweile standen alle vier fiebernd vor dem Radioapparat. Frau Bender hielt vor Anspannung die Hand vor ihren Mund, während Irene sich vor Aufregung so fest auf die Unterlippe biss, dass diese fast zu bluten anfing. Carl umklammerte indessen sein Glas krampfhaft und Siegfried hatte seinen Arm um das Gerät gelegt und hielt sein Ohr ganz nah an den Lautsprecher, damit ihm ja nichts entginge.

»Los jetzt, Jungs, jetzt geht es um die Wurst! Stiefvater, de La Vigne, ihr müsst angreifen, da ist noch alles drin.« Siegfried glaubte, die Stürmer durchs Radio hindurch anfeuern zu müssen. Und anscheinend funktionierte seine Taktik. Denn plötzlich wurde die Stimme von Herbert Zimmermann immer nervöser und leidenschaftlicher.

»… Stiefvater hat den Ball, er stürmt nach vorne. Dieser Mann ist ein wahrer Wirbelwind, er ist fast nicht mehr zu halten, kämpft sich an dem Borussen vorbei. Doch er steht ungünstig zum Tor. Jetzt schießt er hinüber zu dem freistehenden Löttke, ein wunderbarer Pass, der nimmt ihn an und schießt …« Es entstand eine Pause von einem Sekundenbruchteil, die jedoch allen ewig erschien. Dann hörten sie ihn voller Begeisterung schreien: »Tor! Tor! Tor! 3:2 für Mannheim in der 108. Minute. Das ist unglaublich! Ein wahres Wunder!« Und kurz darauf: »Der VfR Mannheim ist Deutscher Meister! Dieser Verein, der als Außenseiter antrat, hat sie alle aus dem Rennen gefegt. Wer hätte das gedacht!«

Der Jubel, der nun in Frau Benders Wohnzimmer ausbrach, war zwar nicht mit dem im Neckarstadion zu vergleichen, dennoch war er unglaublich ausgelassen. Die vier umarmten sich und hüpften durchs Wohnzimmer, tanzten, nahmen Frau Bender in ihre Mitte und waren außer Rand und Band vor Freude. Getrübt wurde ihr Glück nur durch Richard, der schnarchend mit der leeren Schnapsflasche im Arm in seinem Bett lag und den Sieg des VfR verschlief.

Am nächsten Tag hatte die Stadt Mannheim einen Empfang für die Spieler organisiert. Der Vorplatz des Hauptbahnhofs war schwarz von jubelnden Menschen. Tausende hatten sich eingefunden, die nun mit ihren Helden in einem Auto-Corso im Schritttempo den Kaiserring entlang und dann durch die Planken zogen. Natürlich waren Siegfried, Irene und Carl mittendrin. Es war ein berauschendes Gefühl, das die Mannheimer erfasste und sie aus ihrer Agonie riss. Endlich durften sie mal wieder, wenn auch nur im Sport, auf der Siegerseite stehen und mussten nicht die Verlierer sein. Was für ein herrliches Gefühl! Es war ein seltsames Bild, das sich bot. Glückliche, jubilierende Menschen inmitten einer bizarren Trümmerlandschaft.

Der Mannheimer VfR war nach dem Krieg die zweite Mannschaft, die den deutschen Meistertitel errang. Er war letztendlich jedoch viel mehr als nur ein Titel. Denn durch ihn hatten die Menschen zumindest für eine kurze Zeit die alltägliche Tristesse, die noch immer in der zerstörten Stadt vorherrschte, vergessen können. Neben all dem Jubel und der Freude über den Sieg gab es auch kritische Stimmen, insbesondere was den Trainer Hans Schmidt und seine Parteizugehörigkeit im Dritten Reich betraf. Seine Mannschaft stand jedoch geschlossen hinter ihm, weil sie genau wusste, dass sie den Sieg nur ihm und seinem sehr speziellen Trainingsprogramm verdankte. Der Spieler Rudolf de la Vigne nahm Hans Schmidt stellvertretend für seine Mannschaftskollegen in Schutz, indem er *Bumbes*, wie sie ihn liebevoll nannten, wie folgt charakterisierte: »Ein Pfundskerl mit einem ganz rauen Ton, der uns Spielern, die wir alle in der Wehrmacht gewesen waren, geläufig war. Vor dem Endspiel hat er zu uns gesagt: ‚So, ihr Arschlöcher, ihr geht da jetzt rein und gewinnt!' Die Taktik haben wir uns dann selbst zurechtgelegt, denn wir wussten von ihm, wie wir spielen mussten. Sein Motto war stets gewesen: ›Immer nach vorne orientieren! Denn wenn der Ball in der Hälfte des Gegners ist, kann bei uns kein Tor fallen.‹ So haben wir's dann gemacht.«

Charlotte (2014)

Charlotte nippte ein paarmal an ihrem Cocktail. »Der ist wirklich lecker, den muss ich mir mal merken.« Sie schaute sich im *Riz* um. »Ich war noch nie hier. Ich muss aber sagen, es ist eigentlich recht nett.«

Robert nahm währenddessen einen großen Schluck aus seiner Pilstulpe. »Deine Geschichten machen richtig Durst. Was du mir da alles erzählst, ist teilweise unfassbar. Das sind ja Dramen, die sich in deiner Familie abgespielt haben!« Er stockte und dachte kurz nach: »Eigentlich nicht nur in deiner Familie, sondern ganz allgemein in der damaligen Zeit.«

»Ja, das kann man schon sagen. Das meiste war wirklich heftig. Allerdings ist so manches von dem, was ich dir erzählt habe, auch nur eine Mutmaßung meiner Mutter gewesen. Insbesondere was den Tod meiner Urgroßmutter betrifft, bin ich mir da nicht sicher, ob das haargenau so stattgefunden hat. Jedenfalls vermuteten meine Großeltern immer, dass am Tod von Luise Legrand ihre älteste uneheliche Tochter Barbara nachgeholfen haben könnte.«

»Aber das mit dem VfR stimmt doch, oder?« Robert schaute sie fragend an.

»Was denkst du denn! So etwas würde ich doch niemals erfinden.« Charlotte schüttelte den Kopf. »Der Sieg des VfR sorgte damals dafür, dass Mannheim von der Nordsee bis zu den Alpen in aller Munde war, zumindest bei denjenigen, die sich für Fußball interessierten, und das waren nicht wenige.«

»Das kann ich mir gut vorstellen. Es war schließlich eine Sensation. Mit diesem Sieg hatte niemand gerechnet«, stellte Robert fest.

»Weißt du übrigens, was die einzelnen Spieler damals für den Sieg als Prämie bekommen haben?« Charlotte schaute Robert erwartungsvoll an.

Doch der schüttelte den Kopf. »Keine Ahnung! Sicher sehr wenig im Vergleich zu den Fußballmillionären von heute.« Er lachte.

»Vierhundert Mark haben die gekriegt! Das ist doch unglaublich! Als ich das gelesen habe, dachte ich, ich sehe nicht recht.« Charlotte war noch immer fassungslos.

»Auf der anderen Seite muss man bedenken, dass die Vereine damals noch in der Neugründungsphase nach dem Krieg waren und wenig Geld in ihren Kassen hatten. Außerdem ging es beim Fußball damals tatsächlich noch um den Sport und nicht ums Geschäft wie heute. Die vierhundert Mark waren wohl eher eine Art Anerkennung für die sportliche Leistung. Ich glaube auch nicht, dass die Spieler mit großen finanziellen Erwartungen aufs Spielfeld gegangen sind.«

»Wahrscheinlich hast du recht. Aber jetzt muss ich dir noch was ganz anderes erzählen, etwas wirklich Spannendes. Mannheim war nämlich bereits einen Monat zuvor wegen eines ganz anderen Vorfalls in die Schlagzeilen geraten. Darüber berichtete sogar der *Spiegel*, mehrere Male.«

»Der *Spiegel* – gab es den denn damals schon?«, fragte Robert etwas ungläubig.

»Na klar, der erschien zum ersten Mal im Januar 1947«, erwiderte Charlotte und fuhr fort: »Also im Juni 1949 ereignete sich nämlich ein spektakulärer Postbankraub in der Nähe des Mannheimer Hauptbahnhofs. Die Dreistigkeit, mit der die damals vorgegangen sind, kannst du dir kaum vorstellen. Das Brüderpaar Stuck und ihre Freunde Günter Hörner, Peter Breunig sowie Robert Panko, den alle nur *Knabenschuh* nannten, hatten damals einen Postbeamten geschickt über die Route des Postwagens und die Höhe der zu befördernden Gelder ausgehorcht. Danach überfielen sie den Transporter am helllichten Tag mitten in Mannheim und erbeuteten 160.000 Mark. Das war damals enorm viel Geld«, begann Charlotte zu erzählen.

»Das ist wirklich eine wahnsinnige Story.« Robert hatte noch nie etwas davon gehört.

»Die Geschichte wird noch viel besser.« Charlotte lachte. »Die mussten sich nämlich einen fahrbaren Untersatz besorgen, weil sie ein Fluchtauto brauchten. Da haben sie in Zwingenberg an der Bergstraße einfach den roten Chevrolet eines amerikanischen Leutnants gestohlen. Nur war dieses Auto eine ziemliche Gurke, es gab nämlich ziemlich schnell seinen Geist auf und darum stahlen sie ein paar Tage später ein zweites Auto. Und jetzt halte dich fest! Es war der Zweitwagen desselben Leutnants, und zwar ein grauer Ford.«

»Das gibt's doch nicht! Das schlägt wirklich dem Fass den Boden aus! Also da gehört schon einiges dazu! Das waren wirklich ausgebuffte Typen. Die Geschichte ist richtig schräg.« Robert konnte kaum glauben, was Charlotte ihm berichtete.

»Warte nur mal ab. Die wird noch besser! Also, der Fall ging damals zunächst an den zuständigen US-Major von der Criminal-Investigation-Division. Der mutmaßte zunächst aufgrund der amerikanischen Autos und der Vorgehensweise der Diebe, dass es sich bei den Tätern nur um Gangster aus Chicago handeln könne. Aber es hat sich dann doch schnell herausgestellt, dass sie aus einem anderen Milieu stammen mussten. Trotzdem suchte die deutsche Kriminalpolizei monatelang vergeblich nach der Bande. Sie hatten zwar schon früh einen Verdacht, der zu Knabenschuh und seinen Kumpanen führte, aber es fehlten ihnen noch schlagkräftige Beweise. Was sie wussten, war, dass Knabenschuh enge Kontakte zu mehreren leichten Mädchen in der *Neunzehnten* hatte. Das brachte sie jedoch zunächst nicht weiter. Die Sache kam eigentlich erst ins Rollen, als die Kripo zunächst den roten Chevrolet und kurz darauf den grauen Ford in einem Wäldchen in der Nähe von Viernheim fanden. Aber der entscheidende Hinweis kam dann ein paar Wochen später von ein paar Pilzsammlern. Die hatten nämlich verdächtige Männer mit einem Motorrad in der Nähe der Stelle gesehen, wo der graue Ford aufgefunden worden war. Die Kripo ist dann dort hingegangen, um vor Ort nach weiteren Spuren zu suchen und dabei stießen sie auf eine Tankstellenquittung mit einer Telefonnummer darauf.«

»Das gibt es doch nicht! Wie kann man denn so blöd sein! Da hätten sie auch gleich ihre Visitenkarte liegen lassen können.« Robert musste laut lachen.

»Ganz so einfach war das allerdings nicht. Das war nämlich nicht so, dass diese Tankstellenquittung griffbereit herumlag. Ehrlich gesagt, kostete es die Beamten einige Überwindung, sich diesen Zettel anzueignen.« Charlotte zögerte einen Moment, denn was sie jetzt berichten würde, war alles andere als appetitlich. »Weißt du, der Zettel war ziemlich verschmutzt. Da hatte nämlich einer der Gangster seine Notdurft verrichtet und sich in Ermangelung von Klopapier den Hintern mit dem Zettel abgeputzt.«

»Pfui Teufel!« Robert mochte sich das gar nicht vorstellen. »Das ist das Unglaublichste, was ich je gehört habe.« Er begann schallend zu lachen und Charlotte stimmte mit ein. »Aber es geht noch weiter. Jedenfalls haben die den Zettel dann auf dem Revier gereinigt und konnten die Telefonnummer deutlich lesen. Dabei stellte sich heraus, dass es die Nummer von der Mutter eines der Mädchen aus dem Rotlichtbezirk war, mit der Knabenschuh ein Techtelmechtel hatte. Die Kripo sah sich somit in ihrem Verdacht bestätigt, griff aber nicht gleich zu. Die waren damals nämlich richtig clever. Sie hielten sich erst mal bedeckt und haben dann eine hübsche Beamtin auf Knabenschuh angesetzt. Die hat dann wohl alle ihre Reize ausgespielt, für die der wohl durchaus empfänglich war. Jedenfalls hat sie ihn geschickt ausgehorcht und schließlich erfahren, wo die Gauner die Beute versteckt hatten. Na ja, und damit war die Sache gelaufen. Das hat ihm und seinen Kumpanen schließlich das Genick gebrochen.«

»Dumm gelaufen!« Robert schüttelte den Kopf. »Das ist wirklich filmreif! Die haben doch sicher ein paar Jährchen aufgebrummt bekommen, oder?«

»Das kannst du laut sagen, die haben die nächsten paar Jahre im *Café Landes* verbracht. Übrigens liegst du mit deiner Äußerung gar nicht so falsch. Der Überfall und alles, was letztendlich damit zusammenhing, wurden nämlich tatsächlich verfilmt. Der damals ziemlich bekannte Regisseur Otto Wernicke hat einen Film darüber gedreht. Und stell dir vor, einige Szenen wurden sogar drüben im Jungbusch in der *Resi* gedreht. Ich habe dir doch gezeigt, wo die war. Die *Resi* war eine Tanzbar mit Stehmusikern. Das war keine Animierbar, aber die Atmosphäre hat trotzdem gut in den Film gepasst, und darum hat der Regisseur wohl dieses Etablissement gewählt«, erklärte Charlotte.

»Ich glaube, den habe ich sogar gesehen. Haben da nicht auch der Wolfgang Neuss und die Ursula Herking mitgespielt?«

Charlotte nickte. »Genau! Die wirkten mit, beide waren damals richtige Stars. Meine Mutter mochte die Ursula Herking sehr. Die hat schon seit den 30er-Jahren einen Film nach dem anderen gedreht. Sie war außerdem Kabarettistin und hat Anfang der 70er sogar in einem *Tatort* mitgespielt.«

»Ich entsinne mich noch gut an Ursula Herking. Einer ihrer Auftritte ist mir besonders in Erinnerung, und zwar der, wo sie Erich Kästners *Marschlied* von 1945 ganz eigenwillig interpretiert.«

Meine Schuh' sind ohne Sohlen,
und mein Rucksack ist mein Schrank,
meine Möbel ham die Polen
und mein Geld die Dresdner Bank.

»Das kannte ich noch gar nicht, ist aber wirklich toll und vor allem so zutreffend.« Charlotte gefiel diese Art von Humor.

»Jetzt hast du mir so viel erzählt und das war auch wirklich alles sehr spannend, aber was mich brennend interessieren würde: Wie ging es denn mit deinen Eltern weiter? Die müssen doch wohl wieder zusammengekommen sein, sonst würde es ja dich gar nicht geben.« Robert schaute Charlotte erwartungsvoll an.

»Das kannst du laut sagen. Aber das war ein schweres Stück Arbeit und hätte auch beinahe nicht mehr geklappt.«

Alster-Lichtspiele (1949)

Das *Alster* Lichtspielhaus war kurz vor Weihnachten 1948 in O3 mit dem amerikanischen Film *Die Abenteurerin* mit Marlene Dietrich in der Hauptrolle eröffnet worden. Abgesehen von der Erstaufführung war der Streifen nicht unbedingt ein Kassenschlager. Das lag nicht zuletzt daran, dass sich Marlene Dietrich, im Gegensatz zu den meisten ihrer prominenten Künstler-Kollegen, während der NS-Zeit geweigert hatte, für das System Propaganda zu machen. Im Gegenteil, sie hatte darüber hinaus 1939 sogar die amerikanische Staatsangehörigkeit angenommen und sich in der Truppenbetreuung für die US-amerikanischen GIs an der Front engagiert. Damit war sie bei der Mehrheit der Deutschen in Ungnade gefallen. Viele boykottierten in der Nachkriegszeit ihre Filme, bewarfen sie sogar auf der Straße oder bei ihren Konzerten mit Eiern und Tomaten. Auf die Frage, ob sie wegen der Angriffe auf sie keine Angst habe, soll sie geantwortet haben: »Angst? Nein! Ich habe keine Angst, nicht vor den Deutschen! Nur um meinen Schwanenfedernmantel, aus dem ich Eier- oder Tomatenflecken kaum herausbekommen würde, um den habe ich etwas Angst.« Marlene Dietrich war eben eine außergewöhnliche und vor allem auch mutige Frau, gradlinig und eigensinnig.

Die neuen *Alster-Lichtspiele* waren ein geschmackvoll gestaltetes Haus mit fast tausend Sitzplätzen. Ein schöner Vorhang, Parkettreihen mit Kinositzen aus Holz und Stoff sowie Logen hinter den letzten Reihen luden die Besucher zum Verweilen ein. Die an den Seitenwänden angebrachten Lampenschirme sorgten darüber hinaus mit ihrem gedämpften Licht zu Beginn, in den Pausen und am Schluss der Vorstellung für ein behagliches Gefühl.

Dr. Bernhard Künzig, dem das *Alster* gehörte, hatte von Anfang an nicht nur Filme gezeigt, sondern auch Musikabende veranstaltet, zu denen er bekannte Künstler eingeladen hatte. So traten hier unter anderem Rudi Schuricke, dessen Gassenhauer *Capri-Fischer* überall geträllert wurde, Willy Hagara, Fred Bertelmann und der Zaubergeiger Helmut Zacharias auf. Allesamt waren sie sehr beliebt, insbesondere natürlich in der Frauenwelt, da sie neben ihrem musikalischen Können auch noch gut aussahen und ausgesprochen charmante Männer waren.

Katharina hatte sich gleich nach der Eröffnung im *Alster* als Platzanweiserin beworben und als sie sicher sein konnte, dass sie die Stelle bekommen würde, sofort beim Nationaltheater gekündigt. Das Klima, das in der *Schauburg* herrschte, hatte ihr schon eine ganze Weile nicht mehr zugesagt. Sie wünschte sich die Schiller-Bühne in B4 zurück und trauerte den alten Zeiten nach. Nachdem sie nun wusste, dass sie vorerst in Mannheim bleiben würde, weil die Zeiten einfach ungünstig für einen Hausverkauf waren, hatte sie sich entschlossen, beruflich nochmals andere Wege zu gehen.

Als Katharina eine Woche nach Fastnacht ihren wöchentlichen Kaffeebesuch bei Amelie machte, klagte diese ihrer Freundin ihr Leid. »Ich mach mir solche Sorgen um Helena. Seit der Trennung von Siegfried ist sie verschlossen und lässt niemanden an sich ran. Sie sitzt wieder so wie früher den ganzen Tag an der Nähmaschine und spricht kein Wort. Ich glaube, sie ist zutiefst verletzt. Ich weiß nicht, was ich noch machen soll.«

»Ich denke, sie muss rausgehen, sich ablenken, ihren Kummer vergessen. Sie ist jung und muss unter Leute, unter Gleichaltrige«, stellte Katharina fest.

»Das Problem ist halt auch, dass ihre Cousinen keine Zeit mehr für sie haben. Betty ist verheiratet und nach der Geburt von Gerold rund um die Uhr mit dem Kleinen beschäftigt. Annerose schwelgt im Glück. Seit der alte Jäckel gestorben ist, hat sich die Beziehung zu Hans sehr gefestigt. Er hat seiner Mutter gestanden, dass er schon lange mit Annerose verlobt ist und sie heiraten wird. Früher oder später werden sie das bestimmt auch tun. Mit Irma hat Helena sich auch immer gut verstanden, aber die wird wohl nicht mehr nach Deutschland zurückkehren. Sie scheint mittlerweile in Kanada gut verheiratet zu sein. Ich denke, Helena hat langsam Angst, dass sie keinen mehr abbekommt, weil die wenigen passablen Männer in ihrem Alter, die lebend aus diesem Krieg heimgekommen sind, schon alle in festen Händen sind. Immerhin wird sie ja auch jetzt im April schon fünfundzwanzig Jahre alt. Langsam muss sie sich wirklich sputen, wenn sie noch Kinder haben möchte.«

Katharina nickte. »Das stimmt schon alles, was du da sagst, aber trotzdem glaube ich nicht, dass Helena keinen mehr abbekommt. Sie ist so ein attraktives Mädchen, sie ist intelligent und hat einen guten Beruf. Eigentlich ist sie eine Traumfrau für jeden Mann. Wenn sie wollte, könnte sie an jedem Finger einen haben. Aber du hast natürlich schon recht in Bezug aufs Kinderkriegen. In ihrem Alter zählt sie jetzt schon fast zu den Spätgebärenden! Es ist wirklich zu schade, dass es mit Siegfried nichts geworden ist! Ich fand, dass die beiden wunderbar zusammengepasst haben. Die waren so ein schönes Paar! Aber was soll man da machen?«, meinte Katharina nachdenklich und fuhr fort: »Hat sie denn keine Freundinnen?«

»Das ist auch schwierig. Mit Irene war sie recht eng befreundet, aber die wiederum verkehrt mit Carl und der ist ein Freund von Siegfried. Da bliebe dann nur noch Norma, aber die hat wohl auch einen Mann kennengelernt und jetzt noch weniger Zeit, schließlich hat sie auch noch ihr Kind. Und ehrlich gesagt, darüber bin ich nun wirklich nicht besonders traurig, denn die Norma ist einfach nicht der richtige Umgang für Helena.« Amelie seufzte. »Ach, ich würde ihr so gerne helfen!«

Katharina dachte nach. Plötzlich erhellte sich ihre Miene. »Ich glaube, ich habe da eine Idee. Bei uns im *Alster* suchen sie gerade wieder Platzanweiserinnen. Ich könnte mir vorstellen, dass sie da gute Chancen hätte, genommen zu werden. Der Dr. Künzig ist ein netter, gebildeter Mann. Ich könnte mal bei ihm anfragen, wenn du das willst.«

Amelie war von Katharinas Vorschlag begeistert und teilte ihn ihrer Tochter vorsichtig mit, als sie wieder allein waren. Sie war sich nicht sicher, wie Helena auf ihren Vorschlag reagieren würde. Aber siehe da, sie schien durchaus von der Idee angetan zu sein, eine Stelle als Platzanweiserin anzunehmen. Katharina hielt Wort und bewirkte, dass Dr. Künzig Helena zu einem Vorstellungsgespräch einlud. Er war sehr angetan von der jungen Frau. Ihm gefielen Helenas zurückhaltende Art, ihre guten Manieren und dass sie darüber hinaus auch noch hübsch und intelligent war. All das konnte nur von Vorteil sein. Also fing Helena im April 1949 als Platzanweisern in den *Alster-Lichtspielen* an.

In der ersten Woche erwartete sie gleich eine etwas größere Herausforderung. Helmut Zacharias gab nämlich am bevorstehenden Wochenende ein Gastspiel im *Alster*. Der überaus galante Zaubergeiger verstand es, mit seiner Virtuosität insbesondere die weiblichen Besucher zu fesseln. Ob Klassik oder swingender Jazz aus Amerika, seine Verehrerinnen schauten gebannt auf die Bühne, konnten den Blick nicht von ihm lassen, und wenn er dann noch Operettentitel wie *Ich bin nur ein armer Wandergesell* aus dem *Vetter aus Dingsda* oder das *Wolgalied* aus dem *Zarewitsch* anstimmte, schmolzen die Herzen nur so dahin. Helena, die in ihrer weinroten Arbeitsuniform an der hinteren Foyertür stand, erschrak zutiefst, als plötzlich hinter ihr Dr. Künzig mit einem großen Blumenstrauß auftauchte. »Sie gehen gleich nach dem Schlussapplaus hoch auf die Bühne, überreichen Herrn Zacharias diesen Blumenstrauß und bedanken sich bei ihm für das schöne Konzert im Namen unseres Hauses.«

»Ich!!!« Helena spürte, wie ihr das Herz bis zum Hals schlug und ihre Knie schlotterten. Doch bevor sie ihrem Chef widersprechen konnte, hatte er ihr bereits den Strauß in die Hand gedrückt und war gegangen. Folglich blieb der überrumpelten Helena nichts anderes übrig, als auf die Bühne hochzugehen und ihrem Idol die Blumen zu überreichen. Helmut Zacharias strahlte Helena an, nahm sie in seine Arme und küsste sie auf die Wange. Wie im Traum verließ Helena leicht schwankend die Bühne. Was für ein gutaussehender wunderbarer Mann! Und was für schöne Grübchen er hatte! Von diesem Moment würde sie lange zehren. Doch letztendlich musste sie das gar nicht, denn Dr. Künzig ließ sie ab diesem Abend immer die Blumen überreichen und so wurde sie auch nach und nach von Willy Hagara, Fred Bertelmann, Rudi Schuricke, Camillo Felgen und vielen anderen stellvertretend für alle Frauen im Saal geküsst.

Katharina hatte Helena schon am zweiten Tag den Filmvorführer vorgestellt. Manfred Gerstner war Anfang dreißig, gebürtiger Leipziger und hatte sich ein Jahr nach dem Kriegsende in den Westen abgesetzt. Irgendwann war er in Mannheim gelandet. Er war zuverlässig und auch durchaus ein befähigter Filmvorführer. Als er Helena die Hand reichte, meinte er mit leicht sächsischem Akzent: »Ich freue mich sehr, so eine reizende Kollegin kennenzulernen. Dann werden wir es wohl in Zukunft öfter miteinander zu tun haben.« Dabei lächelte er sie vielversprechend an.

Helena erwiderte freundlich seinen Gruß, war sich aber nicht so ganz klar darüber, ob sie mit diesem Kollegen in Zukunft tatsächlich öfters etwas zu tun haben wollte. Der blonde, hellhäutige, nicht besonders große Mann war ihr zwar nicht unsympathisch, aber die Art wie er sie angeschaut hatte, war ihr nicht geheuer gewesen. Er hatte irgendetwas an sich, was sie verunsicherte. Sie nahm sich vor, lieber ein wenig auf Distanz zu gehen.

Doch das war gar nicht so einfach. Denn auch wenn sie ihn nicht sah, so hatte sie doch das Gefühl, dass er sie mit seinen Blicken verfolgte, wenn sie den Besuchern ihre Plätze anwies. Er konnte nämlich vom Vorführraum aus durch das Fenster, hinter dem der Projektor mit den großen Filmrollen in Richtung Leinwand aufgestellt war, seitlich herausschauen und den ganzen Kinosaal überblicken.

»Sie sehen heute wieder bezaubernd aus«, meinte er, als sie sich eines Mittags in dem kleinen Pausenraum begegneten.

»Danke!«

Helena lächelte ihn flüchtig an und wollte zurück zu ihrer Arbeit gehen, als er sie plötzlich fragte: »Hätten sie nicht Lust, am

Sonntag mit mir ins *Fontanella* zu gehen? Ich würde Sie gerne zu einem Eis einladen.«

»Tut mir leid, aber ich habe am Sonntag keine Zeit. Mir sind jede Menge Näharbeiten liegen geblieben. Ich muss auch noch dringend das Kleid einer meiner Kundinnen kürzen, die habe ich eh schon ein paarmal vertröstet.« Glücklicherweise war ihr noch schnell eine Ausrede eingefallen.

»Das verstehe ich natürlich. Aber aufgeschoben ist nicht aufgehoben«, erwiderte er. Seine Reaktion zeigte deutlich, dass er nicht so leicht aufgeben würde.

Helena hatte zwar keine gesteigerte Lust, mit Manfred Gerstner auszugehen, aber Eis essen wäre sie schon gerne gegangen. Dazu noch ins *Fontanella*! Ein einziges Mal war sie mit ihren Eltern dort gewesen, und zwar 1933 an ihrem neunten Geburtstag. Da hatte das *Fontanella* gerade zwei Wochen zuvor in P5 in den Engen Planken aufgemacht. Ihr Vater hatte zur Feier des Tages jedem eine Portion Eis für 30 Pfennig spendiert: Schokolade-Vanille-Erdbeer.

Das Eis im *Fontanella* war einfach nicht zu übertreffen! Als Helena nun nochmals über Manfreds Vorschlag nachdachte, war sie sich nicht mehr so sicher, ob sie seine Einladung nicht vielleicht doch hätte annehmen sollen. Was war denn schon dabei, mit einem Geschäftskollegen ein Eis essen zu gehen?

Darum sagte sie ihm auch zu, als er sie ein paar Wochen später erneut einlud. Gemeinsam überquerten sie die Planken und gingen hinüber ins Eiscafé. Das *Fontanella* war schon 1948 wiedereröffnet worden, allerdings nicht an der Stelle, wo es vor dem Krieg gewesen war, sondern in P3. Da das Stadtzentrum auch nach vier Jahren noch immer in Schutt und Asche lag, hatte Mario Fontanella sein Eiscafé zunächst als einfachen Kiosk mit Backstein-Terrasse auf den Trümmern errichtet. Aber das Ambiente war letztendlich nicht wichtig, entscheidend war, dass die köstliche Qualität seiner Eissorten den Krieg überlebt hatte.

»Wo wohnen Sie eigentlich?«, wollte Manfred Gerstner wissen.

Helena war die Frage unangenehm. Eigentlich versuchte sie, wann immer es möglich war, für sich zu behalten, dass sie aus dem Jungbusch stammte. Schließlich war der Jungbusch kein Nobelviertel, dessen man sich rühmen konnte. »Warum wollen Sie das denn wissen?«, antwortete sie ihm mit einer Gegenfrage.

»Na ja, ich bin auf der Suche nach einer neuen Bleibe und bräuchte dringend ein Zimmer bis zum Spätsommer«, erklärte er ihr.

»Ach, so, ich verstehe. Wir wohnen im Jungbusch«, antwortete sie.

»Haben Sie vielleicht ein freies Zimmer, das Sie an mich untervermieten könnten?« Er blickte sie erwartungsvoll an.

Helena schüttelte den Kopf. »Wir? Wo denken Sie hin! Wir wohnen selbst sehr beengt und suchen auch schon seit ewigen Zeiten nach einer größeren Wohnung. Aber Sie wissen ja, das ist ziemlich aussichtslos. Man muss heutzutage froh sein, wenn man überhaupt ein Dach über dem Kopf hat.«

»Könnten Sie mir einen Gefallen tun und sich in Ihrer Nachbarschaft umhören, ob nicht jemand ein Zimmer zu vermieten hat?«, bat er sie. »Ich wäre Ihnen wirklich dankbar. Wenn Sie Erfolg haben, soll das auch nicht Ihr Schaden sein.«

Helena versprach ihm, sich in ihrer Nachbarschaft zu erkundigen, ob jemand einen Untermieter suche. Auch wenn sie das selbst nicht erwartet hatte, so war ihr das Glück doch hold. Denn nach einer Woche war sie tatsächlich fündig geworden. Ein Herr Lang, der im Haus der Metzgerei Haberkorn wohnte, hatte nämlich ein Zimmer zu vermieten. Allerdings stellte er auch Bedingungen. Da der zu vermietende Raum weder Türen noch Fenster hatte, würde er das Zimmer nur demjenigen geben, der die Kosten für den Einbau übernehmen würde. Diese beliefen sich auf etwa hundert Mark, die der künftige Mieter im Voraus zahlen müsse. Helena teilte Manfred mit, was sie herausgefunden hatte. Der war sofort bereit, die Kosten zu übernehmen.

»Das ist ja wunderbar, du bist ein Engel!« Manfred strahlte. »Ich finde, das ist ein Grund zum Feiern. Lass uns doch wieder ins *Fontanella* gehen. Natürlich bist du eingeladen. Das hast du dir redlich verdient.«

Helena hatte nichts dagegen einzuwenden. Eigentlich war Manfred ganz nett. Auch wenn er überhaupt nicht ihr Typ war und sie nichts von ihm wollte, so war es doch schön, einen Bekannten zu haben, mit dem man ab und zu ausgehen konnte. Es war schließlich nichts dabei. Und so unternahmen sie in den folgenden Wochen öfters etwas miteinander, spazierten am Rhein oder Neckar entlang, trafen sich am Wasserturm unter den Arkaden, bummelten durch die sechzehn Fachgeschäfte, die gerade um den alten Kaufhausturm herum in N1 eröffnet hatten oder schlenderten durch das Bunkerkaufhaus hinter der Feuerwache. Mitunter trafen sie sich auch in der Filsbach, um bei Vincenzo Tessitore in J1 eine Kleinigkeit zu essen, denn der betrieb dort neben seiner Eisdiele auch eine kleine Schnellgaststätte.

Für Helena wurde Manfred mit der Zeit zu einem guten Freund. Da er als Filmvorführer recht gut verdiente, lud er sie meistens ein, und Helena revanchierte sich, indem sie ihm mal eine Hose kürzte oder abgerissene Knöpfe annähte.

Leider schätzte sie jedoch die Situation nicht richtig ein. Sie wäre besser ihrer ersten Intuition gefolgt. Denn Manfred sah in ihrer Beziehung viel mehr als Freundschaft. Er hatte sich über beide Ohren in Helena verliebt. Er dachte, wenn er erst mal in ihrer Nähe wohnen würde, ergäbe sich der Rest von allein. Er gab Helena die hundert Mark, die sie sofort Manfreds zukünftigem Vermieter aushändigte.

Als sie wieder mal im *Fontanella* saßen und über Gott und die Welt erzählten, nahm Manfred plötzlich ihre Hand. »Du hast so wunderschöne Augen, Helena. Wenn du mich anschaust, beginnt mein Herz immer ganz heftig zu schlagen.« Er führte ihre Hand an seine Brust.

Helena war so verblüfft, dass sie zunächst gar nicht reagieren konnte.

»Du musst jetzt nichts sagen, aber wenn ich jetzt bald in deiner Nähe wohne, wollen wir dann nicht fest miteinander gehen? Ich wollte dich das schon längst fragen.«

»Aber Manfred, wir sind doch Freunde!« Sie schaute ihn verstört an.

»Sicher sind wir Freunde, aber das hindert uns doch nicht daran auch ein Liebespaar zu sein. Ich liebe dich, seit ich dich das erste Mal gesehen habe. Und du empfindest doch auch etwas für mich, sonst würdest du doch nicht ständig mit mir ausgehen.« Er führte ihre Hand, die er noch immer fest in der seinen hielt, zu seinen Lippen und küsste sie.

Helena zog ihre Hand zurück. »Manfred!« Sie schaute ihn ernst und gleichzeitig auch traurig an. »Ich liebe dich nicht. Für mich bist du ein guter Freund und das wird auch so bleiben.«

Manfreds Gesichtsausdruck veränderte sich von einem Augenblick zum anderen. Er stand auf, drehte sich wortlos um und verließ die Terrasse des Kiosks. Er war zutiefst verletzt.

Helena fühlte sich furchtbar. Sie hatte ihm nicht wehtun wollen. Sie war, nachdem sie ihre anfänglichen Zweifel ihm gegenüber über Bord geworfen hatte, fest davon überzeugt gewesen, dass auch Manfred nur eine gute Freundin in ihr sah, sonst wäre sie bestimmt nicht mit ihm ausgegangen. Aber nun war es zu spät. Sie nahm sich trotzdem vor, am nächsten Tag nochmals ein klärendes Gespräch mit ihm zu führen. Doch dazu kam es nicht, denn Manfred ließ sie, als sie sich wiedersahen, gar nicht erst zu Wort kommen. »Ich will sofort meine hundert Mark wieder haben!«

»Aber wie stellst du dir das vor? Das geht nicht. Die hat der Vermieter für die Fenster und Türen bekommen. Das weißt du doch!« Helena war total verstört, nicht nur über das, was er sagte, sondern auch über den Ton, den er ihr gegenüber anschlug.

»Du hast mich genug ausgenommen. Jetzt ist Schluss damit. Ich Idiot habe dich eingeladen. Ich dachte, wir wären ein Paar. Aber du hast nur mit meinen Gefühlen gespielt. Tust lammfromm und hast es faustdick hinter den Ohren. Kein Wunder,

du kommst schließlich aus dem Jungbusch, da kommt eh nichts Gescheites her. Ich sage dir nur eines: Mit mir machst du das nicht! Ich lass mich von so einer wie dir nicht zum Narren halten. Morgen kriege ich mein Geld von dir zurück oder ich zeige dich wegen Heiratsschwindel an.«
»Bist du verrückt geworden! Was redest du denn da! Wir waren immer nur Freunde, niemals ein Paar.« Helena war fassungslos.
»Du kannst dich nicht rausreden, mein Fräulein. Alle haben gesehen, dass wir in unserer Freizeit zusammen waren. Du hast mir vorgegaukelt, dass du was für mich empfindest. Wie gesagt, morgen gibst du mir mein Geld zurück oder wir sehen uns vor Gericht wieder.« Wütend verließ er den Pausenraum.

Helena konnte ihm das Geld nicht zurückgeben, weil Herr Lang bereits den Einbau der Fenster und Türen beim Schreiner und Glaser veranlasst und eine Anzahlung geleistet hatte und so ging Manfred tatsächlich zur Polizei und zeigte Helena wegen Heiratsschwindels an. Er versuchte auch, Helena bei Dr. Künzig anzuschwärzen. Er wollte ihr schaden, sich rächen dafür dass sie ihm nicht dieselben Gefühle entgegenbrachte. Doch bei Dr. Künzig hatte er damit wenig Erfolg. Denn in Katharina hatte Helena eine überaus beredte und überzeugende Fürsprecherin gehabt. Der Schuss ging nach hinten los. Dr. Künzig setzte nämlich nicht Helena, sondern seinen Filmvorführer vor die Tür, indem er ihm zum Monatsende kündigte. Er hasste Denunzianten und Lügner. Manfred Gerstner musste darüber hinaus auch seine Anzeige zurückziehen, denn Herr Lang gab bei der Polizei eine eidesstattliche Erklärung ab, in der er bestätigte, dass er die volle Summe erhalten und Helena nichts, aber auch gar nichts, von den hundert Mark für sich behalten hatte. Trotzdem war Helena nach dieser Erfahrung erst mal zutiefst ernüchtert. Sie hatte, was Männer anbelangte, einfach kein Glück.

Grundgesetz (1949)

Carlo schaltete das Radio ein. »Hier ist Bonn. Wir berichten von der Pädagogischen Akademie am Rhein, die sich heute in einem festlichen Gewand präsentiert. Sie hören nun zunächst Johann Sebastian Bachs *Fantasie in G-Moll*, an der Orgel Hubert Brinks von der Münsterkirche.«

»Das klingt ja wie bei einer Beerdigung.« Carlo wusste, wovon er sprach, denn schließlich hörte er diese oder ähnliche Melodien fast täglich auf dem Friedhof. Er drehte die Lautstärke etwas herunter.

»Jetzt übertreibst du aber ein bisschen.« Amelie lächelte ihren Mann an.

»Na ja, ich finde, dass diese feierliche, wenn auch getragene Musik zu dem Anlass passt«, meinte Katharina, die mal wieder auf einen Kaffee vorbeigekommen war. Sie fügte nachdenklich hinzu: »Heute bewegen wir uns von Neuem einen entscheidenden Schritt weg von dem braunen Mief. Allerdings hat das auch seinen Preis.«

»Klar.« Carlo nickte. »Und wer sich in den letzten Monaten ein bisschen mit Politik beschäftigt hat, weiß auch, dass die Mitglieder des Parlamentarischen Rates es sich nicht leicht gemacht haben. Schließlich haben die seit dem letzten August beraten.«

»Der *Mannheimer Morgen* hat im Januar schon ausführlich darüber berichtet. Du hast doch den Artikel sicher auch gelesen, oder?« Katharina schaute Carlo erwartungsvoll an. »Wenn das stimmt, was die schreiben, gab es Gespräche und Abstimmungen ohne Ende.«

»Natürlich habe ich das gelesen. Der *Mannheimer Morgen* hat auch als erste Zeitung einen Entwurf des Grundgesetzes für Westdeutschland veröffentlicht. Das finde ich ganz beachtlich.« Carlo war genauso wie Katharina ein überzeugter Leser der Tageszeitung. »Ich erinnere mich in dem Zusammenhang auch noch, dass der SPD-Vize Erich Ollenhauer im Radio die Beratungen der Ministerpräsidenten als den Gemeindetag von Posemuckel bezeichnet hat, weil die sich einfach nicht einigen konnten«, berichtete Carlo schmunzelnd.

»Also für mich war einfach nur wichtig, dass die SPD in dem Gremium stark vertreten war und dass unser Carlo Schmid den Hauptausschuss geleitet hat. Von diesem Adenauer hat doch vorher kein Mensch was gehört. Der trat wie Phönix aus der Asche plötzlich auf die Bildfläche. Wenn der nicht Parteivorsitzender der CDU geworden wäre, wüsste doch bis heute niemand, wer der überhaupt ist«, warf Amelie ein. »Der reißt doch mittlerweile alles an sich und jetzt wird auch noch, bloß weil der von Rhöndorf ist, Bonn unsere neue Hauptstadt statt Frankfurt. So ein Quatsch!« Amelie mochte Adenauer nicht besonders.

»Na ja, das wird gemunkelt, aber ob es wirklich stimmt?« Katharina sah das ein bisschen anders als ihre Freundin, was selten vorkam. »Der Adenauer hat vielleicht noch aus anderen Erwägungen für eine Hauptstadt am Rhein plädiert. Möglicherweise soll das auch ein Zeichen an Frankreich sein zu akzeptieren, dass die deutsch-französische Grenze eben nicht am Rhein, sondern westlich davon verläuft.« Amelie zuckte mit den Achseln und wollte gerade antworten, doch da wurde ihr Gespräch durch die Stimme des Radioreporters unterbrochen, der, nachdem die Musik verstummt war, wieder zum Mikrofon gegriffen hatte und nun berichtete, dass der Ratspräsident Dr. Konrad Adenauer die Sitzung eröffnete.

»Der einzige Punkt der Tagesordnung«, hörte man ihn sagen, »ist die Feststellung der Annahme, Ausfertigung und Verkündung des Grundgesetzes für die Bundesrepublik Deutschland. Heute, am 23. Mai 1949, beginnt ein neuer Abschnitt in der wechselvollen Geschichte unseres Volkes. Wer die Jahre seit 1933 bewusst erlebt hat, der denkt bewegten Herzens daran, dass heute das neue Deutschland ersteht. Heute wird nach der Unterzeichnung und Verkündung des Grundgesetzes die Bundesrepublik in die Geschichte eintreten.«

Der Reporter schilderte jetzt, wie Konrad Adenauer und Carlo Schmid, gefolgt von den 65 Mitgliedern des Parlamentarischen Rates, den Ministerpräsidenten der elf Länder, den Landtagspräsidenten und Abgeordneten von Berlin nach vorne an einen Tisch traten, um nacheinander das Grundgesetz zu unterzeichnen.

»Das kann dauern, bis die alle unterschrieben haben«, stellte Carlo fest und bat Amelie, ihm noch eine Tasse Kaffee einzuschenken.

»Dann haben wir jetzt also ein Grundgesetz.« Amelie dachte laut darüber nach, um gleich darauf zu fragen: »Warum haben die uns denn nicht gleich eine richtige Verfassung gegeben?«

»Das will ich dir sagen«, antwortete Carlo. »Eine Verfassung hätte bedeutet, die Teilung Deutschlands anzuerkennen, denn das Grundgesetz betrifft schließlich nur den Westen und nicht die von Russland besetzten Gebiete. Und schließlich hoffen wir doch alle auf eine Wiedervereinigung.«

»Ah, ja. Ich verstehe.« Amelie nickte ihm bestätigend zu. »Irgendwann werden wir doch sicher wieder ein Volk sein. Das können die doch nicht machen«, warf Amelie ein.

»Sei dir da nicht so sicher. Die Westmächte und Russland sind sich spinnefeind. Wenn die sich nicht einigen, wird erst mal alles so bleiben, wie es ist. Wir haben da überhaupt keinen Einfluss drauf. Das Sagen haben unsere Befreier, da sollten wir uns keine Illusionen machen«, ernüchterte sie Carlo.

»Das wäre ja schrecklich, wenn es immer so bliebe! Alle meine Schwestern wohnen doch im Osten.« Amelie wollte sich das gar nicht vorstellen. Insbesondere Frieda und Adam hätte sie so gerne bald mal wiedergesehen.

Während Katharina sich noch ein Stück von dem Hefekuchen nahm, meinte sie: »Wisst ihr eigentlich, dass von den fünfundsechzig Teilnehmern des Parlamentarischen Rates nur vier Frauen waren? Wenn ich mir vorstelle, welche Funktionen Frauen noch vor 1933 im öffentlichen Leben hatten. Und jetzt sind wir kaum vertreten.«

»Das ist wirklich eine Schande«, meinte Amelie empört. »Denkt doch nur mal an die Politikerinnen Rosa Luxemburg oder Clara Zetkin. Die Clara war bis 1933 sogar Reichstagsabgeordnete. Die haben den Männern in nichts nachgestanden. Aber der Hitler, der hat uns dann heim an den Herd gerufen und aufs Kinderkriegen reduziert.« Amelie wurde wütend, wenn sie darüber nachdachte. »Der brauchte Soldaten – reines Kanonenfutter!«

»Bist du dir da ganz sicher, Katharina, dass es so wenige Frauen waren?«, fragte Carlo nach.

»Es waren tatsächlich nur vier! Das sind noch nicht mal zehn Prozent und entspricht überhaupt nicht dem Frauenanteil in unserer Bevölkerung.«

»Da hast du leider recht. Auf fünfundfünfzig Frauen kommen nämlich heutzutage gerade mal fünfundvierzig Männer.« Carlo hatte die Zahlen kurz zuvor im Radio aufgeschnappt.

»Ja, das kommt ungefähr hin«, bestätigte ihm Katharina. »Wobei es natürlich auf die Altersgruppe ankommt. Bei den jungen Leuten ist es nämlich noch viel dramatischer. Die meisten jungen Männer sind ja nicht mehr heimgekommen!«

»Und wie unglücklich viele Mädels sind, weil sie einfach keinen Mann finden!« Amelie überkam in diesem Moment ein Gefühl aus Traurigkeit und hilfloser Wut, denn sie musste unwillkürlich an Helena denken. »Ich könnte so zornig werden, wenn ich mir das alles vorstelle«, schimpfte Amelie. »Als unsere Männer im Krieg gekämpft haben, da waren wir recht und mussten daheim die Stellung halten. Gleich nach dem Krieg war es nicht anders, wer hat denn da die Trümmer beseitigt? Wir Frauen! Dafür haben wir jetzt schon wieder nichts zu sagen!«

»Na, du kannst dich doch nicht beklagen.« Carlo grinste Amelie an. Er wollte sie auf andere Gedanken bringen. »Wer hat denn bei uns die Hosen an?«

»Carlo, du bist wirklich ein bemitleidenswerter Mann«, meinte Katharina lachend. »Aber Spaß beiseite. Was ich euch eigentlich erzählen wollte, unter den vier Frauen gab es eine, die sich für Frauenrechte eingesetzt hat: die Elisabeth Selbert von der SPD! Die hat darauf bestanden, dass als Artikel drei im Grundgesetz der Satz aufgenommen wurde: Männer und Frauen sind gleichberechtigt. Die musste richtig dafür kämpfen und bekam heftigen Gegenwind von vielen ihrer männlichen Kollegen, weil das nämlich ziemliche Folgen für unser Familienrecht hat.« Katharina war wie immer bestens informiert.

»Das ist doch mal eine gute Nachricht«, meinte Carlo lachend. »Ihr seht, es gibt außer euch beiden noch andere couragierte Frauen und ...«

Carlo konnte seinen Satz nicht zu Ende sprechen, den schon erklang wieder die Stimme des Radioberichterstatters. Nun hätten alle unterzeichnet. Der Ratspräsident Dr. Konrad Adenauer trete gerade wieder zum Mikrofon. »Ich verkündige hiermit: Das Grundgesetz tritt zum Ablauf des heutigen Tages in Kraft.«

Amelie bekam plötzlich Tränen in die Augen. »Ich weiß nicht, warum, aber ich glaube, dass das jetzt ein ganz besonderer Moment ist. Ich bekomme richtig Gänsehaut. Mein Gefühl sagt mir, dass wir auf einem guten Weg sind.«

Carlo stand auf und ging hinüber zum Küchenschrank. »Ich glaube, wir haben noch einen Rest Weinbrand von letztem Jahr, von Helenas Verlobung. Den sollten wir zur Feier des Tages trinken.«

Kurz darauf stießen die drei miteinander an: »Auf ein neues Deutschland!« Carlo erhob sein Glas.

»Und darauf, dass sich so etwas wie unter dem Hitler nie mehr wiederholen möge!«, fügte Amelie hinzu.

»Auf die Zukunft!« Katharina leerte ihr Glas in einem Zug.

Marktplatz (1950)

Die Währungsreform, das Ende der Berlin-Blockade, schließlich die Verkündung des Grundgesetzes und somit die Gründung der Bundesrepublik Deutschland läuteten eine Wende in vieler Hinsicht ein. Langsam verbesserten sich die Ernährungslage und die Wohnsituation, obgleich es noch viele Jahre dauern sollte, bis endlich wieder eine gewisse Normalität einkehren würde. Allerdings verhärteten sich auch immer mehr die Fronten zwischen Ost und West.

Am 14. August war dann die Wahl zum ersten deutschen Bundestag. Es war seit 1932 die erste freie Wahl und 78,5 Prozent der fünfundzwanzig Millionen Wahlberechtigten gaben ihre Stimme ab. Allein die hohe Wahlbeteiligung zeigte, wie groß die Sehnsucht der Menschen nach demokratischen Verhältnissen war.

Das Ergebnis war knapp. Die CDU erhielt 31 Prozent, die SPD 29,2. Allerdings standen sowohl Konrad Adenauer als auch der SPD-Vorsitzende Kurt Schumacher einer großen Koalition kritisch gegenüber, denn keiner der beiden Parteiführer war gewillt, in das Kabinett des anderen einzutreten. So kam es zu einer Koalition von CDU/CSU, FDP und der Deutschen Partei. Bei Letzterer handelte es sich um eine rechtsgerichtete, nationalkonservative Partei, in der auch viele ehemalige Nationalsozialisten ihre neue Heimat fanden.

Einen Monat später waren dann die Bundespräsidenten- und die Bundeskanzlerwahl. Konrad Adenauer gewann die Kanzlerwahl mit einer Stimme Vorsprung, angeblich seiner eigenen, vor Kurt Schumacher. Zum Bundespräsidenten wurde der FDP-Mann Theodor Heuss gewählt.

»Das darf doch nicht wahr sein!« Amelie schlug die Hände über dem Kopf zusammen, als sie von den Wahlergebnissen erfuhr. »Wenn einer die Kanzlerschaft oder die Präsidentschaft verdient hätte, dann wäre das der Kurt Schumacher gewesen. Der hat sich so für unser Land verdient gemacht und musste unendlich viel ertragen.«

»Ja, das sehe ich auch so, ich hätte es ihm von ganzem Herzen gegönnt«, stimmte Carlo ihr zu. »Der Mann hat wirklich viel erleiden müssen. Im Ersten Weltkrieg hat er seinen rechten Arm verloren und nach '33 haben die Nazis ihn deportiert. Zehn Jahre, zehn lange, lange Jahre war der Mann in verschiedenen KZs eingesperrt. Ich will mir gar nicht vorstellen, was die alles mit ihm angestellt haben. Es grenzt sowieso an ein Wunder, dass er das überlebt hat. Aber dafür ist er heute körperlich gesehen ein Wrack. Wer weiß, wofür es gut ist, dass er weder Bundeskanzler noch Bundespräsident geworden ist.«

»Gerecht ist das jedenfalls nicht!« Amelie wollte sich nicht wirklich damit abfinden. »Das ist so ein kluger politischer Kopf und ein aufrechter, integrer Mann. Dieser Adenauer ist doch der Kanzler der Alliierten! Der will sicher keine Verständigung mit Russland!«

Deutschland war tatsächlich zerrissen in der Frage, wie es weitergehen sollte. Das hatte sich bereits in den Wahlplakaten der beiden großen Parteien gezeigt. Während die CDU für die freie Marktwirtschaft warb und sich gegen Plan- und Zwangswirtschaft aussprach und somit auch die Angst vor dem Kommunismus schürte, warnte die SPD vor den Gefahren des Kapitalismus mit Slogans wie:

Alle Millionäre wählen CDU und FDP.
Alle übrigen Millionen Deutsche die SPD.

Während Amelie und Carlo mit der Politik haderten, beschäftigten Helena ganz andere Dinge. Siegfried hatte in den vergangenen Monaten immer wieder über die gemeinsamen Freunde Irene und Carl versucht, mit ihr in Kontakt zu treten und sie um eine Aussprache gebeten. Einmal war er sogar ins *Alster* gegangen und hatte Katharina bekniet, sich als Fürsprecherin für ihn zu verwenden. Aber auch das hatte nichts genützt. Helena hatte alles abgewehrt und Siegfried mitteilen lassen, sie wünsche keinen Kontakt mehr zu ihm. Er habe seine Chancen gehabt. Er habe sie schon zweimal zutiefst enttäuscht und verletzt und ein drittes Mal wolle sie das, was er ihr angetan habe, nicht mehr erdulden.

Mittlerweile war ein Jahr vergangen, abgesehen von der unglücklichen Geschichte mit Manfred Gerstner war Helena in der ganzen Zeit niemandem begegnet, der sich ernsthaft um sie bemüht hatte. Sie war jetzt schon sechsundzwanzig Jahre alt. Die wenigen Männer, die altersmäßig für sie infrage gekommen wären, waren inzwischen alle verheiratet. Verschiedene Male war sie zwar im Kino von Männern eingeladen worden, aber entweder hatte sich herausgestellt, dass sie bereits verheiratet waren, oder aber sie hatten nur eine Liebelei gesucht. Dafür war sie sich zu schade.

Siegfried arbeitete derweil bei seinem Vater in der Schneiderei, nähte manchmal bis tief in die Nacht hinein und spielte in jeder freien Minute Fußball. Käthe hatte er seit dem fatalen Fastnachtsdienstag nicht mehr gesehen. Anfangs war er ihr aus dem Weg gegangen. Das Problem hatte sich jedoch auf ganz andere Weise gelöst, denn im Herbst waren sie und ihr Mann Gott sei Dank ausgezogen. Siegfried trauerte Käthe keine Träne nach. Helena hingegen konnte er einfach nicht vergessen. Wenn er aufwachte, war sein erster Gedanke bei ihr und am Abend, bevor er einschlief, sein letzter. Aber so wie es aussah, liebte Helena ihn nicht mehr. Wahrscheinlich hatte sie längst einen anderen Freund. Einmal hatte er sie flüchtig im *Fontanella* gesehen. Sie saß dort mit einem anderen Mann, einem wahrhaft unansehnlichen Typ. Die beiden schienen sich einen großen Eisbecher zu teilen und sich angeregt zu unterhalten. Obwohl er recht nahe an der Terrasse des Kiosks vorbeigegangen war, hatte Helena ihn nicht gesehen oder zumindest hatte sie so getan.

Dem üppigen Eisbecher nach zu schließen, schien der Typ ganz schön betucht zu sein. In Siegfrieds Geldbeutel hingegen herrschte meist Ebbe. Er würde mit dem Kerl nicht mithalten können bei den paar Kröten, die er bei seinem Vater verdiente.

Trotzdem konnte Siegfried sich nicht wirklich vorstellen, dass der sein Nachfolger sein sollte. Dieser Heini passte doch überhaupt nicht zu Helena, so unscheinbar wie der war. Aber letztendlich spielte das jetzt auch keine Rolle mehr. Helena wollte augenscheinlich nichts mehr von ihm wissen. Vielleicht war es tatsächlich das Beste, sie zu vergessen.

Siegfried spürte, wie ihn ein Gefühl der Verlassenheit überkam. Er hätte so gerne mit irgendjemandem über seine Probleme gesprochen. Aber mit wem würde er darüber reden können? Sein Vater und sein Bruder kamen dafür am allerwenigsten infrage, ihr Verhältnis war nie sehr vertrauensvoll gewesen. Und Lydia, das Hausmädchen, war zwar nett und liebenswürdig, aber er wollte sie da nicht mit hineinziehen. Als er sich mit Irene hatte treffen wollen, hatte die ihm gleich gesagt, dass sie sich zwar gerne sehen könnten, sie aber keinesfalls über Helena mit ihm sprechen würde. Sie wolle die Beziehung zu ihrer Freundin nicht damit belasten. Carl erschien ihm als Kummerkasten gänzlich ungeeignet. Und sein ehemals bester Freund Edgar, dessen Trauzeuge er sogar gewesen war, hatte sich schon seit Jahren nicht mehr bei ihm gemeldet. Er war mittlerweile ein erfolgreicher Geschäftsmann. Nur das schien ihm wichtig zu sein. Am liebsten hätte Siegfried Frau Bender sein Herz ausgeschüttet, aber die konnte er nicht mit seinen Sorgen belasten. Was war die Trennung von Helena schon im Vergleich zu ihrem Schmerz?! Richard hatte sich einen Tag vor Silvester im Speicher ihres Hauses erhängt. Er hatte den Tod von Mohrle nicht verwunden.

Siegfried seufzte. Nie hatte ihm seine Mutter so sehr gefehlt wie gerade jetzt. Sie hätte bestimmt einen Rat für ihn gewusst. Es war schon seltsam, jahrelang hatte er die Ermordung seiner Mutter in Auschwitz erfolgreich verdrängt, aber seit Helena ihn verlassen hatte, gelang ihm das nicht mehr. Ständig musste er an seine Mutter und ihr Schicksal denken und jedes Mal weinte seine Seele.

Irgendwann war dann eine Karte von dem ehemaligen Hausmädchen Hilde aus Saarbrücken im Briefkasten der Kühns. Sie grüßte darin die ganze Familie und teilte ihnen mit, wie glücklich sie mit ihrem Mann sei. Am Schluss der Karte bat sie darum, insbesondere Helena einen ganz herzlichen Gruß auszurichten.

Nachdenklich hielt Siegfried die Karte in seiner Hand und las nochmals laut den letzten Satz: »Ganz herzliche Grüße an Helena.« Obwohl sie nun schon fast eineinhalb Jahre getrennt waren, wusste Hilde anscheinend nicht, dass er und Helena nicht mehr zusammen waren. Siegfried hatte es ihr auch nicht mitteilen wollen, zumal Hilde natürlich auch Käthe und Heinz Geyer kannte. Die ganze Geschichte war ihm jetzt im Nachhinein überaus peinlich.

Siegfried dachte nach. Er hatte sich mit Hilde, als sie 1943 in ihren Haushalt gekommen war, von Anfang an gut verstanden. Sie war zwar eine einfache Frau, aber sie hatte das Herz auf dem rechten Fleck. Vor allem war sie auch eine ehrliche Haut und hielt nie mit ihrer Meinung hinterm Berg. Obwohl sie nur ein paar Jahre älter war als er, war sie für ihn und seinen Bruder nach dem Tod ihrer Mutter eine Art Ersatzmutter gewesen. Insbesondere unmittelbar nach Kriegsende hatte sie sich sehr fürsorglich um ihn und seinen Bruder gekümmert.

Und so beschloss er, Hilde einen Brief zu schreiben. Vielleicht war es gar nicht so verkehrt, ihr die ganze Wahrheit über das mitzuteilen, was passiert war und sie um ihren Rat zu bitten.

Ein paar Wochen später hielt Siegfried ihre Antwort in Händen.

Saarbrücken, 29.05.1950
Lieber Siegfried!
Deinen so lieben Brief vom 11.05. habe ich erhalten und danke euch für die Grüße. Ich freue mich sehr, mal etwas von dir zu hören, doch ich dachte mir nicht, dass du so dumme Dinger mal wieder gemacht hast in der Zeit wo ich von euch weg bin. Ich kann dich nicht verstehen, dass du auf Käthe eingeschnappt bist. Dummer Kerl warum warst du nur so blind auserdem wo die verheiratet ist wie kannst du nur! Da habe ich mal wieder

gefehlt, sonst wär dass nie zustande gekommen. Na ja was ist zu endern, was war, war eben aber ich muss schon sagen die Käthe kann der Helena das Wasser noch lange nicht reichen. Eine Schönheit ist es mal nicht. Zu dir würde die nie passen, die passt besser zu ihrem Mann. Bei dir ist es die Dummheit gewesen, nicht die Schlechtigkeit. Die Käthe, die hätte so viel Verstand haben müssen und nicht du. Die ist doch so viel älter als du und hat ein Kind so eine dumme Gans, muss ich gerade sagen. Die Käthe hätte eine ordentliche Tracht Prügel verdient, das hätte sie verdient die alte Kuh. Wie kann man nur zwei Menschen unglücklich machen. Die hat doch ihr Mann, da soll sie zufrieden sein. Ja, Siegfried, sei froh, dass die ausgezogen sind, da besteht immer noch die Möglichkeit mit Helena zusammen zu kommen.

Du schreibst, das sie vielleicht einen anderen hätte. Wenn sie dich lieber hat, dann kommt sie auch wieder zurück natürlich überlegt sie sich das gründlich. Du darfst ihr keine Ruhe lassen, denn du hast ja an ihr schlecht gemacht und musst jetzt gut machen. Verliere nicht den Mut und bleibe bei deinem Ziehl. Es muss dir gelingen und wen es so weit ist, dann warte nicht mehr so lange und heirate gleich. Es taucht nicht viel wen man so lange miteinander läuft. Siegfried du bist ja nicht angeschmiert mit Helena und Sie kann alles, das sagte ich Dir ja damals schon mal und hast ein anstendiges und braves Mädel und das kommt bei dir nur infrage Siegfried. Ich werde der Helena nach Deinem Brief noch mal schreiben und Dir damit Deinen Wunsch erfüllen. Ich tuhe was ich kann und sage Dir bescheid wen Sie mir geantwortet hat. Aber sollte es mir gelingen dann mache mir aber keine so Dummheiten mehr, man kann im Leben nur eine heiraten. Bleib brav und anstendig und haltet euch nicht noch mal solche Freundschaften da kommt nie was gutes dabei heraus. Immer zurück haltend Siegfried, keine tiefe Freundschaft mit anderen. Ich were sehr froh und glücklich wenn Du wieder Dein verlornes Glück zurück erobern würdest und dann musst du dir ein gemütliches Heim gründen mit Helena allein, sollst mal sehen, dann weißt Du auch wo Du hingehörst. für heute will ich

nun schliessen und hoffen dass es dir und allen gut geht bis auf ein Wiedersehen. Im Herbst komme ich mal. Bis dahin mache das du wieder andere Gedanken hast und bei Deiner Helena bist. Sei du von mir recht herzlich gegrüsst.
   Deine Hilde

Was für ein wunderbarer langer Brief, den Hilde ihm da geschrieben hatte. Sie hatte ihm zwar einerseits ganz schön den Kopf gewaschen, ihm aber auch Mut zugesprochen. Er musste lachen. Er war zwar auch keine besondere Leuchte, was fehlerfreies Schreiben anbelangte, aber Hildes Brief strotzte regelrecht vor Rechtschreib- und Zeichenfehlern. Beim Lesen hatte er fast ihre Stimme gehört, denn sie schrieb fast genauso, wie sie im wahren Leben sprach. Trotzdem hatte es Hilde wahrlich verstanden, ihn zu trösten, auch wenn sie ihm nicht wirklich neue hilfreiche Ratschläge hatte geben können.

Hilde schrieb Helena wie versprochen einen langen Brief, der jedoch wieder nichts bewirkte. Die dankte ihr nämlich lediglich für ihr Schreiben und wünschte ihr alles Gute. Als Hilde Siegfried von Helenas Reaktion unterrichtete, war der am Boden zerstört. Es war wohl endgültig vorbei.

Hilde ließ die Angelegenheit jedoch keine Ruhe. Es plagte sie sehr, dass ihr Schützling, und als solchen hatte sie Siegfried immer empfunden, so unter der Trennung von Helena litt. Als sie eines Nachts wieder einmal grübelnd im Bett lag, kam ihr plötzlich eine geniale Idee. Allerdings würde sie dafür die Mithilfe des neuen Hausmädchens Lydia in Mannheim brauchen. Der schrieb sie einen langen Brief und erklärte ihr genau, was sie tun solle.

Da Lydia ebenfalls sowohl Siegfried auch als Helena gern hatte, war sie sofort einverstanden, bei der Umsetzung von Hildes Plan mitzuhelfen.

Es war ein lauer Spätsommerabend, als Helena am Marktplatzbrunnen stand. Für September war es ziemlich warm. Sie blickte hoch zur Kirchenuhr. Sie war eindeutig zu früh dran. Aber sie hatte heute schon kurz nach fünf Uhr im *Alster* Dienstschluss gehabt, weil es am Vormittag eine Sondervorstellung gegeben hatte. Es hätte sich nicht gelohnt, vorher noch nach Hause in den Jungbusch zu gehen.

Als eine Woche zuvor Lydia zu ihnen in die Beilstraße gekommen war, um Helena mitzuteilen, dass Siegfried sie unbedingt sprechen müsse, hatte sie schon abwinken wollen. Als sie dann jedoch gehört hatte, dass die Schneiderei einen Großauftrag vom US-Militär bekommen habe, in dem es darum ging, Uniformen, also genau genommen Kostüme, für die weiblichen Armeeangehörigen zu nähen, hatte sie ihr erst mal zugehört. Lydia hatte ihr zu bedenken gegeben, die Amis würden sehr gut zahlen und sie solle sich auf jeden Fall in Ruhe überlegen, ob sie ein solch lukratives Angebot wirklich ablehnen wolle. Bei dem Gedanken, Siegfried wiedersehen zu müssen, wurde es Helena ganz flau im Magen. Auf der anderen Seite wollte sie sich jedoch einen so guten Auftrag nicht entgehen lassen. Das Geld kam ihr wie gerufen, denn als Platzanweiserin verdiente sie nicht sehr viel. Trotzdem war sie unentschlossen und darum besprach sie sich mit ihren Eltern. Amelie und Carlo rieten ihr, über ihren Schatten zu springen und sich diese Gelegenheit nicht entgehen zu lassen. Sie beschloss, sich mit Siegfried am Marktplatzbrunnen zu treffen und über das Angebot zu sprechen. Sie würde die Unterhaltung jedoch auf das Geschäftliche beschränken.

Siegfrieds Herz klopfte heftig, als er in seinem besten Anzug die verlängerte Jungbuschstraße hinunterlief. Als Lydia ihm ein paar Tage zuvor mitgeteilt hatte, dass Helena ihn am Marktplatzbrunnen treffen und sich mit ihm aussprechen wolle, hatte er sein Glück kaum fassen können. Da konnte nur Hilde dahinterstecken, wahrscheinlich hatte sie Helena noch einmal geschrieben und die hatte endlich eingewilligt, ihn wiederzusehen. Jetzt würde alles gut werden! Helena würde ihm noch eine Chance geben und die würde er garantiert nicht verpatzen. Nie in seinem Leben zuvor war er so glücklich gewesen. Er hatte die arglose Lydia, als sie ihm die freudige Mitteilung überbrachte, gepackt, und war mit ihr durch die Schneiderei getanzt. Die hatte jedoch zunächst abgewehrt: »Mach mal langsam, Siegfried! Warte erst mal ab, bis du mit Helena geredet hast.« Siegfried hatte Lydias Zurückhaltung nicht verstanden. Warum freute sie sich nicht einfach mit ihm und versuchte stattdessen seine Begeisterung zu dämpfen? Verstehe einer die Frauen!

Als er in G2 ankam, sah er Helena bereits drüben am Marktplatz unter dem Brunnen stehen. Wie schön sie aussah! Am liebsten wäre er gleich zu ihr hingerannt, hätte sie in die Arme genommen, sie geküsst und nie mehr losgelassen. Aber das wäre falsch gewesen. Er durfte sie nicht überrumpeln. Sicher war es ihr nicht leicht gefallen, den ersten Schritt auf ihn zu zu machen. Er musste es ganz vorsichtig angehen. Er griff sich an die Krawatte, lockerte sie, um sie ein wenig zurechtzurücken. Sie war plötzlich so eng an seinem Hals. Dann atmete er tief durch und schritt langsam über das grobe Kopfsteinpflaster hinüber zum Marktplatzbrunnen.

Als er strahlend vor ihr stand, streckte sie ihm die Hand entgegen, ohne eine Miene zu verziehen. »Guten Abend«, sagte sie kühl.

»Guten Abend, Helena, schön, dich wiederzusehen …«

Er kam nicht weiter. »Wir sollten gleich zur Sache kommen, ich habe nicht viel Zeit.«

Er schaute sie irritiert an. »Zu welcher Sache?«, fragte er sie verdutzt.

»Na ja, du hast mich doch hierher bestellt wegen der Kostüme für die Amerikaner«, stellte Helena nüchtern fest.

»Ich? Was für Kostüme? Du wolltest doch, dass ich hierher komme, um dich mit mir auszusprechen?« Siegfrieds Gesichtsausdruck hatte sich mittlerweile verändert.

»Hör auf, solche Märchen zu erzählen! Da gibt es nichts, worüber ich mich mit dir noch aussprechen müsste. Du hast mir in der Vergangenheit überdeutlich gezeigt, was und wer dir wichtig ist. Du kannst mit deinem Fußball und deiner geliebten Käthe glücklich werden. Da ist für mich kein Platz.« An der Art, wie Helena sprach, war zu erkennen, dass ihre Beherrschtheit nur gespielt und sie noch immer sehr verletzt war.

»Aber das stimmt doch gar nicht. Käthe und Heinz sind schon im letzten Jahr weggezogen. Diese Frau hat mir nie etwas bedeutet. Ich habe immer nur dich geliebt und daran hat sich bis heute nichts geändert, Helena. Das musst du mir glauben.«

»Dir glaube ich gar nichts mehr! Das ist doch alles eine ganz abgekartete Sache, die du mit Lydia ausgeheckt hast. Du hast mich unter der Vorspiegelung falscher Tatsachen von ihr hierher locken lassen. Vielen Dank! Aber deine Rechnung geht nicht auf. Die hast du ohne den Wirt gemacht!« Sie fühlte sich von Siegfried getäuscht.

»Das ist nicht wahr, Helena! Ich habe überhaupt nichts ausgeheckt.« Siegfried begriff nun gar nichts mehr. Hatte er Lydia vielleicht falsch verstanden? Aber nein, sie hatte ihn eindeutig aufgefordert, zum Marktplatz zu gehen. »Glaub mir doch bitte, dass ich genauso ahnungslos hierhergekommen bin wie du!«, versuchte er ihr zu erklären.

»Lass es einfach sein! Du lügst doch, wenn du den Mund aufmachst!« Mittlerweile hatte Helena ihre Beherrschung verloren.

»Ich schwöre dir, dass Lydia zu mir gesagt hat, du würdest mich hier treffen wollen. Ich schwöre es dir beim Tod meiner Mutter, dass es genauso ist, wie ich es dir sage. Das ist die absolute Wahrheit.«

Für einen Augenblick stutzte Helena. Es war das erste Mal, seit sie ihn kannte, dass er den Tod seiner Mutter erwähnte. Und dann auch noch in einem solchen Zusammenhang! Sie atmete tief durch. Zweifellos hatten sie seine Worte berührt. Sie spürte, dass sie nicht länger mit ihm streiten wollte. »Lass es gut sein, Siegfried! Vielleicht war es wirklich ein Missverständnis oder eure Lydia hat uns beide an der Nase herumgeführt. Aber das spielt auch keine Rolle. Ich gehe jetzt, es ist ein für alle Mal vorbei!« Sie schenkte ihm ein kurzes, wehmütiges Lächeln, während sie das sagte. Und wenn sie sich auch noch so sehr zu beherrschen versuchte, so war der feuchte Schimmer in ihren Augen doch unübersehbar.

Siegfried stand da wie erstarrt. Er hatte das Gefühl, dass man ihm den Boden unter den Füßen wegzog. Er fühlte sich in diesem Augenblick wie der verlassenste Mensch auf der ganzen Welt.

Helena hatte sich mittlerweile umgedreht und war schon im Weggehen, als sie Siegfrieds tränenunterdrückte Stimme vernahm: »Ich habe so früh meine geliebte Mutter in Auschwitz verloren und jetzt verliere ich auch noch dich, die größte Liebe meines Lebens. Es scheint mir wohl nicht vergönnt zu sein, geliebt zu werden.«

Helena blieb stehen. Sie konnte nicht glauben, was sie da gerade gehört hatte. Sie hatte zwar immer vermutet, dass sich etwas Schlimmes um das Verschwinden seiner Mutter rankte, aber das man sie im Konzentrationslager ermordet hatte, an so etwas hatte sie nicht im Traum gedacht. Nun begriff sie auch, warum er nie über seine Mutter hatte reden wollen.

Langsam wandte sie sich um und als sie den leise weinenden Siegfried wie ein Häufchen Elend vor sich stehen sah, brach das Eis. Helena ging auf ihn zu und nahm behutsam seine Hände. Es gab sicher vieles, was sie in diesem Augenblick gerne einander gesagt hätten, aber stattdessen nahmen sie sich in die Arme. Und während Helena ihm sanft über den Kopf strich, weinte Siegfried ein Meer von Tränen, als müsste er die ganze Trauer nachholen, die er seit seinem siebzehnten Lebensjahr unterdrückt hatte.

Silvester (1952/53)

Helena wurde durch die ins Zimmer tretende Krankenschwester wach. Sie fand sich in ihrem Bett in der St. Hedwig-Klinik wieder. Sie musste lange geschlafen haben, denn sie hatte unendlich viel geträumt. Es war ein halber Roman, den sie im Schlaf durchlebt hatte. Aneinandergereihte Gedankenfetzen, Momentaufnahmen aus der Vergangenheit, Erfahrungen und Empfindungen, all das hatte sich zusammengefügt und sie auf eine Traumreise durch ihr eigenes Leben geschickt. Sie konnte sich nicht mehr an die Einzelheiten erinnern. Nur das, was sie in der letzten Traumsequenz gefühlt hatte, war ihr in diesem Moment noch präsent. Sie lächelte glücklich. Siegfried war das Beste, was ihr in ihrem Leben passiert war. Wie schön, dass sie sich damals auf dem Marktplatz mit ihm versöhnt hatte. Er war ein wunderbarer Ehemann, und er würde bestimmt genauso ein liebevoller Vater sein.

Die Schwester kam lächelnd mit dem kleinen, weißen Bündel auf ihr Bett zu und legte ihr den Säugling sanft in die Arme. Dr. Kirchesch hatte Wort gehalten. Er hatte angeordnet, dass man Helena Kühn jeden Tag ihre Tochter für eine halbe Stunde bringen solle.

»Na, meine kleine Prinzessin.« Helena strich dem schlafenden Säugling zärtlich über sein Gesichtchen. »Du bist so eine Hübsche!« Sie drückte die Kleine fest an ihre Brust. »Du musst schnell gesund werden, hörst du, mein süßer Schatz.« Helenas Augen füllten sich wie so oft in letzter Zeit mit Tränen.

Dr. Kirchesch war am Tag zuvor in ihr Zimmer gekommen und hatte sich auf ihre Bettkante gesetzt. »Ich freue mich, dass es Ihnen besser geht, Frau Kühn. Ich denke darum, dass wir Sie übermorgen nach Hause entlassen können. Sie sollten allerdings daheim erst mal ein bisschen langsam machen und sich noch ein wenig ausruhen, damit Sie wieder zu Kräften kommen.«

Helena hatte sich über die gute Nachricht gefreut. Endlich durften sie und die Kleine nach Hause. Dann hätte sie ihr Kind rund um die Uhr bei sich. Ihre Eltern hatten dort schon alles für ihr Enkelkind vorbereitet. »Das ist aber eine schöne Nachricht zum Jahresende. Dann sind wir wenigstens an Silvester alle zu Hause.« Helena war glücklich.

Auf Dr. Kircheschs Stirn bildete sich eine Sorgenfalte. »Es tut mir sehr leid, Frau Kühn, aber Ihre Tochter muss leider noch bei uns bleiben. Es wäre ein großes Risiko, sie jetzt schon aus dem Brutkasten zu nehmen. Neben der Tatsache, dass sie sechs Wochen zu früh auf die Welt gekommen ist, hat der Magenpförtnerkrampf sie zusätzlich sehr geschwächt. Ich kann es im Augenblick nicht verantworten, Ihnen das Kind mit nach Hause zu geben. Sie müssen wissen, dass die Kleine durch das permanente Erbrechen und die ungenügende Nahrungsaufnahme ständig zusätzliche Flüssigkeit benötigt. Es besteht sonst die Gefahr einer lebensgefährlichen Austrocknung. Und die können wir nur über Infusionen kontrollieren.«

Helena war in Tränen ausgebrochen. »Wird sie sterben?« Sie schaute Dr. Kirchesch verzweifelt an.

Der atmete tief durch. »Das wollen wir nicht hoffen. Ihre Tochter ist eine kleine Kämpferin. Die will leben. Akut besteht auch keine Lebensgefahr. Aber dennoch müssen wir darauf achten, dass sie nicht noch mehr an Gewicht verliert. Ich verspreche Ihnen, wir werden alles Menschenmögliche für die Kleine tun.«

Helena war fast die ganze Nacht wach gelegen. Immer wieder hatte sie geweint. Neben ihrer eigenen Verzweiflung und der Sorge um ihr Baby hatte sie die Traurigkeit in den Augen ihrer Familie geschmerzt, als sie ihnen mitgeteilt hatte, dass sie allein nach Hause komme.

Was würde das für ein Silvester werden! Amelie, Carlo, Helena und Siegfried graute es vor dem Abend und dem bevorstehenden Jahreswechsel. Die Ungewissheit, mit der sie ins neue Jahr starten würden, machte allen Angst. Sie beschlossen darum, den Abend so wie jeden anderen zu verbringen, und hofften, dass er schnell vorbeiginge. Zum Feiern war es ihnen jedenfalls nicht zumute.

Doch dann war plötzlich alles anders gekommen. Denn gegen neunzehn Uhr hatte es an ihrer Tür Sturm geklingelt. Amelie hatte geöffnet und ehe sie sich versah, hatte Annerose sie in den Arm genommen, während Betty und Kurt mit ihren Söhnen, gefolgt von Hans, an ihr vorbei in die Wohnküche gelaufen waren.

»Ihr werdet doch nicht glauben, dass wir euch zum Jahresende allein mit eurem Kummer hier rumsitzen lassen. Das kommt überhaupt nicht infrage. Wir wollen mit euch zusammen sein, so wie früher.« Während sie eine große Schüssel auf den Tisch stellte, erklärte Betty: »Ich habe einen russischen Salat gemacht und Annerose hat einen Kuchen gebacken. Und jetzt guckt nicht so und kommt bloß nicht auf die Idee, uns rauszuwerfen.« Mit diesen Worten stürmte sie zur Chaiselongue, auf der Helena lag, ließ sich neben ihr nieder und gab ihrer Cousine einen Kuss auf die Wange. »Ich bin so froh, dass es dir besser geht, Helena.« Die nickte nur traurig und bekam feuchte Augen.

»Geh mal zur Seite.« Annerose, die ihren Kuchen neben den Salat gestellt hatte, schob sich nun an der Chaiselongue entlang an Betty vorbei und umarmte Helena. »Du Arme, ich kann mir vorstellen, wie du dich fühlst. Aber mach dir nicht so viele Sorgen! Alles wird gut!« Auch sie gab ihrer Cousine einen Kuss, was Helena jedoch nun richtig zu Tränen rührte. Hans hatte sich indessen auf Amelies Hocker niedergelassen, während Kurt, der den kleinen Rainer im Arm hielt und seinen großen Sohn Gerold an die Hand genommen hatte, stehengeblieben war und sich an den Wasserstein lehnte. Carlo und Siegfried waren im ersten Moment so überrumpelt gewesen, dass sie unfähig waren zu reagieren, geschweige denn, Betty zu widersprechen.

Amelie war die Erste, die sich wieder fing. Sie atmete tief durch, während sie ihre Nichten und deren Familien betrachtete. »Wer weiß, wozu es gut ist, dass ihr gekommen seid. Dann werde ich mal noch zwei Stühle aus dem Schlafzimmer holen.«

Als sie nun alle um den Küchentisch herumsaßen, schaute Carlo sie kopfschüttelnd an. »Ihr habt wirklich Nerven, uns so zu überfallen.«

Annerose, die es sich zuvor zusammen mit Betty bei Helena auf der Chaiselongue bequem gemacht hatte, stand auf und legte dem neben ihr auf dem Stuhl sitzenden Carlo den Arm um die Schulter. »Mein lieber Onkel, wir kennen euch. Wenn wir vorher was gesagt hätten, würden wir jetzt nicht hier sitzen. Wer weiß, vielleicht hättet ihr uns nicht mal reingelassen. Euch muss man zu eurem Glück zwingen.«

Carlo musste nun doch grinsen. Er blickte von Betty zu Annerose und zurück. »Ihr seid mir noch zwei Kaliber! Richtige Legrands! Wenn die sich was in den Kopf gesetzt haben, dann hat man keine Chance.«

»Na, du musst das doch am besten wissen, mein lieber Schwiegervater«, meinte Siegfried lachend und dachte an Carlos Sturheit, die ihm von Zeit zu Zeit schon etwas zu schaffen machte. Trotzdem musste er eingestehen, dass Carlos Beharrlichkeit letztendlich auch dazu geführt hatte, dass er die Arbeit bei seinem Vater endlich aufgegeben und eine feste Stelle angenommen hatte, wo er kranken- und rentenversichert war.

»Schaut mal, ich habe zur Feier des Tages auch was mitgebracht.« Hans stellte zwei Flaschen auf den Tisch und fing sich dabei einen kritischen Blick von Annerose ein, die seine Formulierung »Feier des Tages« in diesem Zusammenhang unpassend fand. »Ich meine ...« Hans stockte, er war sichtlich verunsichert und verbesserte sich schnell: »Ich wollte sagen, damit wir um zwölf Uhr anstoßen können.«

Carlo betrachtete das Etikett der Flaschen. »Keller Geister«, murmelte er. »Das habe ich noch nie gehört.«

»Kannst du auch nicht, Onkel Carlo. Die habe ich beim *Lenssing* in H5 gekauft. Den Delikatessenladen kennst du doch sicher. Das ist eine ganz neue Perlwein-Marke«, meinte Hans ganz stolz.

»Ich weiß, dass da seit ein paar Jahren ein Feinkostgeschäft ist. Ich gehe dort öfters mal vorbei. Aber drin war ich noch nie, bei den Preisen, die der hat! Das können sich vielleicht Leute wie du und deine Mutter leisten«, antwortete Carlo.

»Ich habe gerade letzte Woche mit Frau Haberkorn gesprochen. Die hat gestöhnt und mir erzählt, dass ihre Fleisch- und Wurstwaren gar nicht gut gingen, weil viele Leute sich das gar nicht kaufen könnten. Die meisten essen Brot mit Margarine oder Marmelade, weil es für mehr einfach nicht reicht«, erzählte Amelie.

»Na ja, die Metzger und Bäcker sollten sich trotzdem nicht beklagen. So schlecht kann es denen nicht gehen. Wer fährt denn die dicksten Autos?« Carlo fand das Jammern der Ladenbesitzer unberechtigt.

»Da hast du vollkommen recht, Schwiegervater«, stimmte Siegfried Carlo zu. »Und die größte Unverschämtheit ist, dass stetig die Brotpreise steigen, unsere Löhne aber gleich bleiben.«

»Erinnert ihr euch noch, wie sie im Januar 1951 das Kilo Schwarzbrot von vierundfünfzig auf achtundfünfzig Pfennig und das Weißbrot von fünfundsechzig auf siebzig Pfennig erhöht haben? Eine Frechheit war das. Aber ich bin damals auch auf die Straße und habe gegen die Bäckerinnung protestiert«, verkündete Betty stolz.

»Und was hat es gebracht?«, fragte Kurt nüchtern.

»Die Preise wurden trotzdem erhöht«, musste Betty kleinlaut eingestehen. »Aber, wie auch immer, ich finde, man muss wenigstens seinen Mund aufmachen, wenn einem was nicht passt. Wir hatten lange genug Redeverbot in diesem Land. Außerdem hat damals sogar der SPD-Abgeordnete Dr. Alex Möller eine Petition gegen die Brotpreiserhöhung im Landtag eingereicht. Aber nicht mal der ist damit durchgekommen.«

»Ich sehe das genauso wie du.« Betty bekam Unterstützung von Amelie. »Wir leben jetzt in einer Demokratie und da sollten wir alle unsere Rechte nutzen, besonders das der Meinungsfreiheit.«

»Und was haben wir von der Demokratie?« Hans sah das viel kritischer. »Wir haben unsere Badische Heimat verloren. Jetzt sind wir plötzlich Baden-Württemberger.« Die Ironie in seiner Stimme war unüberhörbar. »Es war doch klar, dass die Schwaben zu über neunzig Prozent für den Zusammenschluss stimmen würden, die profitieren doch bloß davon.«

»Also ich war auch gegen den Zusammenschluss. Da stimme ich dir zu, Hans«, mischte sich nun Carlo ein. »Und wenn man die Stimmen in ganz Baden zusammengenommen hätte, dann war es eine klare Mehrheit gewesen, die gegen den Zusammenschluss war.«

»Genau das meine ich ja«, fuhr Hans fort. »Die da oben haben das ganz schön schlau gemacht, indem sie die Stimmen von Württemberg und Baden zusammen ausgewertet haben und dann auf siebenundsechzig Prozent Befürworter kamen. Also wenn das Demokratie ist! Ich weiß nicht.«

»Das Problem war halt auch, dass nur rund sechzig Prozent der Leute zur Wahl gegangen sind.« Amelie schüttelte den Kopf. »Ich kann nicht verstehen, wie man so leichtsinnig mit seinem Wahlrecht umgehen kann. Aber wie auch immer, vielleicht war der Zusammenschluss auch für irgendetwas gut und bringt uns allen Vorteile.«

»So lange niemand mich für eine Schwäbin hält, soll es mir recht sein«, warf Betty nun lachend ein. »Ich mag die Schwaben nämlich irgendwie nicht mit ihrer Kehrwoche und diesem furchtbaren Dialekt! Geizig sollen die auch noch sein.«

»Vorurteile hast du anscheinend gar keine«, warf Helena ein und zwinkerte Betty zu.

»Bloß gut, dass Mannheimerisch so wohlklingend ist!« Amelie verzog lachend das Gesicht. Sie hatte sich, obwohl sie nun schon so lange in Mannheim lebte und sich auch als Mannheimerin fühlte, den Dialekt nie angewöhnt und sprach noch immer einwandfreies Hochdeutsch, wie sie es in ihrer Heimat als Kind gelernt hatte.

»Können wir jetzt vielleicht mal mit dem Politisieren aufhören? Ich krieg nämlich langsam Hunger!« Annerose stand auf. »Wo hast du denn deine Teller und Gabeln, Tante Amelie?«

Kurz darauf saßen sie alle um den schön gedeckten Tisch herum. »Dein Salat ist heute wieder richtig gut«, meinte Kurt zu seiner Frau und bat um einen Nachschlag. »Den könntest du ruhig öfters machen.«

»Wenn du mehr Pinke-Pinke heimbringst«, Betty rieb grinsend den Daumen und Zeigefinger aneinander, »dann kann ich dir den jeden Tag machen.«

Alle mussten lachen. Betty war einfach schon immer ein kleiner Clown gewesen. Sie konnte so witzig sein.

»Ich finde, sie hätten wenigstens Mannheim zur Landeshauptstadt machen können«, meinte Hans, während er sich ein Stück Kuchen nahm.

»Fang jetzt nicht schon wieder mit der Politik an!« Annerose stoppte ihren Mann, bevor er weiterreden konnte.

»Ich finde, unser Mannheim braucht nicht Landeshauptstadt zu sein. Bei uns ist auch so immer was los. Denkt doch bloß an den Sieg vom VfR vor ein paar Jahren oder ans Eisstadion, wo unser MERC gegen den mehrfachen kanadischen Weltmeister gespielt hat, oder an die Filme, die bei uns gedreht wurden und an den Louis Armstrong. Da kann Stuttgart doch gar nicht mithalten.« Siegfried erhob sein Bierglas. »Prosit, auf unser Mannem!« Dann wandte er sich Hans zu: »Sag mal, stimmt es eigentlich, dass du letzten Oktober im Rosengarten bei Louis Armstrong warst?«

Hans nickte und geriet ins Schwärmen. »Das war ein unglaublicher Abend. Der kam mit sechs Mann und der ganze Rosengarten stand Kopf. Das Konzert war ausverkauft, und es war eine Bombenstimmung. Mindestens die Hälfte von denen, die da drinsaßen, waren GIs.«

»Die haben die Karten doch bestimmt umsonst von der Armee bekommen«, mutmaßte Carlo. »Und was hast du bezahlt?«

»Achtzehn Mark. Die Preise waren ganz schön gesalzen, zwischen fünfzehn und zwanzig Mark kostete eine Karte. Aber es war auch kein Wunder, dass die so teuer waren, denn der Armstrong hat über zwanzigtausend Mark für seinen Auftritt bekommen.«

»Ich finde das maßlos«, Amelie konnte es nicht fassen, wie jemand so viel Geld für einen einzigen Abend bekommen konnte.

»Tante Amelie, da kenne ich noch ganz andere Summen.« Kurt winkte ab. »Ihr wisst doch, dass ich schon immer gerne Boxkämpfe gesehen habe. Ich war vor zwei Jahren bei dem Kampf von Jersey Joe Walcott gegen Hein ten Hoff. Und ...«

Ehe er weitersprechen konnte, wurde er von Siegfried unterbrochen. »Was, du warst dort?« Siegfried lachte. »Ich war auch auf dem alten VfR-Platz und habe den Kampf gesehen. Das muss so Ende Mai 1950 gewesen sein. Mensch. Das war eine richtige Sensation.«

»Ich fand das enorm, dass der Hein ten Hoff den Walcott herausgefordert hat. Immerhin war der damals in der Weltrangliste auf Platz zwei im Schwergewicht. Und weißt du, dass der Walcott vor ein paar Jahren sogar den Joe Louis zweimal k. o. geschlagen hat?« Kurt nickte, als begeisterter Anhänger des Boxsports war er natürlich bestens informiert.

Auch wenn Hans den Kampf nicht gesehen hatte, so war er doch von der sportlichen Leistung des amerikanischen Boxers begeistert, allerdings hätte es ihm besser gefallen, wenn er ein Weißer gewesen wäre.

»Ich fand, dass der Hein sich gut geschlagen hat. Zehn Runden hat der durchgehalten und am Schluss nach Punkten verloren. Mein Gott, gab es da ein Pfeifkonzert, denn dieser Sieg war ziemlich umstritten«, erklärte Kurt.

»Auch wenn er nicht gewonnen hat, so ist er für mich doch der Größte. Der ist ein richtiger Gentleman-Boxer. In irgendeinem Blatt bezeichneten sie ihn sogar mal als Boxästhet.« Siegfried gefiel Hein ten Hoffs eleganter Boxstil.

»Aber warum ich das eigentlich erzählt habe«, ergriff Kurt erneut das Wort, »was denkt ihr, was der für den Kampf bekommen hat?«

»Na, wenn du so fragst, muss es ein ganz schönes Sümmchen gewesen sein«, vermutete Carlo.

»Achtzigtausend Mark!« Als Kurt diese Summe nannte, waren alle sprachlos. »Ist schon viel«, fuhr er fort. »Aber die Veranstalter hatten auch wahnsinnige Einnahmen. Immerhin waren zwanzigtausend Zuschauer anwesend.«

»Ist ja verrückt, ich wusste gar nicht, dass sich so viele Menschen für Boxen interessieren. Also ich mag diesen Sport überhaupt nicht. Für mich ist das auch gar kein Sport, wenn zwei Menschen aufeinander eindreschen.« Amelie hatte schon immer eine Abneigung gegen das Boxen.

»Gerold, komm mal rüber zu mir!« Betty streckte die Hand nach ihrem Sohn aus. »Hast du Tante Helena eigentlich schon eine schöne Patschhand gegeben? Und mach auch mal einen richtigen Diener!«, forderte Betty ihren Ältesten auf. Doch der Vierjährige dachte überhaupt nicht daran und versteckte sich hinter seinem Vater, der sich mittlerweile mit seinem kleinen Sohn auch auf einem Stuhl niedergelassen hatte.

»Lass ihn doch!«, meinte Helena. »Gib mir lieber mal den Rainer!« Kurt kam zu ihr herüber und legte Helena seinen kleinen Sohn in den Arm. »Der ist ein ganz schöner Brocken für seine fünf Monate! Aber er ist sowas von niedlich mit seinen großen blauen Augen.« Helena gab dem Kleinen wehmütig einen Kuss. Wie schön wäre es, wenn Charlottchen jetzt auch hier in ihren Armen liegen würde! Aber stattdessen lag die Kleine ganz allein in einem sterilen Kasten. Helena blutete ihr Herz, wenn sie daran dachte.

Der ganzen Familie erschien es wie ein Wunder, dass Betty trotz ihrer schweren Behinderung innerhalb von dreieinhalb Jahren zwei Jungs zur Welt gebracht hatte. Allerdings war die Geburt von Rainer mit Komplikationen verbunden gewesen. Der Arzt hatte ihn nämlich mit der Zange holen müssen und den Kleinen dabei erheblich am Kopf verletzt. Mittlerweile war die Wunde verheilt und man ging davon aus, dass der Junge keine bleibenden Schäden davontragen würde.

Der Abend verlief angenehmer, als Helena, ihre Eltern und Siegfried es erwartet hatten. Hans, den zuvor niemand wegen seiner manchmal doch recht bräunlich angehauchten Gesinnung so richtig hatte leiden können, hatte sich, seit er ein Jahr zuvor Annerose geheiratet hatte, zweifellos zu seinem Vorteil verändert. Er bemühte sich um ein gutes Verhältnis zu den Legrands und hatte besonders den Kontakt zu Siegfried und Helena gesucht. Allerdings waren die Themen Drittes Reich und Hitler bei ihren gemeinsamen Treffen tabu.

»Wo ist eigentlich deine Mutter? Ihr habt sie doch am Silvesterabend nicht etwa allein zu Hause gelassen?«, wollte Amelie von Hans wissen.

»Mach dir um meine Schwiegermutter keine Sorgen«, antwortete Annerose an der Stelle von Hans. »Die ist bei den Brandstetters«, Annerose verzog ein wenig das Gesicht, »bei meinem Vater.«

»Hast du denn zu dem noch immer Kontakt?«, wollte Betty wissen.

»Sporadisch. Ihr wisst ja, offiziell darf seine Familie es nicht wissen, dass ich seine Tochter bin. Für seine Frau und seine Kinder bin ich die Ehefrau von Hans, dem Sohn ihres besten Freundes. Wenn wir uns ab und zu treffen, tue ich dann so, als würde uns sonst nichts verbinden«, erklärte Annerose.

»Das ist auch für alle Beteiligten das Beste und außerdem steckt dir Onkel Franz auch von Zeit zu Zeit was zu«, meinte nun Hans.

»Ich habe mich mittlerweile mit der Situation abgefunden.« Die Art und Weise, wie Annerose es sagte, war nicht sehr überzeugend.

»Also ich könnte das nicht. Ein Vater, der mich verleugnet, den wollte ich sowieso nicht«, stellte Betty fest.

»Jeder nach seiner Façon!« Annerose hatte keine Lust, mit Betty über ihren Vater zu diskutieren.

»Was macht eigentlich dein Bruder? Geht es ihm gut? Ist er glücklich?« Siegfried versuchte die Aufmerksamkeit auf ein anderes Thema zu lenken.

»Adolf ging es noch nie so gut. Seit er mit Trudchen verheiratet ist, erkenne ich ihn kaum wieder. Er ist ein wunderbarer Ehemann und Vater. Beate ist jetzt schon über ein Jahr alt. Die müsst ihr unbedingt mal sehen, die hat ganz große, dunkle Kulleraugen wie ihre Mutter. Ein süßes Mädchen!«, schwärmte Annerose.

Wieder gab es Helena einen Stich ins Herz. Warum musste ausgerechnet ihr kleines Mädchen so krank auf die Welt kommen? Sie musste sich beherrschen, um nicht zu weinen. Doch in dem Augenblick streckte der kleine Rainer, den sie noch immer in ihren Armen hielt, seine Ärmchen nach oben, als wollte er sie streicheln, und lachte sie aus seinem runden Gesichtchen liebevoll an. Der Kleine war ein wahrer Wonneproppen und sein heiteres Lächeln war ansteckend. Helena fand es ungemein tröstlich, ihn in ihren Armen halten zu dürfen.

»Schade, dass meine Eltern keinen ihrer Urenkel mehr gesehen haben«, meinte Carlo nachdenklich. »Besonders mein Vater wäre stolz auf sie gewesen.«

»Ach ja! Mein lieber Opa! Ich vermisse ihn so sehr.« Annerose hatte immer von allen Enkelinnen die engste Beziehung zu Bernhard Legrand gehabt. Besonders in ihren ersten Lebensjahren hatte er ihr den Vater ersetzt. Als er zwei Jahre zuvor ganz plötzlich im Haus von Tante Adele in Mosbach gestorben war, hatte sie wahrscheinlich am meisten um ihn getrauert.

»Sag mal, hat deine Mutter eigentlich noch Kontakt zu Onkel Gustav und Tante Pauline? Und habt ihr mal wieder was von Irma gehört?« Helena schaute Betty fragend an. Sie bedauerte noch immer, dass ihre Cousine ausgewandert war.

Bevor Betty jedoch die Frage beantworten konnte, stand Carlo auf und im Hinausgehen meinte er: »Also wenn ihr jetzt über meine Geschwister reden wollt, dann geh ich erst mal auf die Toilette. Das interessiert mich nämlich überhaupt nicht.«

»Ich weiß von meiner Mama nur, dass Irma in Kanada lebt, aber keinerlei Kontakt mit ihrer Mutter pflegt. Im Übrigen hat Onkel Gustav bei dem Schreiner, wo er schon vor dem Krieg gearbeitet hat, wieder angefangen. Und Tante Pauline hat in der *Libelle* aufgehört und putzt jetzt bei ihnen um die Ecke herum in T6, 35 in dieser«, sie räusperte sich, »*Orient-*

Bar. Und jetzt kommt das Beste, aber das erzählst besser du, Annerose.«

Annerose war etwas verdutzt. »Wieso ich? Das, was ich dir gesagt habe, weiß ich nur von Hans.« Sie schaute ihren Mann eindringlich an. Der war im ersten Augenblick etwas verlegen.

»Mensch, jetzt machst du es aber spannend!« Siegfried war neugierig geworden.

»Na ja, die *Orient-Bar* ist ein Etablissement mit Schönheitstänzerinnen. Die Mädels tanzen da oben ohne und haben auch sonst kaum was unter ihren kurzen Röckchen an.«

»Soll das alles sein?«, meinte nun der sonst eher schweigsame Kurt.

»Na ja, die tanzen auf einem Spiegelboden.« Die Stimme von Hans wurde ein bisschen kleinlaut.

»Das sind dann ja schöne Aussichten«, meinte Amelie gespielt trocken, was alle erheiterte.

»Die Aussichten sind allerdings nicht immer nur schön«, meinte Kurt lachend. Er schien sich in dem Metier auszukennen. »In Frankreich gibt es solche Etablissements schon immer. Die Französinnen sind wahrlich keine Töchter von Traurigkeit.«

»Aha«, Betty blickte ihren Mann belustigt an, »da kommen ja jetzt schöne Sachen raus.«

Kurt lachte. »Das einzige Gute am Krieg war, dass man ein bisschen rumgekommen ist. Und die Französinnen sind schon nicht zu verachten«, meinte er schmunzelnd.

»Warte bloß, bis wir heimkommen!«, meinte Betty und drohte Kurt grinsend mit dem Finger.

»Also ich habe meine ersten Erfahrungen mit Frauen in Toulon gemacht während der Zeit bei der Kriegsmarine.« Siegfried grinste tiefgründig.

»Erzähl!«, forderte Helena neugierig ihren Mann auf. Sie war nun doch hellhörig geworden.

»Ich war gerade siebzehn, als ich meine erste Fahrt im U-Boot machte. Ich war damals mit Abstand der Jüngste. Als wir dann in Toulon an Land gingen, da haben die anderen mich mit ins

Bordell genommen. Sie meinten, es sei an der Zeit, dass ich mal aufgeklärt würde.«

»Ja, und dann?« Helena schaute ihren Mann erwartungsvoll an.

»Ja, das war schon ganz aufregend. Das Problem war nur, dass ich mir damals was eingefangen habe und dann Wochen brauchte, bis ich es wieder los war. Das hat vielleicht gejuckt!« Siegfried verzerrte das Gesicht derart komisch, dass alle lachen mussten.

»Du hattest also auch die Sackratten.« Kurt musste sich vor Lachen den Bauch halten.

»Du etwa auch?« Siegfried stimmte in das allgemeine Gelächter mit ein. Und selbst Carlo, der gerade wieder zurückkam, krümmte sich vor Lachen.

»Jetzt solltet ihr uns nur noch erklären, was Sackratten sind«, forderte die ahnungslose Amelie die Jungs auf.

»Filzläuse, mein Schatz!« Carlo beantwortete Tränen lachend Amelies Frage. »Die gab es übrigens auch schon im Ersten Weltkrieg.«

Sie lachten noch viel an diesem Abend, aßen und tranken, erzählten von der Familie, vom Krieg und von Entbehrungen und machten Witze darüber, denn langsam verblasste die Schwere dieser Zeit und wurde immer mehr verdrängt von den vielen kleinen Glücksmomenten, die es immer öfter gab. Auch Helena, Siegfried, Amelie und Carlo vergaßen für ein paar Stunden ihre Sorgen.

Als die Uhr zwölfmal schlug, schaltete Carlo sein Radio ein und Hans suchte seinen Lieblingssender AFN, in dem genau in diesem Augenblick das alte schottische Lied *Auld Lang Syne* erklang, das man in Amerika immer zum Jahreswechsel spielt. Alle sangen den deutschen Text des Liedes mit.

Nehmt Abschied, Brüder, ungewiss ist alle Wiederkehr,
die Zukunft liegt in Finsternis und macht das Herz uns schwer.

Der Himmel wölbt sich übers Land. Ade, auf Wiedersehn!
Wir ruhen all in Gottes Hand. Lebt wohl, auf Wiedersehn!

Es ist in jedem Anbeginn, das Ende nicht mehr weit,
wir kommen her und gehen hin, und mit uns geht die Zeit.

Nehmt Abschied, Brüder, schließt den Kreis! Das Leben ist ein Spiel;
und wer es recht zu spielen weiß, gelangt ans große Ziel.

Sie stießen mit dem Perlwein an und prosteten sich zu. »Prosit Neujahr, auf ein gutes 1953!« Amelie und Carlo umarmten einander. In diesem Jahr würden sie sich dreißig Jahre kennen. Trotz aller Höhen und Tiefen liebten sie einander noch immer.

Betty und Kurt lagen sich mit ihren beiden Söhnen in den Armen. Betty liebte Kurt über alles und war die glücklichste Frau der Welt. Was sie ein Leben lang nie wirklich zu hoffen gewagt hatte, war eingetreten. Sie hatte ihre eigene kleine Familie. Wenn auch Kurt ihr seine Gefühle nicht in derselben Weise erwiderte, so war er doch nicht unglücklich. Er mochte Betty sehr und liebte seine Söhne. Er hatte sich mit der Situation abgefunden.

Siegfried hielt Helena in seinen Armen und küsste ihr die immer wieder aufsteigenden Tränen von den Augenlidern. »Ich liebe dich unendlich, mein Schatz. Wir haben so sehr um unsere Liebe gekämpft. Es war ein steiniger Weg, aber schließlich haben wir uns gefunden. Und unsere kleine Tochter wird auch kämpfen und wird es schaffen. Hab keine Angst, Helena!«

Als Hans seine Annerose küssen wollte, hielt sie inne und legte ihm ihren Zeigefinger für einen Augenblick auf die Lippen. »Psst! Ich muss dir erst was sagen.« Hans schaute sie erwartungsvoll an. Da nahm sie seine Hand und legte sie auf ihren Bauch. Sie lächelte ihn liebevoll an. »Bald werden wir auch Eltern sein.« Hans verschloss ihr die Lippen mit einem zärtlichen Kuss.

Charlotte (2014)

»Na, du Kämpferin!« Robert lachte Charlotte amüsiert an.

»Ja, da ist schon was dran. Zugeflogen ist mir in meinem Leben nie etwas, weder beruflich noch in der Liebe. Wahrscheinlich fing das schon mit meiner Geburt an. Aber es hat sich immer gelohnt zu kämpfen, denn meistens waren mir die Sterne am Ende hold«, erwiderte Charlotte nachdenklich.

»Es ist ganz seltsam, du hast mir so vieles erzählt und trotzdem sind noch unendlich viele Fragen offen«, überlegte Robert.

»An wen denkst du?« Charlotte schaute ihn fragend an.

»Ach, da gibt es jede Menge Personen, von denen ich gerne wüsste, wie es ihnen ergangen ist. Zum Beispiel die kleine Schwester von Carlo.« Er überlegte, in welchem Verwandtschaftsverhältnis sie zu Charlotte stand, und meinte schließlich: »Deine Großtante Rosemarie. War denn ihr Mann nach dem Krieg weniger cholerisch oder ging das grad so weiter? – Und die Schwestern von Amelie? Die Dora, die Ida, die Klara und die Frieda mit ihrem Mann Adam, die in der Ostzone wohnten? Hast du die noch gekannt?«

Charlotte nickte. »Bis auf Klara habe ich sie alle persönlich kennengelernt. Von Ida habe ich sogar in den 90er-Jahren noch etwas geerbt. Aber das ist eine abendfüllende Geschichte. Das muss ich dir ein anderes Mal erzählen.«

Robert dachte nach: »Hat man eigentlich nochmals was von Judith gehört? Kam sie irgendwann nach Deutschland zurück? Oder ist sie in den USA geblieben oder sogar nach Israel ausgewandert? Wie ging es weiter mit Irma? Ist sie jemals nach Deutschland zurückgekehrt? Wie erging es ihr überhaupt in Kanada? Und ihre Brüder Guntram und Paul? Wollten die nicht auch mal auswandern? Es würde mich schon interessieren, ob die das wirklich gemacht haben.«

»Guntram hat in den frühen 60er-Jahren tatsächlich mal eine Zeit lang in Kanada gelebt, ist dann aber nach Deutschland zurückgekehrt. Der hat da drüben einiges erlebt.«

»Hast du mit Guntram eigentlich noch Kontakt?«, wollte Robert wissen.

»Natürlich, wir sehen uns regelmäßig. Er ist, wie meine Mutter es auch war, eine sprudelnde Quelle, was die Geschichten aus vergangenen Zeiten anbelangt. Er hat mir jede Menge vieler kleiner Anekdoten erzählt. Ich bin gerne mit ihm zusammen, denn er ist einer meiner wenigen weitläufigen Verwandten, die ich noch habe.«

»Sag mal, was ist denn aus diesem Edgar und seiner Frau Herta geworden? Hatte der wirklich so viel Erfolg mit seinem Unternehmen im Hafen? Oder war das nur eine Eintagsfliege aufgrund der Situation nach dem Krieg? Und was haben die ganzen Freunde deiner Familie gemacht? Die Norma, die Irene, der Carl, die Katharina und ihre Schwester Agathe? Dann wüsste ich noch gerne mehr über deinen anderen Großvater, den Schneider. Ich hatte den Eindruck, dass du den nicht so gerne mochtest.«

»Da hast du sicher nicht ganz unrecht.« Charlotte bestätigte seinen Eindruck. »Sagen wir es mal so, ich hatte keine Beziehung zu ihm. Ich denke, ich war ihm egal und er mir auch.«

»Und dein Onkel Konrad und diese Inge, die so gerne tief ins Glas geschaut hat? Haben die denn auch geheiratet? Du hast so viele Andeutungen gemacht, aber letztlich ist doch vieles im Dunkeln geblieben«, stellte Robert fest.

»Ja, Konrad und Inge haben geheiratet. Stell dir vor, sogar am selben Tag wie meine Eltern, am 17. November 1951. Aber sie haben die Hochzeit nicht zusammen gefeiert. Die Beziehung meiner Eltern zu den beiden war nicht besonders gut. Als mein Vater, nachdem er meine Mutter geheiratet hatte, in H6, 4 auszog, nahm er lediglich ein kleines Köfferchen mit. Als er dort zur Tür hinausgehen wollte, hielt sein Bruder ihn an und forderte ihn auf, seinen Koffer zu öffnen. Er inspizierte ihn dann genau, weil er befürchtete, Siegfried könne etwas von zu Hause mitgenommen haben. Er hatte jedoch nur Unterwäsche und seine Kleider darin. Weißt du, heute finde ich das sehr schade, dass er nichts mitgenommen hat, denn ich habe überhaupt keine Erinnerungsstücke an meine Großmutter Maria. Konrad ist übrigens mit seiner Frau nach der Heirat in die Wohnung seines Vaters gezogen. Die wohnten in H6, 4 bis zu ihrem Tod in den 70er- und 80er-Jahren«, berichtete ihm Charlotte.

»Du hast gerade deine Großmutter erwähnt. Ihr Schicksal hat mich ganz besonders erschüttert. Wie kam das denn, dass sie nach Auschwitz deportiert wurde?«

Charlotte wurde ernst. »Das ist eine sehr traurige, aber auch eine sehr undurchsichtige Geschichte. Ich habe die Dokumente ihres Todes noch zu Hause. Den Brief, den damals mein Großvater erhalten hat, in dem man ihm mitteilte, dass meine Großmutter an Lungenentzündung verstorben sei. Ich habe ihn aufbewahrt. Ich war dann mit den Unterlagen im KZ Ravensbrück, wo sie zuerst war, und danach in Auschwitz. Ich war auf der Suche nach Spuren, die meine Oma irgendwo vielleicht hinterlassen haben könnte. Ich musste jedoch feststellen, dass am selben Tag Hunderte von anderen Menschen angeblich auch an Lungenentzündung gestorben waren.« Charlotte blickte Robert traurig an. »Ist das nicht ein seltsamer Zufall?«

»Das ist nur schrecklich, ich denke, so wie deinem Vater ging es vielen KZ-Opfern und auch vielen Hinterbliebenen. Diese traumatischen Erlebnisse machten sie sprachlos.«

Charlotte stimmte ihm zu. »Ich werde dir gerne, wenn wir uns wiedersehen, deine Fragen beantworten, nur ob ich über meine Großmutter reden kann, das weiß ich nicht. Auch mir fällt das sehr schwer.«

»Ich bin gespannt, wie es weitergeht.« Robert lächelte sie an. »Weißt du, vielleicht solltest du, wenn du schon nicht darüber sprechen magst, die Geschichte deiner Großmutter aufschreiben.«

Sie lächelte ihn bitter an. »Ich werde darüber nachdenken …«

Danksagung

Mein Dank geht in erster Linie an meine wunderbare Mutter Eleonora Jung, geb. Noé, (Helena Legrand), die es mir durch ihr hervorragendes Gedächtnis möglich gemacht hat, meine Jungbusch-Mannheim-Bücher zu schreiben. Es ist das erste Buch, dessen Erscheinen sie und mein geliebter Mann Emilio nicht mehr miterleben dürfen.

Weiterhin danke ich Günter Noé, dem Cousin meiner Mutter, (Guntram Legrand) für seine zahlreichen Aufschriebe und Erzählungen, die in den Roman miteingeflossen sind. Ebenso möchte ich Dr. Susanne Schlösser vom Marchivum und Helena Pastor von der St. Hedwig-Klinik danken, die meine Arbeit durch wertvolle Informationen unterstützt haben.

Und schließlich geht mein ganz besonderer Dank an meine Freunde und Ratgeber Heidi, Hella, Iris und Werner, die mir durch ihre Anmerkungen zu meinem Manuskript wertvolle Anregungen gegeben haben.

Stammbaum **Legrands** bis 1952

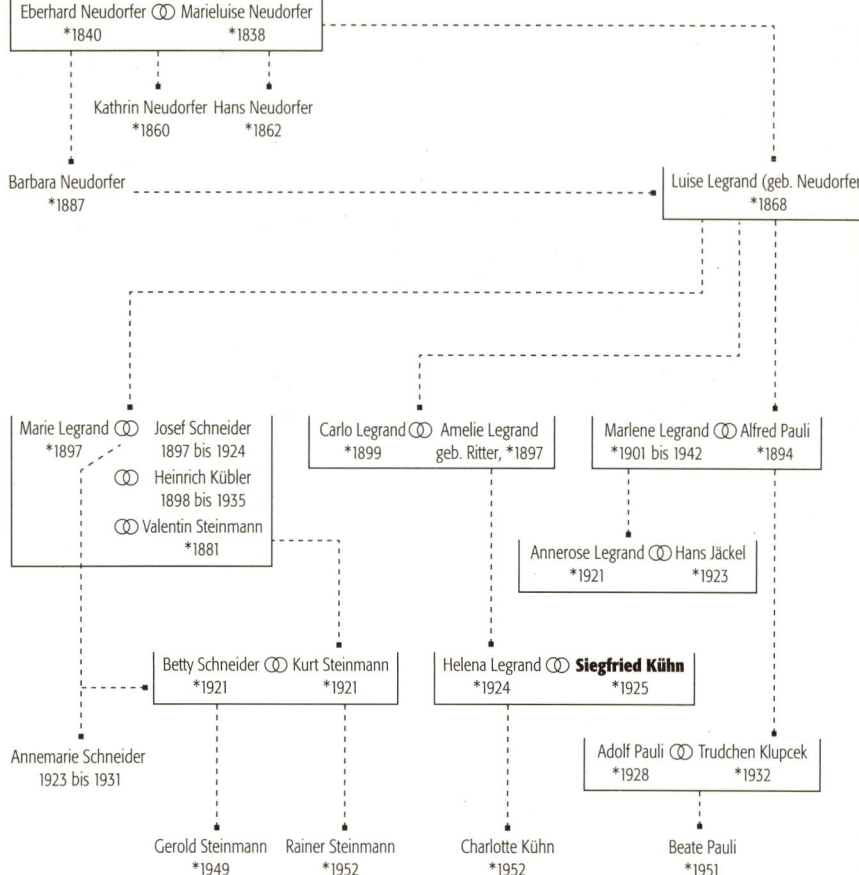

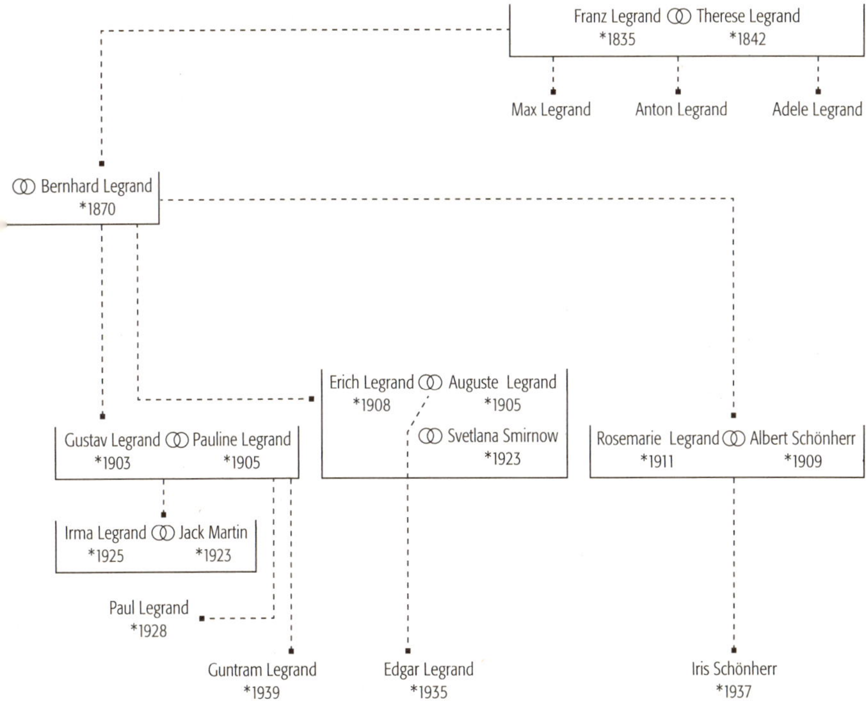

Franz Legrand ⓒⓓ Therese Legrand
*1835   *1842

Max Legrand   Anton Legrand   Adele Legrand

ⓒⓓ Bernhard Legrand
   *1870

Erich Legrand ⓒⓓ Auguste Legrand
   *1908   *1905
          ⓒⓓ Svetlana Smirnow
                  *1923

Gustav Legrand ⓒⓓ Pauline Legrand
   *1903   *1905

Rosemarie Legrand ⓒⓓ Albert Schönherr
   *1911   *1909

Irma Legrand ⓒⓓ Jack Martin
   *1925   *1923

Paul Legrand
   *1928

Guntram Legrand
   *1939

Edgar Legrand
   *1935

Iris Schönherr
   *1937

Stammbaum **Familie Kühn** bis 1952

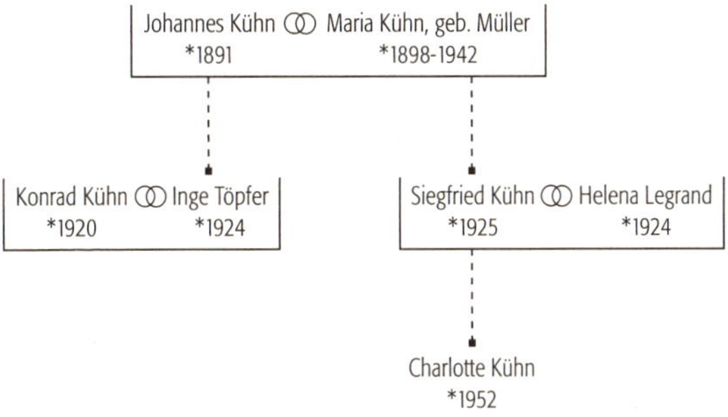

Johannes Kühn ⓒⓓ Maria Kühn, geb. Müller
   *1891   *1898-1942

Konrad Kühn ⓒⓓ Inge Töpfer
   *1920   *1924

Siegfried Kühn ⓒⓓ Helena Legrand
   *1925   *1924

Charlotte Kühn
   *1952

www.wellhoefer-verlag.de